AF307823

J. Gerhardt, Jahrgang 1988, liebte das Lesen bereits in ihrer Kindheit. Vor allem romantische Romane mit einem Hauch von Drama haben es ihr angetan. Da war es kein Wunder, dass sie über kurz oder lang selbst mit dem Schreiben anfing und ihre Gedanken einen Weg in den eigenen Roman gefunden haben. J. Gerhardt lebt mit ihrer Familie in einem Haus am Waldrand in einer Kleinstadt Niedersachsens.

J. GERHARDT

Falling
FOR THE
BAD BOY

Erstausgabe März 2024

Copyright © 2024 dp Verlag, ein Imprint der
dp DIGITAL PUBLISHERS GmbH
Made in Stuttgart with ♥
Alle Rechte vorbehalten

Falling for the bad boy

ISBN 978-3-98998-061-7
E-Book-ISBN 978-3-98778-791-1

Covergestaltung: ARTC.ore Design / Wildly & Slow Photography
Umschlaggestaltung: Anne Gebhardt
Unter Verwendung von Abbildungen von
shutterstock.com: © Maya Kruchankova
stock.adobe.com: © Maya Kruchankova
Lektorat: Cara Kolb
Satz: dp DIGITAL PUBLISHERS GmbH
Druck und Bindung: Books on Demand GmbH, Norderstedt

Prolog

– Joanna –

Mein Name ist Joanna, ich bin zwanzig Jahre alt und heute wird der schönste Tag meines Lebens! Diesem Moment habe ich entgegengefiebert und sehnsüchtig auf ihn gewartet. Heute ist es endlich so weit, heute werde ich den Mann meiner Träume heiraten! Sebastian verkörpert alles, was sich eine Frau nur wünschen kann: Er ist nicht nur älter als ich, sondern auch unheimlich liebevoll, charmant, witzig, hat einen guten Job als Anwalt und ist zudem auch noch verdammt attraktiv!

Als er mir vor gut einem halben Jahr einen Antrag gemacht hat, konnte ich mein Glück kaum fassen. Schon immer habe ich von einer Hochzeit in Weiß geträumt. Und von einem Haus im Grünen, irgendwo außerhalb der Stadt, damit die Kinder im Garten toben können, während ich mit einem Milchkaffee auf der Terrasse sitze und ihnen dabei zuschaue. Sebastian hat sich vor einiger Zeit solch ein Haus gekauft – und einen Hund namens Jacky, der bisher allein im Garten herumtollt.

»Gott, du siehst einfach unglaublich schön aus, Jo!«, schwärmt meine ältere Schwester Susan, als ich mich in meinem weißen Brautkleid noch einmal vor dem großen Schlafzimmerspiegel drehe. Das Kleid ist wirklich traumhaft, und ich fühle mich darin wie eine Prinzessin.

»Du siehst auch bezaubernd aus, Su«, erwidere ich mit strahlendem Lächeln. Andächtig streiche ich über den glatten Stoff des weit ausgestellten Rocks. Irgendwie kann ich mich nicht an meinem Spiegelbild sattsehen. Als mir dieses Kleid vor Monaten im Schaufenster einer Modeboutique im Fashiondistrict von Downtown in Los Angeles ins Auge gesprungen ist, wollte ich es unbedingt an meiner Hochzeit tragen. Und heute ist es endlich so weit!

»Danke«, meint meine Schwester und tätschelt ihren Babybauch. Susan hat vergangenes Jahr geheiratet und erwartet nun Zwillinge.

»Su, ich bin so aufgeregt. Was, wenn ich plötzlich stottern muss, sobald mich der Pfarrer nach dem Jawort fragt? Oder wenn ich überhaupt keinen Ton herausbekomme und mich damit vor allen Gästen blamiere?«

»Mach dir mal keine Sorgen. Es wird alles perfekt sein, vertrau mir.« Sie tätschelt mir den Arm, dann mustert mich prüfend. »Soll ich dein Make-up auffrischen?«

Ich nicke und setze mich auf mein Bett, während Susan den Puderpinsel zur Hand nimmt. Tatsächlich bin ich furchtbar aufgeregt, auch wenn meine Sch-wester mich immer wieder vom Gegenteil zu überzeugen versucht. Schließlich ist die Ehe ein großer Schritt. Obwohl ich mir sicher bin, in Sebastian die Liebe meines Lebens gefunden zu haben, mache ich mir jedoch Sorgen, ob heute alles glattgeht. Werden wir pünktlich beim Hotel sein? Denkt Sebastian an die Blumen? Nicht auszudenken, sollte er vergessen, den Strauß vom Floristen abzuholen! Und was ist mit dem Catering und der Musik? Hoffentlich werden unsere Hochzeitsgäste zufrieden sein.

Für die freie Trauung haben wir das *Four Seasons* Hotel in Beverly Hills gebucht. Meine Eltern haben darauf bestanden, einen Teil der Kosten für die Hochzeit zu übernehmen, damit Sebastian und ich nicht alles allein finanzieren mussten. Im Hotel hat man mir versichert, dort würde man sich um alles kümmern, trotzdem bleiben letzte Zweifel. Bereits gestern Vormittag haben Susan und ich bei den Vorbereitungen zugeschaut. Die prächtige Blumendekoration und das Interieur hat mich schon bei der ersten Besichtigung überzeugt, doch der geschmückte Raum und vor allem der Brauttisch lassen keinen Wunsch offen.

Vergangene Nacht habe ich kein Auge zugetan, weil mir noch so viele Dinge durch den Kopf gegangen sind. Zum Glück ist die Visagistin, die am frühen Morgen in mein Elternhaus gekommen ist, eine Meisterin ihres Fachs und hat an mir ein Wunder vollbracht, sodass man mir meine Übermüdung nicht ansieht. Jetzt bin ich frisch geschminkt, hübsch frisiert und von Kopf bis Fuß in Tüll und Spitze gekleidet.

Eigentlich hatte mein Verlobter darauf bestanden, dass ich die Nacht vor der Hochzeit im *Four Seasons* verbringe, doch ich wollte unbedingt ein letztes Mal in meinem alten Zimmer schlafen.

»Scheiße, Su, ich schwitze«, jammere ich, als sie mein fertiges Make-up begutachtet. »Gib mir bitte noch mal das Deo.«

»Warum hast du dir überhaupt einen Tag im August ausgesucht? Dass es furchtbar heiß wird, hättest du einkalkulieren sollen.« Kopfschüttelnd reicht meine Schwester mir den Deoroller.

»Ich wollte unbedingt an unserem Jahrestag heiraten«, kläre ich sie auf. Denn heute ist es genau fünf Jahre her, seitdem ich Sebastian meine Liebe gestanden habe.

»Ein wirklich toller Gedanke, Jo. Das Datum wird euch beiden ganz sicher Glück bringen. Und jetzt dreh dich noch mal um, ich richte deinen Schleier, bevor wir gehen«, fordert mich Susan auf. Ich erhebe mich vom Bett und drehe ihr den Rücken zu. Sie zupft meinen Schleier zurecht, dann nimmt sie meine Hände in ihre. Ihre Augen funkeln voller Stolz auf ihre kleine Schwester.

»Ich freue mich total, dass du in Sebastian den Richtigen gefunden hast.«

»Und ich mich erst. Er ist die Liebe meines Lebens«, gebe ich freudestrahlend zurück. Die Tür zu meinem Zimmer geht auf und unsere Mom steckt den Kopf herein. Sie trägt ein nagelneues Kostüm, das sie sich zusammen mit mir in der Stadt gekauft hat. Obwohl Susan und ich ihr zu einem eleganten Abendkleid geraten haben, hat sie es strikt abgelehnt. Jetzt sehe ich, dass sie absolut die richtige Entscheidung getroffen hat. Meine Mom sieht großartig aus.

»Seid ihr fertig? Wir sollten langsam los, wenn du nicht zu deiner eigenen Hochzeit zu spät kommen willst, Joanna.«

Ich nicke und verlasse gemeinsam mit Susan mein Zimmer. Strahlender Sonnenschein empfängt mich, und ich muss meine Augen einen Moment abschirmen, um mich an die Helligkeit zu gewöhnen. Draußen im Hof wartet mein Dad. In seinen Augen glitzern Tränen, als er mich in meinem Brautkleid sieht.

»Du siehst deiner Mom so unglaublich ähnlich«, murmelt er gerührt und nimmt mich kurz in den Arm.

»Danke, Dad.« Ich beuge mich vor und gebe ihm einen Kuss auf die Wange.

»Nicht dafür, mein Kind. Ich freue mich wirklich sehr für dich. Sebastian ist ein toller Mann.«

Obwohl es nur knappe zehn Meilen bis zum Hotel sind, zieht sich die Fahrt wie ein Kaugummi. Auf den Highways ist viel Verkehr, und es geht trotz der frühen Stunde nur schleppend voran. Doch je näher wir dem Hotel kommen, desto schneller schlägt mein Herz. Mit verschwitzten Händen taste ich nach meiner Schwester. Beruhigend nimmt sie meine Hand in ihre.

»Du wirst sehen, die Aufregung legt sich nach dem Jawort.«

Ich nicke ihr zu, dann schaue ich aus dem Fenster. Es war abgemacht, dass Sebastian mit den anderen Gästen und seinem Trauzeugen beim Hotel wartet. Allein die Vorstellung, wie mich mein Dad über den ausgerollten Teppich, vorbei an den Hochzeitsgästen, zu meinem Bräutigam führen wird, treibt mir jetzt schon die Tränen in die Augen. Schnell blinzle ich sie fort und lächle meine Schwester zuversichtlich an.

Mein Dad parkt das Auto, und Susan hilft mir beim Aussteigen, als wir vom Hotelpersonal freundlich empfangen und in den, für die Trauung hergerichteten, Hotelgarten gebracht werden. Viele Gäste sind bereits da. Ich erkenne einige meiner alten Schulfreundinnen unter ihnen sowie Tanten und Onkel, die weit angereist sind. Doch meinen Verlobten kann ich auf die Schnelle nirgendwo entdecken. Ist er noch gar nicht hier? Hoffentlich kommt er nicht zu spät. Oder sind wir bloß viel zu früh dran? Suchend sehe ich mich weiter nach Sebastian um.

Immer mehr Zeit vergeht, aber von Sebastian ist weit und breit keine Spur. Als die Rednerin eintrifft und Sebastian weiterhin fehlt, bekomme ich wirklich Panik. Wo ist er nur? Steckt er vielleicht im Verkehr fest? Ist ihm etwas passiert?

»Su, gib mir dein Handy«, fordere ich meine Schwester auf, weil ich mein eigenes zu Hause gelassen habe. Wortlos reicht Susan mir das Smartphone.

Ich scrolle mich durch die Kontakte, bis ich endlich Sebastians Nummer gefunden habe.

»Sebastian, wo bist ...?«, beginne ich, doch sofort springt die Mailbox an. Hat er mich etwa gerade weggedrückt? Ich wähle erneut, lande aber wieder bei der Mailbox.

»Was ist los?«, fragt meine ältere Schwester mit besorgtem Blick. Mir wird kalt, und meine Hand, mit der ich das Handy umklammert halte, beginnt zu zittern. Tränen steigen in meine Augen.

»Er geht nicht ran«, antworte ich mit bebender Stimme. Meine Gedanken überschlagen sich und ein ungutes Gefühl legt sich auf meine Brust.

»Scheiße, ist das sein Ernst?«, braust Susan auf und nimmt mir das Handy aus der Hand. Ihr Mann Steven gesellt sich zu uns.

»Ist Sebastian noch immer nicht aufgetaucht? Ich habe mit seiner Mom gesprochen, aber sie kann ihn ebenfalls nicht erreichen«, erklärt er uns. Kurz sehe ich zu meinen zukünftigen Schwiegereltern rüber, die nah bei meinen Eltern stehen und genauso unruhig wirken.

Mir wird gleichzeitig heiß und kalt, die Gedanken überschlagen sich. Wo ist er nur und was ist los? In meinem Inneren rumort es heftig, als müsse ich mich gleich übergeben. Meine Atmung beschleunigt sich, und ich greife instinktiv nach Susans Hand, um Halt zu finden.

»Leute, ich glaube, unser lieber Sebastian tritt die Hochzeitsreise ohne Joanna an«, kommt es plötzlich von meiner Freundin Amy, die sich neben mich stellt und mir kurz die Hand auf die Schulter legt. Mein Kopf ruckt zu ihr herum. Mit Entsetzen im Gesicht hält sie mir ihr Smartphone entgegen, auf dem sie Sebastians Instagram Story aufgerufen hat. Fassungslos starre ich darauf. Mein Hirn kann nicht begreifen, was ich dort sehe. Das Update ist kaum zwei Stunden alt. Das Foto zeigt eine Abflugtafel des Flughafens, auf der er die Flugzeit nach Hawaii rot umkreist hat. Dazu die Worte *Aloha, gleich ist Boarding.* Ein erstickter Schrei entfährt meiner Kehle. Sofort wird mir schwarz vor Augen, und ich lasse Amys Handy zu Boden fallen.

Kapitel 1

— Joanna —

Fünf Jahre später

»Happy Birthday!« Lisa fällt mir so stürmisch um den Hals, sodass ich in meinen High Heels ins Straucheln gerate und mich an der Lehne des Ledersofas festhalten muss. Wir taumeln einige Schritte rückwärts und stoßen mit jemandem zusammen, der sich in diesem Moment an uns vorbeidrängt. Der Club ist heute Abend besonders voll, die Musik fantastisch und meine Freundinnen und ich bestens gelaunt.

»Alles Gute, Süße!« Auch Amy prostet mir zu und leert ihr Sektglas in einem Zug. Ich lächle meine Freundin an, während ich Lisa an den Schultern sanft zurück auf das Sofa schiebe. Sie ist schon eindeutig betrunken, denn sie lässt sich nur schwer zurückdrängen. Erst als ich mich neben sie setze, greift sie zufrieden nach der angebrochenen Sektflasche vor uns auf dem kleinen Tisch und füllt jedes Glas erneut auf. Lachend stoßen wir an und trinken. Ich rücke näher an Lisa heran, die ihren Kopf sofort auf meiner Schulter ablegt und irgendwas Unverständliches murmelt. Es ist kurz nach Mitternacht, und meine beste Freundin und Arbeitskollegin kann kaum noch die Augen offenhalten.

Der Alkohol prickelt in meiner Kehle. Ich bin ebenfalls angetrunken, aber doch ein gutes Stück von *betrunken* entfernt.

Amy wackelt vielsagend mit den Augenbrauen. »Heute sollten wir richtig tanzen bis zum Morgen. Immerhin wirst du nur einmal fünfundzwanzig.« Sie greift nach der Sektflasche. »Die ist ja schon wieder leer«, stellt sie enttäuscht fest.

»Dann werde ich wohl Nachschub holen«, entgegne ich und erhebe mich. »Pass bitte auf Lisa auf. So wie sie aussieht, wird sie gleich entweder am Tisch einschlafen oder dir vor die Füße kotzen.«

»Wäre beides scheiße«, bestätigt Amy mit einem sorgenvollen Blick auf Lisa, die den Kopf in den Nacken gelegt hat. Ihre dunkle Lockenmähne breitet sich auf der Lehne des Sofas aus, einige Strähnen fallen ihr über die Augen. »Die Türsteher werden sonst auf uns aufmerksam ... Ich habe keine Lust wegen ihr den Club verlassen zu müssen.«

Ihren letzten Kommentar höre ich nur gedämpft, denn er geht im Klang der lauten Musik unter. Mit der leeren Sektflasche in der Hand kämpfe ich mich mühsam durch die tanzende Menge zur Bar durch.

Ich lehne mich ein Stück über die Theke und winke den Barkeeper zu mir, dem ich die leere Flasche entgegenhalte.

»Ich hätte gern eine neue«, bestelle ich bei dem Mann. »Oder nein. Ich nehme lieber Tequila.«

»Sicher, dass du den schon trinken darfst?«, fragt mich jemand von der Seite. Ich drehe mich zu dem Typen um, der mich angesprochen hat. Er hat einen Vollbart und das blonde, halblange Haar nach hinten frisiert. Sein eindringlicher Blick aus den tiefblauen Augen wirkt amüsiert, und es ist offensichtlich, dass der Kerl mit mir zu flirten versucht. Lächelnd hebt er das Glas mit Whiskey, prostet mir zu und trinkt es in einem Zug leer.

Ich rümpfe beleidigt die Nase. Sehe ich etwa aus, als wäre ich zu jung für Tequila? Mit einem süßen Lächeln auf den Lippen streiche ich mir eine meiner blonden Strähnen hinters Ohr.

»Klar«, beantworte ich seine Frage über den Lärm der Musik hinweg. »Auch wenn man es mir nicht ansieht, aber heute ist mein 25. Geburtstag.«

Der Mann legt die Stirn in Falten und mustert mich noch einmal über den Rand seines Glases, ehe er es dem Barkeeper rüberschiebt, der es direkt neu befüllt. Die beiden scheinen eine stumme Absprache getroffen zu haben, was die Getränkeauswahl für diesen Abend betrifft.

»Tatsächlich? Ich hätte dich deutlich jünger geschätzt. Dann bring der Lady ihren Tequila«, wendet er sich an den Barkeeper. Während ich auf den Alkohol warte, betrachte ich noch mal das Profil des Mannes. Er ist wirklich sehr attraktiv, auch wenn ich eigentlich nicht auf Typen mit Bart stehe. Ich habe gern Spaß und ich flirte auch, das ist kein Geheimnis. Wenn es zu einem One-Night-Stand kommt, sage ich nicht Nein, aber eine feste Beziehung will ich aktuell nicht eingehen. Ein gebrochenes Herz reicht.

»Sollten wir vielleicht auf deinen Geburtstag trinken?«, schlägt er vor und rückt auf seinem Barhocker etwas näher zu mir rüber. Ohne meine Antwort abzuwarten, ordert der Fremde beim Barkeeper zwei Tequila Shots. Ich werfe kurz einen Blick über die Schulter zu meinen Freundinnen an unserem Tisch. Aus der Ferne erkenne ich, wie Lisa tatsächlich mit dem Kopf auf der Tischplatte eingeschlafen ist. Amy ist in ihr Smartphone vertieft.

»Wollen wir?«, fragt mich der Unbekannte, der bereits das Schnapsglas in der Hand. Nickend nehme ich mein Getränk.

»Verrätst du mir deinen Namen, bevor du wie Cinderella vom Ball verschwindest und mich ahnungslos zurücklässt?« Seine Augen funkeln amüsiert im bunten Licht der Clubbeleuchtung. Sein Lächeln ist ziemlich verführerisch, außerdem macht ihn sein Humor sympathisch.

»Cinderella kann ich unmöglich sein, denn es ist weit nach Mitternacht. Aber meinen Namen verrate ich dir trotzdem. Ich heiße Joanna.«

»Chris«, stellt er sich knapp vor. »Alles Gute zum Fünfundzwanzigsten, Joanna.«

Wir stoßen an. Der Alkohol brennt in meiner Kehle, nachdem ich ihn in einem Zug hinuntergekippt habe. Im Gegenteil zum Sekt spüre ich, wie der Tequila mir sofort zu Kopf steigt.

»Noch einen?«

Grinsend schüttele ich den Kopf. »Ich bin mit meinen Freundinnen hier. Sie warten bereits auf mich«, kläre ich ihn auf und deute hinter mich über die Tanzfläche zum VIP-Bereich, wo die Mädels auf mich warten. Er macht ein langes Gesicht und auf einmal will ich gar nicht so schnell zu Amy und Lisa. Dieser Typ hat mit seinem charmanten Lächeln und mit seiner lockeren Redensart mein Interesse geweckt.

»Soll ich sie dir vorstellen?«, frage ich ihn als Vorwand, um ihn von der Bar wegzulocken. Zustimmend nickt er, zahlt die Getränke und ich greife nach seiner Hand, um ihn hinter mir her zwischen die tanzenden Clubbesucher zu ziehen.

»Ich dachte, du wolltest uns Alkohol mitbringen?«, fragt Amy erstaunt, als sie den Blick von ihrem Handy löst und den Mann neben mir sieht.

»Ich habe etwas Besseres«, erwidere ich kichernd und schiebe Chris zum Tisch rüber.

»Und ich habe den Alkohol«, ergänzt er, schwenkt dabei die Flasche Tequila in der Luft, ehe er sie vor Amy abstellt.

»Das ist Chris«, stelle ich ihn meinen Begleiterinnen vor.

»Hey, Chris«, säuselt Amy beschwipst. Ihre Augen huschen über seinen Körper, dann sieht sie mich an und formt ein lautloses ›O mein Gott, ist der Typ heiß‹ mit ihren Lippen. Chris und ich setzen uns zu meinen Freundinnen, und Amy verteilt den Tequila. Nach einigen Runden fühle ich mich entspannter, sodass ich mit Chris gern von hier verschwinden würde. Immer wieder wirft er mir tiefe Blicke zu und streift mit einer Hand wie zufällig meine Finger, wenn er mir das Schnapsglas reicht. Seine Flirtversuche verfehlen ihre Wirkung bei mir nicht, und ich springe in meinem betrunkenen Zustand sofort auf ihn an, denn es ist schon eine ganze Weile her, dass ich einfach Spaß mit einem

Mann hatte. Wir reden ein wenig über Kleinigkeiten wie Musik im Club und tanzen zusammen. Amy gesellt sich zu uns, tanzt jedoch in einigem Abstand zu Chris und mir, ehe wir zusammen zurück zu unserem Tisch gehen, um noch etwas von dem Tequila zu trinken. Er ist verdammt attraktiv, weshalb ich es nicht ausschließen würde, mich auf einen One-Night-Stand mit ihm einzulassen, sollte es dazu kommen.

Als könnte Chris meine Gedanken lesen, spüre ich seine Hand auf meinem Knie. Sogleich beschleunigt sich mein Puls, und meine Handflächen beginnen zu schwitzen. Normalerweise bleibe ich tough, wenn es darum geht, Männer kennenzulernen. Jetzt hingegen bin ich plötzlich aufgeregt, was ich auf den Tequila schiebe.

»Was meinst du? Wollen wir uns einen etwas ruhigeren Ort suchen?«, raunt er mir ins Ohr. Sein warmer Atem sorgt für eine Gänsehaut. Sofort vergesse ich, dass ich eigentlich zum Feiern hergekommen bin, und nicke ihm zu.

»Gute Idee«, antworte ich mit einem verführerischen Lächeln auf den Lippen. Er steht auf und zieht mich an der Hand auf die Beine.

»So, Mädels. War wirklich schön, euch kennenzulernen, aber ich werde euer Geburtstagskind jetzt für eine Weile entführen«, meint er ohne Umschweife. Es erstaunt mich, wie selbstverständlich diese Situation für ihn ist. Doch gerade habe ich nichts dagegen, wenn er die Führung übernimmt, denn der Nebel in meinem Kopf lässt mich nur langsam reagieren. Amy nickt mir zu, als habe sie verstanden. Es kommt nicht selten vor, dass eine von uns mit einem Mann verschwindet. Die

anderen feiern dann einfach weiter oder machen sich
ebenfalls auf den Heimweg. In dieser Hinsicht haben
wir eine Übereinkunft und stehen einander nicht im
Weg.

»Viel Spaß, Süße. Ich rufe dich morgen früh an«, flötet
sie und winkt mir zum Abschied.

Ungeschickt stolpere ich Chris hinterher in Richtung
Ausgang. Nach nur wenigen Schritten wird immer
deutlicher, wie der Alkohol meinen Körper kontrol-
liert. Mein Kopf fühlt sich wie mit Watte gefüllt an und
meine Bewegungen sind auch nicht mehr wirklich ko-
ordiniert. Ob das eine gute Idee ist, Chris in diesem Zustand mit nach Hause zu nehmen? Viel Zeit, meinen
Zweifeln Raum zu geben, habe ich jedoch nicht, denn
kaum verlassen wir den Club, presst mich Chris draußen gegen die kalte Hauswand und küsst mich. Seine
Offensive überrascht mich genauso sehr, wie sie mich
anturnt. Er nimmt mir die Entscheidung ab, den ersten
Schritt zu machen. Also denke ich nicht länger darüber
nach, was kommt, und genieße den Moment. Er ist betrunken. Ich bin betrunken. Scheiß drauf. Ich schalte
meinen Kopf ab und erwidere den Kuss mit derselben
Intensität.

***

Ein Taxi bringt uns zu meiner Wohnung. Die Fahrt
über haben wir nur wenig miteinander gesprochen,
weil Küssen die bessere Alternative war. Und davon
versteht Chris ziemlich viel, denn seine Liebkosungen
ließen mich alles um mich herum vergessen.

Als sich die Wohnungstür hinter uns schließt, presst Chris mich erneut fest gegen die Flurwand und küsst mich dabei mit solch einer Leidenschaft, dass mir für einen Moment die Luft wegbleibt. Ich gebe mich seiner Zärtlichkeit hin, erwidere ihn hingebungsvoll. Schlinge die Arme um seinen Hals und ziehe ihn enger an mich heran.

Wir küssen uns noch eine Weile, ehe wir uns voneinander lösen. Chris sieht mir fest in die Augen. Bei der Vorstellung, was gleich geschehen wird, steigt sofort das Verlangen auf. Mein ganzer Körper beginnt zu kribbeln, weil ich es kaum erwarten kann, ihn zu berühren. In meinem Kopf überschlagen sich die Gedanken, denn ein Funke Vernunft ist immer noch, der mir sagt, ich solle diese Sache, so schnell es geht, beenden und Chris wegschicken. Die leise Stimme in meinem Hinterkopf ignorierend, zupfe ich mit den Händen am Saum seines Shirts.

Ein Grinsen umspielt seine Lippen, ehe er sich wortlos das Oberteil über den Kopf zieht. Der Flur wird nur durch eine kleine Lampe auf der Kommode beleuchtet, die auf Bewegungen reagiert, dennoch erkenne ich die Konturen seines Körpers genau. Ich schlucke aufgeregt, während ich auf seinen nackten Oberkörper starre. Sein Blick ruht dabei die ganze Zeit auf mir, er verfolgt jede meiner Regungen. Ob es am Alkohol liegt, dass dieser Mann so eine gewaltige Anziehungskraft auf mich ausübt? Ich kann mich ihm nicht entziehen. Dieses eigenartige Gefühl hatte ich noch bei keinem One-Night-Stand.

»Wo ist dein Schlafzimmer?«, raunt er mir zu. Unfähig etwas zu sagen, deute mit dem Kopf in die Richtung, in der mein Zimmer liegt.

Chris erobert erneut meine Lippen, und ich erwidere den Kuss sogleich mit derselben Intensität. Wir taumeln mehr durch den Flur, als dass wir gehen. Zum Glück steht meine Zimmertür offen, sodass wir einfach in den Raum stolpern. Seine Zunge in meinem Mund sorgt dafür, dass ich jegliche Zurückhaltung fahren lasse. Ich war selbst auf Sex aus, also warum länger darüber nachdenken, ob mein Handeln richtig ist? Schließlich sind wir beide erwachsen und wissen, was es heißt, eine Nacht zusammen Spaß zu haben. Nämlich, dass wir uns morgen früh trennen und nie wiedersehen werden. Die Nähe zu diesem Mann macht mich ganz schwindelig, und je drängender seine Küsse und seine Berührungen werden, desto heftiger wird das Verlangen in mir.

Chris löst den Kuss, um an seinem Gürtel zu nesteln. Angespannt beobachte ich, wie er sich langsam die Hose auszieht. Einen Moment sehen wir uns atemlos an. Seine Augen ruhen auf meinem Gesicht und machen mich ganz nervös. Mein Herzschlag klingt dumpf in meinen Ohren, es ist das einzige Geräusch in der Stille des Schlafzimmers.

Seine Hose fällt mit leisem Rascheln zu Boden, und ich stoße hörbar die Luft aus. Ich bin immer noch voll bekleidet, während er nur in Shorts vor mir steht. Chris macht einen Schritt auf mich zu, streckt seine Hand nach mir aus und berührt mit seinen Fingern meine Schulter. Erschrocken zucke ich zurück, denn in den letzten Minuten war ich wie gelähmt vor Anspannung.

Seine Berührung ist ganz sanft und hat nichts von der Wildheit, mit der er mich noch vor wenigen Sekunden geküsst hat.

»Dreh dich um. Ich helfe dir aus dem Kleid«, murmelt er mit rauer Stimme. Nickend wende ich ihm den Rücken zu und streiche meine Haare zur Seite, damit der besser an den Reißverschluss kommt. Als seine Finger die Haut im Nacken berühren, durchläuft mich ein warmer Schauer. Wie ein Stromschlag, der vom Haaransatz bis in den kleinen Zeh durch den Körper jagt. Langsam zieht Chris den Reißverschluss auf. Wieso lässt er sich plötzlich so viel Zeit? Ich bin es gar nicht gewohnt, bei einem One-Night-Stand so lange hingehalten zu werden und bereits ganz ungeduldig.

»Worauf wartest du?«, frage ich angespannt, weil ich unserer Vereinigung entgegenfiebere. Chris antwortet nicht, streift stattdessen mit beiden Händen die Träger meines Kleides von den Schultern. Dabei streichelt er mich sanft, dann spüre ich seine Lippen im Nacken. Warm und feucht verteilt er kleine Küsse auf meiner Haut, die mich fast kribbelig machen. Himmel, was tut dieser Kerl nur mit mir?

Ich bebe regelrecht, als seine Hände über meine Taille wandern und den dünnen Stoff immer tiefer schieben, bis es über meine Hüfte hinab zu Boden gleitet. Mit wild pochendem Herzen stehe ich mit dem Rücken zu ihm und warte auf seinen nächsten Schritt. Selten habe ich bei einem One-Night-Stand völlig die Kontrolle abgegeben wie in diesem Augenblick, doch bei Chris fühlt es sich verdammt richtig an. Nach einem kurzen Kuss auf meine Schulter dreht er mich zu sich um.

»Du bist wunderschön«, flüstert er kaum hörbar. Seine blauen Augen ruhen auf meinem Gesicht. Meine Lippen zittern vor Erregung, jede Faser meines Körpers ist aufs Äußerste gespannt. Mit seinen Worten durchbricht er die knisternde Spannung zwischen uns und küsst mich abermals. Erst sanft, fast schon vorsichtig, dann immer heftiger. Der Zauber des Augenblicks ist gebrochen, jetzt verliert auch Chris keine Zeit mehr. Knutschend taumeln wir zu meinem Bett und sinken auf die weiche Matratze.

***

Am nächsten Morgen erwache ich mit einem mörderischen Kater und schlimmen Kopfschmerzen. Hinter meinen Schläfen pocht es ununterbrochen, sodass es mir schwerfällt, die Augen zu öffnen. Vorsichtig richte ich mich im Bett auf und schlage die Bettdecke zurück. Neben mir liegt ein Mann, den ich nicht kenne. Er hat sich von mir weggedreht, nur notdürftig verdeckt das Federbett seine breiten Schultern und den Rücken. Wer zur Hölle ist das und was ist gestern passiert?

In meinem Kopf befindet sich ein großes, schwarzes Loch, das jegliche Erinnerung an die vergangene Nacht verschluckt hat. Ich wage es kaum, den Typen neben mir genauer zu betrachten, weil mir mein Blackout plötzlich nicht geheuer ist. Habe ich etwa so viel getrunken, dass ich mich nur lückenhaft an meinen One-Night-Stand erinnern kann?

Um ihn nicht zu wecken, schlüpfe ich so leise wie möglich aus dem Bett und schleiche ins Badezimmer. Mein dröhnender Kopf verlangt nach einer Schmerztablette, außerdem meldet sich mein Magen. Augenblicklich überkommt mich furchtbare Übelkeit. Gerade noch rechtzeitig reiße ich den Toilettendeckel hoch, bevor ich Magenflüssigkeit erbreche. Keuchend hocke ich über der Kloschüssel und versuche, meine zerzausten Haare zu bändigen, während ich immer wieder würge. Scheiße, so habe ich mir den Tag nach meinem Geburtstag nicht vorgestellt. Eigentlich war ich heute mit Susan und ihrer Familie zum Bruch verabredet. In meinem jetzigen Zustand werde ich das Treffen jedoch verschieben müssen, denn alles, was lauter als das Piepen der Kaffeemaschine ist, könnte ich nicht ertragen, ohne dass mein Kopf vor Schmerzen in tausend Teile zerspringt. Und Susans Zwillinge sind alles andere als leise, sobald ich zu Besuch komme.

»Ich habe mir eine Flasche Wasser aus deinem Kühlschrank genommen und ... Scheiße, geht's dir gut?«, höre ich eine tiefe Männerstimme hinter mir. Vor Schreck erstarre ich. Nach dieser heißen Nacht, die wir miteinander verbracht haben, darf er mich nicht so sehen: nur in Unterwäsche und kotzend auf den Badezimmerfliesen. Noch peinlicher geht's nicht!

»Alles okay«, murmele ich verlegen, drehe mich jedoch nicht zu ihm um, damit er mein knallrotes Gesicht nicht sieht. Schritte nähern sich mir, und ich umklammere die Kloschüssel fester, als könne sie mir Halt geben, obwohl ich mich vor Scham am liebsten im Klo ertränkt hätte. Es ist eigentlich nicht meine Art, mich ohne Limit zu betrinken, sodass mein Magen nicht mehr mitmacht. Lag es an seiner Gesellschaft gestern im Club, dass ich dem Tequila mehr zugesprochen habe als nötig? Ich weiß es nicht ... dennoch fühle ich mich gerade ziemlich schlecht, weil ich mich unmöglich benehme. Es wäre mir lieber, er wäre bereits heute Nacht verschwunden. Bisher ist kein One-Night-Stand bis zum Morgen geblieben.

»Bist du dir sicher? Kann ich dir helfen?« Ehrliche Besorgnis schwingt in seiner Stimme mit. Seine Hand auf meiner Schulter versengt mich beinahe und sorgt nicht gerade dafür, dass ich mich wohler fühle.

»Bitte geh einfach, okay?«, fahre ich den Typen heftiger als geplant an. Noch nie habe ich mich vor einem One-Night-Stand so gehen lassen wie heute Morgen. Auch wenn wir uns nicht kennen und uns vermutlich nicht wiedersehen werden, sollte ich mich eigentlich für mein ruppiges Verhalten bei ihm entschuldigen. Gerade fällt es mir jedoch schwer, meine Scham zu überwinden, weshalb ich stumm bleibe.

»Okay«, entgegnet der Mann tonlos und entfernt sich von mir. Seine Schritte verklingen im Flur, dann höre ich die Wohnungstür nach ein paar Minuten ins Schloss fallen. Erst als ich sicher bin, dass er meine Wohnung verlassen hat, atme ich erleichtert aus und stütze mich mit den Händen hinter mir ab. Den Kopf in den Nacken gelehnt schließe ich für einen Moment die Augen und konzentriere mich auf eine gleichmäßige Atmung, um die Übelkeit zu vertreiben.

Nachdem ich mich ein wenig gefangen habe, nehme ich eine kalte Dusche und hülle mich in meinen Bademantel. Heute ist definitiv einer dieser Tage, die man faul auf dem Sofa verbringen sollte. Glücklicherweise sind meine Kopfschmerzen nach der Tablette deutlich weniger geworden, leider fühle ich mich immer noch völlig schlapp und ausgelaugt.

Mit einem Kaffee bewaffnet setze ich mich auf die Couch, um fernzusehen, und versuche dabei die unangenehme Szene von heute Morgen so schnell wie möglich zu vergessen. Doch nach nur wenigen Minuten der Ruhe reißt mich das Klingeln meines Handys aus den Gedanken. Murrend erhebe ich mich und folge dem Geräusch. Im Flur stolpere ich über meine Schuhe, die mitten im Weg liegen, hebe sie leise fluchend auf und werfe sie in die Ecke zur Garderobe. Das schwarze Partykleid von gestern Abend liegt im Schlafzimmer zusammengeknüllt neben meinem Bett, darunter finde ich meine Handtasche, aus der immer noch das nervtötende Klingeln dringt.

»Will mir etwa noch jemand zum Geburtstag gratulieren?«, brumme ich und krame mein Smartphone heraus. Ein Blick auf das Display lässt mich aufstöhnen, denn es ist niemand anderes als Amy. Natürlich kann sie nicht abwarten, alles über meinen One-Night-Stand zu erfahren. Kurz überlege ich, nicht dranzugehen, doch wie ich meine Freundin kenne, wird sie mich den ganzen Tag mit Nachrichten bombardieren, bis sie endlich die Information aus mir herausgekitzelt hat, nach der es sie verlangt.

»Wie war's?«, fällt Amy direkt mit der Tür ins Haus, bevor ich überhaupt ein Wort herausbringen kann.

»Dir auch einen wunderschönen guten Morgen«, begrüße ich sie mit einem unterdrückten Gähnen, statt auf ihre Frage einzugehen.

»Morgen? Schau mal auf die Uhr. Es ist beinahe Zeit fürs Mittagessen.« Amy gluckst. »Und jetzt erzähl mir alles. Ich will jedes schmutzige Detail wissen, Süße. Wie war's mit Chris?«

Ich lasse mich auf mein Bett plumpsen und streiche müde mit der freien Hand über das zerwühlte Laken. Die Luft in meinem Schlafzimmer ist immer noch drückend von vergangener Nacht, weil ich vergessen habe, das Fenster zu öffnen.

»Wer zur Hölle ist Chris?«, frage ich meine Freundin und massiere mit Daumen und Zeigefinger meine Nasenwurzel. Plötzlich wird der Kopfschmerz wieder schlimmer.

»Na, der blonde Unbekannte, mit dem du aus dem Club verschwunden bist«, hilft Amy meinem Gedächtnis auf die Sprünge. »Du weißt schon, der ein bisschen ausgesehen hat wie der Schauspieler von Thor. Chris Hemsworth heißt er, glaube ich. O Gott, er ist sogar sein Namensvetter!« Amy kichert vergnügt, während ich Mühe habe, die Wände in meinem Zimmer an Ort und Stelle zu halten. Scheiße, wie viel habe ich gestern getrunken?!

»Den habe ich heute Morgen rausgeworfen«, informiere ich monoton, als würde ich ihr die Morgennachrichten vorlesen. Entsetzt schnappt meine Freundin am anderen Ende der Leitung nach Luft.

»Du hast was? Bist du total bescheuert!? Der Kerl war verdammt heiß! Den hätte ich nie im Leben von der Bettkante gestoßen.«

»Habe ich doch auch gar nicht«, entgegne ich genervt. »Ein One-Night-Stand ist noch lange kein Grund, den Typen zum Frühstück einzuladen. Das war eine einmalige Sache und ich werde diesen Chris sowieso nie mehr wiedersehen. Also was soll's?«

»Ich verstehe dich manchmal wirklich nicht, Jo«, kommt es vom anderen Ende der Leitung und ich kann

Amys Kopfschütteln förmlich vor mir sehen. Sie ist eine hoffnungslose Romantikerin.

»Mach nicht so ein Drama draus«, erwidere ich mit einem Augenrollen. Schließlich weiß Amy nur zu gut, warum ich mich so strikt gegen eine Beziehung wehre. Seitdem bin ich nicht mehr auf der Suche nach der großen Liebe. Und gerade sind andere Dinge auch wichtiger. Ich möchte meine Karriere als Journalistin vorantreiben, was bisher viel zu sehr auf der Strecke geblieben ist.

Amy seufzt. »Wieso hackst du die Sache mit Sebastian nicht endlich ab? Es kann nicht sein, dass der Kerl immer noch dein Leben und dein Denken bestimmt. Nicht jeder Mann ist so ein Arschloch und –«

»Meine Entscheidung hat nichts mit Sebastian zu tun. Eine feste Beziehung ist nichts für mich. Also lass es gut sein, ja?«, schneide ich ihr das Wort ab, denn jedes Mal, wenn jemand meinen Ex-Freund erwähnt, wird mir ganz mulmig zu Mute. Zwar habe ich ihn längst abgehakt, doch manchmal tut die Erinnerung noch weh.

Kapitel 2

– Chris –

»Herzlichen Glückwunsch, sie werden heute offiziell entlassen«, sagt Dr. Clark mit fröhlicher Stimme, während er die Ergebnisse der Untersuchung in den Computer eingibt. Murrend steige ich von der Untersuchungsliege und schlüpfe in meine Sneakers.

»Kann ich jetzt gehen?«, frage ich den Arzt, der auf der Tastatur herumtippt. Dieser nickt, immer noch in seine Notizen vertieft.

»Ja … natürlich.« Dann dreht er sich zu mir um und erhebt sich von seinem Stuhl hinterm Schreibtisch. »Beinahe bin ich ein wenig traurig, dass Sie nicht mehr wiederkommen werden, Mr Bennett«, sagt er mit mildem Lächeln, als er mir zum Abschied die Hand schüttelt. Darauf erwidere ich nichts, denn ich bin froh, hier nicht mehr monatlich vorstellig werden zu müssen. Dr. Clark hat mich vor gut zwei Jahren operiert und danach meine Reha begleitet. Nach Abschluss der Behandlung wollte er mich öfter als mir lieb war zu einer Kontrolle sehen, um mein Knie weiterhin zu untersuchen. Doch all seine Mühen waren vergebens. So wie früher wird es nicht werden, diese Illusion hat er mir bereits nach der OP genommen. Mein Knie ist ein Wrack, auch wenn ich froh bin, überhaupt noch gehen zu können. Das leichte Hinken werde ich nie wieder los.

»Brauchen Sie einen neuen Termin?«, ruft mir eine der Arzthelferinnen zu, als ich am Empfangstresen vorbei zum Ausgang der chirurgischen Praxis gehe.

»Nein. Bin endlich entlassen«, rufe ich über die Schulter, während ich die Tür aufschiebe.

Ich bin wirklich froh, dieses Kapitel hinter mir zu lassen. Keine Ahnung, warum sich Dr. Clark so sehr um mich und mein kaputtes Knie bemüht hat. Jeden anderen Patienten hätte er sicher nach gelungener Operation entlassen, ohne die vielen Nachsorgeuntersuchungen zu machen. Bestimmt hat mein Dad eine Stange Geld bezahlt, um mich so lange behandeln zu lassen. Dabei hat er mich und meine Karriere längst aufgegeben, das spüre ich bei jedem unserer Zusammentreffen. Nach meiner Verletzung werde ich sowieso nie wieder spielen können!

Wütend balle ich die Faust und verlasse den Fahrstuhl, als sich die Türen mit einem leisen Klicken im Erdgeschoss öffnen. Ich hasse es, dass ich während meiner achtundzwanzig Jahre kaum eine Entscheidung selbst treffen konnte. Alles in meinem Leben wurde durch meine Familie beeinflusst. Wäre mein Dad nicht der Coach, hätte ich es vermutlich nicht einmal ins Team geschafft. Doch er hat mich von klein auf gepusht und hart trainiert, dass ich keinen anderen Weg einschlagen konnte, als Footballer zu werden. Bis zu dem Tag vor zwei Jahren, der meine Karriere – und damit auch den Traum meines Vaters – für immer beendet hat.

Missmutig krame ich den Schlüssel aus der Hosentasche und entriegle meinen Sportwagen, den ich auf dem Parkplatz vor der Praxis geparkt habe. Ich starte den Motor und drehe die Musik laut auf, um ein wenig auf andere Gedanken zu kommen. Nach jedem Arztbesuch verfalle ich in tiefe Verzweiflung, die sich nur schwer abschütteln lässt.

Mein Leben ist am Arsch. Was nutzt mir das ganze Geld, wenn ich nicht das tue, was ich liebe? Wenn ich nicht mehr mit meinen Freunden auf dem Platz stehen kann? Kein Superbowl mehr, kein gemeinsamer Aufstieg in der NFL, nichts! Alles, wofür ich gelebt habe, ist für mich unerreichbar geworden. Meinen Traum aufzugeben war das Schlimmste, was ich bisher durchmachen musste. An zweiter Stelle trat die Trennung von meiner damaligen Freundin Mia, die mir ebenfalls den Boden unter den Füßen weggezogen hat. Statt mich während der Rehabilitation zu unterstützen, ist sie nach Australien abgehauen, um Kängurus zu fotografieren. Aber vielleicht war es besser, sie nicht zu sehen, um nicht jedes Mal an ihren Seitensprung und die Trennung erinnert zu werden. Zu dem Zeitpunkt war ich ein seelisches Wrack, was die Genesung nicht gerade beschleunigt hat.

Ich werde mein Knie nie wieder zu 100% belasten können, das hat mir Dr. Clark unmissverständlich klargemacht. Die NFL ist Geschichte, ein Wechsel zu den *Seattle Seahawks* unerreichbar. In wenigen Sekunden auf dem Spielfeld habe ich alles verloren, woran ich jemals geglaubt habe.

Der Verkehr fliegt nur so an mir vorbei, während ich über den Highway zu meiner Wohnung in East Hollywood fahre. Trotz der lauten Musik, die aus den Boxen der Soundanlage dröhnt, kann ich meine Gedanken nicht vertreiben, die sich immer wieder um meinen Unfall drehen. Die Behandlung ist offiziell abgeschlossen, doch sie hat nichts an meinem Zustand verändert. Die Verletzung, die ich mir bei einem Testspiel zugezogen habe, hat mich in ein tiefes Loch der Verzweiflung gestürzt. Die Therapeuten, zu denen meine Eltern mich immer wieder gedrängt haben, konnten mir nicht helfen, weil ich mich zu Beginn völlig verschlossen habe. Ich habe alles gehasst! Alles, was mich an meinen Traum erinnert hat, denn ich konnte es nicht ertragen, nach der Operation wochenlang nicht aufstehen zu können, um mich wie vorher zu bewegen. Als Vollkontaktsportart ist Football nun mal etwas, bei dem Muskel- und Knochenverletzungen keine Seltenheit sind. Dieses Risiko bin ich über Jahre eingegangen und hatte tatsächlich geglaubt, mich würde es nicht treffen. All die Jahre bin ich mit leichten Prellungen oder einer Gehirnerschütterung davongekommen. Bis mich das Glück von jetzt auf gleich verlassen hatte.

Die Schwere meines Kreuzbandrisses war so gravierend, dass die Heilung nur langsam vorangeschritten ist. Es war das zweite Mal, dass dieselbe Stelle in Mitleidenschaft gezogen wurde. Auch ohne die Diagnose zu kennen war mir bereits klar, dass ich nie wieder spielen werde. Es jedoch aus dem Mund des Arztes zu hören, hat mich fertiggemacht. Zu Beginn meiner Behandlung wollte ich niemanden sehen, geschweige denn mit jemanden reden. Meine Familie sorgte dafür, dass ich zu den besten Ärzten des Landes ging, aber auch die Medizin war machtlos und konnte mir meinen Traum nicht zurückgeben.

Irgendwann habe ich aufgehört, wütend auf Gott und die Welt zu sein. Eine Art Starre überkam mich, ich schloss meine Gefühle über die verpatzte Chance in mir ein und betäubte sie mit Alkohol, Partys und Frauen. Die Beziehung zu meinen Eltern, vor allem zu meinem Vater, kühlte durch mein plötzliches Karriereende weiter ab, bis wir uns nur noch anschwiegen oder stritten. Sie sahen mich stets als einen Sportler, der nach einem eher mäßigen Collage-Abschluss nicht mehr als einen muskulösen Körper vorzuweisen hatte. Mein älterer Bruder Kevin jedoch hatte während seiner Schulzeit eine Auszeichnung nach der anderen für seine außerordentlichen Leistungen und den Einsatz in zahlreichen Clubs bekommen. Deshalb ist er jetzt erfolgreicher Sportmediziner und ich arbeitslos.

Nach dem Unfall versuchte Kev mir immer wieder ins Gewissen zu reden, doch ich ignorierte jeden seiner Versuche, mich stets auf Kurs zu bringen. Wenn ich schon keinen Football mehr spielen kann, dann sollte ich wenigstens Spaß haben!

Ich parke den Wagen in der Tiefgarage des Wohnhauses und nehme den Aufzug zu meiner Penthousewohnung. Diese Wohnung habe ich mir kurz nach der Verletzung gekauft, denn wenn ich schon in L.A. feststeckte, dann zumindest mit einem atemberaubenden Ausblick auf die Stadt.

Ich gebe die Zahlenkombination am Touchpad neben meiner Wohnungstür ein und betrete den Flur.

»Hey, du kommst spät«, ruft mir Kevin aus der Küche zu, nachdem ich meine Schuhe von den Füßen getreten habe. Seiner Stimme folgend gehe ich in die geräumige Wohnküche.

»Was machst du schon wieder hier?«, entgegne ich murrend. Mein großer Bruder steht am Herd und rührt summend in einem Topf. Es kommt nicht selten vor, dass er unangekündigt bei mir auftaucht. Eigentlich stört es mich nicht, zumindest nicht nach durchzechten Partynächten. Dennoch begrüße ich es, wenn er mir vorher wenigstens eine kurze Nachricht schicken könnte. Erschöpft lasse ich mich auf den Hocker an der Frühstückstheke sinken.

»Ich habe mir gedacht, dass wir den Abschluss deiner Behandlung feiern sollten. Deshalb habe ich deine Lieblingssuppe gekocht«, erklärt er in feierlichem Ton, während er unbeirrt weiterrührt. Kevin achtet stets auf gesunde Ernährung und hat gerade leichte Suppen für sich entdeckt, die er mir immer wieder versucht, schmackhaft zu machen. Sie sollten so gut für Leib und Seele sein, wie er jedes Mal aufs Neue betont.

»Du hättest mir wenigstens eine Nachricht schicken können. Stell dir vor, ich hätte gerade eine Frau hier«, beschwere ich mich halbherzig, doch mein Einwand prallt wie immer an Kevin ab. Seit meinem Unfall vor zwei Jahren habe ich keine Frau mehr in meine Wohnung gebracht. Kevin sieht sich grinsend um.

»Hast du aber nicht«, stellt er schulterzuckend fest, dann nimmt er den Topf vom Herd und holt zwei Teller aus dem Schrank heraus, um die Suppe darauf zu verteilen. Vorsicht balanciert er sie zum Tisch und setzt sich mir gegenüber. »Außerdem würde ich mich freuen, wenn du mal Damenbesuch hättest, der länger bleibt als für eine Nacht.«

»Nein, Mann, kein Interesse.«

»Ja, ich weiß, dein Herz gehört dem Football«, meint mein Bruder seufzend, schiebt mir den Teller mit Suppe rüber und tunkt den Löffel in seinen eigenen. »Aber so ein Ball kann die Lücke in deinem Herzen nicht füllen, weißt du? Früher oder später wirst du einsam sein.«

Sein besorgter Blick trifft mich. Ich kann es nicht leiden, wenn mich jeder so ansieht, als wüsste er, wie es mir geht. Doch das versteht niemand. Keiner hat das durchgemacht, was ich durchgemacht habe. Kevin musste seinen Traum nicht aufgeben, für den er jahrelang, ach was, sein ganzes Leben lang hart gearbeitet hat!

Schweigend löffele ich die Suppe, die wie immer verdammt lecker ist. Vermutlich hätte er besser Koch statt Sportmediziner werden sollen.

»Du musst mich nicht bemuttern, Kev. Hast du kein eigenes Leben?«, will ich schließlich von ihm wissen und schiebe den leeren Teller beiseite. Heute wäre ich gern allein statt in seiner Gesellschaft.

»Und ob ich das habe, kleiner Bruder«, entgegnet er und legt seinen Löffel weg. »Ich werde Ella bald heiraten und mit ihr eine Familie gründen. Das heißt aber noch lange nicht, dass ich dich deshalb vernachlässigen werde. Schließlich muss sich jemand um dich kümmern, wenn du es schon selbst nicht –«

»Gott, du redest, als wäre ich total lebensunfähig«, brause ich auf. »Ich bin achtundzwanzig und ein erwachsener Mann«, entgegne ich genervt und verdrehe die Augen.

»Mit Anpassungsschwierigkeiten, depressiver Neigung und ohne Ausbildung. Ach, und du hast einen starken Hang zu übermäßigem Alkoholkonsum und ausschweifenden Frauengeschichten. Soll ich noch weitere Dinge aufzählen? Warst du nicht erst kürzlich wieder in den Nachrichten, weil du dich auf einer Party geprügelt hast?«

»Danke«, brumme ich verstimmt. »Stich das Messer ruhig noch tiefer in die Wunde.«

»Seit zwei Jahren sehe ich mir mit an, wie du immer tiefer in den Abgrund stürzt. Aber irgendwann musst du doch selbst einsehen, dass deine ganzen Eskapaden keinen Sinn haben, oder?« Er sieht mich sorgenvoll an und umfasst meine Hand, die ich ihm sogleich wieder entziehe.

»Daher weht also der Wind. Hat Dad dich geschickt, um mir erneut ins Gewissen zu reden? Damit ich aufhöre, seinen guten Ruf als Footballcoach in den Dreck zu ziehen? Ein Sohn, der nichts draufhat und sich lieber einen hinter die Binde kippt, statt für sein Geld zu arbeiten?«, zische ich und springe vom Stuhl auf. Das sind keine Eskapaden ... ich genieße mein Leben, das ist alles! »Außerdem habe ich genug Geld in meiner aktiven Zeit als Quarterback der Rams verdient. Sag ihm das. Und wenn er das nächste Mal etwas von mir will, soll er gefälligst selbst kommen.« Mit diesen Worten verlasse ich die Küche, schnappe mir meine Autoschlüssel und knalle beim Hinausgehen wütend die Wohnungstür hinter mir zu.

Kapitel 3

— Joanna —

Am Montag bin ich die Erste in der Redaktion. Nicht, weil ich gern früh aufstehe, sondern weil ich vergangene Nacht nicht so gut schlafen konnte. Schuld daran waren die Kopfschmerzen nach meiner Geburtstagsfeier, die trotz Aspirin nicht verschwinden wollten.

»Jo, ich habe ganz tolle Neuigkeiten für dich!«, verkündet meine Freundin, nachdem sie die Tür zu meinem Büro schwungvoll aufgerissen hat. Verwirrt sehe ich vom Bildschirm auf. Wenn Lisa am frühen Morgen so ankommt, kann es nichts Gutes bedeuten. Meine beste Freundin ist nicht nur meine Kollegin, sondern auch dafür verantwortlich, Aufträge von oben weiter an die anderen Kollegen zu verteilen. Außerdem trennt sie Berufliches und Privates strikt, weshalb ich nicht auf Gnade ihrerseits hoffen kann, falls es um eine unglaublich gute oder ziemlich miese Story handelt.

»Was ist es diesmal?«, frage ich mit skeptischem Blick auf den Zettel, den sie in ihrer Hand hin und her schwenkt. »Soll ich über einen entlaufenen Welpen berichten? Oder den neusten Tratsch der hiesigen Wahlvereinigungen?«

Lisa grinst mich breit an und rückt ihre Brille zurecht. Im Büro ist sie der Meinung, mit Brille viel seriöser rüberzukommen, aber in ihrer Freizeit trägt sie fast ausschließlich Kontaktlinsen. Sie wedelt mit dem Papier durch die Luft, um die Spannung noch ein wenig zu steigern, ehe sie ihn mir auf den Tisch legt und in einem der Sessel vor dem Schreibtisch Platz nimmt. Dann schlägt sie die Beine übereinander, faltet die Hände im Stoß und sieht mich erwartungsvoll an.

Ich betrachte das Foto eines jungen Mannes mit strahlend blauen Augen, rappelkurzem blonden Haaren und einem sympathischen Lächeln. Dieser selbstsichere Blick kommt mir irgendwie bekannt vor.

»Wer ist das?«, will ich irritiert von Lisa wissen und lehne mich ebenfalls in meinem Stuhl zurück.

»Christopher Bennett«, entgegnet sie knapp, als würde dieser Name all meine Fragen beantworten, aber weil ich sie immer noch unwissend ansehe, seufzt sie auf.

»Gott, Jo, lebst du hinterm Mond, oder was? Du kennst ihn nicht? Vielleicht solltest du öfter die sozialen Medien checken oder einen Blick in ein Frauenmagazin werfen.« Lisa schüttelt den Kopf und streicht sich einige Strähnen aus der Stirn, die sich aus ihrem Pferdeschwanz gelöst haben. Dabei weiß sie ganz genau, dass ich nichts auf den Klatsch der Hollywoodstars gebe, zu denen dieser Kerl möglicherweise gehört. Bestimmt ist er ein Z-Promi aus irgendeiner neuen Sitcom.

Weil ich immer noch nicht wie gewünscht reagiere, beugt sie sich vor und lächelt verschwörerisch.

»Christopher Bennett ist der Stern schlechthin am Footballhimmel. Der Quarterback der LA Rams. Also, er war es zumindest bis zu seinem Unfall vor zwei Jahren«, klärt sie mich mit bedeutungsschwerer Stimme auf, in der Hoffnung, mir würde endlich ein Licht aufgehen. »Außerdem ist er ein bekannter Influencer. Klingelt es jetzt bei dir?«

»Ich habe genauso viel Ahnung von Football wie der Hund meiner Schwester«, entgegne ich entschuldigend, weil ich Lisas Euphorie für diesen Mann nicht teilen kann. Vermutlich hat sie gedacht, ich würde vor Freunde in die Luft springen, denn dieser Christopher scheint ziemlich bekannt zu sein – nur eben nicht für mich. Ich interessiere mich wenig für irgendwelche Stars, schon gar nicht für Sportler. Und mit Football verbinde ich immer die Erinnerung an Sebastian, was meine Abneigung für diesen Sport noch steigert. Mein Ex war ein passionierter Footballfan, der zu jedem Spiel seines Lieblingsvereins ins Stadion gerannt ist.

»Das solltest du wirklich mal ändern. Immerhin leben wir im einundzwanzigsten Jahrhundert, meine Liebe«, ist ihr Kommentar dazu, wie üblich, wenn ich nicht up to date bin.

»Was genau möchtest du nun von mir?«, lenke ich das Gespräch auf das ursprüngliche Thema zurück.

»Christopher ist sozusagen dein Freifahrtschein aus diesem Büro heraus«, verkündet sie überschwänglich und wackelt vielsagend mit den Augenbrauen.

Lisa hat recht, dieser Arbeitsplatz und meine Position in der Redaktion ist alles andere als vielversprechend, aber jeder hat einmal klein angefangen. Irgendwann kommt mein Tag und dann werde ich aus diesem Hinterzimmer eine Etage höher versetzt.

»Eigentlich mag ich dieses Büro sehr gern«, gebe ich zurück, obwohl es eine billige Ausrede ist. Seit nunmehr als zwei Jahren arbeite ich bei der LA Times. Mein absoluter Traumjob, für den ich während des Studiums wirklich alles gegeben habe.

Bisher bin ich jedoch so etwas wie das Mädchen für alles und mehr die Sekretärin für meine Kollegen als eine richtige Journalistin. Tatsächlich habe ich nur deshalb einen eigenen Raum zugewiesen bekommen, weil mein Telefon fast rund um die Uhr klingelt und die übrigen Angestellten bei der Arbeit stört.

Ich weiß nicht, wie mir ein Ex-Footballspieler dabei helfen sollte, mir beim Chef endlich Gehör zu verschaffen, damit er meine Qualitäten als Journalistin erkennt. Dass ich eine richtige Story schreiben will, steht für mich jedoch fest. Also sehe ich mir das Foto noch mal genauer an. Dieser Christopher hat ein Grübchen auf der linken Wange, das mir bekannt vorkommt. Ob ich ihn nicht schon mal irgendwo gesehen habe? Vielleicht in einer der zahlreichen Fernsehshows, die Amy so sehr liebt? Ich krame in meiner Erinnerung, aber da ist rein gar nichts, was ich mit diesem Mann in Verbindung bringen könnte.

»Der Chefredakteur will einen Sonderartikel im Sportteil. Sein Bild soll auf die Titelseite der nächsten Ausgabe. Die Fans wollen alles über ihn erfahren: sein Leben, seine Vorlieben, alles eben. Vor allem seine Karriere und der damit verbundene Ausstieg aus der NFL ist für die Leser interessant. Natürlich gibt es bereits unzählige Artikel über sein Karriereende, doch die sind alle alt und Schnee von gestern. Wir wollen etwas Neues bringen. Etwas, das Chris wieder ins rechte Licht rückt. Dieser Typ ist ein richtiger Draufgänger, habe ich gelesen. Ziemlich beliebt bei Frauen, auf jeder Party anzutreffen und nicht gerade ein sonniger Geselle, wenn du verstehst, was ich meine. Er ist nach seiner Verletzung abgestürzt, doch niemand weiß den wirklichen Grund für dieses extreme Verhalten. Nicht selten bleibt sein Auftauchen ohne Ärger und die sozialen Netzwerke platzen vor negativer Publicity. Als unser Chef mich vorhin zu sich bestellt hat, war er ganz begeistert von der Idee, ein Interview mit Christopher zu führen. Deshalb habe ich dich als Kandidatin für die Story vorgeschlagen, da alle anderen bereits ausgelastet sind. Und ja, er will dir endlich eine Chance geben, um zu zeigen, was du draufhast, Jo.« Sie zwinkert mir zu. »Das ist jetzt der Moment, in dem du mir dankend um den Hals fallen kannst, weil ich dir diese Möglichkeit verschafft habe.«

Skeptisch drehe ich das Foto in meinen Händen. Dieser Christopher sieht wie ein typischer Sonnyboy aus. Attraktiv, keine Frage, aber so besonders, dass Lisa wegen des Interviews mit ihm regelrecht ausflippt, ist er nun auch wieder nicht. Da war mein One-Night-Stand von Samstagnacht deutlich ansprechender. Natürlich wirkt sein freches Lächeln extrem sexy und anziehend, ist jedoch noch lange kein Grund, den ganzen Sportteil mit ihm zu füllen. Warum will der Chef gerade die Story eines Footballspielers herausbringen, der nicht einmal mehr aktiv ist?

»Also, ich weiß nicht recht ...«

Lisa erhebt sich und stützt ihre Hände auf die Tischplatte. »Unser Chef will dieses Interview, also bekommt er dieses Interview.« Sie wedelt mit dem Zeigefinger vor meinem Gesicht wie eine strenge Mom bei einem Kind, das unartig gewesen ist.

»Vermutlich möchte er Bennett-Senior einen Gefallen tun, um seinen jüngsten Spross wieder ins Gespräch bringen, keine Ahnung. Negative Publicity ist zwar auch Publicity, aber sein Dad will, dass Christopher in der Sportbranche erneut Fuß fasst, statt sich durch wilde Partyexzesse und Frauengeschichten in den Medien unbeliebt zu machen«, meint sie schulterzuckend und setzt sich wieder auf den Stuhl mir gegenüber. Na großartig! Das klingt wirklich so, als habe ich einen großen Fisch an der Leine. Ich trauere jetzt schon meinen Kolumnen über entlaufene Haustiere hinterher.

»Wenn du so gut informiert bist, dann kannst du mir bestimmt einen Tipp geben, wie ich an dieses Interview herankomme? Wird der Typ auf einen Kaffee vorbeikommen, oder wie läuft das?«, frage ich meine Freundin ergeben. Die älteren Damen, die wegen ihrer besonderen Tortenrezepte hier gewesen sind, waren kein brisantes Storymaterial. Dementsprechend hat ein Anruf meinerseits genügt und sie sind voller Vorfreude in der Redaktion aufgelaufen. »Wie soll ich an ihn herankommen?«

»Du könntest ihn observieren. Lass dir was einfallen, schließlich bist du Journalistin«, schlägt Lisa glucksend vor.

Genervt verdrehe ich die Augen.

»Der Kerl ist wie ein offenes Buch. Im Grunde bräuchtest du ja nicht einmal persönlich mit ihm zu reden, um einen Artikel über ihn zu schreiben. Alles, was du brauchst, findest du online.«

»Du stalkst ihn also bereits«, stelle ich amüsiert fest, und Lisa grinst nickend.

»Warum setzt der Chef denn nicht wie üblich Mike auf die Story an? Er ist doch immer für den Sportteil zuständig«, frage ich nachdenklich. Ein Blick auf die Uhrzeit am Bildschirmrand zeigt mir, dass ich eigentlich längst zu meinem Termin in den Tierschutzverein müsste. Ungeduldig lasse ich meine Sachen in der Handtasche verschwinden. Das Foto von Christopher Bennett stecke ich ebenfalls ein.

»Mike hat keine Brüste«, entgegnet Lisa mit wackelnden Augenbrauen.

»Bitte? Was haben denn meine Brüste mit dem Interview zu tun?«, empöre ich mich, fahre ich den Computer herunter und erhebe mich vom Stuhl. »Du hast gerade selbst gesagt, ich müsste den Kerl nicht einmal persönlich treffen ...«

»Christopher Bennett gilt als absoluter Playboy. Vor allem nach seinem Karriereende soll er es ganz schön wild getrieben haben. Er steht auf Blondinen mit üppiger Oberweite. Und hier kommst du ins Spiel ...«

Lisas Grinsen wird immer breiter, während ich sie nur fassungslos anstarren kann. Beste Freundin hin oder her – das ist jedoch zu viel des Guten! Ich dachte, ich bekomme eine reelle Chance, weil ich eine gute Journalistin bin und nicht wegen meiner weiblichen Vorzüge!

»Wenn er also nicht mit dir reden will, könntest du deine Reize spielen lassen und dann ...«, fährt sie kichernd fort.

»Du spinnst ja!« Ich zeige ihr einen Vogel und verlasse meinen Platz hinterm Schreibtisch.

»Wieso denn?«, fragt Lisa mit Unschuldsmiene. »Du bist sonst nicht gegen den ein oder anderen Flirt abgeneigt.«

»Da war ich betrunken. Berufliches und Privates trenne ich prinzipiell«, entgegne ich harsch.

»Wie dem auch sei. Um das Interview kommst du trotzdem nicht herum, weil ich keine Kapazitäten für diesen Monat mehr frei habe. Du solltest diese Chance nutzen und was draus machen, Süße. Nähere Infos werde ich dir später mailen, okay? Wir sehen uns dann morgen.«

Seufzend winke ich ihr zum Abschied, ehe ich den Fahrstuhl nach unten in die Lobby nehme. Kaum habe ich das Verlagsgebäude verlassen und die Straße überquert, piept schon mein Handy. Und obwohl ich es mir nicht eingestehen will, bin ich neugierig auf die Story hinter Chris Bennett. Eine Datei ist der Mail angehängt, die ich mir zu Hause in Ruhe ansehen werde. Ich rufe mir das Foto von ihm wieder ins Gedächtnis. Lisa hat recht, er ist ein Blickfang. Wäre er mir auf der Straße begegnet, ich hätte nicht vermutet, dass der Typ so ein berühmter Sportler ist.

***

Seit Stunden sitze ich vor dem Rechner und recherchiere für den Artikel. Über diesen Kerl habe ich schon so viel Material zusammen, um locker ein ganzes Buch schreiben zu können. Die sozialen Medien und das Internet sind voll von Artikeln, Fotos oder Postings.

Jedoch weiß ich nicht wirklich, wo ich anfangen soll. Es muss ein Artikel werden, der Christopher Bennett von seiner besten Seite zeigt – und genau das ist das Problem. Alles, was ich über ihn gefunden habe, macht ihn mir wenig sympathisch. Es gibt reißerische Schlagzeilen über Alkoholexzesse, etlichen Shitstorm und brisante Liebesaffären. Wie soll ich also aus diesem ganzen Mist etwas Positives schreiben?

In seiner aktiven Zeit als Quarterback ist er hingegen nur wenig aufgefallen, hat hart trainiert, war erfolgreich – auf dem Spielfeld und in der Werbebranche. Nach dem verehrenden Kreuzbandriss schien es, als sei er zu einem ganz anderen Menschen geworden. Hat ihn der Gedanke, nicht mehr spielen zu können, so sehr zerstört?

Seufzend klappe ich den Laptop zu und strecke mich kurz, um meine Glieder zu dehnen. Dann erhebe ich mich vom Schreibtischstuhl. Die Arbeit kann bis morgen warten. Ich sollte meine Schwester anrufen und mich bei ihr entschuldigen, weil ich Sonntag nicht zum Brunch erschienen bin. Hoffentlich ist sie nicht mehr so sauer auf mich. Jedes Mal macht sie mir Vorhaltungen, dass ich mich kaum noch bei meiner Familie blickenlasse. Niemand wollte, dass ich nach der Trennung von Sebastian nach L.A. ziehe, aus Sorge, ich würde nicht allein zurechtkommen. Doch der Umzug hat mir endlich die Augen geöffnet, dass es so viel mehr im Leben gibt, als ich bisher geglaubt habe.

In der Küche stelle ich die Kaffeemaschine an und warte, bis die braune Flüssigkeit durchgelaufen ist, während ich auf dem Smartphone meine Social-Media-Konten checke. Ich nutze Instagram und Facebook hauptsächlich, um bei meinen Freunden auf dem neuesten Stand zu bleiben, statt selbst täglich Input zu liefern. Ich bin keine dieser Influencerinnen, die irgendwelche Modeoutfits oder Bilder von angesagten Partys posten, und wollte es auch nie sein. Amy nutzt Social Media gezielt, um neue Leute – und vor allem Männer – kennenzulernen.

Ehe ich die Nummer meiner Schwester aus dem Telefonbuch heraussuche und wähle, nehme ich einige Schlucke von dem schwarzen Kaffee. Der Koffeinkick tut gut und sorgt dafür, dass mein Hirn wieder einigermaßen funktioniert. Auch wenn ich sechs Wochen Zeit habe für den Artikel, stresst mich die Tatsache, ein Interview mit dem Quarterback organisieren zu müssen, um irgendetwas Positives über den Menschen schreiben zu können.

Ich nippe an meinem Kaffee und spiele ein wenig mit dem Smartphone, als es plötzlich klingelt.

»Wenn man vom Teufel spricht«, melde ich mich lachend.

»Ach, mit wem hast du denn über mich gesprochen?«, fragt meine Schwester sogleich überrascht.

»Nein, ich habe nur gerade daran gedacht, dich anzurufen. Aber du bist mir zuvorgekommen«, erkläre ich ihr und gehe rüber ins Wohnzimmer, um es mir auf der Couch bequem zu machen.

»Wie schön, dass du deine große Schwester nicht vergessen hast, meine Liebe«, meint Susan. Aus ihrer Stimme höre ich den Sarkasmus heraus. Okay, sie ist doch sauer auf mich. »Es gefällt mir nicht, wie du dich verändert hast.«

»Ich bin einfach nicht mehr das schüchterne und naive Mädchen von früher, Su. Das ist alles.«

Susan seufzt in den Hörer. »Wie dem auch sei. Kommst du kommenden Samstag zum Mittagessen? Steven möchte noch seinen Cousin einladen und –«

»Du willst mich schon wieder verkuppeln, habe ich recht?«, falle ich ihr ins Wort. Es kommt nicht selten vor, dass irgendwelche Freunde ihres Mannes ganz plötzlich am Familientisch auftauchen, sobald ich zu Besuch bin. Susan der Meinung ist, ich könnte wieder einen netten Mann in meinem Leben gebrauchen, der für mich sorgt. Dabei verdiene ich bei meinem Job mehr als genug und komme wunderbar allein zurecht.

»Es schadet auch nicht, wenn du dir Eric einmal anschaust. Du musst ihn ja nicht gleich heiraten«, entgegnet Susan nachdrücklich. Sie weiß genau, dass ich auf das Thema Hochzeit sehr empfindlich reagiere. Und ich weiß, dass meine Schwester nicht nachgeben wird, ehe ich nicht zu diesem Treffen zugestimmt habe.

»Aber ich bleibe wirklich nur zum Essen, dann fahre ich wieder, okay?«

»Natürlich«, sagt sie zufrieden. »Bis Samstag.«

***

»Und, konntest du schon etwas herausfinden?«, fragt mich Lisa neugierig, nachdem wir gemeinsam aus der Mittagspause kommen. Statt sich wieder auf ihren Arbeitsplatz zu begeben, hat sich meine Kollegin mit ihrem Kaffee zu mir ins Büro gesellt. Ich stelle meinen Kaffeebecher neben den Computerbildschirm, dann lasse ich mich auf den Bürostuhl sinken. Es stehen einige Telefonate an, die ich am Vormittag vor mir hergeschoben habe.

»Noch nicht wirklich«, entgegne ich nachdenklich. »Die Infos aus dem Internet bringen mich nicht weiter. Ich kenne nur die allgemeinen Eckdaten: Er ist achtundzwanzig Jahre, war Quarterback seit der Highschool, ehe er zu den L.A Rams gewechselt hat. Mit fünfundzwanzig hatte ihn ein Scout entdeckt und für die Seattle Seahawks angeworben, was für ihn ein enormer Karrieresprung gewesen wäre. Kurz vor der Übernahme erlitt er einen zweiten Kreuzbandriss am rechten Knie, wurde operiert und genießt sein Leben derzeit auf den wildesten Partys«, leiere ich das runter, was gefunden habe.

Lisa legt die Stirn in Falten. »Ich habe null Ahnung von Football. Sind die Seahawks wirklich so gut, dass er die Rams für sie verlassen wollte?«

Sie schlägt die Beine übereinander, sodass ihr enger Bleistiftrock etwas hochrutscht. Selbst hier auf der Arbeit kleidet sie sich so, als würde sie ausgehen. Ich hingegen hatte heute Morgen überhaupt keine Lust, mich zu stylen, deshalb trage ich Bluejeans und einen dünnen Baumwollblazer über der Bluse. Gedankenverloren trommele ich mit den Fingernägeln auf dem Schreibtisch.

»Vielleicht solltest du dich mit ihm treffen«, schlägt Lisa vor. Ich rucke zu ihr herum und sehe sie völlig entgeistert an.

»Was?«, frage ich perplex, weil ich ihr nur mit halbem Ohr zugehört habe.

»Na ja, eigentlich ist es üblich, dass man den Menschen persönlich kennenlernt, über den man schreiben will.« Lisa lacht ein glockenhelles Lachen und rückt ihre Brille zurecht. Skeptisch lege ich meine Stirn in Falten und überlege einen Moment.

»Du magst recht haben ... Aber ich kann schlecht vor seiner Haustür auftauchen und um ein Interview bitten.«

»Zuerst könntest du ihn anrufen und einen Termin vereinbaren«, erklärt sie mit einem Zwinkern. »Ruf ihn an, okay?« Sie erhebt sich und geht um den Schreibtisch herum.

»Etwa jetzt gleich?«, entfährt es mir und sofort schnellt mein Puls in die Höhe, weil ich eigentlich gedacht habe, mich noch mental auf diesen Anruf vorbereiten zu können. Schließlich ist dieser Mann irgendwie doch ein Promi ...

»Klar, was spricht dagegen? Das ist dein Job.« Sie beugt sich vor und tippt seinen Namen in die Suchmaschine des Browsers ein. »Es gibt sicher eine Telefonnummer. Wenn wir nichts finden, dann rufst du bei seinem ehemaligen Verein an. Vielleicht machen sie ja eine Ausnahme und geben uns seine Nummer durch.«

Weil wir tatsächlich vergebens im Internet suchen, müssen wir schlussendlich unseren Chef mit dieser Frage behelligen. Es überrascht mich, dass ich keine zehn Minuten später eine Mail mit der Nummer in meinem Postfach habe.

»Da hätten wir uns die Suche auch sparen können«, meint Lisa schulterzuckend und greift nach meinem Telefon, wählt und hält mir dann den Hörer entgegen. »Na los, mach schon.«

Mit einem mulmigen Gefühl presse ich den Hörer ans Ohr und lausche den Geräuschen. Es klingelt mehrmals, und ich will bereits auflegen, als sich eine tiefe Männerstimme meldet.

»Hallo?«

Ein Schauder durchläuft mich und für einen Moment bekomme ich keinen Ton heraus, weil ich plötzlich furchtbar aufgeregt bin.

»Ähm ...«, beginne ich völlig unprofessionell, denn der Klang seiner Stimme bringt mich kurz aus der Fassung. »Hier ist Joanna Miller von der LA Times. Ich rufe an, um –«

»Ich habe kein Interesse.«

Und schon ist die Leitung tot. Fassungslos starre ich auf den Hörer in meiner Hand.

»Er hat einfach so aufgelegt«, erkläre ich Lisa. Diese zuckt nur die Schultern.

»Ruf noch mal an«, fordert mich meine Kollegin auf.

Da mir nichts anderes übrig bleibt, wähle ich die Nummer erneut. Dieses Mal dauert es nicht so lange, bis er ans Telefon geht. Bevor er jedoch etwas sagen oder abermals auflegen kann, falle ich ihm direkt ins Wort.

»Mr Bennett, ich rufe von der LA Times an. Wir würden gern ein exklusives Interview mit Ihnen durchführen. Der Artikel soll auf die Titelseite. Es wird einen ganzen Sportteil zu Ihrer Person geben«, erzähle ich in freundlichem Ton. Nachdem ich geendet habe, warte ich angespannt auf seine Antwort. Mein Herz schlägt viel schneller als üblich. Neben mir trommelt Lisa mit ihren Fingernägeln ungeduldig auf der Tischplatte. Stille herrscht in der Leitung, doch er legt nicht auf, was mir sein leises Atmen verrät.

»Mr Bennett, sind Sie noch dran?«

»Ja«, brummt er schlecht gelaunt. »Aber wie ich schon sagte, ich habe kein Interesse. Lassen Sie mich in Ruhe.« Abermals legt er auf.

»Wir scheinen bei ihm wohl kein Glück zu haben«, erkläre ich meiner Kollegin. Seine harsche Abfuhr überrascht mich zwar nicht, trotzdem habe ich gehofft, mit diesem Thema schnell durchzukommen. Außerdem kam mir seine Stimme tatsächlich irgendwie bekannt vor, obwohl ich nicht weiß, woher.

»Bestimmt hast du ihn schon mal im Fernsehen gesehen«, mutmaßt Lisa nachdenklich, nachdem ich meine Vermutung äußere. Ich schüttele den Kopf. Jetzt will ich erst recht wissen, warum ich nach diesen wenigen Worten so durcheinander bin. Ich bin mir sicher, dass ich diesen Typen irgendwoher kenne!

Meine Freundin lässt mich allein, um noch einen ihrer eigenen Artikel zu Ende zu schreiben. Den Rest des Nachmittags verbringe ich damit, einige alte Aufträge durchzusehen, die aufgeschobenen Telefonate zu tätigen und über Christopher Bennett nachzudenken. Ein seltsamer Kerl. Er ist zwar bekannt wie ein bunter Hund, zieht sich trotzdem aus der Öffentlichkeit zurück, wie es auf mich den Anschein hatte. Liegt es daran, dass er nach dem Karriereende ständig von Journalisten und Pressesprechern belagert wurde?

Auch wenn ich gern würde, komme ich nicht drum herum, persönlich mit ihm zu sprechen. Denn ich *will* mit ihm reden und ihn kennenlernen. Der Ehrgeiz hat mich gepackt und ich will jetzt erst recht nicht aufgeben, um meinem Chef zu beweisen, dass ich das Zeug zu einer guten Journalistin habe.

Kapitel 4

– Chris –

Es ist ewig her, als ich das letzte Mal im Stadion gewesen bin. Unmittelbar nach dem Unfall habe ich vermieden, herzukommen und danach wurde es für mich irgendwie gleichgültig. Mit gemischten Gefühlen steige ich aus dem Wagen und betrachte die neue Heimstätte meiner alten Mannschaft. Das *SoFi Stadium* ist viel zu groß, viel zu modern und viel zu teuer, als dass ich mich darin je hätte heimisch fühlen können.

Das offizielle Spiel ist längst vorbei. Gedankenverloren streiche ich über das Geländer von einem der mittleren Ränge. Aus dieser Perspektive habe ich das letzte Mal in meiner Kindheit aufs Spielfeld geblickt, ehe ich den Großteil meines Lebens zwischen meinen Freunden verbracht habe, um für die Rams einen Sieg nach dem anderen zu erzielen. Vielleicht habe ich hier meine Liebe für den Football entdeckt.

»Mann, das wird bestimmt lustig. Du musst auf jeden Fall kommen, Chris«, hatte mir mein ehemaliger Footballkumpel Tyler gestern am Telefon versichert. Wir hatten ewig keinen Kontakt mehr, weshalb es wirklich guttat, seine Stimme zu hören. »Und es werden selbstverständlich viele hübsche Frauen da sein. Das ist doch voll dein Ding, wenn du dich schon nicht für die Scouts interessierst.«

»Danke, aber aktuell ist mir nicht nach Party«, habe ich erwidert. Dr. Clarks endgültige Diagnose hat mir einen größeren Dämpfer verpasst, als ich mir eingestehen will. Die Lust auf Partys ist mir vergangen. Und die Frauen können mir gerade ebenfalls gestohlen bleiben. Der letzte One-Night-Stand hat mir gereicht. Ich bin es nicht gewohnt, am Morgen nach dem Sex einfach so vor die Tür gesetzt zu werden.

Trotzdem hat mich Tyler überreden können, zu dieser Party zu kommen. Meine alten Teamkameraden habe ich eine Ewigkeit nicht gesehen. Nicht, weil niemand etwas mit mir zu tun haben wollte, ganz im Gegenteil.

Stattdessen bin ich ziellos durch die Clubs gezogen und habe mein eigenes Ding gemacht.

»Na endlich, da bist du ja!«, ruft mir Tyler zu und winkt fröhlich, nachdem ich den besagten Clubraum in diesem riesigen Stadion gefunden habe. »Komm rüber, es gibt genug Bier für alle.«

Ich durchquere den überfüllten Raum. »Hey Mann, was geht?« Er reicht mir die Hand. Auch Kyle und Shawn begrüßen mich mit einem Handschlag.

»Du siehst gut aus«, meint Shawn nach einer ausgiebigen Musterung. »Aber ein wenig Speck hast du schon angesetzt, Alter. Vielleicht solltest du endlich mal wieder zum Training kommen.«

Lachend boxe ich ihm gegen die Brust.

»Wenigstens deinen Humor hast du nicht eingebüßt«, stellt Tyler amüsiert fest. »Das freut mich wirklich, Chris. Ich habe mir Sorgen um dich gemacht.« Mein Kumpel legt mir den Arm um die Schulter und gibt mir einen Becher Bier. Ich nehme einen großen Schluck. Das vertraute Gefühl von damals kehrt zurück, obwohl die Zeit mit meinen Freunden schon lange zurückliegt. Als wäre es ein anderes Leben, das nicht mir gehört ... Zwar nehmen sie mich in ihren Kreis auf, doch ich gehöre längst nicht mehr zu ihnen. Meine Zeit als Quarterback ist Geschichte. »Ihr habt ja recht ... Vielleicht schaue ich demnächst mal beim Training vorbei. Aber nur, um euch Lahmärschen beim Laufen zuzusehen.«

Die Jungs erzählen noch ein wenig über das vergangene Freundschaftsspiel gegen die LA Charges und die letzte Saison, die ich am Rande in den Medien verfolgt habe. Tyler sorgt immer wieder für Getränkenachschub. Es ist beinahe wie früher.

Doch ich höre ihren Ausführungen lediglich mit halbem Ohr zu, kippe ein Bier nach dem anderen in mich hinein und warte, bis der Alkohol seine Wirkung zeigt. Mit jeder Minute wächst meine Eifersucht auf das, was sie gemeinsam haben, während ich nur noch von außen zusehen werde: die Gemeinschaft und den Football!

»Ist mein Dad heute hier?«, frage ich Kyle und unterbreche damit seine Ausführungen über den letzten siegbringenden Touchdown. Kyle zuckt mit den Schultern.

»Beim Spiel war er da, seitdem habe ich ihn noch nicht gesehen. Vielleicht spricht er irgendwo mit einem der Scouts oder ist längst zurück nach Hause gefahren.«

Erneut sehe ich mich im überfüllten Clubraum um. Hier meinem Dad über den Weg zu laufen ist das Letzte, was ich will. Er würde sich sowieso wieder über mein Verhalten aufregen und versuchen, mir zuzureden, dass ich endlich aufhören soll, im Selbstmitleid zu ertrinken, um meinen Arsch hochzukriegen, mein Leben wieder in die Hand zu nehmen.

»Hey, da ist er«, meint Shawn plötzlich und deutet zur Tür.

»Dad?«, frage ich und wirbele herum. Aber es ist bloß ein Typ in weiblicher Begleitung, der gerade hereinkommt. Bei seinem Anblick spannt sich alles in mir an. Ihm nach all der Zeit erneut persönlich gegenüber zu stehen, lässt einen heißen Knoten aus Wut in meinem Magen entstehen. Peter Griffin, mein ehemaliger bester Freund und Teamkollege. Der Mann, mit dem ich früher so viel geteilt habe und der mich bis aufs Bitterste enttäuscht hat. Ihm noch einmal zu begegnen, nachdem er mir meinen Traum genommen hat, schürt die Verärgerung in mir. Ich presse meine Lippen fest aufeinander und balle die Hände zu Fäusten.

Auch die anderen wenden sich in seine Richtung und betrachten ihn argwöhnisch.

»Dass er sich traut, hier aufzukreuzen«, murmelt Tyler, legt mir dabei die Hand auf die Schulter, als ahne er, welcher Sturm in mir tobt. »Dabei wissen alle längst, dass er in wenigen Wochen zu den Seahawks wechseln wird. Er ist schon lange kein Teil des Teams mehr.«

Der Alkohol in meinem Blut sorgt nicht gerade dafür, dass ich besonnen und kühl auf diese Begegnung reagiere.

Mit einem überheblichen Grinsen sieht sich Peter im Raum um, als suche er jemand Bestimmtes unter den Partygästen. Die Frau an seiner Seite ist attraktiv und trägt ein verdammt kurzes Partykleid. Sie erinnert mich ein wenig an eine billige Version meines vergangenen One-Night-Stands.

»Es wundert mich, dass die Seahawks ihn nach dem letzten Skandal nehmen ...«, erzählt Shawn.

»Na ja.« Kyle zuckt mit den Schultern. »Egal, was Peter getan haben mag, er ist dennoch ein fähiger Spieler.«

Es durchläuft mich eiskalt. Mein Rivale soll tatsächlich für die Seahawks aufs Feld? Auf der Position, die mir noch vor Jahren zugesichert wurde? Bevor dieser Traum durch den Unfall wie eine Seifenblase zerplatzte ...

»Schon gut«, brumme ich und wende meinen Blick von Peter ab, der mit seiner Begleitung an die provisorische Bar geht, um sich einen Drink zu organisieren. »Niemand von euch kann etwas für den Vorfall. Es ist eine Sache zwischen ihm und mir ...«

An das Testspiel erinnere ich mich, als wäre es gestern gewesen. Dieser Tag hat sich in mein Gedächtnis gebrannt. Noch heute sehe ich den Ball auf mich zufliegen und wie ich zum Sprung ansetze, um ihn zu fangen. Es hätte ein perfekter Touchdown von mir werden können. Ein Wurf, der die Zuschauer und die Scouts begeistern sollte. Doch dann kam Peter mit einem Tackle von rechts und beförderte mich hart zu Boden, um *mir* den

Ball abzunehmen. Er spielte den Touchdown und erzielte sechs Punkte, während ich mich vor Schmerzen auf dem Boden krümmte.

Eigentlich hätte ich jetzt an seiner Stelle bei den Seattle Seahawks spielen sollen. War sein Foul etwa Absicht? Bisher bin ich davon ausgegangen, dass es ein blöder Sportunfall gewesen war, aber die neuen Informationen rücken das gerade alles in ein anderes Licht.

Ich unterdrücke meine Enttäuschung, nehme noch einen kräftigen Schluck Bier. Langsam spüre ich, wie sich der Alkohol in meinem Körper breitmacht, dabei jeden rationalen Gedanken vertreibt.

»Oh, scheiße. Das wollte ich nicht sagen, Mann. Habe wohl einen wunden Punkt getroffen, was?«, entschuldigt sich Shawn gleich, als er meine verkniffene Miene sieht.

»Ich hätt's sowieso erfahren. Immerhin verfolge ich die Nachrichten«, entgegne ich trocken. Instinktiv suche ich Peter zwischen den Gästen. Er steht immer noch an der Bar, seinen Arm um die Taille der jungen Frau gelegt, die sich an seine Seite schmiegt. Dabei unterhält er sich mit einem Spieler der LA Chargers. Weiß die Frau, worauf sie sich bei ihm einlässt? Dass er nichts Festes sucht, sondern nur seinen Spaß will? Keine Ahnung, ob Mia geahnt hatte, dass Peter sie nach ihrem One-Night-Stand fallen lässt ... Der Seitensprung meiner Ex-Freundin nagt immer noch an mir, denn ich habe es nicht kommen gesehen. Ob Peter überhaupt bereut, mir das Leben versaut zu haben? Erst sorgt er dafür, dass ich nie wieder Football spielen kann und dann spannt er mir auch noch meine Freundin aus. Ich habe nie geahnt, wie skrupellos mein ehemaliger bester Freund wirklich ist ...

Die Wut in meinem Inneren wächst stetig und sammelt sich dicht unter der Haut. Peter entdeckt unsere kleine Gruppe und kommt grinsend auf uns zu.

»Hey Leute. Gutes Spiel heute. Die Chargers hatten keine Chance gegen euch, auch wenn eure besten Spieler fehlen«, meint er in schnippischem Ton. Dann fällt sein Blick auf mich und sein hämisches Lächeln wird noch breiter. »Wenn das nicht unser lieber Christopher ist. Dich habe ich ja ewig nicht mehr gesehen. Was macht das Knie? Spielst du wieder?«

Wäre nicht der spöttische Unterton in seiner Stimme, hätte ich wirklich vermutet, er würde sich für mein Wohlergehen interessieren.

Hart kralle ich die Hand um meinen Becher, sodass das Plastik sich bereits wölbt.

»Danke der Nachfrage, aber du siehst ja, ich kann geradeaus laufen. Für die kommende Saison reicht es aber nicht«, gebe ich so gelassen wie möglich zurück. Kyle lacht auf, bekommt jedoch direkt einen Rippenstoß von Tyler.

»Wirklich schade. Da konnte dein Dad dir anscheinend kein neues Knie kaufen, dabei tut er doch sonst alles für seinen Sohn.«

»Scheiße, Peter, halt's Maul«, zischt Tyler gereizt.

Er zuckt unschuldig die Schultern. »Was denn? Es ist die Wahrheit. Wir wissen alle, dass Chris nur so weit gekommen, weil sein alter Herr ihn früher immer wieder gepusht hat. Sonst wäre er niemals Quarterback der Rams geworden.«

»Du gehst zu weit«, zische ich, versuche dabei, meine Wut im Zaun zu halten. Ich mache einen Schritt auf Peter zu und starre ihn finster an.

Tyler legt mir seine Hand auf die Schulter. »Lass dich nicht von ihm provozieren«, raunt mein Kumpel mir zu. Sein Gerede und der herausfordernde Blick seiner grünen Augen bringen das Fass zum Überlaufen.

»Ich spreche nur aus, was alle anderen denken: Deine Leistungen haben vor dem Unfall extrem nachgelassen. Hättest du dir mehr Mühe gegeben und härter im Team trainiert, statt nur an deine eigene Karriere zu denken, würdest du jetzt für die *Seattle Seahawks* spielen, statt jammernd den Kopf in den Sand zu stecken.« Mein ehemals bester Freund wendet sich mit seiner Begleitung zum Gehen, doch ich halte ihn an der Schulter zurück.

»Hey du Wichser. Du solltest aufpassen, was du sagst!«, schleudere ich ihm entgegen. Peter dreht sich erneut zu mir um. In seinen Augen blitzt es angriffslustig.

»Sonst was?« Er zieht eine Augenbraue hoch, mustert mich dabei von oben herab, was mich noch wütender macht.

»Sonst landet meine Faust schneller in deiner Fresse, als dass du Seahawks sagen kannst!«

»Chris, jetzt hör auf damit«, beschwichtigt mich Tyler, aber ich schüttele seine Hand ab und mache noch einen Schritt auf Peter zu, bis ich dicht vor ihm stehe. Dieser lacht bloß. Anscheinend glaubt er nicht, dass ich mich ernsthaft vor allen Augen mit ihm prügeln würde. Doch ich habe nichts mehr zu verlieren, weil ich bereits am Boden bin. Die Wut nimmt überhand, und ich hole tatsächlich aus. Peter reagiert nicht schnell genug, sodass er meinem Schlag nicht ausweichen kann. Meine Faust trifft mit voller Wucht seine Nase und er brüllt vor Schmerzen auf, hält sich die Hände vors Gesicht. Meine Fingerknöchel pochen, doch es ist immer noch viel angestaute Wut in meinem Inneren.

»Du solltest dir vorher überlegen, vor wem du den großen Macker raushängen lässt. Deine Sprüche kannst du dir sonst wo hinstecken«, zische ich verärgert. Ehe ich ein weiteres Mal zuschlagen kann, zerren mich Kyle und Shwan an den Armen zurück, sodass ich mich nicht aus ihrer Umklammerung befreien kann.

»Scheiße, Mann! Bist du total bescheuert?«, entfährt es meinem Rivalen schrill. Seine Freundin starrt mich mit weit aufgerissenen Augen an, was mich an ein verschrecktes Kaninchen erinnert. Statt sich um Peter zu kümmern, dem Blut aus der Nase auf sein Designershirt tropft, macht sie allerdings einen Schritt zur Seite. So jemand ist sie also.

»Du hast es nicht anders gewollt«, entgegne ich kühl, und ein Grinsen erscheint auf meinem Gesicht.

»Kein Wunder, dass dich niemand mehr in der NFL sehen möchte«, jammert Peter und fasst sich an die blutende Nase. Sofort will ich mich erneut auf ihn stürzen, doch meine Freunde halten mich in einem eisernen Griff zurück und Peter nutzt die Gelegenheit, um auf die Toilette zu verschwinden. Jetzt erst bemerke ich, wie still es um uns herum geworden ist. Die Geräuschkulisse der sprechenden Gäste ist völlig verstummt. Unzählige Augenpaare sind auf mich und meine Freunde gerichtet. Ich erkenne entsetzte Gesichter und dutzende Handykameras, die in meine Richtung zeigen. Sollen diese Aasgeier doch filmen, wenn sie so sehr auf eine Sensation aus sind. Vermutlich ist diese Prügelei das Highlight des Abends.

»Was ist hier los?« Die donnernde Stimme meines Dads dringt wie ein Echo zu mir durch und bringt mich wieder zur Besinnung. Meine Wut verpufft augenblicklich, lässt eine gähnende Leere in mir zurück. Mein Vater bahnt sich einen Weg durch die schaulustige Meute zu uns durch und baut sich bedrohlich vor mir auf.

»Christopher, was ist passiert?«

»Nichts von Bedeutung«, presse ich hinter zusammengebissenen Zähnen hervor, schlucke den Frust hinunter und reiße mich endlich aus der Umklammerung meiner Freunde los. Ohne auf die Fragen und Rufe meines Vaters zu regieren, eile ich zum Ausgang. Ich haste durch die langen Korridore und stoße die große Flügeltür ins Innere des Stadions auf. Um mich herum ist es dämmrig, nur ein paar der Flutlichter beleuchten das menschenleere Stadion. Ich laufe einige Meter raus auf das Spielfeld, bleibe stehen und drehe mich einmal um die eigene Achse. Dieses Gefühl, hoch zu den Tribünen zu schauen und das jubelnde Publikum zu sehen, werde ich nie mehr erfahren. Ein Kloß bildet sich in meiner Kehle. Ich schlucke ihn runter und balle erneut die Fäuste. Der Schmerz über den Verlust meines Traums sitzt immer noch tief, obwohl ich geglaubt habe, darüber hinweg zu sein. Aber Peter hat mir deutlich gemacht, dass ich nie mehr dazugehören werde!

***

»Kannst du mir sagen, was das hier ist?«, fragt mich mein Dad beim sonntäglichen Brunch. Seine Stimme klingt beherrscht, doch ich kenne ihn viel zu gut, weshalb ich weiß, dass er innerlich tobt. Er hält mir sein Tablet vor die Nase, in dem er eben einen Sportbericht gelesen hat. Ich überfliege die Schlagzeile, um einen Überblick zu bekommen. Eigentlich sollte ich mittlerweile wissen, dass immer irgendwer plaudert, trotzdem krampft sich mein Magen zusammen, während ich die Worte lese.

Das Foto, das vermutlich einer der Gäste mit seinem Handy gemacht hat, zeigt eindeutig, was geschehen ist. Es präsentiert mich mit erhobener Faust, während Peter sich die Hände vor die Nase hält, als würde er gleich losheulen. Na großartig! Ich hätte mich nicht von ihm provozieren lassen sollen, aber der Schmerz und die Enttäuschung der vergangenen Jahre brachen über mir herein, sobald dieser Kerl den Raum betreten hatte. Wieso zur Hölle darf jetzt ausgerechnet er für die Seahawks spielen?

»Er hat mich provoziert«, verteidige ich mich halbherzig, weil ich längst weiß, dass Dad meine Meinung zu diesem Zwischenfall nicht hören will. Er glaubt das, was in den Medien berichtet wird.

Meine Mom rümpft die Nase über mein Verhalten. Ich beachte sie nicht, sondern greife über den Tisch nach der Marmelade, um sie auf meinem Toast zu verteilen.

»Du kannst dich nicht mit jedem prügeln, der dich schief anschaut, Junge«, mahnt sie mich vorwurfsvoll.

»Es wird langsam Zeit, dass du zur Vernunft kommst. Ich habe dein Verhalten lange genug toleriert. Deine Verletzung wird dein miserables Benehmen nicht ewig entschuldigen, Christopher«, schimpft mein Dad in strengem Ton, als wäre ich wirklich noch der zehnjährige Junge von damals, der unbedingt Football spielen wollte. Mit meinem Dickkopf habe ich meinen Willen durchsetzen können und es auch fast an die Spitze der NFL geschafft. Aber leider nur fast ...

»Außerdem solltest du dich endlich mal wieder rasieren«, wirft meine Mutter ein. »Mit dieser Gesichtsbehaarung siehst du so ... ungepflegt aus.«

Grinsend streiche ich mir durch den Bart. »Vollbart ist total angesagt.«

Eine Weile sagt niemand etwas, nur die leisen Geräusche von klirrenden Kaffeetassen und der Gabel auf dem Teller ist zu hören. Dann stellt mein Dad seinen Becher ab und sieht mich erneut finster an.

»Wie dem auch sei ... Ich habe dir ein Interview bei der LA Times organisiert. Du bekommst in der Sonderausgabe des nächsten Monats den kompletten Sportteil. Das sollte dein Image ein wenig aufpolieren. Vielleicht ergatterst du dadurch wieder einige Werbeaufträge. Du hast lange genug auf der faulen Haut gelegen. Enttäusch mich nicht schon wieder, Junge.«

Seine herablassenden Worte treffen mich härter als vermutet. Verärgert presse ich die Lippen zu einem Strich zusammen, ehe ich Luft hole.

»Warum sollte sich die LA Times für meinen Absturz interessieren?«, frage ich mit Bitterkeit in der Stimme und würge den letzten Rest meines Toasts herunter, weil ich kaum noch Appetit verspüre. »Wozu soll das gut sein? Jemanden wie Peter hätten sie bestimmt viel lieber auf der Titelseite. Ich habe keine Lust auf dieses Interview. Was soll das auch bringen? Die Leute machen sich sowieso ihr eigenes Bild. Wem willst du etwas vormachen?«, entgegne ich gereizt, versuche, meine Wut über dieses Thema dabei so gut es geht, im Zaun zu halten. »Meine Karriere ist im Arsch, akzeptiert es endlich!«

Ich kenne meinen Vater nur zu gut. Ihn hat das Gerede der Leute schon immer mehr interessiert als seine Familie. Nach außen hin ist er der liebevolle, fürsorgliche Vater und Ehemann, der sich für alle aufopfert, doch eigentlich müssen alle nach seiner Pfeife tanzen. Wer das nicht tut, wird verstoßen.

»Es wäre wirklich besser, wenn du dein Leben in den Griff kriegst, Junge. Wir wollen dir nur helfen. Such dir eine vernünftige Arbeit, dann wird sich schon alles von selbst regeln. Ich kenne da jemanden –«

»Mischt euch nicht in meine Angelegenheiten ein.« Wütend springe ich vom Stuhl auf. Ich habe es so satt, dass jeder zu wissen glaubt, was gut für mich ist, ohne dabei mich persönlich mit einzubeziehen. Ich bin einfach noch nicht bereit, mit dem Football abzuschließen. Dieser Sport hat mir die Welt bedeutet. Ich habe das nicht nur gemacht, weil mein Dad das so wollte. Ich habe es wirklich geliebt.

Was bleibt mir, wenn ich nie mehr spielen kann? Wer interessiert sich dann überhaupt noch für mich? Ich habe mich immer als Quarterback der LA Rams identifiziert, aber wer bin ich jetzt, wenn ich das nie mehr sein werde?

»Du solltest deine Aggressionen im Zaun halten, Christopher«, donnert mein Dad. Im gleichen Moment stehe ich auf und verlasse ohne ein weiteres Wort das Esszimmer. Mir reicht's! Ich habe es satt, mir ständig vorschreiben zu lassen, wie ich mein Leben leben soll. Er ist nicht mehr mein Coach! Und auch als Vater hat er kein Recht dazu.

»Chris, warte«, ruft mir meine Mom nach.

»Lass ihn, Darling. Er wird einsehen, wohin ihn seine Sturheit bringt. Spätestens, wenn ihm das Geld ausgeht«, kommt es von meinem Dad.

»Ich muss leider auch los. Ich habe Ella versprochen, mit ihr zusammen die Großeltern zu besuchen«, entschuldigt sich mein großer Bruder. Im Flur holt er mich ein, während ich in meine Schuhe schlüpfe. »Komm, ich bringe dich heim.«

»Ich brauche keinen Babysitter, Kev«, schnauze ich ihn schlecht gelaunt an.

»Das vielleicht nicht. Aber einen großen Bruder«, entgegnet er unbeirrt und hält mir die Haustür auf.

Kapitel 5

– Joanna –

Samstag Nachmittag drehe ich mich vor dem großen Spiegel in meinem Schlafzimmer. Das geblümte Sommerkleid betont meine Figur, ohne sehr aufreizend zu wirken. Mit dem Lippenstift ziehe ich meine Lippen nach, schenke meinem Spiegelbild ein freches Lächeln und schlüpfe in die leichten Sandalen, ehe ich meine Wohnung verlasse.

Die Fahrt zum Haus meiner Schwester ist kürzer als vermutet, denn der Highway ist trotz Wochenendes nicht so überfüllt wie üblich. Dort angekommen, klingele ich. Susans Sohn Justin öffnet augenblicklich, als habe er vor der Tür regelrecht auf meinen Besuch gewartet.

»Tante Jo ist da!«, ruft er ins Haus, nachdem er mir einen Begrüßungskuss auf die Wange gedrückt hat. Ich schließe die Haustür hinter mir und gehe zielstrebig ins Wohnzimmer durch. Meine Schwester wohnt mit ihrem Mann und den Zwillingen in der Nähe meiner Eltern, unweit vom Santa Monica Bay. Die ruhige Wohn-

siedlung ist perfekt, um Kinder großzuziehen, hat
Susan immer wieder beteuert. Seitdem sie Mutter ist,
hat sie ihren Job im Krankenhaus an den Nagel gehan-
gen, um für ihre Familie da zu sein. Die Jungs sind
schon sechs und kommen bald in die Schule. Früher
habe ich mir sehnlichst eigene Kinder gewünscht, doch
dieser Wunsch ist mit den Jahren immer mehr in den
Hintergrund geraten, weil mir meine Karriere wichtiger geworden ist. Außerdem will ich mich nicht erneut
an einen jemanden binden, mit dem es vermutlich
nicht funktionieren würde ...

»Da bist du ja endlich«, meint Susan mit einem kurzen Blick ins Wohnzimmer. »Die Männer sind im Garten. Du kannst mir gerade mit den Salaten helfen, bin
fast fertig.«

»Klar.« Ich hänge meine Handtasche über eine Stuhllehne und gehe zu meiner Schwester.

»Alles Gute zum Geburtstag nachträglich, Süße.« Sie
drückt mich kurz an sich, dann hält sie mir auch schon
einen der fertigen Salate entgegen. Lächelnd nehme ich
ihr die Salatschüsseln ab, die ich im Wohnzimmer auf
den Tisch stelle. Justin kommt angelaufen, eine Fernbe-
dienung in der Hand.

»Schau mal, Jo, was ich bekommen habe«, sagt er aufgeregt. Ein ferngesteuertes Auto kommt um die Ecke
geflitzt. »Geil, oder? Collin hat dasselbe in Blau. Meins
ist aber cooler, weil es schwarz ist.«

»Du sollst deine Tante nicht *Jo* nennen, Justin. Das
heißt *Tante Joanna*, verstanden? Immerhin ist sie fast
zwanzig Jahre älter als du«, mahnt ihn Susan streng.

»Ach, lass den Jungen doch«, entgegne ich und gehe vor Justin in die Hocke. »Hat dein Dad dir dieses coole Auto gekauft?«

Er nickt begeistert.

Amüsiert wuschele ich durch sein blondes Haar, dann schicke ich ihn zurück zu seinem Bruder ins Kinderzimmer, ehe ich mich erhebe.

»Sei nicht immer so streng mit ihnen. Sie sind noch klein.«

»Das sagst du nur, weil du keine eigenen Kinder hast«, meint Susan und stellt eine weitere Schüssel Salat auf den Tisch. »Hättest du welche, würdest du ihnen auch Grenzen setzen. Wärst du noch mit Sebastian zusammen ...«

»Bin ich aber nicht«, schneide ich ihr direkt das Wort ab. Susan ist immer noch der Meinung, die Sache mit Sebastian wäre anderes ausgegangen, hätte ich ihm eine zweite Chance gegeben. Doch welche Frau vergibt einem Kerl, der sie auf der eigenen Hochzeit sitzen lässt? Keine, die alle ihre Sinne beisammenhat!

»Glaubst du denn, dass diese wildfremden Männer, mit denen du schläfst, die Lücke in deinem Herzen füllen können? Ihr wart so lange zusammen und wirklich ein sehr schönes Paar.«

Über ihren Kommentar kann ich nur mit dem Kopf schütteln. Ich liebe meine große Schwester, aber manchmal können mir ihre Ansichten echt gestohlen bleiben.

»Können wir bitte das Thema wechseln«, beende ich dieses Gespräch. Zum Glück kann Susan nichts mehr erwidern, denn ihr Mann Steven kommt durch die geöffnete Verandatür mit einem großen Teller ins

Wohnzimmer, auf dem die Steaks liegen, gefolgt von seinem Cousin.

»Hallo Joanna. Wir haben uns ja ewig nicht gesehen«, grüßt er mich gut gelaunt, nachdem er den Teller mit dem Fleisch auf den Tisch gestellt hat. Steven ist ein liebevoller und zuvorkommender Mann. Ein richtiger Familienmensch, der meine große Schwester auf Händen trägt. Susan und er passen gut zusammen, denn auch für meine Schwester steht die Familie an erster Stelle. Ich hingegen möchte niemand, der mir jeden Wunsch von den Augen abliest, sondern der mich zum Lachen bringt und mir gleichzeitig die Stirn bieten kann.

Stevens Cousin kommt nun seinerseits auf mich zu und schüttelt mir ebenfalls die Hand.

»Hey, ich bin Eric«, stellt er sich vor. Ich schenke ihm ein Lächeln.

»Joanna.«

»Na dann, wollen wir essen? Susan, holst du die Kinder?«, kommt es von Steven, der mit einem wohlwollenden Grinsen zwischen Eric und mir hin und her sieht.

***

Der Nachmittag verfliegt wie im Nu. Schuld daran sind die lustigen Geschichten, die Steven über die Jungs erzählt. Auch Eric stellte sich als interessanter Gesprächspartner heraus. Er arbeitet in der IT-Branche, gestaltet überwiegend Internetauftritte für Unternehmen, zudem ist er für aktive Werbung in den sozialen Netzwerken oder kleinere Artikel zuständig. Außerdem kennt er unglaublich viele Leute. Sein Job macht

mich neugierig, obwohl mich der Mann dahinter eigentlich nicht interessiert, was Susan und Steven insgeheim gehofft haben.

Eric ist nicht wirklich groß, vielleicht einen Kopf grö-
ßer als ich und viel zu schlaksig. Und auch sonst sieht
er recht durchschnittlich aus. Braune Augen, braune
Haare und ein leichter Bartschatten.

»Joanna ist Journalistin«, hatte Steven seinem Cousin
erzählt, um das Gespräch zwischen uns in Gang zu
bringen.

»Tatsächlich?« Eric wurde sofort hellhörig. »Freie
Journalistin oder angestellt?«

»Ich arbeite für die LA Times«, antworte ich. »Gerade
bin ich an einer ganz aktuellen Story dran, von der ich
mir einen Karrieredurchbruch erhoffe.«

»Richtig«, fiel auch Susan ins Gespräch ein. »Du hast
mir neulich erzählt, dass du einen Artikel für den
Sportteil über so einen Sportler schreiben sollst.«

»Footballer. Aber es ist tatsächlich ziemlich schwie-
rig, an den Kerl ranzukommen. Er scheint nicht gerade
offen für Interviews zu sein. Vermutlich wird das also
nichts aus meiner steilen Karriere bei der Zeitung.«

»Vielleicht kann ich dir ja helfen?«, schlägt Eric nach
dem Essen vor, als wir allein im Wohnzimmer zurück-
bleiben. Susan ist in der Küche verschwunden, um den
Kaffee aufzusetzen, und Steven ist mit den Zwillingen
im Kinderzimmer, weil Collins ferngesteuertes Auto
plötzlich nicht mehr fährt. »Dafür bräuchte ich deine
Telefonnummer und ...«

»Versuchst du gerade auf gar nicht mal subtile Weise
meine Handynummer zu bekommen, um später nach
einem Date zu fragen?«, will ich mit einem amüsierten

Grinsen wissen. Eric ist zwar ganz nett, doch ein zweites Mal werden wir uns nicht treffen. Da möchte ich ihm keine falschen Hoffnungen machen. Zu meiner Verwunderung schüttelt er den Kopf.

»Glaub mir, ich weiß genau, warum Steven mich heute eingeladen hat. Ich bin schon eine ganze Weile Single, und er hofft darauf, mich zu verkuppeln. Aber ich möchte mich aktuell nicht binden. Außerdem bin ich mit meinem Job verheiratet, wie meine Freunde oft genug betonen.« Lachend kratzt er sich am Hinterkopf. »Also was ist, bekomme ich trotzdem deine Nummer? Vielleicht könnten wir einander bei unserer Arbeit unterstützen.«

»Und, wie willst du mir helfen?«, frage ich ihn neugierig, hole mein Smartphone aus der Handtasche und diktiere ihm meine Handynummer.

»Weißt du, ich kenne eine Menge Leute. Sicher hilft mir der ein oder andere dabei, diesen Footballspieler ausfindig zu machen, damit du dein Interview bekommst. Früher oder später kommt man an jeden heran, wenn man nur tief genug gräbt.«

»IT-Branche, hm?«, meine ich gedehnt und sehe ihn herausfordernd an. »Bist du ein Hacker?«

Eric lacht auf und seine braunen Augen funkeln dabei amüsiert. »Ich kenne mich bloß ganz gut mit Computern aus, das ist alles.«

***

Nachdem ich wieder zu Hause bin und gerade aus der Dusche komme, piept mein Handy. Tatsächlich hat Eric nicht zu viel versprochen, als er meinte, er könnte mehr Details zu Christopher Bennett auftreiben. Seine Nachricht enthält einige Links zu Social Media Accounts, die ich bereits gesehen habe, und eine mir unbekannte Handynummer.

Eric: Ich kenne jemanden, der jemanden kennt, der wiederum jemanden kennt, der einen Bekannten hat, mit dem Christopher Bennett früher Football gespielt hat. Der Typ heißt Peter Griffin und spielt neuerdings für die Seattle Seahawks. Er hat einiges zu erzählen und vielleicht kann er dir ebenfalls helfen, falls du weitere Informationen brauchst, die dir dieser Bennett nicht geben will. Bedanken kannst du dich mit einem Kaffee, vielleicht morgen in der Mittagspause?

Über Erics Nachricht muss ich schmunzeln. Dann speichere ich mir die Nummer ein und schlüpfe unter die Bettdecke. Wenn ich mit Erics Hilfe an Christopher Bennett herankomme, lade ich ihn nicht nur zu einem Kaffee ein. Damit hilft er mir ungemein. Mit diesem Hochgefühl kommen auch die Zweifel. Wie aufdringlich ist es, wenn ich auf seinem Handy anrufe? Ich würde definitiv ungefragt in seine Privatsphäre eindringen. Ein mulmiges Gefühl macht sich bei diesem Gedanken in mir breit. Seufzend drehe ich mich auf die Seite, mein Smartphone in den Händen. Wahllos lasse ich den Zeigefinger über das Display streichen, wische durch meine zahlreichen Apps. Warum bin ich plötzlich so aufgeregt? Die Erinnerung an seine tiefe Stimme jagt mir plötzlich einen wohligen Schauer über den Rücken. Diesen Klang habe ich definitiv schon einmal irgendwo gehört, auch sein Bild kommt mir vage bekannt vor. Eine Weile hadere ich noch mit mir, dann wähle ich mit zitternden Fingern Christophers Nummer, presse mir das Handy ans Ohr und lausche in die Stille hinein. Dieses Mal muss ich gar nicht so lange warten, bis der Anruf entgegengenommen wird. Laute Musik ertönt im Hintergrund, ehe sich eine tiefe Männerstimme meldet.

»Hallo, wer ist da?«

Vor Schreck lasse ich beinahe das Handy fallen. Er ist es tatsächlich! Obwohl die Hintergrundgeräusche ziemlich laut sind, kann ich die Stimme deutlich als Christophers einordnen.

»Hallo?«, fragt er erneut, und ich bemerke, wie es im Hintergrund stiller geworden ist. Vermutlich ist er aus dem Raum gegangen, um mich besser hören zu können. Meine Kehle wird trocken, ich muss schlucken, um meine Stimme wiederzufinden.

»Ähm ... Pizza«, ist das Erste, was mir einfällt, und sofort könnte ich mir auf die Zunge beißen für diese schlechte Lüge. Trotzdem kann ich mich in diesem Moment nicht als Journalistin outen, weil ich dadurch meinen einzigen Trumpf verspiele. Er würde meine Nummer blockieren und dann stünden meine Chancen noch schlechter das Interview zu bekommen. »Ja, ich wollte noch mal Ihre Pizzabestellung überprüfen. Also, es waren dann drei Mal Salami, einmal Hawaii und ...«, plappere ich aufgeregt drauf los. Das ist die mieseste Lüge, die seit langem über meine Lippen gekommen ist. Aber zumindest wimmelt er mich nicht direkt wieder ab und ich kann vielleicht sogar etwas aus der Situation machen.

»Ich hasse Pizza Hawaii«, kommt er von ihm, dann entsteht eine kurze Pause, in der er selbst überlegt, was er da gerade gesagt hat. »Ich habe gar keine Pizza bestellt … Leute, hat jemand von euch mit meinem Handy den Pizzadienst angerufen?«, ruft er. Im Hintergrund höre ich mehrere Stimmen, die ich kaum verstehen kann, weil die Musik wieder lauter geworden ist.

»Äh, sorry, dann habe ich mich wohl verwählt. Tschüss.« Hastig lege ich auf und presse mir das Handy gegen die Brust, um dadurch mein wild klopfendes Herz zu beruhigen. Für einen Moment habe ich ihn aus der Fassung gebracht. Und er klang so gar nicht wie neulich, als ich ihn vom Büro aus angerufen habe. Irgendwie wirkte er entspannter. Vielleicht hat Lisa recht, und er ist es leid, ständig mit irgendwelchen Journalisten über seine verpatzte Karriere zu sprechen. Immerhin ist er auch nur ein junger Mann, der einfach sein Leben leben will. Jetzt bekomme ich beinahe ein schlechtes Gewissen, weil ich dieses Interview aus ihm herauskitzeln muss.

***

Die neue Woche startet regnerisch. Ich bin froh über diese kleine Abkühlung, denn der Sommer war bisher verdammt heiß.

»Ich mache dann mal Feierabend«, verkünde ich den Kollegen im Empfangsbereich, als ich an ihnen vorbei zur Tür gehe. »Muss noch etwas erledigen.«

»Hast du etwa ein Date?«, kommt es sogleich von Lisa, die bei einer anderen Kollegin steht und mit ihr über die morgige Ausgabe spricht. Ich schüttle lachend den Kopf.

»Ich treffe mich lediglich mit einem Bekannten«, entgegne ich, schaue kurz auf mein Handy, ob Eric geschrieben hat. Natürlich habe ich Lisa direkt am Montagmorgen von meinem Telefonat mit Christopher Bennett erzählt. Sie war gleich Feuer und Flamme und wollte jedes Detail erfahren, wie ich an seine private Handynummer rangekommen bin. Ich habe lediglich erwähnt, dass mir der Cousin meines Schwagers über eine zuverlässige Christophers Handynummer geschickt hat. Dass ich mich so dämlich bei meinem Anruf Samstag Abend angestellt habe, erwähnte ich jedoch nicht.

»Jetzt hast du deine Seele dem Teufel verschrieben«, meint meine Kollegin mit schauriger Stimme, was uns beide zum Lachen gebracht hat. »Wer weiß, was der Kerl als Gegenleistung von dir verlangen wird.«

»Ach was, Eric ist es netter Typ.«

Gut gelaunt mache ich mich auf den Weg in Richtung des Grand Parks und zum nahe gelegenen Starbucks.

»Joanna«, grüßt er mich und winkt lachend.

»Hey«, entgegne ich und schüttele seine Hand. »Wollen wir reingehen? Ich kann leider nicht lange bleiben.«

»Schon okay. Ich muss auch gleich noch weiter zu einem Termin.«

»Danke.« Ich lächle entschuldigend, dann folge ich ihm ins Innere, um einen Kaffee zu bestellen. Wir setzen uns an einen Tisch am Fenster, von dem man einen herrlichen Blick auf den Park hat. Während ich Zucker in mein Getränk rühre, beginnt Eric erneut das Gespräch.

»Ich habe noch etwas für dich«, meint er in verschwörerischem Ton, was mich sofort hellhörig macht. »Eine brandheiße Spur.«

»Eine Spur? Wie meinst du das?« Neugierig setze ich den Becher wieder ab, aus dem ich gerade einen Schluck nehmen wollte.

»Mein Kontakt von letzter Woche hat sich bei mir gemeldet. Wir haben uns auf ein Bier getroffen und ein bisschen gequatscht. Beim Gespräch fiel Christopher Bennetts Name. Beide spielten damals beim Testspiel, als das mit seinem Knie passiert ist ...«

»Und?«, will ich ungeduldig wissen.

»Er hat mir Bennetts Adresse verraten. Da dachte ich mir, du hast sicher Interesse?« Er kramt in seiner Jeanstasche und holt einen Zettel heraus, den er über den Tisch zu mir schiebt. Seine Adresse! Also wenn das keine glückliche Fügung des Schicksals ist, weiß ich auch nicht. Ich muss meiner Schwester für ihren Einfall, mich mit Eric verkuppeln zu wollen, danken. Zwar hat sie mein Liebesleben dadurch nicht beeinflussen können, meiner Karriere als angehende Journalistin hilft es ungemein!

Mit einer Hand entfalte ich den Zettel und überfliege die Zeilen. Dieser Kerl wohnt in East Hollywood, also nur knappe fünf Meilen von mir entfernt! Ich könnte ins nächste Taxi steigen und bei ihm klingeln ... Tja und dann? Sicher schlägt er mir die Tür vor der Nase zu, sobald ich das Interview erwähne. Aber einen Versuch ist es allemal wert.

»Wow, danke! Du bist einfach unglaublich!«, bedanke ich mich und stecke den Zettel ein.

»Nenn mich Superman«, erwidert er mit einem breiten Grinsen, trinkt seinen Kaffee aus und erhebt sich. Mit einem Blick auf die Uhr zieht er seinen Mantel bereits wieder an. »Ich muss leider los. Soll ich dich nach Hause begleiten?«

Ich stehe auf und schiebe meinen Stuhl zurück. »Schon okay, für mich ist es nicht mehr«, entgegne ich und nehme meinen noch immer halb vollen Pappbecher Kaffee mit, während Eric mich zur Tür bringt. Er spannt meinen Schirm für mich auf, und gemeinsam treten wir ins Freie. Tatsächlich regnet es bereits nicht mehr so stark.

Gerade nehme ich Eric den Schirm ab, als mich plötzlich jemand von der Seite anrempelt. Der Regenschirm fällt mir aus der Hand und landet auf dem Pflaster zu meinen Füßen. Genau wie mein Kaffeebecher, jedoch nicht, ohne dass sich der restliche Inhalt über meine Bluse kippt.

»O scheiße!«, fluche ich lautstark. Der fremde Mann zuckt bei meinem Aufschrei zusammen, sein Kopf ruckt kurz zu mir herum. Eine Sonnenbrille verdeckt seine Augen. Er hat die Kapuze seines Sweatshirts tief ins Gesicht gezogen, um sich vor dem Niederschlag zu schützen. Einen Moment lang starren wir uns stumm an, weil mich der Zusammenprall kurz aus dem Konzept gebracht hat.

»Sorry«, brummt der Mann, dreht sich wieder um und eilt davon. Immer noch wie vom Donner gerührt stehe ich im Regen. Das war er. Ganz sicher. Christopher Bennett.

»Joanna, du wirst klitschnass.« Eric hebt den Schirm auf und hält ihn erneut über mich. Erst jetzt erwache ich aus der Starre.

»Verdammt, das war meine Lieblingsbluse«, beschwere ich mich halbherzig, weil ich dem Kerl immer noch mit wild klopfendem Herzen hinterherstarre.

Kapitel 6

– Chris –

Obwohl die Musik laut aus den Boxen dröhnt und ich schon einiges an Alkohol intus habe, komme ich irgendwie nicht in Stimmung. In letzter Zeit war ich zu oft mies gelaunt, weshalb ich mir heute eigentlich ein wenig Spaß erhofft habe. Doch irgendwas stimmt nicht.

Der Club ist überfüllt, und die Musik so gut wie jedes Wochenende. Leider bin ich allein, denn bisher ist mir keine Frau ins Auge gesprungen, die es wert gewesen wäre, angesprochen zu werden. Es ist nicht unüblich, dass ich ohne Begleitung durch die Clubs ziehe – zumal ich nie lange allein bleibe. Aber heute ... heute habe ich noch niemanden entdeckt, der mein Interesse wecken konnte.

Seltsamerweise muss ich vermehrt an meinen letzten One-Night-Stand denken, obwohl die Nacht schon gut zwei Wochen her ist. Eigentlich vergesse ich die Frauen direkt, nachdem ich mit ihnen geschlafen habe. Ich könnte nicht einmal sagen, was an dieser Joanna so besonders war, dass sie mir nicht aus dem Kopf geht. Sogar ihr Name hat sich in meine Erinnerung gebrannt. Sie war ganz hübsch, natürlich, und auch gut im Bett, keine Frage. Aber das ist es nicht, was sie von den anderen abhebt. Lag es vielleicht daran, dass sie keine Ahnung hatte, wer ich bin?

»Hey, bist du nicht Christopher Bennett? Der von den LA Rams?«, spricht mich eine Frau von der Seite an. Ich drehe mich von der Bar weg und mustere sie. Es ist eine schlanke Blondine in verdammt hohen High Heels und knappem Minikleid. »Tatsächlich, der bin ich«, gebe ich tonlos zurück, streiche mir dabei einige Haarsträhnen aus der Stirn und überlege, ob ich wieder einmal zum Friseur gehen sollte.

Weil ich ihr nach der kurzen Musterung keine weitere Beachtung schenke und mich erneut meinem Getränk widme, schmiegt sie sich an meine Seite.

»Wow, ich hätte nicht gedacht, jemandem wie dir hier über den Weg zu laufen«, säuselt sie. Ihre rot lackierten Fingernägel streichen über meinen Unterarm, hinterlassen dabei eine Gänsehaut. Diese Berührung ist nicht unangenehm, doch der Gedanke dahinter hinterlässt einen schalen Nachgeschmack. Sie interessiert sich bloß für Christopher Bennett, den ehemaligen Quarterback der Los Angeles Rams. Nicht für Christopher Bennett, den deprimierten Nichtsnutz, der den ganzen Tag nichts Besseres zu tun hat, als zu feiern, um seinen Schmerz in seinem Inneren zu betäuben.

»Wollen wir tanzen?«, fragt mich die Frau mit unschuldigen Augenaufschlag. »Oder gibst du mir vielleicht etwas zu trinken aus?«

»Klar, warum nicht«, meine ich schulterzuckend und ordere beim Barkeeper zwei Shots. Schweigend kippe ich mein Getränk hinunter. Das Brennen des Alkohols spüre ich kaum noch, genauso wenig wie mich der Nebel in meinem Kopf stört, der sich mit jedem Drink immer weiter ausbreitet. Dadurch vergesse ich zumindest für diese Nacht, was für ein Versager ich bin.

Die Frau neben mir streicht wie beiläufig über meinen Unterarm und sieht mich mit einem verführerischen Lächeln an. Ihre Annäherungsversuche kann ich nicht mehr ignorieren.

»Und, bist du allein hier? Oder ist deine Begleitung gerade nur auf dem Klo?«, fragt die Blondine ganz beiläufig. Dabei muss sie doch genau wissen, dass ich Single bin, wenn sie mich bereits erkannt hat. Die sozialen Netzwerke sind voll von Bildern, auf denen ich mit verschiedenen Frauen zu sehen bin. Zu keiner von ihnen habe ich mich als Partner bekannt.

»Na, jetzt bist du ja hier. Also bin ich nicht mehr allein«, entgegne ich charmant, um auf ihre Flirtversuche einzugehen. Warum sollte ich mich nicht etwas amüsieren? In meinem Zustand kann ich ein bisschen Ablenkung gebrauchen.

Nach einigen Drinks erhebe ich mich von meinem Platz an der Bar. Sofort ist die Frau an meiner Seite. Wie selbstverständlich umfasse ich ihre Taille und führe sie ohne ein weiteres Wort aus dem Club. Sie ist Spaß für eine Nacht, mehr nicht. An Liebe glaube ich nicht mehr. Wenn man bekannt ist, rechnet man nicht damit, um seiner selbst willen geliebt zu werden. Irgendjemand erhofft sich immer etwas. Sei es Geld oder gute Kontakte oder ein wenig Rampenlicht. Diese bittere Erfahrung habe ich gemacht, nun muss ich damit leben.

Draußen winke ich ein Taxi heran, in das wir einsteigen. Dann nenne ich dem Taxifahrer meine Adresse. Zwar habe ich schon eine ganze Weile keine Frau mehr in meine Wohnung genommen, heute habe ich jedoch keine Lust, mir auf die Schnelle ein Hotelzimmer zu suchen. Und zu ihr will ich nicht, denn das erinnert mich zu sehr an meinen letzten One-Night-Stand. »Fahren wir zu dir?«, will die Blondine neugierig wissen.

»Ja. Oder wäre dir ein Hotelzimmer lieber?«, frage ich zurück, sehe sie dabei nicht an. Trotz des vielen Alkohols wollen meine Gedanken nicht zur Ruhe kommen. Ich weiß, dass ich heute Nacht Spaß haben werde, trotzdem fühle ich mich seltsam leer und ausgelaugt. Gleichzeitig taucht immer wieder Joannas Namen auf. Verwirrt schiebe ich die Erinnerung an diese Frau beiseite und wende mich meiner Begleiterin zu.

»Nein, so ist es noch intimer«, erwidert die Blondine und schiebt eine Hand in meinen Nacken, um mich näher an sich heranzuziehen. Ihrer Aufforderung, sie zu küssen, folge ich wie mechanisch.

***

Am nächsten Morgen bin ich froh, dass die Frau ohne Weiteres wieder verschwindet, nachdem ich ihr unmissverständlich klargemacht habe, dass sie keinen Kaffee von mir erwarten kann. Sie nahm mein abweisendes Verhalten jedoch mit Humor, gab mir zum Abschied einen kurzen Kuss und verließ meine Wohnung. Ziemlich unkompliziert. Genau deshalb meide ich ernsthafte Beziehungen. Wenn ich daran denke, wie es damals mit Mia gewesen ist … erneut zieht sich etwas in meinem Inneren krampfhaft zusammen.

Um mir nicht länger den Kopf über Vergangenes zu zerbrechen, springe ich unter die Dusche, schlüpfe in bequeme Jogginghosen und mache es mir auf der Couch vor dem Fernseher bequem. Gedankenverloren zappe ich durch das Fernsehprogramm, als es auf einmal an der Wohnungstür klingelt. Hat die Blondine etwas vergessen? Oder ist es Kevin, der mal wieder uneingeladen bei mir aufkreuzt?

Brummend erhebe ich mich von der Couch. Ich betätige den Knopf an dem Display für die Kamera neben dem Eingang, um meinen Besucher sehen zu können. Tatsächlich steht eine Frau vor der Tür, die sich immer wieder unsicher nach allen Seiten umsieht. Erst kann ich ihr Gesicht nicht deutlich erkennen, doch als sie direkt in die Kamera sieht, trifft mich fast der Schlag.

Einen Augenblick bleibe ich reglos stehen, aber als die schrille Klingel abermals ertönt, reiße ich die Tür so schwungvoll auf, dass nicht nur mein Besuch erschrocken zusammenzuckt. Auch ich mache völlig entgeistert einen Schritt rückwärts, den Türgriff immer noch fest umklammernd.

»Was zur Hölle … Joanna?!«, entfährt es mir überrascht. Die blonde Frau sieht mich ebenfalls mit weit aufgerissenen Augen an, als habe sie ein Gespenst gesehen. Mein Herz macht einen aufgeregten Satz, nachdem ich den ersten Schrecken über ihr Auftauchen überwunden habe. Ich hatte geglaubt, sie nie wieder zu sehen, weil sie mich nach unserer gemeinsamen Nacht buchstäblich aus ihrer Wohnung geworfen hat. Doch genau deshalb ist sie mir vermutlich im Gedächtnis geblieben. Joanna nun wie aus heiterem Himmel vor mir zu sehen, sorgt für einen inneren Aufruhr, den ich im ersten Moment nicht verstehen kann.

»Chris?« Endlich hat auch Joanna ihre Sprache wiedergefunden. Scheinbar hat sie nicht mit mir gerechnet, denn sie wirkt noch verwirrter als ich. Ich kann regelrecht in ihrem Gesicht lesen, dass sie nach einer plausiblen Erklärung für mein Erscheinen sucht, diese aber nicht findet. Irritiert mustere ich sie. Woher kennt sie meine Adresse und wen hat sie stattdessen gesucht? Hinter meiner Stirn arbeitet es …

Plötzlich fällt es mir wie Schuppen von den Augen. Ihre Stimme – sie kommt mir verdammt bekannt vor!

»Deine Stimme … du warst das mit der Pizza am Telefon, oder?«, stelle ich erstaunt fest. »Woher hast du meine Handynummer?«

Ich habe mich schon gefragt, was dieser seltsame Anruf sollte. Tatsächlich hatte ich gedacht, diejenige hätte sich verwählt. Nun jedoch … Wie ist sie an meine Handynummer rangekommen?

»Ähm …« entgegnet Joanna stockend und errötet, ohne meine Frage zu beantworten. Betreten sieht sie auf ihre Schuhspitzen, denn sie scheint immer noch völlig fassungslos darüber zu sein, mich hier zu sehen. Wen hat sie erwartet, zu treffen, wenn sie an einem Sonntag an *meiner* Tür klingelt?

»Okay … was willst du von mir?«, frage ich in lockerem Ton. »Die Sache mit der Pizza war vermutlich ein Scherz.«

Mit einem unsicheren Lächeln blickt sie erneut zu mir auf. Ihre Hände hat sie fest um die Handtasche gekrallt, die sie an sich drückt, als wäre diese Tasche ihr lebensrettender Anker. Da habe ich sie wirklich aus dem Konzept gebracht, denn sie wirkt nicht mehr so selbstsicher wie damals im Club. Außerdem ist ihre Erscheinung so völlig anders – und dennoch zieht mich ihr Aussehen und ihre Ausstrahlung nicht weniger in den Bann als vor Wochen. Die blonden Haare hat sie zu einem Pferdeschwanz zusammengefasst, das Make-up ist dezent, und statt ein Partykleid trägt sie eine schlichte Bluse unter ihrem dunklen Blazer, dazu einfach Bluejeans und flache Schuhe. Ich muss zugeben, heute ist sie sogar noch hübscher als in meiner Erinnerung.

»Ich ...« Sie stockt kurz, dann atmet sie tief ein und aus, ehe sie mich auf einmal fest ansieht. Ihre blauen Augen funkeln angriffslustig, als habe sie endlich ihre Fassung wiedergefunden. »Ein Interview.«

Kapitel 7

– Joanna –

Immer noch starre ich ihn an, auch wenn sich mein Herz zumindest ein wenig beruhigt hat. Ich komme mir wie in einem schlechten Film vor, in dem ich die Hauptrolle übernommen habe. Wie groß ist die Wahrscheinlichkeit, genau mit dem einen Mann Sex zu haben, mit dem man arbeiten muss? Anscheinend meint es das Schicksal besonders gut mit mir, weil gerade *ich* diesen Treffer gelandet habe!

Chris – besser bekannt als Christopher Bennett, Ex-Quarterback der Los Angeles Rams – ist viel zu geschockt über mein Auftauchen, um mir die Tür vor der Nase zuzuschlagen. Obwohl er jetzt eine undurchdringliche Mine aufgesetzt hat, kann ich ihm seine Verwirrung deutlich ansehen, denn seine angespannte Haltung verrät ihn. Erneut beschleunigt sich mein Puls, und mein Herz hüpft aufgeregt, weil er immer noch keine Anstalten macht, mich hereinzubitten oder zum Teufel zu jagen. Habe ich ihm mit meinem Auftauchen so sehr aus der Fassung gebracht?

Nach einer halben Ewigkeit fährt sich Christopher mit den Händen übers Gesicht und durch die Haare, ehe er einen Schritt rückwärts in die Wohnung macht. Ein finsterer Ausdruck tritt in seinen Blick, der mir eine Gänsehaut beschert.

»Sag mir eins: Hast du mich absichtlich im Unklaren über deinen Plan gelassen, als wir Sex hatten? Wusstest du, wer ich bin? Wie viel hat dir mein Dad bezahlt, damit du mich rumkriegst, um an das Interview heranzukommen?« Seine Stimme klingt gepresst, als würde er sich gerade noch beherrschen, um nicht aus der Haut zu fahren. Seine Worte treffen mich wie ein Fausthieb in den Magen. Was denkt der Kerl eigentlich von mir? Hält er mich etwa für so skrupellos? Ich würde niemals mit einem Mann ins Bett gehen, um an ein Interview zu kommen. Bis zu unserem Zusammentreffen hatte ich nicht die geringste Ahnung von seiner Identität!

»Was?!« Ich bin so entsetzt, dass mir für einen Moment die Worte fehlen. Unterstellt er mir tatsächlich, nur mit ihm geschlafen zu haben, um an dieses Interview ranzukommen? »Bis vor wenigen Minuten wusste ich nicht einmal, wer du bist, Arschloch!«

Meine Stimme überschlägt sich vor Wut. Die Erinnerung an unsere leidenschaftlichen Küsse, seine Berührungen, den Geschmack seiner Haut – und an meinen peinlichen Auftritt am Morgen danach – das alles hatte ich verdrängt, nun jedoch brechen die Bilder über mir herein wie eine Sturmflut! Während unseres One-Night-Stands hatte er einen ganz anderen Eindruck auf mich gemacht. Ich habe geglaubt, all die Kommentare und Schlagzeilen über ihn wären an den Haaren herbeigezogen, um ihn in den sozialen Netzwerken schlecht zu machen. Er war zärtlich und liebevoll, überhaupt nicht wie der Bad Boy, wie er in den Medien betitelt wird. Scheinbar ist etwas Wahres an den Gerüchten dran. So herablassend, wie er mich gerade ansieht, beginne ich zu verstehen, warum die Leute über ihn herziehen.

Christopher hebt abwehrend die Hände, als wolle er mich zurückhalten oder noch etwas sagen, bleibt aber stumm. Ich kann förmlich sehen, wie es in seinem Kopf arbeitet, denn sein Gesicht spricht Bände. Er ist ziemlich wütend, aber auch Enttäuschung spiegelt sich in seinen blauen Augen. Meine anfängliche Nervosität wegen unseres plötzlichen Aufeinandertreffens ist gänzlich verflogen. Durch seinen Ausbruch hat er mich in die Realität zurückgeholt. Ich bin hier, um meinen Job zu erledigen. Bevor er auf die Idee kommt, mir die Tür vor der Nase zuzuschlagen, schlüpfe ich an ihm vorbei in die Wohnung. Wenn ich schon mal hier bin, dann werde ich meine Aufgabe auch durchziehen. Er reagiert nicht schnell genug, da habe ich die Wohnungstür bereits hinter mir zugezogen. Triumphierend grinsend lehne ich mich dagegen. Zumindest kann er mich jetzt nicht so leicht rauswerfen.

»Ich gehe nicht eher, bis ich dieses Interview habe«, verkünde ich mit fester Stimme. Auch wenn er mich gerade ansieht, als würde er mich mit seinen Blicken gern töten, darf ich mich nicht verunsichern lassen. Ich bin eine professionelle Journalistin und dieses Interview ist der Freifahrtschein für eine steile Karriere. So eine Chance bekomme ich nicht noch einmal.

»Mach doch, was du willst!« Aufgebracht macht er auf dem Absatz kehrt und lässt mich einfach im

Wohnungsflur zurück. Ich straffe die Schultern, umklammere meine Handtasche noch etwas fester und folge ihm. Christopher steht im Wohnzimmer vor der großen Fensterfront und sieht schweigend nach draußen.

»Nett hast du es hier«, stelle ich in versöhnlichem Ton fest, nachdem ich mich kurz umgesehen habe. Die Möbel sind modern und sehr geschmackvoll ausgesucht. Alles ist weiß gehalten und mit hellen Grautönen kombiniert. Deko gibt es kaum, jedoch steht in der Ecke neben dem Fenster eine kleine Palme, die schon bessere Tage gesehen hat.

»Bist du wirklich zufällig hier?«, hakt er nach und klingt jetzt etwas ruhiger als noch vor wenigen Minuten.

»Na ja. Es ist mein Job. Mir wurde die undankbare Aufgabe zuteil, den kompletten Sportteil in der Sonderausgabe mit deinem Leben zu füllen. Da muss ich nun durch. Genau wie du«, entgegne ich sarkastisch und setze mich auf das Ledersofa. So elegant wie möglich schlage ich die Beine übereinander, dann krame ich in der Handtasche nach meinen Notizen, um direkt zu starten, bevor Christopher auf die Idee kommt, mich aus der Wohnung zu werfen.

Der Footballer starrt immer noch stur aus dem Fenster. Auch wenn er vielleicht einen echt miesen Charakter hat, trotzdem ist Christopher Bennett ein wirklich attraktiver Mann. Für den Bruchteil einer Sekunde hatte ich mich gefreut, meinen One-Night-Stand erneut zu begegnen, obwohl es unter solch verwirrenden Umständen passiert ist. Doch seine abweisende Art hat mich diesen Gedanken schnell bereuen lassen.

»Woher wusstest du, wo ich wohne? Und wie bist du an meine Handynummer gekommen?«, fragt er nach einer längeren Pause.

»Durch einen Bekannten. Er kannte wohl jemanden, der jemanden aus deinem alten Team kennt. Peter irgendwas«, gestehe ich ihm. Erics Namen erwähne ich nicht, da ich ihn nicht mit hineinziehen will. Doch über diesen Peter habe ich bereits vor einigen Tagen einen Onlineartikel gelesen. Angeblich hat er sich auf einer Party mit Christopher geprügelt. Das Foto zeigte ihn sehr unvorteilhaft mit blutender Nase.

»War ja klar. Der Kerl würde sogar seine Grandma verkaufen, wenn für ihn etwas dabei rausspringt.« Endlich dreht er sich zu mir um und fixiert mich eindringlich. »Könnte es mir schaden?«

»Das Interview? Eigentlich bin ich hier, um dein Image aufzupolieren«, entgegne ich mit einem versöhnlichen Lächeln. »Du hast ja ganz schön viel Staub aufgewirbelt, wenn selbst dein Vater dieses Interview als notwendig erachtet. Wollen wir loslegen? Je eher du meine Fragen beantwortest, desto eher verschwinde ich von hier und du siehst mich nie wieder.«

Christopher kommt zu mir und setzt sich in den Sessel gegenüber, die Arme immer noch vor der Brust verschränkt.

»Ich habe wohl keine Wahl, oder?«

»Schätze nicht«, meine ich schulterzuckend und hole mein Handy heraus, um das Interview mit der Rekorder-App aufzuzeichnen. Tatsächlich drängt mich mein Hirn so schnell wie möglich wieder von hier zu verschwinden, um der unangenehmen Situation zu entkommen. Die Journalistin in mir will bei ihm bleiben und alles über diesen eigenartigen Mann erfahren. Ist er wirklich so ein Arschloch, wie die Medien ihn darstellen? Oder verbirgt Christopher etwas vor der Welt, das ich aus ihm herauskitzeln könnte, würde ich ihn bloß näher kennenlernen?

»Dann leg los«, brummt er mit grimmiger Miene. Seine abweisende Haltung sorgt nicht gerade für eine angenehme Arbeitsatmosphäre. Aber was habe ich auch erwartet, nachdem, was ich über ihn im Internet gelesen habe?

Seufzend falte ich meinen Fragenkatalog auseinander und schaue mir die erste Frage an. Lisa hat mir eine Liste für das Interview zugemailt, damit ich mich auf die wesentlichen Fakten konzentrieren kann.

»Was ist deine Lieblingsfarbe?«

Verwirrt hebt Christopher die Augenbrauen. »Wen zur Hölle interessiert denn meine Lieblingsfarbe?«

Ich lasse mich nicht von ihm beirren. »Es gibt sicher genug Menschen, die das total spannend finden. Also, welche ist es?«

»Blau«, antwortet er knapp.

»Meine ist rot«, erzähle ich ihm und hake diese Frage gedanklich ab. Mein Smartphone liegt zwischen uns auf den Couchtisch, um das Gespräch aufzuzeichnen.

»Und warum erzählst du mir das?«

»Dachte, es würde dich interessieren«, entgegne ich grinsend. »Dein Lieblingstier?«

»Elefant.«

»Echt? Wegen der Größe?«

»Nein, weil ich als Kind Dumbo total mochte«, meint er, dann schüttelt er irritiert den Kopf. »Das ist doch wirklich ein Witz! Mein Dad möchte mein Image aufpolieren und schickt mir so jemand inkompetenten wie dich?! Willst du mich nichts über meine Karriere oder meine Verletzung fragen?«

Verärgert stoppe ich den Rekorder. »Keiner von uns beiden hat sich ausgesucht, in dieser Situation zu sein. Wir haben jetzt zwei Möglichkeiten: entweder du kooperierst und wir machen das Beste daraus, oder ich mache es wie alle anderen Journalisten vor mir und schreibe einfach etwas aus dem Internet zusammen. Mit den Schlagzeilen der letzten Wochen wird das allerdings kein erfreulicher Artikel.« Ich funkle ihn böse an. »Hast du schon mal deinen Namen gegoogelt? Du wirst staunen, was du alles findest. Eigentlich wollte ich dir eine Chance geben, dich von deiner besten Seite zu zeigen und die Gerüchte aus den sozialen Netzwerken zu widerlegen, aber die Leute scheinen recht zu haben.«

Rasch erhebe ich mich vom Sofa und mache auf dem Absatz kehrt. Gleich morgen werde ich Lisa sagen, dass ich das Handtuch werfe.

»Hey, warte«, ruft er mir nach. Ich will schon die Wohnungstür aufziehen, da greift er nach meinem Handgelenk, um mich zurückzuhalten. »Sorry ... Du hast mich heute an einem wirklich miesen Tag erwischt. Außerdem glaube ich kaum, dass sich die Leute für meine Lieblingsfarbe interessieren, geschweige denn für die *Wahrheit*, verstehst du? Alle wollen bloß eine fette Schlagzeile.«

Die Wärme seiner Finger lässt meine Haut angenehm kribbeln und erinnert mich an unsere gemeinsame Nacht. Ehe mich dieses Gefühl übermannt, entziehe ich ihm meine Hand und drehe mich wieder zu ihm um.

»Okay.« Skeptisch hebe ich eine Augenbraue und mustere ihn dabei eingehend. Leider hat er erneut eine undurchdringliche Miene aufgesetzt.

»Nein, schon okay. Ich vertraue darauf, dass du deine Sache gut machst«, gibt er resigniert zu. »Aber ein Artikel über mich wird nichts an meinem Karriereende ändern, egal, wie sehr du mich in deinem Bericht anpreist.«

Die Bitterkeit in seiner Stimme trifft mich unerwartet hart. Ist das der Grund für sein unverschämtes Verhalten? Für diese unbändige Wut, die er in sich trägt und nicht kontrollieren kann? Denn dass er wütend ist, habe ich sofort bemerkt. Nicht auf mich, ich war lediglich das Ventil, um sich Luft zu machen. Und obwohl ich verletzt sein sollte, dass er seine Emotionen anscheinend nicht wirklich im Griff hat, interessiert es mich plötzlich enorm, was für ein Mensch hinter dieser verbitterten Fassade steckt.

Wahrscheinlich ist es keine gute Idee, wenn ich mehr Zeit als nötig mit Christopher verbringe. Ich kann unsere Zusammenarbeit nicht rein objektiv betrachten, auch wenn ich es möchte. Sein trauriger Blick und die Enttäuschung, die er in sich trägt, gehen mir viel näher, als es sein dürfte. Dass wir Sex hatten, wird wohl immer zwischen uns stehen und eine professionelle Ebene nicht möglich machen. Vielleicht sollte ich dieses Interview wirklich absagen ... oder zumindest schnell hinter mich bringen.

»Also schön. Dann beantwortest du meine Fragen, und ich lasse dich in Ruhe, abgemacht?«

»Abgemacht.« Das Lächeln, das er mir daraufhin schenkt, durchbricht für einen Moment das Eis in seinen Augen und lässt sein Gesicht fast schon freundlich aussehen. O ja, ich weiß ganz genau, warum die Frauen bei ihm Schlange stehen: Seinem Charme kann man sich nur schwer entziehen, wenn er nicht gerade das Arschloch raushängen lässt.

Christopher führt mich zurück ins Wohnzimmer, wo wir uns erneut gegenübersetzen.

»Eins verstehe ich nicht«, beginne ich nachdenklich, »warum hast du mir damals im Club nicht deinen richtigen Namen genannt?«

»Chris nennen mich meine engen Freunde und mein Bruder. Seitdem ich nicht mehr spiele, fühlt sich mein voller Name merkwürdig an. Damit verbinde ich den Teil meines Lebens, mit dem ich abgeschlossen habe«, gesteht er nach einem Moment des Schweigens. »Außerdem bin ich es wirklich leid, dass die Frauen nur mit mir ins Bett gehen, weil ich mal ein bekannter Quarterback gewesen bin. Dieser Gedanke schmerzt, weißt du?«

Er ballt seine Hände zu Fäusten und sieht an mir vorbei zur Fensterfront, durch die helles Sonnenlicht in den Raum fällt. Lichtstrahlen tanzen in seinem blonden Haar. Christophers Ehrlichkeit überrascht mich, denn mit dieser Aussage habe ich nach all dem, was er bisher von sich gegeben hat, nicht gerechnet.

»Aber der Sport ist nicht das Einzige, das dich ausmacht«, stelle ich klar. »Man kann einen Menschen doch nicht nur auf seine Karriere beschränken.« Christopher lehnt sich im Sessel zurück und lächelt mich plötzlich offen an. Die Traurigkeit von eben ist wie weggeblasen.

»Ich bin gut im Bett. Davon konntest du dich ja bereits persönlich überzeugen.«

»Wir hatten einmal Sex. Mach jetzt keine große Sache draus.« Ich grinse zurück, dann schalte ich die Rekorder-App meines Handys wieder ein. »Also, wann hast du angefangen, Football zu spielen?«

***

»Mein Dad hat bis heute keins meiner Spiele verpasst«, so Bennett im Interview. »Als meinen Coach respektiere ich ihn und habe stets jede seiner Trainingsanweisungen befolgt.« Bennets Eltern unterstützten die Leidenschaft des Star-Quarterbacks der Los Angeles Rams während seiner aktiven Karriere. Nach seiner unglücklichen Knieverletzung wird Bennett allerdings nicht mehr aufs Spielfeld zurückkehren. Er bedauert seinen Weggang von den Rams, wünscht seinen Kameraden dennoch viel Erfolg in der kommenden Saison ...

»Joanna! Kannst du mir erklären, was das soll?«, fragt mich mein Chef am Dienstagmorgen in scharfem Ton, nachdem ich die Tür hinter mir geschlossen und mich auf den Stuhl vor seinen Schreibtisch gesetzt habe. Er hat mich zu sich zitiert, noch bevor ich meinen Computer starten konnte.

»Bitte?« Irritiert sehe ich ihn an. Er schiebt mir ein Blatt Papier zu. Es ist mein Artikel, den ich ihm gestern Abend vorab per Mail habe zukommen lassen.

»Das hier«, sagt er und tippt auf die gedruckten Zeilen. »Ist das dein Ernst? Das ist absoluter Bullshit! Wo sind die Schlagzeilen? Das Drama? Ich hatte gedacht, du wärst eine gute Journalistin. Aber das hier –« Erneut deutet er mit dem Zeigefinger auf das Blatt, als wollte er das Papier durchbohren. »Das kann und werde ich so nicht drucken. Das hätte jeder Laie besser aufs Papier bringen können.«

Wie vom Donner gerührt sitze ich stocksteif auf dem Stuhl, die Hände in den Saum meiner Bluse gekrallt, die aus meiner Jeans heraushängt. Am Sonntag saß ich noch bis spät in die Nacht am Computer, um alles aus dem Artikel herauszuholen. Verwirrt nehme ich den Ausdruck und überfliege die Zeilen.

»Dieser Text klingt völlig emotionslos und monoton«, hilft mir mein Chef auf die Sprünge, weil ich nicht dahinterkomme, wieso er sich so aufregt. Er nimmt mir das Blatt ab, zerknüllt es und wirft es in den Papierkorb neben dem Schreibtisch. Dann lehnt er sich in seinem Stuhl nach hinten und fixiert mich mit strengem Blick.

»Ich brauche private Details, Fakten, die bisher niemand kennt. Etwas, was die Leute mit Bennett mitfiebern und mitleiden lässt. Ich gebe dir noch eine Chance, weil ich deine Arbeit bislang wirklich geschätzt habe, aber enttäusch mich nicht.«

Ich nicke verlegen. Ich war tatsächlich der Meinung, meine Sache gut gemacht zu haben. Wie soll ich einen Mann besser kennenlernen, der absolut nichts und niemanden an sich heranlässt. Der so festgefahren in seiner Meinung ist und so tief in Selbstmitleid badet, dass er keinen besseren Ausweg kennt, als sich volllaufen zu lassen und sich zu prügeln.

»Ich gebe dir etwas mehr Zeit«, lässt mich mein Chef wissen, dann winkt er mich aus dem Büro und widmet sich einem Telefonat. Im Flur lehne ich meine Stirn kurz gegen die geschlossene Tür. Na großartig.

 Kapitel 8

– Chris –

Heute ist wieder einer dieser Tage, an denen man besser im Bett bleiben sollte. Obwohl draußen strahlender Sonnenschein herrscht, fühle ich mich hundeelend. Vermutlich muss ich wirklich aufhören zu trinken! Die Jungs sind schon lange weg. Gequält kneife ich die Augen zusammen, blinzle gegen das grelle Sonnenlicht, das durch mein Schlafzimmerfenster fällt. Mein Schädel brummt, als hätte dort jemand eine Kettensäge angestellt und vergessen.

Die spontane Party, zu der ich meine ehemaligen Kameraden eingeladen habe, endete feucht fröhlich. Keine Ahnung, wann die letzten gegangen sind, dafür erinnere ich mich umso deutlicher an das Klingeln meine Handys, als Kevin anrief.

Heute bin ich wirklich nicht in der Lage, gemeinsam mit meinem Bruder seinen Anzug für die Hochzeit abholen. Er will unbedingt, dass ich als sein Trauzeuge bei der Anprobe dabei bin. Genervt verdrehe ich die Augen. Es ist doch nur ein stinknormaler Anzug.

Brummend wanke ich ins Bad und wasche mir das Gesicht, um endlich wach zu werden. Nach zwei Aspirin und einem schwarzen Kaffee bin ich halbwegs imstande für unser Treffen. Ein letzter Blick in den Flurspiegel macht mir die Notwendigkeit einer Sonnenbrille deutlich. Meine tiefen Augenringe kann ich nicht einmal Kevin zumuten.

Auf dem Weg in die Tiefgarage klingelt das Handy. »Bin ja gleich da«, brumme ich in den Hörer, weil sich Kevin ungeduldig nach meinem Verbleib erkundigt. Vielleicht hat Dad recht und ich sollte endlich etwas Sinnvolles mit meinem Leben anfangen, statt in den Tag hineinzuleben? Jetzt bereue ich die Feier bei mir zu Hause, denn die Kopfschmerzen kehren zurück, sobald ich das Auto auf die Straße lenke. Der Verkehr zieht sich, sodass ich es unmöglich rechtzeitig zum Herrenausstatter schaffe. Also schreibe ich meinem Bruder eine Nachricht, dass ich direkt in das Café fahre, in dem wir uns anschließend mit seiner Verlobten Ella treffen wollen. »Da bist du ja endlich«, ruft mir mein Bruder schon von weitem zu, als ich mich schwerfällig und genervt dem Café nähere. »Was soll denn dieser Aufzug?«

Vermutlich meint er meine Sonnenbrille und den Kapuzenpullover, den ich in aller Eile am Morgen übergezogen habe.

»Mann, schwitzt du nicht furchtbar?«, kommt es von Kevin. Er grinst mich frech an, während ich mich auf den freien Stuhl ihm gegenüber fallen lasse.

Ich zucke nur die Schultern. »Sie haben für heute Regen angesagt«, entgegne ich tonlos. Durch meinen Kater fröstelt es mich trotz des herrlichen Sommerwetters.

»Was ist mit deinem Anzug?«, frage ich ihn, um von mir abzulenken.

Mein Bruder klopft kurz mit der Hand auf den Kleidersack, den er auf den Stuhl neben sich abgelegt hat, während ich ein Gähnen unterdrücke. »Hab ihn schon geholt. Lange Nacht gehabt?«

»Ein paar Jungs vom Football waren da ...«

»Oh, du triffst dich mit dem alten Team? Das freut mich. Vielleicht kannst du demnächst wieder beim Training mitmachen ...«

Bei seinen Worten krampft sich mein Magen zusammen. Mit verkniffener Miene starre ich auf die Tischplatte vor mir.

Die Bedienung kommt zu uns, um die Bestellung aufzunehmen. Als die junge Frau mich erkennt, lächelt sie verlegen. Selbst mit der Sonnenbrille hat sie gleich gemerkt, wer ich bin. Warum hat Joanna noch nie von mir gehört? Auch wenn man sich nicht für Football interessiert, *muss* sie doch von mir gehört haben? In der Vergangenheit habe ich mich nicht gerade mit Ruhm bekleckert, weshalb die Klatschpresse nur zu gern über mich berichtet hat. Wenn Joanna bei der LA Times arbeitet, dann kann ich mir kaum vorstellen, dass sie mich nicht schon bei unserem One-Night-Stand erkannt hat.

Den neugierigen Blick der Kellnerin ignorierend, bestelle ich einen Kaffee.

»Ich werde nicht mehr spielen können. Das weißt du ganz genau, also wieso fängst du immer wieder davon an?«, erkläre ich meinem Bruder gefühlt zum hundertsten Mal. Obwohl ich mir Mühe gebe, gelassen zu bleiben, schwingt die Bitterkeit in meiner Stimme mit.

»Das glaube ich nicht, Chris. Vielleicht reicht es nicht mehr für die Rams oder die Seahawks, aber ...«

Ich lache auf. Das ist doch ein Scherz. Soll ich etwa bei einem Hobbyverein anfangen? Das wären Schlagzeilen.

Ex-Star-Quarterback der LA Rams steigt ab!

Sogleich sehe ich Joanna vor mir, wie sie den Stift zückt, um diese Neuigkeiten für die Zeitung festzuhalten. Verwirrt blinzle ich gegen das Sonnenlicht. Wieso schwirrt mir diese Frau ständig in den Gedanken herum? Ob sie den Artikel über mich schon fertig geschrieben hat? Ihre Fragen waren mehr als eigenartig, daher kann ich mir nicht vorstellen, was sie zusammengeschustert hat. Überhaupt war unser Gespräch irgendwie ganz ... anders. Nachdem die Missverständnisse zwischen uns ausgeräumt waren, hat mir das Interview fast Spaß gemacht.

Sobald ich erneut an Joanna denke, fühle ich mich ganz anders. Ich bin irgendwie nervöser als sonst – und angespannt. Ich verstehe ihr Verhalten nicht, ihre offene und zugleich unnahbare Art mit mir umzugehen.

»Hey, Chris, was ist los?«, reißt mich mein Bruder aus meinen Gedanken. Ich sehe ihn fragend an. Natürlich habe ich keine Ahnung, worüber er gesprochen hat.

»Macht dir dein Brummschädel so sehr zu schaffen? Ich wollte wissen, ob du in Begleitung kommst.«

»Was – wohin?« Irritiert blicke ich ihn an und muss jetzt doch noch die Sonnenbrille abnehmen, weil sie mittlerweile unangenehm an der Nasenwurzel drückt.

»Also ehrlich. Manchmal zweifle ich wirklich, ob du dir bei deinem Unfall nicht eher den Kopf gestoßen hast statt dein Bein. Die Hochzeit. Ich rede von meiner Hochzeit.«

»Oh«, entgegne ich bloß und habe sofort ein schlechtes Gewissen. Kevin freut sich schon seit Monaten darauf, und ich hatte bisher kaum Interesse gezeigt, ihn bei den Vorbereitungen zu unterstützen, obwohl ich sein Trauzeuge bin.

»Sorry, Kev, ich hatte so viel um die Ohren und –«

»Natürlich ...«, meint er mit gekränktem Unterton. »Du könntest dich wenigstens für mich freuen.«

»Aber das tue ich!«, antworte ich schnell. »Ich freue mich sehr für dich. Ella ist eine tolle Frau, die dich glücklich machen wird.«

Bei Erwähnung ihres Namens hellen sich Kevins Gesichtszüge wieder auf. »Ja, das ist sie wirklich. Ich habe echt Glück gehabt, was?«

Bestätigend nicke ich, dann trinke ich den letzten Schluck Kaffee. Mein Bruder ist ziemlich verliebt in Ella, obwohl sie echt lange zusammen sind. So eine Frau zu finden, die mit einem durch dick und dünn geht, ist heutzutage nicht leicht.

»Apropos ... sie wollte eigentlich gleich hier sein«, erklärt Kevin mit einem Blick auf sein Handy und wieder nach oben, als hätte er die Präsenz seiner Verlobten förmlich gespürt. Sie beugt sich zu Kevin runter und gibt ihm einen Begrüßungskuss. Erst dann grüßt sie mich lächelnd und setzt sich neben meinen Bruder. Sogleich ergreift er Ellas Hand und drückt sie sanft.

»Wie war die Anprobe?«, fragt er seine Verlobte. Ella strahlt übers ganze Gesicht.

»Das Kleid ist ein Traum! Du wirst es lieben, Darling.«

»Bestimmt. Weil du es bist, die es tragen wird«, entgegnet er. Okay, genau das ist der Moment, an dem ich mich unauffällig aus dem Staub machen sollte. Ich will schon aufstehen, da hält mich mein Bruder auf.

»Hey, du gehst bereits?«

»Habe ganz vergessen, dass ich noch eine dringende Angelegenheit klären sollte …«

»Wie schade. Ich habe dich ewig nicht mehr gesehen, Chris«, meint Ella bedauernd.

»Wir sehen uns Freitag auf der Hochzeit«, vertröste ich sie. Bei ihren verliebten Blicken wird mir ganz schlecht und ich habe wirklich Angst, mich gleich zu übergeben. Zumindest rumort es verdächtig in meinem Magen. Es kann aber auch an den Erinnerungen an die verkorkste Beziehung mit Mia liegen.

»Kommst du in Begleitung?«, fragt Ella neugierig, ihre Augen funkeln dabei erwartungsvoll.

»Ich denke nicht …«, beginne ich, doch das Klingeln meines Handys unterbricht mich. Eine unbekannte Nummer erscheint auf dem Display. »Entschuldigt mich kurz, da muss ich drangehen.« Mit dem Smartphone in der Hand entferne ich mich einige Meter vom Tisch, ehe ich das Gespräch annehme.

»Hallo?«

»Christopher Bennett? Ähm … hier ist noch mal Joanna Miller von der LA Times. Wir hatten …«, beginnt die weibliche Stimme am anderen Ende. Sie spricht schnell, vermutlich vor Aufregung. Über ihre Begrüßung muss ich schmunzeln, denn wer fragt schon am Telefon, wer dran ist, wenn er doch eben diese Nummer gewählt hat.

»Ja«, antworte ich und verkneife mir ein Lachen. Meine bedrückte Stimmung ist im Nu verflogen. Selbst die Kopfschmerzen, die ich noch leicht gespürt habe, sind auf einmal weg. Oder kommt es mir nur so vor, weil ich mich darüber freue, Joannas Stimme zu hören? Scheiße, so sollte ich nicht fühlen. Irritiert über meine eigenen Gedanken streiche ich mir kurz mit dem Handrücken über die Augen. Ich habe diese Frau bisher zweimal im Leben getroffen – leider hat es völlig ausgereicht, um viel zu oft an sie denken zu müssen.

»Christopher, da wir uns schon etwas näher kennen, habe ich mir gedacht –«

»Wir kennen uns überhaupt nicht«, schneide ich ihr scharf das Wort ab, weil dieses eigenartig warme Gefühl, das sich beim Klang ihrer melodischen Stimme in meinem Inneren breitmacht, mich völlig verwirrt.

»Immerhin weiß ich, dass du Pizza Hawaii nicht ausstehen kannst und dass du Dumbo magst«, kommt es blitzschnell von ihr. Ihre Antwort lässt mich unweigerlich grinsen, was Kevin nicht verborgen bleibt. Mir fällt auf, wie er und Ella mich aufmerksam beobachten. Mein Bruder mustert mich neugierig, sodass ich mich von ihm wegdrehe und noch einen Schritt zur Seite mache.

»Christopher ...«

»Nenn mich einfach Chris, okay?«, schlage ich ihr vor.

Joanna schweigt einen Moment, ehe sie auflacht. »Von mir aus. Hör mal, Chris, eigentlich wollte ich deine Handynummer löschen, aber ...«

»Bisher hat mir keine Frau gesagt, dass sie meine Nummer löscht. Soll ich jetzt etwa beleidigt sein?«

Sie kichert noch mehr, was mir überraschenderweise sehr gefällt. »Wow. Ich habe an deinem Ego gekratzt. Tja, damit musst du leben. Nicht jeder schmiert dir Honig ums Maul. Also, was ich sagen wollte: Wir sollten uns wiedersehen.«

Meine Augen werden groß. Erst droht sie, meine Nummer zu löschen, und dann will sie sich aus heiterem Himmel mit mir treffen? Diese Frau ist mir wirklich ein Rätsel.

»Hast du etwa Sehnsucht?«, feixe ich, weil mir nicht einfällt, wie ich auf ihre direkte Art reagieren soll. Bei ihren Worten beschleunigt sich mein Puls, und das Herz hüpft plötzlich aufgeregt in meiner Brust. Genau wie bei unseren leidenschaftlichen Küssen vor einigen Wochen ...

»Das hättest du wohl gern, aber da muss ich dich enttäuschen«, erwidert sie prompt, doch ich höre die Nervosität aus ihrer Stimme deutlich heraus, die sie zu spät vor mir verbirgt.

»Es geht lediglich um den Job. Meinem Chef war der Artikel mit dem Interview nicht ...« Sie macht eine kurze Pause und holt tief Luft. »Nicht persönlich genug und da dachte ich mir –«

»Freitag, siebzehn Uhr«, unterbreche ich ihren Wortschwall.

»Bitte?«

Stille herrscht zwischen uns. Nachdem mir die Tragweite der unüberlegten Worte bewusst wird, gerate ich ins Schwitzen. Habe ich gerade tatsächlich meinen letzten One-Night-Stand zu Kevins Hochzeit eingeladen? Der erste Schock über diesen spontanen Einfall verfliegt und auf einmal gefällt mir diese Idee richtig gut.

So schlage ich zwei Fliegen mit einer Klappe: Joanna bekommt ihr Interview, und ich habe jemanden, den ich meiner Familie als Begleitung präsentieren kann.

»Diesen Freitag heiratet mein älterer Bruder«, erkläre ich auf ihr lange Schweigen, das folgt. »Komm mit, und du bekommst im Gegenzug alle Informationen für deinen Artikel, die du brauchst. Was hältst du davon?«

Selbst in meinen Ohren klingt dieser Vorschlag äußerst seltsam, deshalb rechne ich bereits damit, dass sie absagt. Zu meiner Verwunderung kommt von ihr kein Protest.

»Wenn du mich abholst, bin ich dabei«, meint sie in lockerem Ton.

Ihre Antwort lässt mein Herz für einen Moment höherschlagen. Haben wir jetzt etwa ein offizielles Date? Ein Grinsen breitet sich auf meinem Gesicht aus, das ich kaum unterdrücken kann. Ich drehe mich zu Kevin und Ella um, dann hebe ich den Daumen meiner freien Hand in die Höhe.

»Abgemacht. Ich hole dich ab.« Mit diesen Worten beende ich unser Gespräch und gehe erneut zum Tisch. »Scheint, als würde ich am Freitag in Begleitung komme.«

Kapitel 9

Wieso habe ich nur zugestimmt? Was ist bloß in mich gefahren? Warum konnte ich nicht einmal nachdenken, bevor ich den Mund aufmache? Meine Gedanken überschlagen sich. Ich gehe auf eine Hochzeit ... mit *ihm*! Allein schon dieses Wort auszusprechen, bereitet mir Bauchschmerzen. Bisher habe ich diese Festivitäten immer großräumig gemieden. Zu tief sitzt das Trauma meiner eigenen geplatzten Veranstaltung. Nicht, dass ich meinem Ex hinterhertrauern würde, das auf keinen Fall. Ich bin sogar verdammt glücklich, weil wir nicht geheiratet haben. Dennoch bereitet mir der Gedanke ans Heiraten seitdem Unbehagen. Ich fürchte mich regelrecht davor, sobald dieses Thema in irgendeiner Weise angesprochen wird. Und jetzt soll ich mit Christopher Bennett auf der Hochzeit seines Bruders auftauchen! Sofort steigt Panik in mir hoch, wenn ich nur daran denke. Doch was tut man nicht für eine gute Story?

Als ich Lisa von diesem Arrangement erzählt habe, war sie hellauf begeistert.

»Sieh es als wunderbare Gelegenheit, ihn in seinem natürlichen Umfeld zu beobachten«, erklärt sie mir fachmännisch.

»Er ist doch kein Tier, das man in freier Wildbahn studieren kann. Und wenn ich ihn in *seinem natürlichen Umfeld* antreffen wollen würde, müsste ich mit ihm zu einem Footballspiel und nicht auf eine Hochzeit. Vermutlich hat er ebenso wenig Lust auf diese Feier wie ich.«

»Hätte er dich sonst eingeladen? Warum ist er nicht einfach allein gegangen, statt eine wildfremde Frau zu einer privaten Familienfeier mitzubringen, von der sein Image abhängt?«

Seit dieser Unterhaltung beschäftigt mich dieser Gedanke. Warum wollte er, dass gerade *ich* ihn begleite? Sicherlich hat er mehr als genug Kontakte, die liebend gern den Abend mit ihm auf einer Hochzeit verbracht hätten. Ich weiß, wie beliebt er ist. Oder bemüht er sich, mir bei dem Artikel zu helfen? Vielleicht tut er mir nur einen Gefallen mit diesem Treffen, damit ich ihn nicht erneut in seiner Wohnung überfalle?

Haareraufend gehe ich in meinem Schlafzimmer auf und ab. Der gesamte Inhalt des Kleiderschranks verteilt sich auf dem Fußboden zwischen Tür und Bett, sodass ich aufpassen muss, nicht über eins der Kleider zu stolpern. Bis Chris mich abholt, habe ich noch knapp zwei Stunde. Keine Ahnung, wie ich das schaffen soll! So viele Kleider und es ist nichts dabei, in dem ich mich hübsch genug fühle, ihm und vor allem seiner Familie gegenüberzutreten. Wieso zur Hölle mache ich mir überhaupt Gedanken wegen des Treffens? Himmel, ich bin so nervös wie vor meiner eigenen Hochzeit!

Mit bebenden Fingern hebe ich eins der Kleider vom Boden und halte es vor mich, um mich kurz im Spiegel zu betrachten, doch es ist nicht das Richtige. Seufzend lasse ich es wieder fallen und greife nach dem Nächsten, trotzdem werde ich nicht fündig. Also beschließe ich, mir Hilfe zu holen.

Keine zwanzig Minuten später klingelt es an meiner Wohnungstür. Hastig betätige ich den Summer und warte, bis Amy die Treppe heraufkommt.

»Wo brennt's denn? Oh, warum läufst du halb nackt durch die Wohnung?«, wundert sie sich, als sie mich im Bademantel im Flur stehen sieht.

»Chris holt mich bald ab und ... du siehst ja selbst!« Verzweifelt deute ich an mir hinab. Natürlich weiß sie längst Bescheid und erkennt den Ernst der Lage sofort.

»Immerhin hast du schon geduscht«, stellt Amy schnuppernd fest, während sie sich an mir vorbei ins Innere der Wohnung drängt. »Aber deine Haare sehen trotzdem furchtbar aus. Du solltest dir angewöhnen, sie direkt nach dem Waschen zu föhnen, damit sie nicht so zerzaust sind.«

Betrübt zupfe ich an einer der blonden Strähnen, die aus meinem lockeren Haarknoten heraushängen. Meine Locken habe ich nach dem Waschen nur notdürftig bändigen können.

»Keine Sorge, ich helfe dir. Danach wird sich Chris wünschen, netter zu dir gewesen zu sein«, meint Amy heiter und mustert mich von Kopf bis Fuß. »Mann, ich kann es irgendwie immer noch nicht ganz fassen, dass ausgerechnet *Christopher Bennett* dein One-Night-Stand gewesen ist, und du das nicht einmal gemerkt hast. Jeder kennt ihn! Und glaub mir, nicht wenige Frauen würden töten, um in deiner Rolle zu stecken.«

Kichernd geht meine Freundin voran in mein Schlafzimmer, wo sie sich aufs Bett plumpsen lässt und die langen Beine übereinanderschlägt. Seufzend folge ich ihr, klaube dabei einige der Kleider vom Boden und werfe sie Amy zu.

»Du hast es je selbst nicht bemerkt«, gebe ich beleidigt zurück.

»Ich war betrunken«, erwidert Amy kichernd, während sie sich einige der Kleider auf meinem Bett ansieht. »Was hältst du denn von diesem Schwarzen hier?« Sie hebt das Kleid hoch und begutachtet es von allen Seiten.

»Hatte ich schon. Es sieht furchtbar billig an mir aus ...«

»Hast recht«, stimmt mir Amy mit einem letzten prüfenden Blick auf das Kleidungsstück zu. »Wo ist denn das blaue Kleid, das ich dir mal vor Jahren geliehen habe? Bisher hast du es mir nicht zurückgegeben, oder?«, erkundigt sich meine Freundin nachdenklich. Ich gehe zum Kleiderschrank, um nach dem Kleid zu suchen.

»Also ich finde das ja total romantisch«, meint Amy nach einer Weile ganz verträumt und nimmt den Gesprächsfaden wieder auf. »Ihr beide wusstet nichts voneinander, doch das Schicksal hat euch zusammengebracht. Wer hätte gedacht, dass sich eure Wege nach einem One-Night-Stand erneut so oft kreuzen würden?«

»Schicksal ist ein wenig übertrieben«, werfe ich in lockerem Ton ein. »Mein Chef besteht darauf, dass ich Christopher besser kennenlerne. Wenn ich könnte, würde ich dieses Treffen absagen.« Aber ich möchte meine Karriere vorantreiben und wenn Chris der einzige Weg ist, werde ich diese Hochzeit wohl oder übel über mich ergehen lassen müssen.

Amy legt die Stirn in Falten und wippt mit einem Fuß. »Jetzt überleg doch mal: Wie groß war die Wahrscheinlichkeit, dass du gerade *ihn* von all den Männern im Club am Abend deines Geburtstags kennengelernt hast? Dir hätte jeder über den Weg laufen können, aber das Schicksal hat dir Christopher geschickt. Und tags darauf erfährst du, dass du genau über diesen Mann einen Artikel für die Zeitung schreiben musst? Sag, was du willst, doch das ist kein Zufall! Und ich wette, da steckt auch bei Chris mehr dahinter.«

Meine Wangen glühen. Amys Worte treffen mich unerwartet und beschleunigen meinen Puls. Ich glaube nicht an das Schicksal. Und eine neue Beziehung brauche ich ganz sicher nicht, schon gar nicht mit so einem aufgeblasenen Kerl!

Endlich finde ich besagtes Kleid im hintersten Winkel meines Schrankes. Statt Amy zu antworten, schlüpfe ich hinein und gehe zum Bett rüber. Tatsächlich passt es mir besser als beim letzten Mal.

»Hilfst du mir mal mit dem Reißverschluss?«, frage ich sie. Sofort tritt sie hinter mich, dann stelle ich mich vor den großen Spiegel und staune nicht schlecht, als ich mein Spiegelbild sehe. Zufrieden betrachte ich mich von allen Seiten, streiche den Stoff am Bauch glatt und drehe mich, sodass der weit ausgestellte Rock sich um meinen Körper flattert. Das Kleid umspielt meinen Busen, ohne ihn zu sehr hervorzuheben, und fällt an der

Taille elegant über die Knie. Es ist nicht mehr zu eng, sondern passt wie angegossen.

»Jetzt noch die Haare und etwas Make-up«, bedeutet Amy, bereits mit dem Lockenstab bewaffnet.

***

Eine halbe Stunde später bin ich ausgehfertig und ziemlich zufrieden mit meinem Outfit. Amy hat tatsächlich ein Wunder vollbracht, sodass ich mich selbst kaum im Spiegel wiedererkenne. Mein Make-up ist zwar dezent, betont jedoch meine natürliche Schönheit. Es ist ganz anders als die Art, mich für einen Clubbesuch zu schminken. Die blonden Haare fallen mir in leichten Wellen über die Schultern.

Nachdem ich meine Freundin verabschiedet habe, beginnt das Warten. Nervös gehe ich ins Wohnzimmer und setze mich aufs Sofa, wo ich es jedoch nicht lange aushalte. Also stehe ich auf, gehe zum Fenster und schiebe den Vorhang zur Seite, um hinaus auf die Straße zu schauen. Einige Autos fahren an meinem Wohnhaus vorbei. Weil mich der Straßenverkehr auch nicht auf andere Gedanken bringen kann, gehe ich zurück ins Schlafzimmer. Vielleicht sollte ich erst mal die ganzen Sachen wegräumen, um mich von meiner Aufregung abzulenken? Kaum habe ich die erste Ladung Wäsche im Kleiderschrank verstaut, klingelt mein Handy. Erschrocken zucke ich zusammen, dann erst nehme ich das Smartphone vom Nachttisch.

»Hey, ich stehe vor deiner Tür«, kommt es von Chris, nachdem ich das Gespräch angenommen habe.

»Bisher hast du mich noch nie angerufen ...«

»Bisher gab es dafür auch keine Notwendigkeit«, kontert er sogleich. Da hat er natürlich recht, denn ich war immer diejenige, die etwas von ihm wollte. Mit dem Handy am Ohr schaue ich aus dem Schlafzimmerfenster. Im schwarzen Anzug und Sonnenbrille steht er unten im Hof. Sein Blick ist suchend nach oben gerichtet, als hielt er nach mir Ausschau. Meine freie Hand zuckt, ich will ihm schon zuwinken, kann mich aber gerade noch zurückhalten. Ich verstehe nicht, warum mein Körper so instinktiv auf ihn reagiert und warum ich mich plötzlich freue, dass er endlich hier ist. Es ist bloß ein Treffen wegen der Arbeit, mehr nichts ...

»Wieso kommst du nicht kurz rauf?«, frage ich ihn.

»Wäre ich wohl, aber wir sind bereits spät dran. Also komm du lieber runter.« Er legt auf und steckt das Handy in seine Jacketttasche. Erneut wandert sein Blick hoch zu den Fenstern. Unsere Augen treffen sich für einen kurzen Moment und mir fällt nichts Besseres ein, als mich hinter dem Vorhang zu verstecken. Gott, was mache ich hier eigentlich? Mit wild klopfendem Herzen presse ich mich gegen die Zimmerwand und atme tief ein.

Ich straffe die Schultern, nehme meine Handtasche, schlüpfe in die Sandalen und verlasse kurz darauf meine Wohnung.

»Ich muss sagen, ich bin positiv überrascht«, grüßt mich Chris mit einem verschmitzten Lächeln, als ich hinaus ins Freie trete.

»Warum?« Langsam komme ich auf ihn zu, meine Schritte sind jedoch nicht so selbstsicher, wie ich es gern vorgegeben hätte. Tatsächlich macht mich sein Anblick ganz nervös, was ich mir nicht eingestehen will. In diesem Anzug sieht er viel besser aus als sonst. Für diesen besonderen Anlass hat er sich rasiert und ... Gott, ohne Bart ist Christopher Bennett noch attraktiver als auf den Bildern im Internet!

»Weil du dich für unser Date so herausgeputzt hast.«

»Ich dachte, wir gehen auf eine Hochzeit? Außerdem haben wir kein Date. Es geht um die Arbeit, vergiss das nicht.«

»Wie könnte ich«, meint er mit breitem Grinsen und bietet mir galant seinen Arm an. Nach kurzem Zögern hake ich mich bei ihm unter und lasse mich zu seinem Auto führen. Verstohlen mustere ich ihn von der Seite, nachdem er mir die Beifahrertür geöffnet hat und sich dann ans Steuer setzt.

»Du wohnst gar nicht weit weg«, stellt er fest, um ein Gespräch in Gang zu bringen, während er das Auto bereits vom Hof auf die Straße lenkt. Vermutlich spürt er die Anspannung in der Luft ebenfalls. Hoffentlich bemerkt er nicht, wie aufgeregt ich in seiner Gegenwart bin.

»Ja«, entgegne ich bloß, weil mir keine andere Erwiderung einfällt. Chris zuckt die Schultern, setzt den Blinker und biegt in die nächste Straße ein. Die ganze Fahrt über starre ich angespannt auf meine Finger, die sich krampfhaft um den Griff meiner Handtasche krallen. Das Schweigen zwischen uns ist drückend, aber auf eine seltsame Art nicht wirklich unangenehm. Dennoch ist es untypisch für mich, so zurückhaltend zu sein. Vermutlich liegt es an seiner veränderten Ausstrahlung, die mich ein bisschen einschüchtert. Die Feindseligkeit des letzten Treffens hat er abgelegt und ist beinahe schon nett zu mir.

»Da wären wir«, erklärt er und schnallt sich ab. Ohne mich anzusehen, steigt er aus. Auch ich löse den Sicherheitsgurt, als er schon die Beifahrertür öffnet, um mir beim Aussteigen zu helfen. Als ich das Hotel sehe, läuft es mir eiskalt den Rücken runter. Das kann nicht sein! Meine Hände beginnen zu zittern. Schnell umfasse ich meine Handtasche fester, damit Chris meine kleine Panikattacke nicht bemerkt. Schweiß bildet sich auf meiner Stirn, ich sehe die Hochzeitsgäste durch den Haupteingang strömen und fühle mich fünf Jahre zurückversetzt.

»Scheiße, dein Ernst?«, entfährt es mir, während ich mit weit aufgerissenen Augen zum Eingang des Hotels starre.

»Was denn?«

»Das Four Seasons ... Das hast du mir nicht erzählt«, entgegne ich mit bebender Stimme. Chris zuckt mit den Schultern.

»Ich wusste nicht, dass ich dich über die Location in Kenntnis setzen muss. Hauptsache das Catering stimmt.« Er räuspert sich sofort. »Ach, natürlich. Er und Ella sollen selbstverständlich den schönsten Tag ihres Lebens haben. Aber das Essen spielt hier keine unerhebliche Rolle.«

Er schmunzelt und vertreibt durch seine lockere Art zumindest ein bisschen die Angst aus meinem Inneren. Weil ich immer noch stocksteif neben seinem Auto stehe, ergreift er meinen Arm. Die Wärme und der leichte Druck seiner Finger holen mich in die Realität zurück.

»Wir sollten reingehen. Das Brautpaar wartet schon«, fordert Christopher mich auf, als er mein Zögern bemerkt. Ich kann mich immer noch nicht rühren.

»Nein ... ich kann nicht«, entgegne ich. Nun hört man die Furcht in meiner Stimme.

»Was ist denn los mit dir? Es ist doch nur eine Hochzeit. Du benimmst dich, als würde ich dich zur Schlachtbank führen«, scherzt Chris und sieht mich dabei eindringlich an. Spürt er, was gerade in mir vorgeht? Nervös weiche ich seinem forschenden Blick aus.

»Du verstehst das nicht ...«, stammele ich und mache einen Schritt rückwärts. Karriere hin oder her, aber ich kann unmöglich zurück in dieses Hotel.

»Warum denn? Fürchtest du etwa, den Brautstrauß zu fangen? Ich verspreche, dass wir nicht lange bleiben werden. Du sollst mich lediglich begleiten, damit meine Familie denkt, ich würde mich bemühen, mit ihnen zu kooperieren.« Chris ergreift abermals meine Hand und sorgt dafür, dass die Starre von mir abfällt.

»Kooperieren?«, frage ich irritiert, konzentriere mich dabei auf die Wärme seiner Haut, die meine Fingerspitzen angenehm kribbeln lässt.

»Na, du weißt schon. Ich soll endlich wieder der Vorzeigesohn werden, der ich vor meinem Unfall war«, teilt er mir gleichmütig mit und führt mich zum Haupteingang, ohne meine Hand loszulassen. Dabei glaube ich Bitterkeit in seiner Stimme mitschwingen zu hören. Also atme ich tief ein und straffe die Schultern, während wir durch die Glastür ins Innere des Gebäudes gehen. Mit ihm an meiner Seite fühlt es sich nicht mehr so furchtbar an, in dieses Hotel zu gehen. Einige der

Anwesenden grüßen Chris und werfen mir neugierige Blicke zu.

Wir betreten den großen Hochzeitssaal, in dem sich schon etliche Gäste versammelt haben. Das Brautpaar steht am Ende des Saals am Brauttisch und spricht mit einem älteren Paar. Das müssen Christophers Eltern sein.

»Lass uns schnell meinem Bruder gratulieren, dann haben wir den offiziellen Teil hinter uns und können uns betrinken«, schlägt Christopher grinsend vor und zieht mich zum Brauttisch. Als wir uns seiner Familie nähern, drehen sie bereits ihre Köpfe in unsere Richtung. Sein Bruder strahlt uns an. Er sieht Chris gar nicht ähnlich, ist einen Kopf kleiner und hat einen dichten, fast schon schwarzen Vollbart und kurze Haare. Nur die Augen sind von demselben Blau.

»Da bist du ja wieder!«, ruft er und macht einen Schritt auf uns zu. »Als du nach der Trauung plötzlich verschwunden bist, haben wir befürchtet, dich heute nicht mehr wiederzusehen.«

»Musste was erledigen«, entgegnet er und lässt zu meinem Bedauern meine Hand los, weil ihm die interessierten Blicke seiner Eltern nicht entgangen sind. Um meine Verlegenheit zu überspielen, setze ich ein professionelles Lächeln auf und reiche Christophers Bruder die Hand.

»Ich bin Joanna Miller, freut mich über die Einladung. Alles Gute zur Hochzeit.« Dann umarme ich kurz die Braut, ehe ich mich Christophers Eltern vorstelle.

»Sie sind die Dame von LA Times, habe ich recht? Da bin ich ja mal froh, dass der Junge zur Vernunft gekommen ist«, bedeutet mir Bennett-Senior.

»Das wird mit Sicherheit ein spannender Artikel«, entgegne ich, während Chris mich schon wieder von ihnen wegführt. »Woher weiß er, dass ich von der Zeitung bin?«

Chris zuckt die Schultern. »Vermutlich kann er nicht glauben, dass sich *so* eine Frau freiwillig mit mir abgibt.«

Ich stemme die Hände in die Seiten und runzle die Stirn. »Mit *so* einer? Was soll das denn heißen?«, fahre ich ihn verärgert an. Als ich merke, wie einige der Gäste neugierig ihre Köpfe nach uns recken, senke ich sogleich meine Stimme. Warum ist dieser Kerl in einem Moment nett und im nächsten unerträglich? Beleidigt drehe ich mich von ihm weg, spüre ihn jedoch gleich nah an meinem Rücken. Seine Hände legen sich auf meine Schultern und sorgen dafür, dass sich mein Puls plötzlich beschleunigt. Seine Wärme dringt durch den dünnen Stoff meines Kleides. Unweigerlich muss ich an unsere gemeinsame Nacht denken, was mir einen Schauder über den Rücken jagt. Christopher nähert sich mir noch ein Stück, bis sein Mund dicht an meinem Ohr ist.

»Eine sehr attraktive und bodenständige Frau«, raunt er mir zu. »Meine Eltern sind es gewohnt, mich ständig mit irgendwelchen Partygirls in den Medien zu sehen. Dein Anblick muss ganz erfrischend auf sie wirken.«

Keine Ahnung, ob ich seine Worte als Kompliment oder Beleidigung auffassen soll. Schweigend verharre ich in dieser Position. Auch Christopher macht keine Anstalten, mich loszulassen oder sich von mir zu entfernen. Der Duft seines After Shaves steigt mir in die Nase und lässt mich erschaudern. Automatisch atme ich flacher. Seine plötzliche Nähe bringt mich aus dem Konzept und ich benehme ich nicht wie gewohnt, was mir gar nicht in den Kram passt. Er sollte nicht so eine Wirkung auf mich haben! Schließlich geht es hier um einen Job. Das hier ist kein Date, sondern Recherche für meinen Artikel.

Mit einem Ruck löse ich mich von ihm und wirble herum. Macht es ihm etwa Spaß, mich durcheinanderzubringen?

»Wir sollten uns setzen, die Leute gucken schon«, presse ich hervor, versuche, dabei ruhig zu klingen, was mir dank des wilden Herzklopfens, das seine Nähe verursacht hat, alles andere als leichtfällt.

Christopher nickt, dann steuert er einen der Tische an, zu dem ich ihn begleite. Während des Abendessens schweigen wir größtenteils und folgen dem Hochzeitsprogramm. Einige Freunde und Verwandte halten Reden oder bringen Toasts vor. Das Essen ist vorzüglich, obwohl ich nicht sonderlich viel Appetit habe. Mein Magen rumort immer noch wegen der Atmosphäre und vor allem, weil Chris so nah neben mir sitzt. Als ein Kellner mit einem Tablett voller Champagnerflöten an unserem Tisch vorbeigeht, nimmt sich Christopher eins der Gläser.

»Hey, musst du nicht noch fahren?«, frage ich irritiert, dann nehme ich ihm das Glas ab und trinke selbst einen großen Schluck. Der Champagner prickelt in meiner Kehle, löst jedoch ein wenig den Knoten in meinem Magen.

Mein Begleiter hebt eine Augenbraue und mustert mich amüsiert. »Das ist die Hochzeit meines Bruders. Denkst du allen Ernstes, dass ich heute nüchtern bleibe? Du kannst ja fahren, wenn du willst. Ich nehme ein Taxi.«

»Du überlässt mir deinen Wagen?«

Er denkt kurz drüber nach, dann schüttelt er den Kopf. »Gut, wir nehmen beide ein Taxi«, stellt er klar. »Komm, lass uns an die Bar gehen. Ich finde es furchtbar, wie uns meine Tanten anstarren. Hier sitzen wir wie auf dem Präsentierteller.«

Ohne meine Antwort abzuwarten, erhebt er sich und steuert die Bar in der hinteren Ecke des Saals an. Verstohlen sehe ich mich um und erkenne tatsächlich, wie mich einige der älteren Damen zwei Tische weiter mit neugierigen Blicken mustern und miteinander tuscheln. Es ist mir bisher nicht aufgefallen, weil ich krampfhaft versucht habe, mein wildes Herzklopfen zu unterdrücken.

Als ich mich zu Christopher an die Bar geselle, bestellt er sich einen Whiskey.

»Auch einen?«

Zögernd nicke ich.

»Zwei bitte«, ordert er. Der Barkeeper stellt ein weiteres Glas vor uns ab. Christopher hebt es in meine Richtung.

»Auf meinen Bruder, würde ich sagen. Hoffentlich hält sein Glück lange ...« Er prostet mir zu, dann kippt er das Getränk in einem Zug runter, statt den Alkohol zu genießen. Ich nippe vorsichtig am Whiskey. Chris lässt sich direkt nachschenken. Sein Blick ist geradeaus gerichtet, erneut kommt es mir vor, als wäre er weit weg und gar nicht richtig bei der Sache.

»Gefällt dir die Feier?«, frage ich ihn, um ein Gespräch in Gang zu bringen. Jetzt sieht er mich an. Ich versuche,

seinem intensiven Blick standzuhalten, schaffe es jedoch nicht. Deshalb trinke ich ebenfalls aus und
schiebe das Glas von mir weg. Nach einer Weile zuckt
Christopher die Schultern.

»Ist das schon eine deiner Fragen?«

»Bitte?«

»Na, für den Artikel ... Du wolltest mich ausfragen«,
brummt er, während sein Glas leicht schwenkt. Daran
habe ich gar nicht mehr gedacht.

»Ja, du kannst es als erste Frage sehen: Gefällt dir die
Hochzeit deines Bruders? Freust du dich für ihn?«

»Selbstverständlich freue ich mich für ihn. Wenn jemand das Glück verdient hat, dann ist es Kevin. Ella ist
die perfekte Frau für ihn«, entgegnet er ohne Umschweife und schaut zum Brautpaar rüber. Plötzlich
kann ich so etwas wie Sehnsucht in seinem Blick erkennen. Aber vielleicht habe ich mir das auch nur eingebildet, denn einen Moment später ist seine Miene
wieder undurchdringlich.

»Und was ist mit dir?«, fragt er mich aus heiterem
Himmel. »Ihr Frauen träumt ja alle von einer großen
Märchenhochzeit.«

Diese Frage lässt mich kurz zusammenzucken, weil
ich gar nicht damit gerechnet habe. Ich wende mich ab,
winke dem Barkeeper zu und bestelle noch einen Whiskey. Obwohl er nicht schmeckt, trinke ich in großen
Schlucken. Der Alkohol brennt in meinem Mund, sodass ich husten muss.

»Kein gutes Thema«, murmle ich.

»Nicht?«

»Ich bin Single, schon vergessen? Warum sollte ich
über eine Hochzeit nachdenken? Dafür fehlt mir

eindeutig der passende Mann ...«, entgegne ich schnell, um diesem Thema zu entkommen.

»Mh ...« Chris nickt mir zu, dann lässt er seinen Blick erneut über die Hochzeitsgäste schweifen. Um mich abzulenken, bestelle ich für uns weitere Drinks.

»Sollen wir vielleicht zu deinen Eltern rübergehen? Oder zu deinem Bruder?«, schlage ich vor, weil mir das Schweigen zwischen uns irgendwie peinlich ist.

»Ich bin mit dir hier, schon vergessen?«, gibt er zurück und trinkt ein weiteres Glas leer.

»Das heißt noch lange nicht, dass du jetzt mit niemand anderem reden darfst? Du kannst ruhig zu deinen Freunden gehen.«

Seine Augen verengen sich zu Schlitzen. »Und riskieren, dass sich irgendwer von diesen Aasgeiern an dich heranmacht? Sorry, Süße, du bist heute mein Date. Ich bleibe in deiner Nähe, ob es dir gefällt oder nicht.«

Seine Worte überrumpeln mich. Ich muss ihn mit offenem Mund anstarren, denn plötzlich fängt er laut an zu lachen. »Du hattest wohl schon lange kein richtiges Date, was?«

»Als ob das hier ein Date wäre«, brumme ich beleidigt. »Und du hast haufenweise davon, oder wie?«

Er räuspert sich. »Eigentlich habe ich es nicht so mit Verabredungen. Die Frauen machen sich unnötig Hoffnungen. Ich bin eher der Typ für etwas Unverbindliches. Aber das weißt du ja längst.« Er zwinkert mir zu und vor Scham verschlucke ich mich an dem Whiskey, an dem ich gerade genippt habe. Ein heftiger Hustenanfall folgt, bei dem Christopher mir fürsorglich auf den Rücken klopft.

»Wollen wir tanzen?«, fragt er mich, nachdem ich mich einigermaßen beruhigt habe.

»Ich kann nicht tanzen«, entgegne ich wahrheitsgemäß.

Sein Blick gleitet an mir herab. »In solchen Schuhen könnte ich auch nicht tanzen.«

Ich schlage die Beine übereinander und hebe den rechten Fuß etwas an, um meine Sandalen zu begutachten. Eigentlich sind die Schuhe wirklich bequem und der hohe Absatz bereitet mir zumindest im Club keine Probleme. Das hier ist eine Hochzeit, auf der uns Christophers Verwandtschaft beim Walzer zusieht. Ich will mich nicht vor den ganzen Leuten blamieren.

Chris erhebt sich und greift nach meiner Hand. »Na los, ich führe dich. In meinen Armen kann dir rein gar nichts passieren.«

Sein breites Grinsen sorgt erneut für ein Rumoren im Bauch. Zögerlich lasse ich mich von ihm vom Barhocker helfen. Glücklicherweise stützt er mich, denn wegen des Whiskeys schwanke ich jetzt schon erheblich. Chris führt mich zum Rand der Tanzfläche, wo wir ein wenig abgeschirmt sind. Dann bedeutet er mir, die Arme um seinen Hals zu legen, während er meine Taille umfasst. Zögerlich komme ich seiner Bitte nach. Diese Nähe macht mich ganz schwindelig. Chris führt mich zum Takt des langsamen Songs, den die Band angestimmt hat. Meine Füße tragen mich wie von selbst und mir kommt es vor, als könnte ich ewig in seinen Armen liegen, weil ich mich geborgen fühle.

»Na, habe ich dir zu viel versprochen?«, flüstert er mir ins Ohr, sorgt erneut dafür, dass mein Herz Purzelbäume schlägt. Verdammt, der Kerl tut mir nicht gut.

Seinetwegen wird meine Welt auf den Kopf gestellt. Ich sollte meinen Job machen, deshalb bin ich schließlich hergekommen. Stattdessen lasse ich mich von seinem betörenden Duft und seiner angenehmen Wärme völlig einlullen.

Mein Kopf sinkt auf seine Schulter. Ich beschließe, mich von der Musik treiben zu lassen und weniger darüber nachzudenken, was gerade zwischen uns passiert.

»Das Lied ist längst zu Ende ...«, höre ich seine Stimme dicht neben meinem Ohr. Erschrocken zucke ich zurück, stoße Chris von mir weg und taumle nach hinten. Dabei löst sich das Sandalenriemchen an meinem rechten Knöchel, und ich wäre beinahe gestürzt, hätte er mich nicht erneut in seine Arme gerissen. Schwer atmend stemme ich die Hände gegen seine Brust, doch er lässt mich nicht los. Gegen seinen festen Griff komme ich nicht an.

»Wehr dich nicht, sonst machst du die Leute auf uns aufmerksam«, mahnt er mich leise. Ich atme tief ein, versuche, mich zu entspannen, was mir leider alles andere als leichtfällt. Meine Hände ruhen immer auf seiner Brust und es kommt mir beinahe so vor, als würde ich sein Herz unter meinen Fingerspitzen wild klopfen spüren. Nachdem ich wieder ein wenig ruhiger bin, legt er mir den Arm um die Schulter und führt mich erneut zur Bar. Dort setze ich mich und schließe den Riemen an meinem Schuh.

»Sorry«, murmle ich verlegen, streiche mir dabei ein paar Strähnen hinters Ohr.

»Es ist ja nichts passiert. Ich fand es sogar richtig amüsant«, entgegnet er mit frechem Grinsen und winkt der Barkeeper zu uns.

***

Nach dem kleinen Zwischenfall auf der Tanzfläche werde ich mutiger, was meinen Alkoholkonsum betrifft. Als der Abend immer später wird, gesellt sich das Brautpaar und einige ihrer Freunde zu uns an die Bar. Chris wirkt zwar noch ein wenig miesepetrig, obwohl er durch den Alkohol deutlich mehr lachte, doch ich unterhalte mich prima. Ella ist eine wirklich sehr nette Gesprächspartnerin und auch Christophers Bruder Kevin ist mir vom ersten Moment sympathisch. Er bietet mir sogar an, ein wenig aus dem Nähkästchen zu plaudern, wenn ich aus Chris nicht die gewünschten Informationen für meinen Artikel herausbekommen sollte.

»Mein Bruder kann so stur sein wie ein Esel. Vor allem, wenn es um seine Gefühlswelt geht. Er ist sehr egozentrisch und manchmal ein grober Eisklotz, aber im Grunde ist er verdammt sensibel. Die ganze Geschichte mit seiner Verletzung und Mia hat ihm richtig zugesetzt. Sei also ein wenig nachsichtig mit ihm.«

»Mia?« Sofort werde ich hellhörig. Diesen Namen habe ich bisher nirgends im Zusammenhang mit Chris gehört oder gelesen. Ob sie womöglich eine seiner Ex-Freundinnen ist.

»Vergiss es, okay?«, kommt er prompt von Chris. Er legt mir den Arm um die Schulter und fixiert Kevin mit einem bitterbösen Blick. Seinen Bruder kann er trotzdem nicht einschüchtern. Lachend gibt Kevin mir seine Handynummer und ringt mir das Versprechen ab, ihn bei Fragen zu kontaktieren, sei es noch so banal.

»Lass uns von hier verschwinden«, meint Chris nach einer Weile und ergreift meine Hand. Zustimmend nicke ich und merke in der Sekunde, wie müde ich eigentlich bin. Er hilft mir hoch und führt mich zum Ausgang des Saals. Niemanden der Hochzeitsgäste fällt auf, wie wir gehen.

»Sollten wir uns nicht erst von deiner Familie verabschieden?«, frage ich ihn und schaue über die Schulter, ehe die schwere Holztür hinter uns zu schwingt. Er schüttelt bloß den Kopf.

Draußen vor dem Hotel weht eine frische Brise. Sofort bereue ich es, keine Jacke mitgenommen zu haben. Als mich Christopher am frühen Abend von zu Hause abgeholt hat, war es noch wunderbar warm. Fröstelnd schlinge ich die Arme um meinen Oberkörper. Als Chris diese Geste bemerkt, zieht er sein Jackett aus und hält es mir entgegen.

»Du bist heute so zuvorkommend«, stelle ich staunend fest, während ich seine Jacke entgegennehme und es überstreife. Chris zuckt mit den Schultern.

»Irgendwie muss ich dich ja milde stimmen, damit du keinen Blödsinn über mich verbreitest.«

»Würde ich nie tun. Ich arbeite für eine seriöse Zeitung. Und schließlich steht in gewisser Weise nicht nur dein Ruf, sondern auch meiner auf der Kippe«, kontere ich und hülle mich in den warmen Stoff. »Du solltest dir lieber Sorgen um die Leute machen, die nur Halbwahrheiten im Internet verbreiten ...«

»Die Menschen interessieren mich nicht«, stellt er klar. Sein Blick ist fest auf mich gerichtet. Die Hände in den Hosentaschen steht er nur wenige Meter vor mir. Das weiße Hemd flattert leicht um seinen Oberkörper im Wind. Ihm muss ebenfalls kalt sein, doch er lässt es sich nicht anmerken.

»Das Taxi ist da«, verkünde ich nach einer Weile des Schweigens. Bin ich die Einzige, oder fühlt er auch diese Spannung zwischen uns?

Christopher nickt, dann geht er zum Wagen und öffnet die Tür, damit ich einsteigen kann, ehe er sich neben mich auf die Rückbank setzt und dem Fahrer meine Adresse nennt. Die Dunkelheit und Stille des Taxis lullen mich während der Fahrt ein, sodass ich kaum merke, wie mein Kopf nach einer Weile auf Chris' Schulter rutscht. Da er keine Anstalten macht, mich von sich zu stoßen, bleibe ich einfach so sitzen und genieße seine Wärme. Die vergangenen Stunden haben meine Gefühle gehörig durcheinandergebracht. Gedankenverloren döse ich ein, bis das Taxi vor meinem Wohnhaus hält. Chris schüttelt mich sanft an der Schulter.

»Wir sollten aussteigen«, meint er leise. Etwas benommen nicke ich und steige aus dem Auto. Meine Beine fühlen sich wackelig an, die Schuhe drücken mittlerweile ziemlich, und ich bin froh, wenn ich sie gleich ausziehen kann. Als ich in meiner Handtasche krame, um das Geld für den Fahrer zusammenzusuchen, hält Chris meine Hand zurück.

»Schon gut.« Er streckt dem Mann ein paar Geldscheine zu. Der Taxifahrer nickt und fährt davon.

»Was ist mit dir?«, frage ich irritiert, als sich Chris bereits von mir abwenden will. So habe ich mir das Ende des Abends nicht vorgestellt. In meinem Kopf breiten sich Bilder aus, die ich jedoch schnellstmöglich verdränge. Wie ein Déjà-vu...

»Ich gehe ein bisschen durch den Park, ehe ich nach Hause fahre. Eine Sportlerangewohnheit, die ich immer noch nicht abgelegt habe. Die kühle Nachtluft wird meine Gedanken klären. Mir ist der Alkohol zu Kopf gestiegen.«

»So betrunken kommst du mir gar nicht vor«, entgegne ich. Chris steckt die Hände in seine Hosentaschen und sieht in den schwarzen Nachthimmel.

»Vielleicht mehr als du ahnst«, murmelt er kaum hörbar. In einigem Abstand bleibe ich von ihm stehen. Die kühle Luft lässt mich trotz seines Jacketts frösteln, doch es ist nicht unangenehm. Vielmehr sorgt die Kälte dafür, dass sich der Nebel in meinem Kopf ein wenig lichtet. Stumm betrachte ich seine hochgewachsene Gestalt. Christopher ist wirklich ein attraktiver Mann. Ein Mann mit Problemen, mit einem Charakter, der tiefgründiger ist, als er es die meisten Leute glauben lassen will. Er ist nicht der leichtsinnige Partyboy, für den ihn seine Familie und die Welt halten. In ihm ist ein Schmerz, der eindeutig tiefer sitzt, als er sich selbst eingesteht.

Ich mache einen Schritt auf ihn zu. Auf einmal beginnt mein Herz schneller zu schlagen.

»Chris ... ich würde dich gern näher kennenlernen. Nicht wegen der Arbeit, sondern ...« Meine Stimme bricht, ich habe plötzlich einen Kloß im Hals, und meine Kehle ist trocken. Christopher dreht sich langsam zu mir um. Sein Gesicht liegt im Schatten, denn die Straßenlaternen in der Einfahrt vor meinem Wohnhaus spenden viel zu wenig Licht, als dass ich die Regung in ihm gut genug erkennen kann. Erst bleibt seine

Miene ausdruckslos, dann umspielt ein charmantes Lächeln seinen Lippen.

»Du willst mich kennenlernen? Also muss ich mich wohl von meiner besten Seite zeigen.«

»Machst du das nicht längst?« Ich trete noch dichter an ihn heran und zu meiner Verwunderung weicht er nicht zurück. Die Luft zwischen uns beginnt zu vibrieren. Spürt er ebenfalls diese Spannung, oder spielt mir mein benebeltes Hirn einen Streich? Zumindest sorgt seine Nähe gerade für ein ziemliches Chaos in meinem Inneren. Sacht legt er eine Hand auf meine Schulter und sieht mich dabei forschend an.

»Du könntest noch auf einen Kaffee heraufkommen?«, schlage ich vor, denn mir fällt nichts Besseres ein, um ihn zum Bleiben zu motivieren.

»Kaffee? Um diese Uhrzeit? Du bist mir ja eine gute Journalistin, wenn du noch nicht einmal weißt, dass ich seit dem Unfall unter Schlafstörungen leide.« Es liegt kein Vorwurf in seiner Stimme, sondern Belustigung. Statt sich jedoch von mir abzuwenden, kommt er näher, bis sich unsere Nasenspitzen beinahe berühren.

»Bist du dir sicher?«, raunt er mir ins Ohr, sein Atem streift meine Wange und lässt meine Knie weich werden. Ich nicke ein wenig benommen von den Empfindungen, die in meinem Inneren toben.

Kapitel 10

– Chris –

Joanna schließt die Tür zu ihrer Wohnung auf, und wir treten ein. Licht erhellt den schmalen Flur.

»Gott, tut das gut!«, seufzt sie erleichtert, nachdem sie sich ihre viel zu hohen Sandalen von den Füßen gekickt hat. Sie macht ein paar unsichere Schritte durch den Flur ins angrenzende Wohnzimmer, die wohl dem vielen Alkohol zuzuschreiben sind. Neugierig sehe ich mich im Raum um. Die Einrichtung ist modern, schlicht und präzise gewählt. Eine große Ledercouch, ein Sideboard mit einigen Bilderrahmen, Fernseher, kleiner Esstisch. Im Allgemeinen wirkt ihre Wohnung etwas zu ordentlich, zu leer, was ich fast schon als steril bezeichnen würde. Es fehlen die typischen Dekoelemente, ich von Mia oder meiner Mutter gewohnt bin. Zudem würde etwas mehr Farbe an den Wänden nicht schaden. Ihre Wohnung ist trotz der geringen Größe vorteilhaft geschnitten. Vermutlich legte der Architekt Wert auf offene Räume mit viel Licht. Bereits beim ersten Mal ist mir die große Fensterfront aufgefallen, hinter der ein Balkon liegt. Ehe ich mich versehe, stelle ich mir vor, wie wir darauf zusammen frühstücken. Und aus irgendeinem Grund gefällt mir der Gedanke. Vielleicht, weil sie mich letztes Mal rausgeschmissen hat?

Als Joanna erneut bedrohlich wankt, bin ich sofort hinter ihr und umfasse ihre Schultern. Sie atmet hörbar aus, rührt sich dann nicht mehr. Sacht streife ich ihr mein Jackett ab. Das Kleidungsstück gleitet zu Boden. Sie lehnt sich nach hinten gegen meine Brust, bringt mich dadurch für einen Moment aus der Fassung. Was ist das plötzlich zwischen uns? Ich spüre ganz deutlich die knisternde Spannung, wodurch sich meine Nackenhärchen aufstellen. Ihre Wärme dringt durch den dünnen Stoff meiner Kleidung und sorgt für ein wohliges Kribbeln, das mir allzu bekannt ist. Verlangen kriecht durch meine Adern. Und erst jetzt wird mir bewusst, dass dieses Gefühl mich schon den ganzen Abend verfolgt. Alles an dieser Situation läuft auf einen One-Night-Stand hinaus. Wir sollten das nicht tun, dennoch kann ich mich ihrer Anziehungskraft einfach nicht entziehen. Und vermutlich weiß sie das ganz genau!

Joanna dreht sich in meinen Armen um, der Blick aus ihren blauen Augen ist eindeutig. Ich erkenne darin dasselbe Verlangen, das auch von mir Besitz ergriffen hat. Plötzlich habe ich das Bedürfnis, Joanna zu verwöhnen, um ihr zu beweisen, was für ein einfühlsamer Liebhaber ich sein kann. Dass es mehr sein kann als nur eine schnelle Nummer.

»Wie war das noch mit dem Kaffee?«, raune ich, um die Anspannung zu vertreiben, was jedoch nicht funktioniert. Der tiefe Blick aus ihren Augen lässt mein Herz höherschlagen.

»Heben wir uns für später auf«, flüstert sie. Ich hänge förmlich an ihren sinnlichen Lippen, die leicht geöffnet sind, in Erwartung eines Kusses. Wenn ich ein besserer Mensch wäre, würde ich jetzt aufhören. Wir sind beide betrunken – nicht so sehr wie beim letzten Mal, aber genug, um nicht mehr ganz die Kontrolle zu besitzen. Sanft streiche ich mit dem Daumen über ihre vollen Lippen, verschmiere leicht ihren roten Lippenstift und fahre die Konturen nach, bevor ich uns beide endlich erlöse.

Hart und ungestüm drücke ich meinen Mund auf ihren, dränge Joanna dabei nach hinten. Sie prallt mit dem Rücken unsanft gegen das Sideboard, sodass es bedrohlich wackelt und einige der Bilderrahmen umfallen. Wir stören uns nicht daran, knutschen so hemmungslos wie zwei verknallte Teenager, die das erste Mal allein zu Hause sind. Die angestaute Spannung des Abends entlädt sich in dem Kuss. Meine Hände gleiten über ihre nackten Schultern, ich schiebe die Träger des Kleides zur Seite und taste nach dem Reißverschluss in ihrem Rücken. Sie zerrt mein Hemd aus der Hose und öffnet bereits die oberen Knöpfe, ohne den leidenschaftlichen Kuss zu unterbrechen. Ich hebe die Arme und helfe ihr dabei, mir das Hemd über den Kopf zu ziehen. Wir sehen uns schweigend in die Augen, unsere Atmung geht unregelmäßig, und ich glaube zu spüren, wie schnell ihr Herz schlägt.

»Wir sollten rüber in dein Schlafzimmer, oder willst du es gleich hier tun?«, frage ich heiser und necke ihre Unterlippe mit den Zähnen. Meine Stimme ist ganz rau vor Verlangen.

»Schlafzimmer«, ist die knappe Antwort darauf. Ihr ist anzumerken, dass sie immer noch mit dem Alkohol kämpft. Vielleicht wäre es wirklich klüger, wenn ich gehe und sie in Ruhe schlafen lassen, bevor wir etwas tun, was wir beide bereuen könnten … Doch dafür ist es vermutlich viel zu spät.

Joanna lächelt verführerisch, dann löst sie sich aus meinen Armen und geht voraus in das Zimmer. Für einen Moment schließe ich die Augen, atme tief ein und versuche, meine Gedanken zu ordnen. Leider kann ich vor Verlangen kaum noch klar denken. Also schiebe ich alle Bedenken beiseite und folge Joanna.

Der Raum ist abgedunkelt, sie hat lediglich die kleine Lampe auf ihrem Nachttisch neben dem großen Doppelbett eingeschaltet. Ihr Schlafzimmer ist ähnlich sporadisch eingerichtet wie der Rest der Wohnung. Bett, eine Kommode und ein Kleiderschrank, weiter nichts. Vermutlich ist Joanna eine praktisch veranlagte Frau, die nicht so viel Wert auf Schnickschnack legt. Das gefällt mir. Vor allem aber gefällt mir die Aussicht auf ihren tief ausgeschnitten Rücken, den sie mir zugewandt hat. Das Kleid ist ein richtiger Blickfang, was mir bereits auf der Hochzeit nicht entgangen ist.

»Sorry … die Klamotten …«, murmelt sie und sieht mich mit einer Mischung aus Verlegenheit und Verlangen an. Der Boden ist über und über mit Kleidungsstücken bedeckt, was mich schmunzeln lässt. Scheinbar hat sie sich verdammt viele Gedanken über ihr Aussehen heute Abend gemacht.

»Gott, Joanna, *das* ist mir gerade herzlich egal«, presse ich atemlos hervor, knurre beinahe vor unterdrücktem

Verlangen. Sie lächelt verführerisch, dann dreht sie mir den Rücken zu.

»Hilfst du mir mit dem Kleid?«, fragt sie mich. Mit einer Hand hält sie sich die blonden Haare aus dem Nacken, damit ich ihre Locken nicht einklemme.

Ich trete hinter sie und berühre mit dem Zeigefinger die helle Haut dicht unter dem Haaransatz. Fahre mit dem Finger ein Stück über ihre Wirbelsäule, spüre ihr leichtes Zittern, bis ich den Reißverschluss umfasse und ihn langsam hinunterziehe. Joanna lässt den Arm wieder sinken, und ich sehe fasziniert dabei zu, wie das Kleid von ihren Schultern gleitet. Die blonden Locken ergießen sich über ihre nackte Haut. Mit angehaltenem Atem betrachte ich sie. Reglos verharre ich dicht hinter ihr, höre in mich hinein und spüre meinen Puls, der sich mit jeder Sekunde immer weiter beschleunigt. Es ist eindeutig: Ich will diese Frau!

Offensichtlich genießt sie meine sanften Berührungen sehr, denn sie legt ihren Kopf in den Nacken, lässt ihn gegen meine Schulter sinken und seufzt leise, als ich meine Lippen an die Stelle unterhalb ihres Ohres drücke. Ich küsse ihren Hals, ihre Schulter. Streiche mit den Händen über ihre Arme und umfasse sacht ihre Brüste, die von dem schwarzen Spitzen-BH verdeckt werden. Bei unserem ersten Mal hatte ich mir nur wenig Zeit genommen, ihren Körper ausgiebig zu erforschen. Wenn wir nur diesen einen Moment haben, in dem wir uns einander ganz hingeben, ohne an morgen zu denken, dann will ich ihn in vollen Zügen auskosten.

Joanna dreht sich in meinen Armen zu mir um.

»Lässt du die Frauen gern so lange warten? Dabei hattest du es bei unserem One-Night-Stand ziemlich eilig mit mir zu schlafen«, neckt sie mich, stellt sich auf die Zehenspitzen und beißt mir spielerisch in die Unterlippe. Ich grinse. Ohne ihre hochhackigen Schuhe ist sie viel kleiner als ich. Ich schlinge meine Arme um ihre Taille und ziehe sie dadurch eng an mich, um sie deutlich spüren zu lassen, was ihre Nähe mit meinem Körper anstellt.

»Hast du etwa vergessen, dass ich ein Gentleman bin?«, entgegne ich, küsse sie kurz.

Sie seufzt verzückt. »Davon habe ich beim letzten Mal nur wenig mitbekommen.«

»Umso mehr sollte ich dir jetzt meine Qualitäten als Liebhaber unter Beweis stellen.« Unser Wortgefecht heizt die Stimmung zwischen uns noch weiter an und lässt das Blut heiß durch meinen Körper fließen. Abermals küssen wir uns, dieses Mal innig und ohne Hemmungen. Ihre Zunge dringt in meinen Mund, findet meine und verwickelt mich in einen Kampf. Irgendwie ist es heute Nacht anders als all die Male davor, die ich mit Frauen zusammen gewesen bin. Plötzlich habe ich gar keine Eile, mein Verlangen an ihr zu stillen.

Mein Herz hämmert heftig gegen meinen Brustkorb, die Gedanken in meinem Kopf rasen wie wild durcheinander. Ich ignoriere diese eigenartigen Gefühle und dränge Joanna zum Bett. Knutschend taumeln wir rückwärts, aber statt sich nach hinten sinken zu lassen, löst sie sich von mir. Ich schenke ihr einen verwirrten Blick, doch sie lächelt nur und gibt mir einen sanften Stoß gegen die Brust, sodass ich es bin, der auf der

Matratze landet. Ich bleibe auf der Bettkante sitzen und sehe zu ihr hoch.

Mit ihren Händen tastet sie hinter sich und öffnet den Verschluss ihres BHs, sodass ich einen wunderen Ausblick auf ihren wohlgeformten Busen habe. Nun fällt es mir noch schwerer, mich zusammenzureißen. Joanna muss mir mein Dilemma deutlich ansehen können, denn ihr Grinsen wird breiter, als sie sich rittlings auf meinen Schoß setzt. Mit flinken Handbewegungen öffnet sie meinen Gürtel und den Reißverschluss meiner Anzughose.

»Mach das nicht«, presse ich schweratmend hervor.

»Wieso nicht?«, haucht sie und lässt ihre Hand in meine Hose gleiten. Ich ziehe scharf die Luft ein.

»Scheiße!«, keuche ich und senke mein Gesicht in ihr Dekolleté. Das hier fühlt sich zu intensiv für einen einfachen One-Night-Stand an. Dieses Vorspiel facht meine Lust nur noch weiter an. Joanna weiß genau, was sie tun muss, um mich um den Verstand zu bringen. Bevor es jedoch zu spät ist, stoppe ich ihre Bemühungen.

Sie schaut mich fragend an, denn mit dieser Wendung hat sie scheinbar nicht gerechnet. Einen Augenblick nehme ich mir die Zeit, ihre wunderschönen Brüste mit dem Mund zu verwöhnen, solange sie noch auf meinem Schoß sitzt. Seufzend wirft Joanna ihren Kopf zurück und krallt sich mit den Händen in meine Schultern fest. Der Druck auf meine Erektion erhöht sich, als sie sich auf mir bewegt. Also umfasse ich ihre Hüfte und drehe sie herum, bis sie auf dem Bett liegt, ich über ihr. Ihr Blick ist leicht verhangen, getrübt von Alkohol und Lust, als sie zu mir aufsieht. Ich lecke mir über die Lippen, ehe ich sie abermals in einen leidenschaftlichen Kuss verwickele. Ihre Hände streichen über meinen Rücken bis zum Bund meiner Hose.

»Ich glaube, die solltest du ausziehen, oder?«, fragt sie leise.

Ich steige aus dem Bett und schäle mich aus der Hose, ziehe mir die Socken ebenfalls von den Füßen. Meine Klamotten landen neben ihrem Kleid auf dem Boden. Zuerst überlege ich, meine Boxershorts anzubehalten, entscheide mich aber dagegen. Wozu warten?

Sie hat sich auf die Ellenbogen abgestützt und verfolgt aufmerksam, wie ich mich langsam aus meiner Unterwäsche befreie. Einen Moment mustert sie mich, dann seufzt sie und lässt sich zurück nach hinten fallen. Es ist ihr anzumerken, wie ungeduldig sie unsere Vereinigung herbeisehnt.

Mit einem Grinsen auf den Lippen steige ich aufs Bett und knie mich erneut über sie, sodass sie unter mir gefangen ist. Mein Gesicht nähert sich ihrem und für einen kurzen Augenblick ist es beinahe so, als würde ich in diesen unglaublich blauen Augen versinken. Mein Herzschlag sich abermals beschleunigt und das Pulsieren breitet sich weiter in meiner Brust aus. Ich betrachte Joanna. Erwartung liegt in ihrem Blick, ihre Augenlider flattern. Ein leichtes Zittern durchfährt ihren Körper, als ich ihr langsam den Slip ausziehe, sodass wir nun beide nackt sind.

»Hat dir schon jemand gesagt, wie schön du bist?«, raune ich ihr zu, lege meine freie Hand an ihre Wange und streichle sie. Sie schlägt überrascht die Augen auf, schweigt einen Herzschlag lang, in dem ich mich über mich selbst wundere.

»So ziemlich jeder Mann, mit dem ich bereits zusammen gewesen bin«, neckt sie mich und lächelt verschmitzt. Oh, das glaube ich ihr sofort.

Nach einem Moment setze ich meine Erkundung über ihren Körper fort, küsse ihren Hals und wandere mit den Lippen weiter hinab über ihren Bauch immer tiefer, bis ich zwischen ihren Beinen abtauche. Für gewöhnlich lasse ich mir nicht so viel Zeit eine Frau verwöhnen, doch heute werde ich eine Ausnahme machen. Außerdem gefällt mir, wie sie klingt, wenn ich ihr Lust bereite. Keuchend krallt sie ihre Hände in mein Haar und kommt mir ungeduldig entgegen. Meine Lippen streichen sanft über die Innenseite ihrer Schenkel, ich küsse sie immer wieder an dieser intimen Stelle und entlocke ihr noch mehr der süßen Laute. Joanna erschaudert, bebt regelrecht. Ihr Atem geht stoßweise. Stöhnend drückt sie den Kopf fester ins Kissen.

»Wie lange willst du mich noch hinhalten?«, presst sie gequält hervor.

»Solange es nötig ist«, scherze ich lachend, komme jedoch wieder zu ihr hoch. Ihr Brustkorb hebt und senkt sich unkontrolliert, und ich kann nur ahnen, wie schnell ihr Herz schlägt. Meins klopft in diesem Moment zumindest genauso heftig.

Sie umfasst mein Gesicht mit den Händen und zieht mich für einen Kuss zu sich heran. Ich lasse es geschehen, genieße ihre weichen Lippen, ehe ich mich von ihr löse und kurz aus ihrem Blickfeld verschwinde, um ein Kondom aus meinem Portemonnaie zu holen. Als ich wieder zu ihr aufs Bett krieche, mustert sie mich mit ernster Miene. Für den Bruchteil einer Sekunde sehe ich Zweifel in ihren Augen aufflackern.

»Warst du auf Sex aus?«, fragt sie mit bebender Stimme.

»Nein. Aber ich bin gern vorbereitet, falls sich die Gelegenheit ergibt.« Tatsächlich habe ich nicht mit diesem Ausgang des Abends gerechnet. Umso mehr freut es mich, jetzt mit Joanna zusammen zu sein. Mit geübtem Griff öffne ich das Tütchen und rolle das Kondom über meine Erektion, bevor ich wieder zwischen ihre Beine knie. Wir stöhnen beide auf, als ich endlich einen sanften Rhythmus aufnehme. Joanna drängt sich gegen mich, schlingt ihre Beine um meine Hüfte und animiert mich dadurch, mich schneller zu bewegen. Doch diesen Gefallen tue ich ihr nicht. Noch nicht, denn ich genieße gerade diese Nähe zwischen uns, diese Verbundenheit, die bis in mein Herz vordringt. Als sie mich allerdings erneut in einen leidenschaftlichen Kuss verwickelt, ist es um meine Beherrschung geschehen. Ihre zufriedenen Laute spornen mich weiter an, bis ich es kaum noch aushalte und mich dem Orgasmus hingebe.

Es dauert eine ganze Weile, bis wir beide wieder zu Atem kommen. Joanna hat die Arme um mich geschlungen, ich presse mein Gesicht gegen ihre Halsbeuge. Der schwache Duft von Parfüm steigt mir in die Nase, ich schließe die Augen und bleibe noch einen Moment in dieser Position, ehe ich mich vorsichtig von ihr löse.

»Zufrieden?«, frage ich leise, nachdem sie mich aus ihrer Umarmung entlässt. Joanna lächelt matt, dann nickt sie. Noch einmal beuge ich mich über sie und küsse sie sanft auf die Stirn, streiche dabei mit den Fingern durch ihr weiches Haar. Genießerisch schließt sie die Augen.

Verdammt, das gerade war eindeutig mehr als eine einmalige Sache. Der Sex mit ihr hat sich unglaublich intensiv angefühlt. Ich schlucke hart, als mich diese Erkenntnis mit voller Wucht trifft. Schlagartig bin ich nüchtern. Es hätte nie so weit kommen dürfen!

Weil Joanna langsam wegdöst, verharre ich in meiner Position, um sie nicht beim Einschlafen zu stören. Ich bleibe noch einen Moment an ihrer Seite, bis ich ihre immer ruhiger werdenden Atemzüge vernehme.

Dieses Mal erspare ich uns die peinliche Szene am Morgen. Kurz betrachte ich noch ihre schlafende Gestalt: das entspannte Gesicht, die vollen Lippen, auf denen ein leichtes Lächeln liegt. Sie hat etwas Besseres verdient als mich. Jemanden, der zum Frühstück bleibt.

Leise schlage ich die Bettdecke zurück und schwinge die Beine aus dem Bett. Dann klaube ich meine Klamotten vom Fußboden und schleiche aus ihrem Schlafzimmer. Im Bad ziehe ich mich an, ehe ich mir ein wenig Wasser ins Gesicht spritze, um die Müdigkeit zu vertreiben. An der Tür drehe ich mich noch mal um, lausche in die Stille der Wohnung, bevor ich hinausgehe und diese Nacht hinter mir lasse. Die Erinnerung daran verschließe ich in meinem Herzen.

Kapitel 11

— Joanna —

Als mein Wecker klingelt, schrecke ich aus dem Schlaf. Das nervende Geräusch ist unnatürlich laut in meinen Ohren. Ist heute nicht Wochenende? Vermutlich habe ich vergessen, die Weckfunktion meines Handys zu deaktivieren, als ich gestern Abend ins Bett gegangen bin. Ins Bett ...

Ruckartig setze ich mich auf und ächze gequält, als mich ein heftiger Kopfschmerz überfällt. Es pocht unangenehm hinter meinen Schläfen und der Stirn, sodass ich mein Gesicht stöhnend in die Hände stütze und die Augen fest zusammenkneife. Einen Augenblick lang atme ich tief ein und aus, ehe ich langsam zu mir komme und die Erinnerungen an die Nacht zurückkommen. Gleichzeitig merke ich, dass die andere Betthälfte kalt und leer ist. Chris ist längst weg ...

Als ich mir gerade die Decke über den Kopf ziehe, um noch ein bisschen zu schlafen, klingelt mein Handy erneut. Dieses Mal ist es jedoch nicht der Wecker, sondern eine eingehende Nachricht von Lisa.

Scheiße! Unsere Verabredung. Wir wollten zusammen brunchen und Lisa hatte angeboten, mir bei dem Artikel zu helfen, aber wegen meiner Kopfschmerzen bekomme ich garantiert keinen geraden Satz zustande. Schuld daran ist unter anderem Christopher Bennett. Zu gern würde ich ihn aus meinen Gedanken verbannen, doch sobald meine Gedanken auch nur minimal abschweifen, stelle ich mir vor, wie er mich geküsst hat. Wie seine Lippen meine erhitze Haut berührt haben, wie seine Hände mich gestreichelt haben.

Hitze steigt mir in die Wangen. Verdammt, warum habe ich mich dazu hinreißen lassen, erneut mit Chris zu schlafen? Wie soll ich ihm nun gegenübertreten, ohne an die gestrige Nacht zu denken? Seine Küsse, seine Zärtlichkeiten – das alles hat sich unauslöschlich in mein Hirn gebrannt.

Bevor mich Lisa nackt antrifft, quäle ich mich aus meinem Bett und springe unter die Dusche. Das kalte Wasser vertreibt den Kopfschmerz ein wenig, und ich fühle mich wenigstens kurzfristig besser. Als ich gerade eine bequeme Jogginghose und ein ärmelloses Top anziehe, klingelt es auch schon an der Wohnungstür. Hastig binde ich mir meine noch feuchten Haare zu einem unordentlichen Knoten zusammen und schlurfe zur Tür. Lisa steht freudestrahlend im Flur, eine Tüte mit frischen Brötchen in der Hand. Als sie mich sieht, runzelt sie fragend die Stirn.

»Was ist denn mit dir passiert?«, will sie wissen, nachdem sie mich mit einem flüchtigen Kuss auf beide Wangen begrüßt hat. Ich winke sie hinein und gehe an ihr vorbei in die Küche, wo ich die Kaffeemaschine einschalte.

»Frag besser nicht …«, brumme ich. Ich stelle einen Becher unter die Maschine und betrachte, wie die dunkle Flüssigkeit hineinläuft. Lisas prüfender Blick brennt sich förmlich in meinen Nacken. Sie wittert die nächste heiße Story.

»Oh, jetzt machst du mich erst recht neugierig«, sagt sie in freudiger Erwartung. »Wie muss der Abend mit Christopher Bennett wohl gewesen sein, dass du danach aussiehst, als wärst du von einer Dampfwalze überfahren worden.«

Meine Freundin kichert über ihren Witz, während sie in meinen Küchenschränken herumkramt, um Geschirr und Besteck für das Frühstück herauszuholen. Sie kennt sich hier aus, weshalb ich mich in Ruhe meinem Getränk widme. So kann ich meine Antwort wenigstens noch ein wenig hinauszögern und meine Gedanken ein wenig sortieren.

Als ich mit zwei Bechern schwarzen Kaffees bewaffnet auf meinen Balkon trete, hat sie bereits Brötchen, Käse und Marmelade für unser Frühstück auf den kleinen Glastisch angerichtet. Mit übereinandergeschlagenen Beinen sitzt sie auf dem Klappstuhl und sieht mich eindringlich an. Das Kreuzverhör hat also begonnen. Nervös nehme ich einen großen Schluck von meinem Kaffee, um meine Kehle zu befeuchten. Dann stelle ich ihren Becher vor sie auf den Tisch, ehe ich mich auf den Stuhl ihr gegenüber setze.

Erwartungsvoll sieht sie mich an. Demonstrativ blicke ich zur Seite über die Balkonbrüstung hinaus ich die Ferne. Die Sonne scheint bereits hell und warm auf meine Haut, sodass ich meine Augen zusammenkneifen muss.

»Joanna. Komm schon. Wie war es gestern?«, fordert mich Lisa auf. Ihr Teller ist immer noch unberührt. Natürlich will sie erst die neusten Neuigkeiten hören, ehe sie sich ihrem Frühstück widmen kann.

»Ich hab's wieder getan!«, platze ich mit der Neuigkeit heraus, die mir seit dem Aufstehen Kopfzerbrechen bereitet.

»Du hast *was* getan?«, will Lisa verwirrt wissen. Sie zieht ihren Augenbrauen zusammen und mustert mich argwöhnisch.

»Ich habe mit Chris geschlafen ...«

»Das ist nicht wahr, oder?«, ruft sie überrascht und lässt dabei ihr Messer auf den Teller fallen. Auf einmal erinnere ich mich an jedes Detail unserer vergangenen Nacht. Wir waren beide betrunken, doch nicht so sehr wie bei unserem ersten Mal. Ich habe keine Gedächtnislücke und kann mich an alles erinnern. Ein wohliger Schauder läuft mir über den Rücken, und ich schlinge die Arme um meinen Oberkörper, weil ich zu frösteln beginne. Der gestrige Abend war ein Fehler. Der erste One-Night-Stand ist entschuldbar, da habe ich nicht gewusst, wer er ist. Aber gestern – es geschah mit voller Absicht. Ich kann die Tatsache, dass ich erneut mit Christopher Bennett geschlafen habe, nicht schon wieder auf den Alkohol schieben, auch wenn ich es gern tun würde. Der Gedanken, dass mir dieser Mann unter die Haut geht, erschreckt mich. Dabei wollte ich Abstand halten und mich keinem Kerl mehr als einmal hingeben, um mein Herz nicht zu gefährden. Aber bei Christopher habe ich jede Vorsicht fahren lassen und meine eigenen Prinzipien der binnen weniger Sekunden über Bord geworfen.

»O Mann ... Ich hätte wirklich etwas mehr Professionalität von dir erwartet«, meint Lisa gedehnt, doch ihr breites Grinsen straft ihre Worte Lügen. »Wie willst du einen objektiven Artikel schreiben, wenn dein Herz im Spiel ist?«

Mein Kopf ruckt herum. »Mein Herz?« Ich muss sie wohl ansehen, als wäre sie gerade vom Mond gefallen, denn Lisa bricht in schallendes Gelächter aus.

»Ja, natürlich. Du hast zweimal mit demselben Typen geschlafen, obwohl du vor wenigen Monaten selbst gesagt hast, dass du das niemals tun würdest. Du hast deine eigene Regel gebrochen. Also muss er dir ganz schön den Kopf verdreht haben.«

Meine Wangen glühen. »Es lag am Alkohol ...«, murmele ich verlegen, weil mir der Gedanke, ich könnte mehr für Chris empfinden, ziemliche Angst macht. Ich brauche keinen Mann in meinem Leben.

Meine Freundin seufzt theatralisch.

»Ach, Jo, bei dir ist es immer der Alkohol oder die Arbeit oder das Wetter. Ich kenne dich mittlerweile gut genug, vielleicht sogar besser als du dich selbst. Manchmal glaube ich, dass du vor dem Leben davonläufst, wenn es dir etwas Gutes vor die Füße legt. Und Christopher ist eine Sahneschnitte, wenn man mal von seinem etwas fragwürdigem Ruf absieht.«

Sie lächelt triumphierend, weil sie glaubt, mich durchschaut zu haben, und beschmiert ihr Brötchen mit Butter. Doch sie hat Unrecht. Ich laufe nicht davon, ich bin bloß realistisch. Der Vorfall vor gut fünf Jahren hat mir die Augen geöffnet und mir meine rosarote Brille, in der ich bis dahin durchs Leben gestolpert bin, von der Nase gezogen und in den Dreck geworfen. Mir die bittere Wahrheit über die Liebe offenbart: Alles ist vergänglich! Noch einmal falle ich nicht auf *die Liebe auf den ersten Blick* herein. Um dieses Thema nicht weiter breitzutreten, widme ich mich schweigend meinem Frühstück.

***

Den Nachmittag verbringe ich damit, meinem Artikel den letzten Schliff zu geben. Meine Deadline ist zwar erst in zwei Wochen, doch je eher ich fertig bin, desto besser. Dann habe ich wenigstens keine Ausrede, mich weiterhin mit Christopher treffen zu müssen. Seine Gegenwart bringt mich aus der Fassung. Schon möglich, dass er ganz nett ist und natürlich attraktiv, aber ich bin sicher nicht in ihn verliebt. Wieso kann man nicht einfach mit einem Mann schlafen, den man körperlich anziehend findet, ohne direkt etwas hineininterpretieren zu müssen? Denn genau das ist es, was wir beide fühlen: sexuelle Anziehungskraft.

Zufrieden mit meinem Text speichere ich ihn ab und fahre den Laptop herunter. Lisa hat mir nach dem Frühstück noch einige wertvolle Tipps gegeben, die ich eingearbeitet habe, damit der Artikel etwas lebendiger wird und neugierig macht. Vielleicht werde ich ihn morgen dem Chef vorlegen, mal sehen.

Ich lehne mich auf meinem Schreibtischstuhl zurück und strecke meine Arme. Erst jetzt merke ich, wie hungrig ich bin. Also tapse ich in die Küche, um meinen Kühlschrank nach etwas Essbarem zu durchsuchen. Tatsächlich finde ich eine Portion Lasagne, die ich vor ein paar Tagen gekocht habe. Das sollte für einen netten Abend auf der Couch reichen. Während mein Essen in der Mikrowelle ist, stelle mich vor das Küchenfenster. Die Sonne hat sich schon eine ganze Weile nicht mehr blicken lassen. Trübe Wolken hängen am Himmel, und es sieht nach Regen aus, obwohl die Luft immer noch warm ist.

Das Klingeln meines Handys reißt mich aus meiner Abwesenheit. Ich vermute abermals Lisa, die mir vielleicht noch etwas zu dem Artikel sagen will. Doch als ich mein Smartphone aus dem Schlafzimmer hole, erscheint Erics Name auf dem Display.

»Hey Joanna. Ich hoffe, du hast heute ausgeschlafen«, grüßt er mich gut gelaunt. Verdutzt sehe ich auf die Uhr an der Mikrowelle, während ich den Teller mit meinem Abendessen herausnehme. Es ist neunzehn Uhr.

»Ja«, antworte ich etwas gedehnt. Noch bin ich mir unsicher, worauf er hinaus möchte.

»Und ich hoffe, du hast heute Abend nichts vor«, redet er weiter.

»Meine Lasagne und ich haben uns mit Netflix verabredet«, entgegne ich mit einem Grinsen, nehme Besteck aus einer Schublade und balanciere den Teller mit dem Smartphone am Ohr ins Wohnzimmer.

»Oh, das klingt ja hochamüsant, aber ich habe einen besseren Vorschlag: Heute Abend steigt eine Party im Hollywood-Roosevelt Hotel. Ich bin mit ein paar

Freunden verabredet und habe mir gedacht, das könnte dich auch interessieren? Dort tummeln sich die ein oder anderen bekannten Leute, meist Z-Promis oder irgendwelche Influencer, die durch Social Media berühmt werden wollen. Aber von einem Kumpel weiß ich, dass im Club nicht selten Footballspieler ein und aus gehen. Christopher Bennett soll Stammgast in dem Hotel sein. Vielleicht kannst du dadurch an weitere Informationen rankommen. Was meinst du, hast du Lust, mich zu begleiten?«

Als Eric seinen Namen ausspricht, läuft mir ein Schauer über den Rücken.

»Also ich weiß nicht …«, gebe ich zögernd zurück. Eine Party ist nicht gerade das, was ich nach dem gestrigen Abend brauche. Allein der Gedanke an Alkohol bereitet mir neuerliche Übelkeit.

»Ach komm schon, Joanna. Netflix läuft dir nicht weg. Es wird lustig, versprochen.«

»Also ich weiß nicht«, entgegne ich skeptisch.

»Aber meine Freunde sind alle glücklich vergeben, und ich finde es ein wenig anstrengend, mir jedes Mal anhören zu müssen, wieso ich mir nicht endlich eine nette Frau suche. Wir gehen als Freunde hin, okay?«, lässt er nicht locker. Kurz überlege ich. Ach, warum eigentlich nicht? Bevor ich in Jogginghose vor dem Fernseher versumpfe, kann ich mich auch mit Eric treffen. Immerhin ist heute Samstagabend und wer weiß, vielleicht hat er recht und mir läuft dort jemand Interessantes für ein Interview vor die Flinte?

***

Pünktlich um zweiundzwanzig Uhr stehe ich vor dem Club des Hotels, in den immer mehr Gäste strömen. Ich glaube sogar schon das ein oder andere Model gesehen zu haben. Eric wollte mich von zu Hause abholen, aber ich habe darauf bestanden, selbst hierher zu fahren. Es hätte sonst zu sehr nach einem Date ausgesehen, und das ist es absolut nicht. Mein Auto habe ich auf einem öffentlichen Parkplatz zwei Straßen weiter geparkt. Heute werde ich definitiv nichts trinken.

Kurz überprüfe ich die Uhrzeit an meinem Handydisplay und will Eric schon eine Nachricht schreiben, dass ich vor dem Club warte, als mich jemand von hinten umarmt. Erschrocken zucke ich zusammen, als er sein Kinn auf meiner Schulter ablegt.

»Hallo, hübsche Frau«, raunt Eric mir ins Ohr. Sein Atem streift meine Wange. Ich merke gleich, dass er bereits Alkohol getrunken hat.

»Gott, du hast mich erschreckt«, beschwere ich mich gespielt beleidigt und befreie mich aus seiner Umarmung. Grinsend stellt er sich an meine Seite, den Arm locker um meine Schulter gelegt. Kurz mustere ich ihn von der Seite. Statt Jeans und T-Shirt trägt er heute ein elegantes Hemd und dunkle Hosen. Sein Kinn ist glattrasiert, der typische Dreitagebart, den ich sonst von ihm kenne, fehlt. Seine braunen Haare sind ein wenig zerzaust, was seinen Aufzug etwas auflockert.

»Leute, das ist Joanna. Ich habe euch schon von ihr erzählt«, stellt er mich seinen Freunden vor. Eric zeigt der Reihe nach auf die Pärchen, die mich interessiert betrachten. »Und das sind Max und Sara.« Er deutet mit der freien Hand auf einen großen Mann mit schwarzer Hornbrille und fast ebenso schwarzem Haar, neben dem eine zierliche Blondine in einem verdammt kurzen Partykleid steht. Sie hängt an seinem Arm, als wären sie frisch verliebt. »Und diese beiden sind Leyla und Michael. Er arbeitet mit mir im Büro.«

Michael reicht mir die Hand. Er ist ähnlich gebaut wie Eric, jedoch um einiges älter, mit strohblondem Haar und blauen Augen. Leyla hingegen hat weibliche Kurven und scheint allgemein ein sehr lebensfroher Mensch zu sein, denn sie umarmt mich sogleich herzlich und lächelt breit.

»Hallo zusammen. Ich bin Joanna«, nenne ich ihnen noch einmal meinen Namen, um nicht bloß schweigend daneben zu stehen. Und plötzlich fühlt es sich doch so an, als hätten Eric und ich ein Date.

»Entspann dich«, flüstert Eric in mein Ohr, nachdem sich die anderen bereits vor uns in die Schlange am Clubeingang eingereiht haben. »Und hab ein bisschen Spaß.«

Ich lockere die Schultern, dann schiebe ich seinen Arm entschieden beiseite. »In Ordnung.«

Im Club ist es bereits brechend voll, obwohl es noch sehr früh am Abend ist. Neugierig sehe ich mich um. Die Inneneinrichtung besteht hauptsächlich aus roten und goldenen Elementen. Viele Spiegel zieren die Wände, in denen sich das bunte Clublicht bricht. Eric führt mich zielstrebig zu der Bar unweit der Tanzfläche. Scheinbar kennt er sich gut in diesem Nobelclub aus. Ich setze mich auf einen freien Hocker, während er neben mir stehen bleibt.

Er fragt mich etwas, doch über den Lärm hinweg verstehe ich ihn kaum. Dann legt Eric seine Lippen nah an mein Ohr und wiederholt seine Frage.

»Was möchtest du trinken?«

»Cola?«, entgegne ich. Er hebt fragend die Augenbrauen, und ich winke den Barkeeper heran, um für uns beide Cola zu bestellen. Als Eric die Gläser sieht, lacht er und ordert eine Runde Schnaps dazu. Seine Freunde langen begeistert nach dem Alkohol, nur ich lasse mein Schnapsglas unberührt stehen.

»Trinkst du nicht?«, will Eric wissen, nachdem ich keine Anstalten mache, ebenfalls den Shot hinunterzukippen.

Ich zucke die Schultern. »Hatte gestern genug«, erwidere ich laut, damit er mich besser versteht. Er grinst mich breit an und bestellt zwei weitere Schnapsgläser nur für uns beide.

»Gestern war gestern, und heute ist heute. Amüsiere dich ein bisschen mit uns.«

»Ich bin mit dem Auto da«, starte ich einen weiteren Versuch, mich herauszureden.

»Ich kann dir später ein Taxi rufen.«

Zögernd nehme ich das Schnapsglas in die Hand. Vielleicht hat er recht, und ich kann dadurch ein wenig abschalten und zumindest die Gedanken an Chris verdrängen, die bereits den ganzen Tag in meinem Kopf kreisen.

»Okay, aber ich werde mich sicher nicht abschießen. Die fürchterlichen Kopfschmerzen von heute Morgen will ich wirklich nicht noch mal erleben.«

»Ich kenne ein sehr gutes Mittel, wenn man von einem Kater geplagt wird«, erzählt er mit einem Zwinkern, nachdem wir unsere Gläser geleert haben. Er rückt näher an mich heran, sodass sich unsere Schultern berühren. Macht er mich gerade etwa an? Ich fühle mich wohl bei ihm, da ist jedoch kein Herzklopfen im Spiel. Bei Chris ...

Erschrocken reiße ich die Augen auf. Wieso vergleiche ich Eric die ganze Zeit mit Christopher? Um mich von diesem Gedanken zu lösen, bestelle ich noch mehr von dem Alkohol. Leyla lacht schallend über einen Witz, den ihr Freund gemacht hat, und ich lache mit, obwohl ich seine Worte kaum verstanden habe. Wir trinken noch zwei weitere Runden. Erst dann habe ich meine Gedanken wieder unter Kontrolle, sodass ich mich entspannt Eric zuwenden kann.

»Erzähl mir von diesem Wundermittel«, fordere ich ihn auf.

»Es ist wirklich einfach. Wenn du am Abend zuvor einen über den Durst getrunken hast, dann musst du am nächsten Morgen damit weitermachen«, gibt er schmunzelnd zurück.

Angewidert verziehe ich das Gesicht. Nein, danke.

»Glaub mir, es funktioniert. Ein Schnaps am Morgen wirkt Wunder«, beteuert er mit unschuldigem Lächeln. Eric hat ein sehr einnehmendes Wesen, ist wirklich zuvorkommend und ungemein sympathisch. Schade, dass er nicht mein Typ ist.

»Lass uns tanzen«, fordert mich Leyla auf, die plötzlich vor mir auftaucht. Über ihr Angebot bin ich heilfroh, denn so kann ich wenigstens mein Gedankenkarussell durchbrechen. Ich rutsche vom Hocker und schenke Eric ein entschuldigendes Lächeln, ehe ich mich an die Frau wende.

»Gern. Komm.«

Mit Leyla gehe ich zur Tanzfläche.

»Er ist echt ein klasse Typ«, erklärt sie mir und wirft die Arme in die Luft, als ein guter Song aus den Boxen ertönt. »Ihr passt wirklich gut zusammen.«

Das Lied ist gut, und ich werde direkt vom Beat mitgerissen. Ich wiege die Hüften zum Takt.

»Wir sind kein Paar«, kläre ich das Missverständnis auf. Leyla sieht plötzlich enttäuscht aus.

»Oh, das ist jammerschade. Er hat schon viel von dir erzählt und da haben wir gedacht ... Na ja, ist auch nicht so wichtig. Lass uns einfach zusammen feiern.« Wir tanzen eine ganze Weile miteinander, und es macht wirklich Spaß. Leyla hat total verrückte Moves drauf, was ich ihr gar nicht zugetraut hätte. Irgendwann gesellen sich auch Sara und Max zu uns. Ich sehe mich auf der Tanzfläche um, erkenne einige Spieler der LA Rams und LA Chargers mit irgendwelchen Frauen, über die ich mich bereits im Zusammenhang mit Christophers Footballkarriere informiert habe, sowie jemanden aus der Redaktion des LA Fashion Magazins. Bisher war niemand dabei, der mein journalistisches Interesse wecken konnte.

Als der Song endet und ein neues, eher ruhigeres Lied gespielt wird, will ich zurück zur Bar, werde jedoch am Handgelenk zurückgehalten. Erschrocken wirbele ich herum und stolpere beinahe in Erics Arme.

»Hoppla«, meint er grinsend. »Diese Schuhe sind aber auch wirklich gefährlich. Du könntest stürzen.«

Ich will gehen, doch er schlingt seine Arme um meine Taille, zieht mich dabei noch enger an sich.

»Tanz mit mir, Joanna«, raunt er mir zu. Er lallt leicht. Seine braunen Augen sind ernst, und das sonst so amüsierte Funkeln ist aus seinem Blick verschwunden.

Plötzlich wird mir ganz mulmig zumute, und mein Puls beschleunigt sich. Die Stimmung zwischen uns verändert sich – und ich bin mir gerade nicht sicher, ob es mir gefällt oder nicht. Eric flirtet mit mir, das spüre ich. Aber ich möchte ihm keine falschen Hoffnungen machen, weil immer noch Chris in meinem Kopf herumspukt.

»Okay. Ein Tanz, dann werde ich nach Hause fahren«, entgegne ich und lege meine Hände auf seine Schultern.

»Du wirst es nicht bereuen. Ich bin ein hervorragender Tänzer«, gibt er zurück und bewegt sich leicht im Takt. Ich schmiege mich enger an ihn, lasse mich von ihm führen und muss schon wieder an den gestrigen Abend denken, als Chris mich so in seinen Armen gehalten hat. Dabei schlug mein Herz viel heftiger gegen meinen Brustkorb als jetzt. In Christophers Armen habe ich mich irgendwie besonders gefühlt. Christophers Nähe war fast wie ein Rausch. Seine Nähe hat mein Blut in Wallung gebracht und meinen Körper pulsieren lassen. In Erics Armen spüre ich lediglich Geborgenheit und eine freundschaftliche Verbundenheit.

Meine Gedanken erschrecken mich, und als Eric mich noch etwas enger an sich zieht und seine Hand besitzergreifend auf meinen unteren Rücken legt, versteife ich mich kaum merklich.

»Du siehst heute richtig hübsch aus«, murmelt Eric und wirkt auf einmal verlegen.

Ich lächle ihn an. »Danke. Du siehst auch gut aus.«

Wir müssen beide lachen, weil wir spüren, wie verkrampft wir uns verhalten. Sollte ich einfach herausfinden, wohin die Sache mit uns führt? Vielleicht brauche ich nur einen kleinen Schubs in die richtige Richtung, der mir die Augen öffnet, genau wie meine Schwester Susan es immer wieder beteuert? Könnte Eric der Mann sein, der mich glücklich macht? Er kommt noch dichter an mich heran, obwohl das Lied bereits zu Ende ist und ein schneller Beat uns umfängt.

Seine Hände gleiten immer wieder über meinen Rücken und sorgen dafür, dass sich mein Puls weiter beschleunigt. In seiner Gegenwart fühle ich mich gut, warum sollte ich dieses Gefühl nicht für einen Moment genießen dürfen? Wenn ich mit einem anderen Mann zusammen bin, kann ich die Erinnerung an die vergangene Nacht mit Chris vielleicht aus meinem Kopf verbannen ...

»Das war ein Trick«, stelle ich fest. »Du hast mich absichtlich hergelockt.«

Er nickt, ein verschmitztes Lächeln umspielt seine Lippen, das ihn fast jungenhaft aussehen lässt.

»Schon möglich«, entgegnet er. »Hat's funktioniert?«

»Schon möglich«, wiederhole ich seine Worte und presse meinen Mund auf seinen, um endlich einen Schlussstrich unter meine verwirrenden Gedanken zu ziehen. Mit Eric wäre alles so viel einfacher. Mit ihm kann ich Christopher vergessen und dieses seltsame Gefühl in meiner Brust, das mich seit heute Morgen verfolgt.

Er fragt nicht, warum ich meine Meinung ihm gegenüber so plötzlich geändert habe, denn ich selbst kann mir mein Verhalten auch nicht erklären. Eric akzeptiert meinen Kuss, geht auf mein Spiel ein und begrüßt es regelrecht. Ich lasse mich fallen, lasse mich von Eric küssen und vergesse alles um mich herum. Meine innere Stimme sagt mir, dass ich mich lieber von Chris fernhalten soll. Er ist eine Nummer zu groß für mich, mit seinen schwierigen Launen und dem Berg an Problemen, den er mit sich herumträgt. Ein Mann wie Eric wäre die bessere Wahl, also sollte ich auf meinen Verstand hören und das verräterische Drängen meines Herzens ignorieren, das mich immer wieder an Chris erinnert.

Erics Zunge in meinem Mund sorgt nicht für dasselbe Gefühl von Leichtigkeit, das ich gestern bei Chris gespürt habe, aber es fühlt sich trotzdem gut an. Und je länger wir uns hier inmitten der tanzenden Menge küssen, desto weiter verdränge ich jeden Gedanken an meinen letzten One-Night-Stand. Das mit Eric könnte vielleicht funktionieren, wenn ich mir ein wenig Mühe geben würde. Ich gefalle ihm, das merke ich deutlich. Warum sollte ich diese Möglichkeit also nicht in Betracht ziehen?

»Lass uns von hier verschwinden«, raune ich ihm ins Ohr, nachdem wir uns endlich voneinander lösen. Jemand rammt mir unsanft seinen Ellenbogen in den Rücken, was mich auf den Boden der Tatsachen zurückholt. Dieser Club ist nicht der geeignete Ort, um herumzuknutschen.

Eric nickt. »Zu dir?«

»Oh, jetzt habe ich für einen Moment gedacht, du würdest mich in deine Wohnung einladen«, entgegne ich frech, während ich mich durch die tanzende Menge hindurchkämpfe, um zum Ausgang zu gelangen. Eric folgt mir.

»Würde ich, aber gerade schläft meine jüngere Schwester bei mir auf der Couch, weil sie Stress mit

ihrem Freund hat. Wir würden sie stören, wenn wir ...«
Er bricht ab und zieht mich erneut zu sich heran, um
mich leidenschaftlich zu küssen. »Außerdem wohne
ich zu weit weg. Du könntest es dir bis dahin anders
überlegen.«

Eric hat recht. Ich genieße den Kuss, denn langsam
kann ich es kaum erwarten, noch weiter zu gehen.
Mein Körper kribbelt bereits voller Vorfreude auf die
kommenden Stunden. Vielleicht sollte ich mir Sorgen
darüber machen, warum ich mit den Männern bloß ins
Bett will, statt mich auf eine ernsthafte Beziehung einzulassen. Aber das kann ich auch noch später hinterfra-
gen.

Eric führt mich aus dem Club und winkt ein Taxi
heran. Ich nenne dem Taxifahrer meine Adresse und
rutsche auf der Rückbank durch, damit Eric sich neben
mich setzen kann. Unwillkürlich grinse ich in mich
hinein. Diese Situation ist wie ein Déjà-vu.

Aus einem Impuls heraus greife ich nach Erics Hand,
die er sogleich zärtlich drückt. Es ist richtig, dass ich
Eric eine Chance gebe.

»Wir sind da«, flüstert er dicht an meinem Ohr, nachdem der Taxifahrer vor meinem Wohnhaus hält. Ein
wenig neben mir steige ich aus und führe ihn in meine
Wohnung. Es ist ein bisschen wie gestern – aber auch
völlig anders. Wir taumeln nicht knutschend durch
den Flur, und es sprühen keine Funken zwischen uns.
Beinahe kommt es mir alltäglich vor, dass ich mir Jacke
und Schuhe ausziehe und dann ins Wohnzimmer
durchgehe, um mich auf die Couch zu setzen. Alles wie
immer, mit der kleinen Ausnahme, dass ich nicht allein
bin. Mit geschlossenen Augen lehne ich den Kopf gegen

die Rückenlehne und atme tief ein. Was zur Hölle mache ich hier?

Eric setzt sich neben mich, lässt seine Hand über mein Knie wandern. Ich halte meine Augen geschlossen, um dem Gefühl nachzuspüren, das er auf meiner Haut hinterlässt. Die raue Leidenschaft, die wir beide noch vor kurzem im Club empfunden haben, ist längst erloschen. Nichtsdestotrotz möchte ich herausfinden, was sich zwischen uns anbahnt.

Seine warmen Finger sorgen für ein angenehmes Kribbeln auf meiner Haut.

»Die Riemchen haben Druckstellen hinterlassen«, stellt er mit ruhiger Stimme fest, als er vorsichtig meinen Fuß zu sich auf den Schoß zieht und mit dem Daumen über den Knöchel streicht. Ich erschaudere bei dieser Berührung und öffne wieder die Augen. Das ist ihm tatsächlich aufgefallen?

Er lächelt mild, fast schon nachsichtig und massiert die schmerzende Stelle mit seinem Daumen. Ich schlucke, ein Kloß bildet sich in meinem Hals. Eric ist so zärtlich und zuvorkommend, dennoch ist etwas in mir, das sich gegen seine Bemühungen sperrt.

Es wäre einfach, mich auf ihn einzulassen. Eric ist jemand, mit dem man sich eine solide Zukunft aufbauen könnte. Aber er ist niemand, der mein Herz höherschlagen lässt. Eric hat nicht verdient, dass ich mit ihm spiele, denn er weckt nicht dasselbe Verlangen in mir wie Christopher.

Schweigend betrachte ich ihn, als sich sein Gesicht meinem nähert. Er legt seine Stirn gegen meine und wartet meine Reaktion auf seine Nähe ab. Ich horche in mich hinein.

Sanft, aber bestimmend schiebe ich Eric an den Schultern von mir, bevor wir uns erneut küssen können.

»Wir sollten das lieber nicht tun«, murmele ich schließlich.

Er schenkt mir ein trauriges Lächeln. »Vermutlich hast du recht. Sex könnte unsere Freundschaft ruinieren.« Ihm ist die Enttäuschung deutlich ins Gesicht geschrieben. Trotzdem drückt er nur kurz meine Hand und bringt Abstand zwischen uns. Ich bin wirklich erleichtert, dass er keine Szene macht.

»Dann sollte ich jetzt besser gehen«, meint er nach einer längeren Pause, in der wir schweigend nebeneinandersitzen, und erhebt sich vom Sofa. Ich nicke, unfähig etwas zu erwidern.

»Schlaf gut, Joanna.«

»Du auch ...«, murmele ich, ohne ihm hinterherzusehen.

***

Glücklicherweise erwache ich ohne Kopfschmerzen, obwohl ich mich die halbe Nacht in meinem Bett herumgewälzt habe. Dennoch bin ich erleichtert, dass ich heute keinen Kater habe.

Ich strecke meine steifen Glieder und schlüpfe in meine bequemen Klamotten vom Vortag, ehe ich in die Küche schlurfe, um Kaffee zu machen. Im Kühlschrank findet sich noch ein Brötchen. Also setze ich mich an den kleinen Küchentisch und frühstücke.

Selbst so früh am Morgen herrscht Chaos in meinem Kopf. Ich fühle mich zu einem Mann hingezogen, den ich absolut nicht verstehe und der die meiste Zeit des Tages schlechte Laune hat. Doch manchmal erkenne ich Seiten an ihm, die ihn überaus liebenswert machen. Zu gern will ich hinter seine Fassade blicken und den wahren Christopher Bennett kennenlernen, den er so gut vor der Welt versteckt. Hat Lisa etwa recht, und ich habe mich wirklich in Chris verknallt, ohne es zu ahnen?

Tief in Gedanken versunken kaue ich auf meinem Brötchen, als es an der Wohnungstür klingelt. Verwirrt erhebe ich mich von meinem Platz. Wird es zur Gewohnheit, dass mich meine Freunde am frühen Morgen überfallen? Gestern war es Lisa und heute ...? Misstrauisch sehe ich durch den Spion, dann öffne ich langsam die Tür. Es ist Eric, der mit einem Sixpack Bier vor mir steht. Er lächelt breit, als wäre nichts gewesen.

»Guten Morgen. Wie geht's deinem Kopf?«, fragt er gut gelaunt und kommt herein.

»Gut«, erwidere ich knapp, gleichzeitig kann ich nicht ganz einordnen, weswegen er hier ist. Meine einsilbige Antwort scheint ihn nicht zu stören, denn er geht wie selbstverständlich voran durch den Flur ins angrenzende Wohnzimmer, als sei zwischen uns alles wie immer.

»Also ... wegen gestern Abend ...«, druckse ich herum. Eric macht allerdings eine wegwerfende Handbewegung.

»Ach, Schwamm drüber. Mein Ego hält eine Abweisung von dir schon aus, keine Sorge. Außerdem bin ich hier, um dich von deinem Kater zu kurieren.« Er hebt demonstrativ einen Sixpack Bier in die Höhe und bringt mich damit zum Lachen.

Kapitel 12

– Chris –

Keine Ahnung, wie lange ich schon reglos auf dem Sofa hocke und mein Smartphone anstarre. Das Display ist schwarz, lediglich ab und zu leuchtet die Uhrzeit auf. Sekunden verstreichen, dann Minuten.

»Ruf sie doch an«, drängt mich Kevin.

»Was?« Mein Kopf ruckt hoch. Mein großer Bruder lehnt lässig gegen den Türrahmen im Wohnzimmer und verschränkt die Arme vor der Brust. Grinsend mustert er mich aus einiger Entfernung.

»Joanna«, hilft er meinem benebelten Hirn auf die Sprünge. Sobald er ihren Namen laut ausgesprochen hat, beginnt mein blödes Herz wie wild zu schlagen. Okay, so war das wirklich nicht geplant!

»Wer sagt, dass ich *sie* anrufen will?«, entgegne ich kühl und lege das Handy auf den Couchtisch vor mir. Mein Bruder kommt zu mir und setzt sich.

»Ich kenne dich viel besser als du selbst, Bro«, meint er grinsend, nimmt mein Smartphone und hält es mir wieder hin. »Ruf an.«

»Blödsinn«, brumme ich verstimmt. Wieso glauben alle, mich zu kennen? Das hat Joanna auch zu mir gesagt, aber es ist Quatsch. Niemand kennt mich wirklich. Die ganzen Partys, der Alkohol, die Frauen. Das alles habe ich nur getan, um mein Herz zu betäuben. Die Oberflächlichkeit der Gesellschaft, die mich erst an die Spitze gebracht und dann hat abstürzen lassen, hat mein Leben ruiniert. Eigentlich sollte ich Peter für das Foul beim Testspiel dankbar sein, denn dadurch wurde mir die harte Realität vor Augen geführt: Niemand liebt mich um meiner selbst willen, sondern nur für das, was ich in ihren Augen verkörperte. Einen Starspieler der Los Angeles Rams. Jemanden, zu dem Kinder aufsehen und über den die Medien täglich berichten konnten. Meine Eltern, und vor allem mein Vater, sahen in mir seit meiner Jugend nur den profitbringenden Quarterback. Lediglich Kevin war es zu verdanken, dass ich jemanden in meinem Leben hatte, dem ich meine Sorgen und Probleme anvertrauen konnte. Doch dieses Mal kann er mir nicht helfen.

Entschieden stecke ich das Handy in meine Hosentasche, weil ich dieses leidige Thema umgehen will.

»Also, ich finde sie nett«, beteuert mein großer Bruder, ohne meinen finsteren Blick zu beachten. »Und Ella mag sie auch sehr. Wir könnten uns zu einem Doppeldate treffen.«

»Natürlich ist sie *nett*. Das muss sie sein, wenn sie ihren Job gut machen will. Schon vergessen, dass sie von der Klatschpresse ist? Dad hat sie mir auf den Hals gehetzt, damit sie einen wohlwollenden Artikel über seinen missratenen Sohn schreibt«, entgegne ich, verdränge dabei jedes Gefühl von Zuneigung für diese

Frau. Wir hatten Sex, doch das werde ich meinem Bruder ganz sicher nicht auf die Nase binden. Schließlich hat der One-Night-Stand nichts bedeutet. Ich weiß, dass Joanna gern mal den ein oder anderen Mann mit nach Hause nimmt. War das der Grund, warum ich sie damals angesprochen habe? Keine Ahnung, aber sie hat mir gefallen, tut sie immer noch. Trotzdem ist es rein körperlich, nichts, was ich näher an mich heranlassen würde. Nach der Enttäuschung mit Mia werde ich mich hüten, auch nur an eine neue Beziehung zu denken. Außerdem hat sie keine andere Wahl, als Zeit mit mir zu verbringen, wenn sie ihre Karriere bei der LA Times vorantreiben will. Eigentlich wollte ich sie schnell loswerden, doch dieser Plan ist ziemlich nach hinten losgegangen. Denn seit Freitag Nacht kann ich an nichts anderes mehr denken als an ihre weichen Lippen und das Gefühl ihrer Haut.

»Hast du sie deshalb mit zu meiner Hochzeit gebracht? Damit sie ein gutes Bild von dir bekommt, und Dad zufrieden über deine Kooperation ist? Außerdem schreibt sie für die LA Times, das ist alles andere als ein Klatschblatt.«

Das hatte ich zumindest vor ... bis es aus dem Ruder gelaufen ist und wir uns erneut geküsst haben.

»Also, erstens: An deinem schlechten Image bist du selbst schuld. Du solltest deine Aggressionen besser im Zaun halten. Da ist es kein Wunder, dass unsere Eltern sich Sorgen machen. Und zweitens –« Mein Bruder hebt mahnend den Zeigefinger, dann macht er ein ernstes Gesicht. »Ruf sie an. Mir ist nicht entgangen, wie du sie auf der Hochzeit angeschaut hast. Diese Frau gefällt dir, du brauchst es gar nicht zu leugnen.«

Ich beiße mir auf die Unterlippe, weil mir keine passende Erwiderung einfällt. Dass Kevin recht hat, will ich mir nicht eingestehen. Ich habe in den letzten Jahren wirklich Mist gebaut. Sachen, auf die ich nicht stolz bin. Und Joanna ist gerade der bessere Teil meines Lebens. Die wenigen Stunden, in denen wir zusammen gewesen sind, konnte ich meinen Schmerz für einen Moment vergessen. Trotzdem heißt es nicht, dass ich mich weiter mit ihr treffen werde. Sobald sie diesen Artikel bei ihrem Chef abgegeben hat, bin ich sowieso raus.

»Sag mal, was machst du überhaupt hier?«, frage ich nach einer Pause, um vom Thema abzulenken. »Du bist frisch verheiratet? Solltest du nicht längst in den Flitterwochen auf den Bahamas sein und Cocktails schlürfen?«

Kevin erhebt sich vom Sofa. »Stimmt. Aber Ella ist gerade in der Stadt, weil sie noch einen neuen Bikini für unseren Urlaub kaufen will. Da wollte ich die Chance nutzen und mich von meinem kleinen Bruder verabschieden. Wir fliegen übermorgen. Außerdem hat Mom mir Abendessen für dich mitgegeben.«

»Gott, Kev, deine Fürsorge ist ja nicht zum Aushalten!«, stöhne ich genervt und lege den Kopf in den Nacken. »Ich kenne die Nummer vom Lieferdienst auswendig, also werde ich wohl kaum verhungern. Bin ich auch bisher nicht, wie du siehst.«

Mein Bruder lacht erneut auf. »O ja, ich sehe es. Bei dem ganzen Junkfood, das du täglich in dich hineinschaufelst, bin ich wirklich entsetzt, dass du immer noch so gut aussiehst. Liegt es am jahrelangen Footballtraining, dass du bisher nicht aufgegangen bist wie ein

Hefekloß?«, gibt er mit einem frechen Grinsen zurück. Ich lächle ebenfalls, erwidere jedoch nichts darauf.

»Iss von Moms Lasagne. Sie ist wirklich lecker.« Kevin ist bereits im Flur, als ihm wohl noch etwas einfällt und er zurück ins Wohnzimmer kommt. Er kramt in seiner Jackentasche, dann holt er etwas heraus und legt es vor mich auf den Tisch. Verwirrt sehe ich auf die Tickets.

»Ich dachte mir, du möchtest dir vielleicht ein Spiel ansehen«, sagt er mit einem Kopfnicken. Geistesabwesend starre ich auf die Karten vor mir und traue mich nicht, sie in die Hand zu nehmen, als könnten sie mir Unglück bringen. Fuck, ausgerechnet ein Spiel der Seahawks gegen die LA Chargers. Kevin ist wirklich ein Sadist ... Er weiß genau, wie gern ich mir dieses Spiel ansehen würde, es jedoch Wunden in mir aufreißen könnte.

»Wie bist du an die Karten gekommen? Das Spiel ist bereits restlos ausverkauft«, frage ich tonlos, denn in mir tobt ein Sturm. Wenn ich hingehe, dann sehe ich Peter spielen. Auf der Position, die ich hätte bekommen sollen. Ich balle die Hand zur Faust, meine Kiefer mahlen. Doch als Kevin sich neben mir räuspert, entspanne ich mich wieder, weil ich seiner Gegenwart gewahr werde.

»Kennst du noch James? Ich habe mit ihm studiert. Und er ist seit neustem Assistenzarzt bei den Seattle Seahawks. Durch ihn habe ich die Karten bekommen. Du könntest ja Joanna mitnehmen. Dann erlebt sie wenigstens hautnah, wofür du am liebsten deine Seele verkauft hättest.« Kevin zwinkert mir zu, bevor er mich allein im Wohnzimmer zurücklässt.

Lange bleibe ich reglos auf dem Sofa sitzen, starre dabei die beiden Karten an, als wären sie meine Todfeinde. Seit meinem Unfall habe ich mir kein Footballspiel mehr angesehen, nicht einmal im Fernsehen.

Mit der Hand greife ich nach den Tickets, zerknülle sie und schließe meine Faust fest darum. Meine Atmung geht flach, in meinem Kopf spielt sich der Film ab, den ich so oft gesehen habe, als wäre es eine Dauerschleife: Der gegnerische Spieler wirft den Ball, und ich versuche, ihn zu fangen. Aus dem Augenwinkel erkenne ich Spieler, die auf mich zustürmen. Meine Finger erreichen beinahe den Ball, doch dann attackiert mich Peter von der Seite. Wir stoßen zusammen, er tritt gegen mein Knie. Es folgt eine unglückliche Drehung und ich pralle hart auf dem Boden. Peter liegt keuchend auf mir, sein Gewicht begräbt mich und nimmt mir die Luft zum Atmen. Pochender Schmerz zuckt durch meinen Körper, bis mir schwarz vor Augen wird und ich im nächsten Moment im Krankenhaus erwache.

Immer wieder sehe ich diese Bilder vor mir, wenn ich an meinen geliebten Sport denke. Ich muss mir eingestehen, ich habe Angst, zu diesem Spiel zu gehen. Sobald ich mich einem Spielfeld nähere, kommt meine Wut zurück. Und ausgerechnet ein Spiel der Seahawks soll ich mir mit Joanna anschauen?

Ich atme schwer, versuche mich auf einen Punkt an der Wand zu konzentrieren, um den Knoten aus Wut und Schmerz in meinem Bauch zu lösen. Eigentlich klappt es immer, nur heute will es mir nicht so recht gelingen, wieder zur Ruhe zu kommen. Ich lockere meine Finger um die Tickets, die sogleich auf den weichen Teppich unter meinen Füßen gleiten und unter dem Couchtisch liegen bleiben. Was würde passieren, sollte ich dennoch hingehen? Könnte ich es verkraften, Peter spielen zu sehen, ohne auszuflippen? Zumindest könnte ich Joanna dann das zeigen, was ich früher am meisten geliebt habe.

Sofort entspanne ich mich, denn der Gedanke an Joanna lässt das wohlige Kribbeln in meinen Körper zurückkehren. Es erstaunt mich, weil meine Wut plötzlich wie weggeblasen ist. Ich fühle mich sogar beschwingt, fast schon euphorisch, wegen dieser spontanen Idee. Um dieses Hochgefühl noch ein wenig länger auskosten zu können, ziehe ich das Smartphone aus meiner Hosentasche, um ihr eine Nachricht zu schicken.

Chris: Habe Tickets für das Spiel kommenden Samstag. Seattle Seahawks gegen die LA Chargers. Ganz großes Kino. Kannst du sicher für deinen Artikel verwenden. Hast du Lust?

Ich halte meine Nachricht absichtlich vage und ohne jegliche Emotionen, um nicht den Eindruck zu erwecken, ich würde an sie denken. Es ist eher so, dass mich die Gedanken an Joanna wie ein Hirngespinst verfolgen, ohne dass ich etwas dagegen tun kann. Sicher liegt es an dem Sex, den wir Freitag Nacht miteinander hatten. Es war wirklich eine blöde Idee, sie zu begleiten. Ich wusste doch ganz genau, worauf das hinauslaufen würde.

Genervt über mein seltsames Verhalten, erhebe ich mich vom Sofa und durchquere das Wohnzimmer mit wenigen Schritten, gehe in die Küche, um mir eine

Flasche Wasser zu holen. Die Dose mit Moms Lasagne steht auf der Arbeitsplatte. Kevin hatte sich nicht einmal die Mühe gemacht, sie in den Kühlschrank zu stellen, denn darin herrscht gähnende Leere, weil ich es nicht für nötig erachte einzukaufen. Bis auf ein paar Flaschen Bier oder Wasser ist dort nichts zu finden. Selbstgekochtes gibt es nur bei Mom, und seitdem ich allein wohne, komme ich nur selten in diesen Genuss. Hätte Kevin die Dose mit meinem Abendessen in den Kühlschrank gestellt, dann hätte ich sie dort schlichtweg vergessen. Er kennt mich einfach viel zu gut.

Zurück im Wohnzimmer klingelt mein Handy. Ich nehme es vom Couchtisch und sehe Joannas Namen auf dem Display blinken. Es überrascht mich, dass sie plötzlich anruft, statt bloß auf meine Nachricht zu antworten.

»Du willst allen Ernstes, dass ich dich zu einem Footballspiel begleite?«, beginnt sie das Gespräch, ohne mich vorab zu begrüßen. Der Klang ihrer Stimme jagt mir einen Schauder über den Rücken, und ich muss mich erneut fragen, warum ich plötzlich so heftig auf diese Frau reagiere, mit der mich eigentlich so gut wie nichts verbindet. Außer dem Sex, den wir miteinander hatten ...

»Warum nicht? Ist das etwa nicht die Art von romantischem Date, das du dir vorstellst?«, entgegne ich scherzhaft, um mich von den seltsamen Gedanken abzulenken. Sie schnaubt verächtlich, was ich mir fast gedacht habe. Es amüsiert mich, Joanna aus der Fassung zu bringen.

»Ganz und gar nicht. Einem *Date* mit dir würde ich nicht zustimmen. Aber es geht um die Arbeit und ...« Sie holt tief Luft. »Okay.«

»Okay?«, hake ich überrascht nach, weil ich mit dieser Antwort tatsächlich nicht gerechnet habe.

»Ja, okay«, wiederholt sie ruhig.

»Du stehst auf Football?«

»Nein«, kommt es sofort von ihr. Ah, da ist er wieder. Dieser Trotz in ihrer Stimme, dieser Anflug von Kampfeslust, was mich an ihr fasziniert. Joanna ist nicht wie die anderen Frauen, mit denen ich bereits zusammen gewesen bin. Sie ist irgendwie tough, gibt mir Kontra und hängt nicht wie gebannt an meinen Lippen, um mir bei jedem Wort zuzustimmen. Genau das ist es, was mein Interesse an Joanna weckt. Sie lässt sich nicht von meiner Footballkarriere und meinem Bekanntheitsgrad in den Medien blenden. Joanna schert sich nicht darum, wer ich früher war, sondern sieht den Mann, der ich jetzt bin. Vielleicht suche ich genau deshalb ihre Nähe? Sie will mich nicht ändern, für sie bin ich einfach nur *Chris*.

»Dann stehst du auf mich«, scherze ich, weil da auf einmal dieses wohlig warme Gefühl in meiner Brust breitmacht, das mir plötzlich Angst macht. Je länger ich über Joanna nachdenke, desto stärker wird mein Verlangen, sie wiederzusehen. Ich habe sie gefragt, ob sie mich begleitet, weil ich lediglich nach einem Grund gesucht habe, mich erneut mit ihr zu treffen. Schließlich hätte ich auch Tyler anrufen und ihm diese verdammten Tickets anbieten können. Fuck!

»Du bist ziemlich eingebildet«, entgegnet sie. Ich kann mir beinahe bildlich vorstellen, wie sie am anderen

Ende der Leitung die Augen verdreht. Mit keiner Silbe erwähnt sie unsere letzte gemeinsame Nacht, dabei bin ich mir sicher, dass sie sich dieses Mal an jedes Detail erinnern kann. Dafür habe ich gesorgt. Ich habe Spuren auf ihrem sinnlichen Körper hinterlassen, die nicht zu übersehen sind. Ich räuspere mich, denn plötzlich werde ich ganz verlegen.

»Schon gut. Wenn du nicht mitkommen willst, ist das okay. Ich habe die Karten geschenkt bekommen und nicht wirklich vorgehabt, hinzugehen ...«

»Wieso fliehst du jetzt? Ich habe doch bereits zugesagt. Außerdem bin ich ziemlich neugierig, herauszufinden, wie deine große Liebe so ist.«

Ich höre ein leises Lachen aus ihrer Stimme heraus, die mein Inneres angenehm kribbeln lässt. Es klingt so natürlich, so echt.

»Soll ich dich Samstag abholen?«, frage ich sie.

»Nein, denn dann wäre es wohl ein *richtiges* Date. Wir sehen uns beim Stadion«, entgegnet sie sogleich und legt auf.

 Kapitel 13

— *Joanna* —

Die ganze Woche habe ich mich in meine Arbeit gestürzt, um nicht an Chris zu denken. Und ich hätte es
beinahe geschafft, wenn er mich nicht zu diesem blöden Footballspiel eingeladen hätte. Keine Ahnung, warum ich überhaupt zugestimmt habe, denn Football interessiert mich nicht die Bohne. Eigentlich finde ich
diesen Sport ziemlich brutal und kann mir einfach
nicht vorstellen, warum so viele Leute so sehr darauf
abfahren.

Die Mittagssonne strahlt vom Himmel und langsam
komme ich ins Schwitzen. Ich hätte vielleicht doch eins
der luftigen Sommerkleider anziehen sollen, statt Jeans
und das ärmellose Shirt, über das ich einen beigen Blazer trage, aber ich wollte mich für Chris nicht heraus-
putzen. Immerhin ist das hier kein Date. Ich werde mir
dieses Spiel ansehen, um vielleicht einige Details in
meinem Artikel unterbringen können.

Vor dem Eingang des *SoFi Stadiums* hat sich bereits
eine lange Schlange von lärmenden Footballfans gebil-
det. Die Zuschauer kommen in Fantrickots ihrer

Lieblingsmannschaft. Gestern Abend habe ich ein bisschen über die Seattle Seahawks recherchiert, um vorab im Bilde zu sein, worauf ich mich heute Nachmittag einlasse. Sie sind auf Rang fünf der beliebtesten Mannschaften der NFL und waren beim letzten Super Bowl dabei. Kein Wunder, dass Chris so erpicht darauf gewesen ist, in diese Mannschaft zu wechseln. Auch wenn die LA Rams sich ebenfalls sehen lassen können, denn sie haben sich in den vergangenen Jahren mehrmals für die Playoffs und den anschließenden Super Bowl qualifiziert.

Unschlüssig sehe ich zu der Reihe der Fans rüber. Ich bin mir nicht sicher, ob ich mich bereits in die Menschenmenge einreihen oder doch lieber weiterhin auf Christopher warten soll. Immerhin hat er die Eintrittskarten und ich weiß gar nicht, welchen Eingang wir benutzen sollen, um besser zu unseren Plätzen zu gelangen.

Als ich ihm schon eine Nachricht schicken will, wo er denn bleibt, sehe ich ihn von weitem auf mich zukommen. Er trägt eine modische Bluejeans, dazu Sneakers und ein weißes Poloshirt. Die blonden Haare sind ordentlich gestylt, außerdem rasiert er sich seit der Hochzeit seines Bruders wieder, sodass er dem Foto, das ich von ihm habe, mehr ähnelt. Eine schwarze Sonnenbrille verdreckt seine Augen. Die Hände lässig in die Taschen seiner Jeans vergraben, bleibt er dicht vor mir stehen.

»Hallo Joanna«, grüßt er und zeigt mir dabei ein strahlendes Lächeln, das meine Knie weich werden lässt. Seine Brille nimmt er nicht ab, vermutlich aus Vorsicht, um nicht von einigen der umstehenden Footballfans erkannt zu werden. Er ist zwar kein aktiver Spieler mehr, doch während seiner aufstrebenden Footballkarriere war er ständig in den Medien und von Fans umringt. Er hätte eine glorreiche Zukunft in der NFL haben können, wäre seine Verletzung nicht gewesen …

Seine selbstbewusste Ausstrahlung lässt mich augenblicklich schwach werden. Sofort tauchen Bilder unserer gemeinsamen Stunden in meinem Kopf auf, die ich zuvor erfolgreich verdrängt hatte. Wie er mich küsst, seine Hände auf meiner Haut, sein Stöhnen und der intensive Blick aus seinen blauen Augen. Mein Herz beginnt unweigerlich schneller zu schlagen, obwohl ich mich innerlich gegen dieses Gefühl wehre. Doch mein Verstand hat keine Chance gegen mein Herz. *Ich* habe keine Chance gegen Chris.

»Hey«, erwidere ich seinen Gruß stockend und muss mich räuspern, um meine Stimme wiederzuerlangen. Seit unserem letzten One-Night-Stand sehe ich Chris mit anderen Augen, was mir langsam wirklich Sorgen bereitet. Ich kann nicht leugnen, dass er mein Interesse geweckt hat. Und je öfter wir uns treffen, desto höher schlägt mein Herz.

»Du siehst gut aus«, stellt er mit einem Blick auf mein Outfit fest.

»Lass uns reingehen«, fordere ich ihn auf. »Wenn wir noch länger hier draußen herumstehen, wird es noch voller, und ich habe wirklich keine Lust, mich durch die Masse zu drängen.«

Christopher holt zwei Karten aus seiner Hosentasche und hält sie in die Höhe.

»Musst du nicht. Wir haben Logenplätze im VIP-Bereich. Wir können durch den Seiteneingang rein«, erklärt mit einem Anflug von Stolz. Skeptisch betrachte ich die zerknüllten Tickets in seiner Hand.

»Du gehst ja nicht gerade sorgfältig mit deinen Sachen um«, stelle ich mit hochgezogenen Augenbrauen fest. Er winkt ab und legt mir mit einer schwungvollen Geste den Arm um die Schulter, was mich zusammenzucken lässt. Alles in mir beginnt wohlig zu kribbeln und die Hitze, die in mir aufsteigt, als er mich an der Menschentraube vorbei zu dem Sicherheitspersonal führt, kommt nicht nur von den hohen Außentemperaturen. Ich sollte mich von dem Gedanken befreien, viel in seine Taten hineinzuinterpretieren, aber leider sieht mein Körper und mein blödes Herz das völlig anders. Chris zeigt dem Mann am Eingang die Tickets, der uns hinein winkt. Sogleich spüre ich einen frischen Luftzug auf meiner Haut, der von der Klimaanlage im Inneren des Stadions kommt.

Chris kennt sich hier aus, denn er führt mich vorbei an den zahlreichen Fans geradewegs zum VIP-Bereich. Es wundert mich, dass ihn bisher keiner der Besucher erkannt hat. Aber vermutlich vermutet ihn niemand hier im Stadion. Außerdem wird sein Gesicht durch die Sonnenbrille verdeckt, die er nicht abgenommen hat.

Um uns herum ist es laut und erst als wir den VIP-Raum betreten, verstummt die Geräuschkulisse. Hier sind wir beinahe allein, nur noch einige Geschäftsleute in Anzügen, stehen an der großen Fensterfront und diskutieren über den Verlauf des Spiels, das bald beginnen wird. Ich stelle mich an die Glasscheibe und sehe hinunter auf das noch leere Spielfeld. Bisher kenne ich

Football nur aus dem Fernsehen, live bin ich nie in einem Stadion gewesen. Es ist verdammt riesig und als ich mir die immer voller werdenden Tribünen ansehe, staune ich nicht schlecht.

»Gute Aussicht, oder?«, raunt Chris mir ins Ohr. Ich habe nicht bemerkt, wie er sich dicht hinter mich gestellt hat, eine Hand vor mir gegen das Fenster gestützt. Sogleich erhöht sich mein Puls, ohne dass ich etwas dagegen unternehmen kann. Sein After Shave steigt mir in die Nase. Ist es seine Absicht, mich nervös zu machen?

Es ist nur ein Job, versuche ich mir einzureden, obwohl es sich nicht danach anfühlt. Mein Artikel ist eigentlich fertig, Lisa findet ihn klasse und ist davon überzeugt, dass auch unser Chef ihn lieben wird. Was mache ich also hier? Ich hätte zu Hause bleiben können, um mir irgendeine Serie auf Netflix anzusehen. Oder mich mit meinen Freundinnen treffen, alternativ sogar meine Schwester besuchen und Zeit mit den Zwillingen verbringen. Aber nein, stattdessen stehe ich hier im VIP-Bereich des *SoFi Stadiums*, gefangen zwischen einer großen Fensterfront, die nichts verhüllt und Christophers Körper, von dem eine Hitze ausgeht, die mich ganz schwindelig macht. Sein heißer Atem an meinem Ohr beschert mir eine Gänsehaut.

»Hat dir der Anblick die Sprache verschlagen? So habe ich mich auch immer gefühlt, wenn ich vom Spielfeld ins Publikum geschaut habe«, flüstert er nah an meinem Ohr und jagt mir dabei Schauer über meinen Rücken. Ich straffe die Schultern und tauche unter seinem Arm hindurch, um Abstand zwischen uns zu bringen. Dann hole ich mein Smartphone aus der Handtasche und schieße ein paar Fotos vom Spielfeld, um zumindest so zu tun, als würde ich arbeiten. Dadurch kann ich meine Gedanken wenigstens ein bisschen in eine andere Richtung lenken.

»Ich war ewig nicht mehr hier«, meint Chris leise. Ich drehe mich wieder zu ihm um. Er steht immer noch an Ort und Stelle, fährt mit der Handfläche langsam über die Glasscheibe und sieht hinab. Sein Blick wird trüb, sein Gesicht ausdruckslos und jetzt würde ich zu gern wissen, was in seinem Kopf vorgeht. Statt ihn jedoch auf diesen Stimmungswechsel anzusprechen, sehe ich mich nochmals im VIP-Raum um.

Hier wird es zunehmend voller, immer mehr Zuschauende kommen herein, setzen sich auf die Stühle, die im Raum verteilt sind oder stehen an der kleinen Bar am hinteren Ende neben dem Eingang. Einige gehen auch direkt ans Fenster, um hinauszuschauen. Ich habe keine andere Wahl, als erneut dicht an Chris heranzukommen.

»Es geht los«, erklärt er und deutet mit einem Kopfnicken auf das Spielfeld, ohne seinen Kommentar von eben noch einmal aufzugreifen. Die Mannschaften versammeln sich und werden von den zahlreichen Zuschauern im Stadion lautstark begrüßt. Dann wird der Ball in die Luft geschossen und das Spiel beginnt.

Statt mich auf das Geschehen zu konzentrieren, betrachte ich Chris von der Seite. Er wirkt ziemlich angespannt. Wieso wollte er hierher, wenn er das Spiel nicht genießen kann? Seine verbissene Miene bereitet mir Sorgen, also lege ich ihm kurz die Hand auf den Unterarm.

»Hey, alles okay bei dir?«, frage ich vorsichtig. Um uns herum jubeln die Fans. Chris zuckt zusammen, dann dreht er sich mit verwirrtem Geschichtsausdruck zu mir um, als habe er völlig vergessen, dass ich ihn begleite. Er öffnet den Mund, als wolle er mir antworten, presst jedoch schweigend die Lippen zu einem Strich zusammen. Irritiert betrachte ich ihn, wie er sich von mir abwendet, sich mit den Fingern durch sein Haar fährt und die Frisur dadurch in Unordnung bringt. Dann schaut er mich erneut an und lächelt.

»Möchtest du etwas trinken?«, will er stattdessen wissen, als hätte er meine Frage überhört. Noch ehe ich antworten kann, lässt er mich stehen und geht zur Bar rüber, um Getränke zu besorgen. Was ist nur los mit ihm? Er benimmt sich eigenartig.

Von meiner Position aus beobachte ich Chris, wie er sich zum Barkeeper lehnt und bestellt. Währenddessen gesellen sich einige Leute zu ihm. Es sind auch Frauen dabei, eine von ihnen hängt sich an seinen Arm. Und aus irgendeinem Grund beginnt etwas in mir zu brodeln. Ich kann nichts dagegen tun, aber ein Stich von Eifersucht zuckt durch meinen Körper. Am liebsten würde ich sofort zu ihm gehen und der Frau deutlich machen, dass Chris mit mir hier ist. Welchen Anspruch habe ich auf ihn? Gar keinen! Wir hatten unverbindlichen Sex, das ist alles. Wir sind nicht zusammen, das hier ist kein Date und verliebt sind wir erst recht nicht. Also kämpfe ich das beklemmende Gefühl in meiner Brust nieder und betrachte ihn bloß aus der Ferne.

Zwei Männer reden auf Christopher ein, während dieser zwei Flaschen Bier in den Händen hält. Die Typen sehen nicht gerade erfreut aus, Chris hier anzutreffen, und auch mein Begleiter wirkt wütend. Er schüttelt die Frau an seinem Arm ab und begibt sich in meine Richtung, doch die Männer folgen ihm. Bisher ist niemand der anderen VIP-Zuschauenden auf ihren Streit aufmerksam geworden, aber ich fürchte, lange wird es nicht so bleiben.

Ich will ihm bereits zur Hilfe kommen, als ich sehe, wie einer der Männer Christopher grob an der Schulter packt und zu sich herumdreht. Durch den Ruck lässt Chris eine der Bierflaschen fallen, die klirrend auf dem Fußboden zerbricht. Nun recken die umstehenden Fans die Köpfe nach der kleinen Gruppe.

»Scheiße!«, entfährt es mir und ich eile zu ihm, ehe sich eine Menschentraube um die Männer bilden kann. Bevor ich ihn erreichen kann, verstellen mir ein paar der Besucher die Sicht. Ich kann nur vage erkennen, wie Chris seinen Angreifer am Kragen packt und ihn bedrohlich schüttelt. Was zur Hölle ist plötzlich in ihn gefahren? Seine Worte kann ich nicht verstehen, denn aufgeregtes Raunen geht durch die Leute im Raum. Niemand konzentriert sich mehr auf das Footballspiel.

Erschrocken sehe ich, wie Chris den Inhalt der zweiten Bierflasche auf das Shirt des Angreifers auskippen, dann kämpfe ich mich endlich zu ihm durch und schnappe seinen Arm. Gerade noch rechtzeitig zerre ich ihn aus der Schusslinie, denn der rechte Haken des anderen verfehlt Chris nur um Haaresbreite.

»Du Mistkerl, dir werde ich es zeigen!«, brüllt er und will sich auf Christopher stürzen, da weicht dieser flink aus, duckt sich hinter einen der anderen Gäste und zwängt sich durch die umstehenden Zuschauer mit mir zum Ausgang des VIP-Bereichs. Bevor die anderen uns nachkommen können, rennen wir auch schon durch die Gänge des Stadions.

»Was war das denn?!«, rufe ich außer Atem. Er hält meine Hand fest umklammert, zieht mich einfach mit sich und lacht lauthals. Ich weiß gar nicht, was an diesem Vorfall so lustig sein sollte. Wir sind nur ganz knapp einer Schlägerei entkommen. Das hätte wieder negative Publicity gegeben, die mein Artikel in der LA Times kaum hätte abschwächen können. Wieso arbeitet Chris gegen mich? Ich will seinen Ruf wiederherstellen, und er tut alles, um diesen sofort wieder zu ruinieren!

»Chris, warte. Wo gehen wir überhaupt hin?«

Erst als Christopher eine große Tür aufstößt und wir uns plötzlich inmitten einer Menschentraube befinden, verstehe ich. Er hat mich auf eine der Tribüne geführt. Ich habe Mühe, mich hinter ihm durch die jubelnden Fans zu zwängen, aber irgendwie gelingt es mir. Chris beugt sich tief über die Brüstung nach unten, sodass ich mir schon Sorgen mache, er könnte von den umstehenden Leuten geschubst werden und hinunterstürzen, doch dann richtet er sich wieder auf und holt tief Luft. Christopher dreht er sich zu mir um. Sein strahlendes Lächeln lässt mein Herz für einen Moment stocken, ehe es in doppeltem Tempo weiter gegen meinen Brustkorb hämmert.

»Endlich! Dort oben habe ich kaum atmen können!«

Ich stelle mich dicht neben ihn. Das Footballspiel ist in vollem Gange, was ich durch den Streit gar nicht mitbekommen habe. Überhaupt konnte ich mich bisher nur wenig auf das Spiel konzentrieren. Doch hier inmitten all der Footballfans bin ich ganz gefangen von dem Geschehen. Die Seahawks liegen deutlich in Führung, obwohl ihr Quarterback von der gegnerischen Mannschaft in die Mangel genommen wird. Sofort wird er belagert, kann sich jedoch aus der Offensive befreien. Sein Teamkamerad verliert den Ball durch einen Tackle der LA Chargers und plötzlich wendet sich das Blatt. Durch einen überraschenden Wurf schaffen die Chargers einen Touch Down. Das Spiel ist rasant und verdammt spannend. Die Fans jubeln um mich herum und stecken mich mit ihrer Euphorie an.

Auch Chris reißt die Arme in die Höhe und schreit aus Leibeskräften. »Yeah!«

Es ist wirklich laut im Stadion. Von allen Seiten sind Freudenschreie und Jubel zu hören. Chris lacht neben mir und scheint plötzlich richtig Spaß zu haben. Erleichtert atme ich aus, denn ihn so ausgelassen jubeln zu sehen, macht mich glücklich. Jetzt sieht er schon viel besser aus, der verkniffene Zug um seinen Mund ist verschwunden, und er wirkt wie ausgewechselt.

»Wer war dieser Typ und was wollte er von dir?«, frage ich und bin mir nicht sicher, ob er mich in dem Lärm versteht. Erst als es wieder etwas ruhiger wird und die Fans sich dem weiteren Spielverlauf widmen, wendet er sich mir erneut zu.

»Das war jemand, den ich vom Football kenne. Kümmere dich nicht um den Vorfall, es hatte nichts zu bedeuten.«

»Für mich sah es so aus, als wollte der Typ dir die Nase brechen«, entgegne ich besorgt. Chris winkt ab.

»Es sah schlimmer aus, als es war. Er hat mich provoziert und ...« Er ballt die Hände fest um das Geländer, ich erkenne, wie seine Knöchel weiß hervortreten. »Und ich bin auf sein Spielchen eingegangen. Es war unnötig, mich mit ihm zu streiten. Vergiss es einfach.«

»Vermutlich wird dieser Vorfall spätestens morgen in den Medien breitgetreten.«

»Tja, ich stehe nun mal gern im Mittelpunkt«, gibt er lässig zurück, aber ich kann ihm deutlich ansehen, dass ihn diese Szene vorhin nicht kalt gelassen hat. Er wirkt wieder angespannt, als würde er sich in seiner Haut unwohl fühlen. Um ihn nicht weiter zu reizen, belasse ich es dabei und konzentriere mich auf den Spielverlauf. Erneut wird das Spiel von den Seahawks dominiert. Ihr Quarterback rammt zwei der Chargers und pirscht mit dem Ball vor. Christopher neben mir ballt die Hände zu Fäusten und presst die Lippen fest aufeinander.

»Dieser Mistkerl«, zischt er kaum hörbar, doch weil ich so nah bei ihm stehe, bleibt mir sein Gefühlschaos nicht verborgen. Mein Begleiter wirkt ziemlich verärgert über diesen Spielverlauf.

»Das ist Peter. Es war seine Schuld, dass ich nicht mehr auf dem Spielfeld stehen kann. Wegen seines Tackles musste ich mit einem Kreuzbandriss ins Krankenhaus. Nur seinetwegen kann ich nicht mehr spielen. Jetzt trägt er mein Trikot. *Ich* hätte derjenige sein sollen, der heute für die Seahawks auf dem Spielfeld steht!«, presst Chris hervor, ohne dass ich nach einer Erklärung verlangt hätte.

»Und dieser Typ, den du vorhin gesehen hast ...« Er dreht seinen Kopf zu mir. Ich erkenne den bitteren Zug um seinen Mund. »Das war Peters Bruder. Er hat mir unterstellt, dass ich Peters Karriere sabotieren will.«

Erneut erzielen die Seattle Seahawks einen Punkt, sodass es für die Chargers langsam eng wird. Neben uns grölen die Fans, lediglich Christopher steht reglos an der Brüstung und starrt in die Ferne.

»Lass uns gehen«, fordere ich ihn auf und umfasse seine Hand, als das Spiel zu Ende ist. Sogleich schließen sich seine Finger um meine, als suche er Halt. Chris schweigt, die Augen immer noch auf das Spielfeld gerichtet. Mit dem Sieg heute haben sich die Seahawks für den kommenden Super Bowl im Februar qualifiziert. Obwohl wir uns an den Händen halten, kommt es mir so vor, als wäre er meilenweit weg, irgendwo in seiner eigenen Welt gefangen, die ihm nichts als Kummer bereitet.

Zwar kenne ich mich nicht im Stadion aus, dennoch ziehe ich ihn hinter mir her durch die Menge der Fans, die sich an uns vorbei zum Ausgang drängen. Kurz verliere ich ihn im Gedränge, als wir uns bereits in der Eingangshalle befinden. Panisch sehe ich mich nach ihm um, werde von einem Fan zur Seite gedrängt und stolpere gegen eine Glasvitrine mit Pokalen. Der Aufprall schmerzt, aber ich kann zum Glück mein Gleichgewicht halten, um nicht auf dem Boden zu landen. Stöhnend reibe ich mir die schmerzende Schulter, will den Mann schon verärgert zurechtweisen, der mich geschubst hat, sehe ihn doch gar nicht mehr. Dafür erblicke ich Christophers blonden Hinterkopf in einer Traube von Fans. Es sind einige Frauen dabei, die ihn am Arm festhalten, ich höre sie kreischen und erkenne, wie Chris sich von ihnen loszumachen versucht. Erneut spüre ich brodelnde Eifersucht in mir aufsteigen. Entschieden bahne ich mir einen Weg durch die Fans, die glücklicherweise bereits größtenteils das Foyer des Stadions verlassen habe, und schließe zu Chris auf. Er bemerkt mich erst, als ich ihn an der Schulter fasse und zu mir herumdrehe. Chris will bereits gereizt protestieren, weil er ein weiteres Fangirl vermutet, doch als er mich erkennt, wird der Ausdruck in seinem Gesicht milder. Sogleich schlägt mir mein Herz bis zum Hals. Ich versinke in seinen blauen Augen und ehe ich reagieren kann, senkt er den Kopf und küsst mich aus heiterem Himmel.

Die Zeit um uns herum bleibt stehen. Der Lärm der Menschen verstummt. Ich schließe die Augen, konzentriere mich mit all meinen Sinnen auf seine Lippen, die sanft auf meinen liegen. Dieser Kuss ist ganz anderes als alle, die wir bisher miteinander geteilt haben. Er ist liebevoll, leicht und fast schon zögernd, als hätte Christopher Angst, etwas falsch zu machen. Dabei gehört mein Herz längst ihm. Das wird mir in diesem Moment klar, in dem wir hier stehen, eng umschlungen, mitten im vollen Foyer des *SoFi Stadiums*. Mit meinem Auftauchen wollte ich lediglich die Frauen verscheuchen, die sich an Chris herangemacht haben. Nun bin ich meinerseits verloren, rettungslos verknallt in einen Kerl, der so viele zahlreiche Facetten seiner selbst an den Tag legt, dass ich vermutlich Jahre brauchen werde, um sie zu ergründen.

Lisa hatte recht, ich konnte seiner Anziehung kaum widerstehen, schießt es mir durch den Kopf, *sie hatte von Anfang an recht.*

Ich habe mich in Christopher Bennett verliebt. Und diese Tatsache schockt mich zutiefst, denn wann wurde mein Herz geheilt? Nach meiner Trennung von Sebastian habe ich mein Herz hinter dicken Mauern verschlossen, habe keinen Mann hineingelassen, obwohl es genug Gelegenheiten dazu gegeben hat. Niemand konnte mich davon überzeugen, derjenige zu sein, für den es sich gelohnt hätte, meinen Selbstschutz aufzugeben, um nicht erneut verletzt zu werden. Und dann kam Christopher Bennett, ein Ex-Footballprofi mit so vielen Macken, die mich auf die Palme bringen und – zack – schon kann ich an niemand anderen mehr denken als an diesen Mann, der mich gerade küsst.

Seine Lippen streichen zärtlich über meine Mundwinkel, seine Zunge schiebt sich in meinen Mund und lässt mich wohlig seufzen. Ich schlinge meine Arme fester um seinen Hals, presse mich an ihn, um die Wärme seines Körpers mehr zu genießen. Bevor ich mich jedoch richtig fallen lassen kann, wird unser Kuss jäh unterbrochen, als mich wieder jemand zur Seite stößt und ich gegen Chris stolpere. Glücklicherweise hält er mich mit seinen Armen umfangen, sodass mir nichts passieren kann. Sein Griff lockert sich, er zerrt mich an der Hand mit einer ruckartigen Bewegung hinter sich. Es ist eine kleine Gruppe Spieler der Seattle Seahawks, die immer noch in voller Footballmontour an uns vorbeigegangen sind. Die Fangirls sind längst verschwunden. Verwundert blicke ich die Männer an, die tatsächlich durch den normalen Eingang gehen. Müssten sie nicht eigentlich einen speziellen VIP-Bereich nutzen, um sich von den Fans abzuschotten?

»Hey, entschuldige dich gefälligst!«, brüllt Chris dem Mann hinterher, der mich gerammt hat. Die Spieler recken die Köpfe in unsere Richtung und ich erkenne die Nummer sieben auf seinem Trikot. Es ist Peter Griffin. Mein Herz klopft immer schneller, ich bekomme Panik, denn ich sehe blanken Zorn in Christophers

Gesicht. Peter dreht sich um und lacht spöttisch, als er Chris erkennt. Vermutlich hat er ihn bereits längst hier gesehen, zeigt es jedoch nicht.

»Du solltest hier nicht in der Gegend herumstehen. Einige von uns haben es eilig und müssen zur Pressekonferenz«, gibt er mit einer Unschuldsmiene zurück. Seine Begleiter lachen unverhohlen. »Oder hast du Angst, dass dir die Kleine sonst auch davonläuft, wenn du nicht auf der Stelle Nägel mit Köpfen machst?« Wut spiegelt sich in Christophers Gesicht, und er lässt meine Hand abrupt los. Ich kann ihn nicht zurückhalten. Dieser arrogante Kerl legt es tatsächlich darauf an, dass Chris aus der Haut fährt.

Chris packt Peter so schnell am Kragen seines Trikots, dass dieser den Angriff gar nicht kommen sieht.

»Nimm das zurück!«, zischt er. Peter lacht bloß und reißt sich los.

»Es ist doch die Wahrheit. Lern erst mal mit deinen Aggressionen umzugehen.«

Noch bevor Chris zu einem Fausthieb ausholen kann, nähern sich eilige Schritte des Sicherheitspersonals. Zwei breitschultrige Männer flankieren meinen Begleiter und sehen grimmig zwischen den beiden Streithähnen hin und her.

»Was ist hier los?!«, ruft einer der Sicherheitsleute. Ich erkenne sogar einen Polizisten aus der Ferne und schreie erschrocken auf, als sich weitere Männer grob an mir vorbeidrängen, um zu der kleinen Gruppe Footballspieler zu gelangen.

»Chris, was zur Hölle soll das? Ich glaube, du gehst jetzt besser.«

Er fährt herum, und als er den älteren Mann erkennt, der ihn angesprochen hat, wird er blass.

»Dad?! Coach ...«, korrigiert er dann mit versteinerter Miene. Sofort lässt er Peter los und ich zwänge mich an den anderen Leuten vorbei an Chris' Seite. Erst jetzt kommt er wieder zu sich. Peter und seine Kameraden verziehen, doch das triumphierende Grinsen auf seinem Gesicht entgeht mir nicht.

»Was machst du überhaupt hier? Hat es nicht gereicht, dass du beim letzten Mal auf dem Titelblatt irgendeines Klatschmagazins gelandet bist? Willst du das jetzt wöchentlich wiederholen?«, schimpft der Coach mit gedämpfter Stimme und hält Chris am Arm fest. Dieser zuckt die Schultern und presst seine Lippen zu einem Strich zusammen. Ich merke gleich, dass er nicht mit seinem Vater reden will.

»Es war meine Schuld, Mr. Bennett. Chris wollte mir helfen, weil die Spieler mich angerempelt haben«, entschuldige ich mich an seiner Stelle mit einem liebenswerten Lächeln. Christopher steht immer noch reglos neben mir, also nehme ich seine Hand und führe ihn nach draußen, um den neugierigen Blicken der umstehenden Fans, und vor allem dem zornigen Gesichtsausdruck seines Vaters, zu entkommen.

Sein Verhalten macht mir immer noch Sorgen, ich weiß nicht, wie ich ihn wieder auf andere Gedanken bringen soll. Seine Schultern hänge herab, er wirkt fast schon apathisch, als wir in einigem Abstand zum Stadion stehen bleiben. Sie Sonne strahlt immer noch hell am wolkenlosen Himmel, doch Christophers Laune gleicht einem Gewitter.

»Also«, beginne ich, »wo hast du dein Auto geparkt?«

Er blinzelt kurz verwirrt, als merke er jetzt erst, dass ich da bin und mit ihm spreche. Dann zeigt sich ein kleines Lächeln auf seinem Gesicht. Na endlich.

»Sorry, dass du die Szene mit ansehen musstest. Und ... na ja ... tut mir leid, dass ich so ein Arschloch bin. Ich wollte dir nicht den Tag vermiesen. Eigentlich hatte ich gedacht, du würdest durch den Besuch im Stadion ein bisschen mehr verstehen, was mich an diesem Sport so fasziniert. Du weißt schon, für den Zeitungsartikel ...« Er macht eine kurze Pause, in der er sich seufzend durchs Haar streicht. »Stattdessen habe ich mich wieder wie ein Vollidiot aufgeführt. Das passiert mir andauernd, wenn ich Peter über den Weg laufe. Dieser Kerl macht mich rasend ...« Er bricht erneut ab, seine Kiefermuskeln mahlen. Zu gern würde ich ihn nach dem Grund seines Hasses fragen, denn es kann nicht nur die Verletzung sein, die die beiden Männer entzweit hat. Peter hatte irgendeine Mia erwähnt. Ob sie wohl ebenfalls zu dem Zerwürfnis der ehemaligen Freunde beigetragen hat?

»Schon okay«, entgegne ich mit einem Seufzen. »Ich würde jetzt ja sagen, du kannst nichts dafür, aber vermutlich stimmt es nicht.«

Sein Blick verfinstert sich, dann fährt er sich fast verzweifelt mit einer Hand durch die Haare. Bin ich mit meinem Vorwurf zu weit gegangen?

»Ich hab's versucht. Aber es ist nicht so einfach, mit meinem früheren Leben abzuschließen. Football ist alles, was ich kann. Alles, wofür ich mein Leben lang gekämpft habe. Es war mein Leben. Jetzt, wo ich nicht mehr spielen kann, fühle ich mich nutzlos. Und das macht mich unglaublich wütend.«

Nebeneinander gehen wir zum Parkplatz, wo er seinen Wagen abgestellt hat.

»Tja, also dann«, beginne ich, als wir an seinem Auto ankommen, »Danke für diese interessante Erfahrung heute.« Irgendwie ist die Stimmung seltsam zwischen uns. Chris ist nach dem kleinen Zwischenfall im Stadion in sich gekehrt, sodass ich mich unbehaglich fühle, ihn weiter auf das Thema anzusprechen.

»Kein Ding ...«, meint er teilnahmslos, holt die Sonnenbrille aus der Brusttasche seines Poloshirts und setzt sie auf. Nachdem er seine Augen versteckt hat, wirkt er noch unnahbarer. Der Kuss von eben scheint plötzlich wie ein Traum gewesen zu sein. Als hätte es ihn nicht gegeben.

Mir wird schwer ums Herz, als ich den Parkplatz überquere und wieder an der Straße bin. Habe ich mir das starke Gefühl der Verbundenheit zwischen nur eingebildet? Ich umklammere meine Handtasche noch etwas fester. Richtig, es war lediglich ein Job, der mich dazu verleitet hat, mich auf ihn einzulassen. Nur blöd, dass ich mich in diesen Kerl verknallt habe, der rein gar nichts für mich empfindet.

Ganz in Gedanken versunken merke ich gar nicht, wie ein Wagen langsam neben mir herfährt. Erst als ich ein Hupen vernehme, wende ich mich erschrocken um. Es ist Chris, der sich bei Schrittgeschwindigkeit aus dem heruntergelassenen Fenster lehnt.

»Steig ein, ich bringe dich heim«, sagt er zu mir. Seine Stimme klingt wieder heiter. Verwirrt darüber schüttle ich den Kopf. Mit den Stimmungsschwankungen dieses Mannes soll mal jemand mitkommen. Das ist ja unmöglich.

»Nicht nötig. Das Taxi kommt gleich«, entgegne ich fest, um den Entschluss nicht ins Wanken zu bringen, seinem Charme zu erliegen. Er stoppt sein Auto.

»Ach komm schon, Joanna. Steig ein. Oder hast du Angst, ich könnte mit dir in den nächsten Wald fahren, um dich dort zu verscharren? Wir kennen uns mittlerweile gut genug, dass ich dir versichern kann, so etwas nicht zu tun.« Er grinst frech, was mich erneut schwach werden lässt. Der Anziehungskraft zwischen uns kann ich mich kaum entziehen. Trotzdem bleibe ich standhaft und gehe einfach weiter.

»Ich habe keine Angst vor dir«, stelle ich mit fester Stimme klar, auch wenn mein Inneres gerade vor Aufregung bebt.

»Ich will mich für meinen Aussetzer entschuldigen. Da ist es das Mindeste, wenn ich dich zu deiner Wohnung fahre«, entgegnet er hartnäckig. Wieder bleibe ich stehen und abermals stoppt auch Chris sein Auto. Er lehnt sich weiter vor und schiebt sich kurz die Sonnenbrille von den Augen. »Bitte, Joanna. Ich möchte jetzt ungern allein sein.«

Die letzten Worte flüstert er mehr, als dass er sich zu mir sagt. Ich beäuge ihn misstrauisch, doch als er die Beifahrertür öffnet, steige ich schlussendlich zu ihm ins Auto. Irgendwie werde ich aus seinem Verhalten nicht schlau. Im ersten Moment ist er der unnahbare Footballer und dann gibt er sich wieder sehr verletzlich und sensibel. Was ist in seiner Vergangenheit bloß passiert, dass er zu solch starken Stimmungsschwankungen neigt? Ob Chris jemals eine richtige Beziehung hatte? Von One-Night-Stand zu One-Night-Stand zu leben kann doch nicht sein Ziel sein. Ich weiß, irgendwann mal habe ich genauso gedacht, aber das war noch, bevor wir beide uns getroffen haben. Er hat etwas in mir verändert, auch wenn ich Angst habe, es mir einzugestehen. Plötzlich wünsche ich mir wieder jemanden in meinem Leben, an den ich mich anlehnen kann und der mir das Gefühl von Geborgenheit gibt, die ich schon so lange vermisse.

Die Ledersitze des Autos schmiegen sich gegen meinen Rücken, ich lehne mich zurück und schnalle mich an.

»Gut, aber ich will noch nicht nach Hause«, entgegne ich einem Impuls folgend. Aus irgendeinem Grund habe ich das Bedürfnis noch ein wenig Zeit mit ihm verbringen und ihn auf andere Gedanken bringen.

»Wohin soll's gehen?«, fragt er ohne Umschweife und startet den Motor. Kurz überlege ich, dann nenne ich ihm eine Adresse. Die Fahrt über sehe ich schweigend aus dem Fenster. Und je näher wir unserem Ziel kommen, desto nervöser werde ich. Was er wohl dazu sagen wird, wenn wir auf der Pferderanch meiner Eltern ankommen?

Kapitel 14

- Chris -

Überrascht parke ich meinen Wagen auf einem sandigen Schotterweg vor einem großen Farmhaus. Tatsächlich habe ich die ganze Fahrt über nicht damit gerechnet, wohin sie mich navigiert. Die Fassade besteht aus Backstein, zum Teil auch mit rotem Holz verkleidet. Joanna steigt wortlos aus und geht zielstrebig über die weite Hofeinfahrt, ohne auf mich zu warten. Wo sind wir hier? Ich steige ebenfalls aus und lehne mich mit über der Brust verschränkten Armen gegen die Fahrertür, statt ihr sofort nachzugehen.

Einen Moment beobachte ich sie dabei, wie sie mit einem älteren Mann spricht, der gerade mit einer Heugabel in der Hand zu ihr herübergeht. Er ist klein, rundlich und hat eine Halbglatze. Zu seinem dunkelblauen Overall trägt er schlammverdreckte Gummistiefel. Joanna umarmt ihn herzlich, ehe sie sich zu mir umdreht und mich zu sich winkt. Also bleibt mir nichts anderes übrig, als meine sichere Position am Auto zu verlassen. Bevor ich sie erreichen kann, stürmen zwei Jungs an mir vorbei. Einer der beiden rempelt mich an, schert sich jedoch nicht darum und klammert sich an Joannas Bein, nachdem er sie erreicht hat. Die Kinder lachen fröhlich und rufen ihren Namen. Auch Joanna freut sich, die Kinder zu sehen und strahlt dabei regelrecht, dass ich meine schlechte Laune von eben sofort vergesse. Sie hebt einen der beiden Jungs hoch auf ihren Arm, um ihm einen Kuss auf die Wange zu drücken. Dem anderen streichelt sie liebevoll durchs Haar.

Es kommt mir ein wenig seltsam vor, in diese Blase von Vertrauen und Zuneigung zu platzen, doch als sich unsere Blicke begegnen und Joanna mich aufmunternd anlächelt, geselle ich mich zu ihr und den anderen.

»Chris, das sind meine Neffen Justin und Collin. Und das ist mein Dad Adam«, stellt sie die Anwesenden nacheinander vor. »Dad, das ist Christopher Bennett, mein ... ein Bekannter.« Bei den letzten Worten stockt sie und aus irgendeinem Grund verkrampft sich mein Herz – ein Bekannter also. Natürlich, was habe ich anderes erwartet? Sie wird ja wohl kaum sagen: *Hey, hier ist mein One-Night-Stand von letzter Woche.* Wir sind nicht einmal Freunde oder Kollegen, also trifft diese Beschreibung unseren Beziehungsstatus auf den Punkt. Ich bin bloß ein *Job* für Joanna. Sobald sie genug von mir hat, werden sich unsere Wege wieder trennen.

»Hallo, freut mich sehr«, sage ich zu dem Mann und reiche ihm die Hand. Er beäugt mich mit gerunzelter Stirn, statt meine Hand zu ergreifen.

»Ach, ist das der Kerl, der dir die Arbeit so schwer macht?«

Fragend hebe ich meine Augenbrauen, und Joanna errötet. Nickend lässt sie den Jungen wieder zu Boden und wendet sich ihnen zu. Was sie ihrer Familie wohl über mich erzählt hat?

»Dürft ihr den Tag bei Grandma und Grandpa verbringen?«, fragt sie ihre Neffen. Die Zwillinge nicken begeistert.

»Wir haben gerade im Heu bei den Pferden gespielt«, erklärt einer der beiden mit vor Freude leuchtenden Augen. »Und dann hat Silver plötzlich nach uns getreten.«

»Silver?«, frage ich verwirrt.

»Eine der Stuten«, klärt mich Joanna auf. »Komm, ich stelle sie dir vor.« Sie geht an mir vorbei hinters Haus, die Zwillinge rennen voraus, und ich folge ihr. Die Blicke ihres Dads brennen mir im Nacken, bis ich um die Ecke gebogen bin.

Joanna öffnet eine große Holztür, die in den Stall führt. Sogleich schlägt mir der Geruch von Mist entgegen, der mich angewidert die Nase rümpfen lässt. Joanna grinst breit, als sie meine Reaktion bemerkt.

»Was ist los? Hast du Angst?«, neckt sie mich, weil ich im Türrahmen stehen geblieben bin. Die Zwillinge tollen erneut im frisch aufgehäuften Heu herum, während Joanna sich kurz im Stall umsieht. Sie passt einfach nicht hierher. Ihre Kleidung ist viel zu schick, ihr Verhalten hat überhaupt nichts Bäuerliches an sich. Sie ist anmutig – nicht wie jemand, der auf einer Ranch aufgewachsen ist.

Vorsichtig setze ich einen Fuß vor den anderen, immer darauf bedacht, nicht aus Versehen in irgendwas zu treten, das meine weißen Sneakers beschmutzen könnte. Joanna führt mich zu den Pferden, die hinter einem Verschlag stehen.

»Das ist Silver«, stellt sie mir eine silbergraue Stute vor, der sie kurz die Hand zwischen die Augen legt. Das Pferd gibt ein Geräusch von sich, das mich ein wenig verängstigt. Ich weiche einen Schritt zurück, was Joanna zum Lachen bringt.

»Du musst keine Angst vor ihr haben. Silver ist ganz zahm. Eine der besten Zuchtstuten im Stall. Sie war sogar mal ein Turnierpferd und hat in ihren jungen Jahren Preise gewonnen.« Sie streichelt Silvers Nüstern, dann geht sie weiter und deutet auf die anderen Pferde in den Boxen, die mich aus misstrauischen Augen mustern. Irgendwie fühle ich mich beobachtet.

»Diese beiden Damen heißen Holly und Molly. Holly ist trächtig, wird bald kalben«, erklärt sie mir.

»Ähm ... okay«, entgegne ich etwas verwirrt. Ich versuche noch immer zu verstehen, warum sie ausgerechnet hierher wollte. Ich habe nie einen One-Night-Stand mit nach Hause genommen. Es hat meine Eltern nie sonderlich interessiert, und ich fand es auch nie erwähnenswert. Joanna geht an mir vorbei zu ihren Neffen, die immer noch im Heu herumtollen. Die beiden Jungs bewerfen sich mit dem Heu, doch als sie zu ihnen spricht, hören sie sogleich damit auf und verlassen kichernd den Stall. Dann lässt sie sich ins Stroh sinken, die Arme hinterm Kopf verschränkt. Immer noch stehe ich unschlüssig bei den Pferden, die mich argwöhnisch betrachten. Joanna schaut zu mir auf und lächelt aufmunternd, also gebe ich mir einen Ruck und setze mich neben sie ins Stroh. Eine ganze Weile schweigen wir.

»Hier bin ich aufgewachsen«, ergreift sie endlich das Wort, den Blick nach vorn gerichtet. Sie sieht mich nicht an und auch ich fixiere einen Punkt an der hinteren Stallwand, an der verschiedene Sattel und Zaumzeug hängen.

»Diese Ranch ist seit Generationen im Familienbesitz. Nachdem meine ältere Schwester geheiratet hat und ausgezogen ist, habe ich mich entschieden, hierzubleiben und meinen Eltern unter die Arme zu greifen. Ich mag die Tiere. Deshalb bin ich während des Studiums gependelt, statt sofort in die Stadt zu ziehen.«

»Ich kann dich mir nur schwer mit Mistgabel in der Hand vorstellen«, gebe ich amüsiert zu.

»Und ich kann dich mir nicht ohne dein Machogehabe vorstellen«, gibt sie beleidigt zurück.

»Hey, so schlimm bin ich doch gar nicht«, protestiere ich mit erhobenen Händen. Sie tippt mir mit dem Zeigefinger gegen die Brust.

»Und ob! Manchmal bist du einfach unausstehlich!«, entgegnet Joanna verärgert. »Ich versuche hier ein normales Gespräch zu führen, aber scheinbar ist das nicht möglich.«

Ich umfasse ihr Handgelenk und zu meiner Überraschung zieht sie ihre Hand nicht weg.

»Nur *manchmal*?«, raune ich ihr zu, übergehe dabei ihren Kommentar und nähere mich ihr Zentimeter für Zentimeter. Joanna weicht nicht zurück, sondern sieht mir fest in die Augen.

»Nur manchmal ...«, flüstert sie kaum hörbar, ehe ich meine Lippen auf ihre lege und sie mit einem Kuss verschließe. Ich weiß nicht, warum ich so oft das Verlangen habe, sie zu küssen. Es passiert aus einem Impuls heraus, ohne dass ich mir wirklich große Gedanken darüber mache. So ging es mir bei noch keiner Frau, nicht einmal bei Mia. Immer waren da Überlegungen, irgendwelche Zweifel in meinem Hinterkopf, wie sie wohl über mich denkt und warum sie mit mir zusammen sein will. Genau wie die Fans von heute Nachmittag, die nur an mir geklebt haben, weil ich früher mal ein ziemlich angesagter Footballer war.

Bei Joanna ist es nicht der Fall. Sie sieht den Mann hinter dem Profisportler. Den Christopher, der ich wirklich bin. Der ich vergessen habe zu sein, weil ich mich zu sehr auf mein Image der Welt gegenüber konzentriert habe. Vielleicht hat es auch etwas Gutes, nicht mehr aktiv Football zu spielen ... So kann ich mich auf andere Dinge konzentrieren. Wie auf diesen Kuss zum Beispiel.

Joannas Lippen sind weich und öffnen sich willig für meine Zunge, als habe sie diesen Kuss längst herbeigesehnt. Ich kann es ihr nicht verübeln, denn seitdem sie heute beim Stadion aufgetaucht ist, will ich nichts lieber als mit ihr allein sein und sie so nah wie möglich spüren. Diese Frau entfacht ein Feuer in meinem Inneren, das ich bisher noch nie gespürt habe. Ein wenig macht es mir Angst, denn es droht mich in ihrer Gegenwart zu verbrennen. Und sobald die Glut verraucht ist und sie wieder fort, wünsche ich mich zurück in ihre Arme, so elend fühle ich mich ohne sie. Joanna gibt mir den Halt, nachdem ich seit meinem Unfall vergebens gesucht habe, obwohl wir in keinerlei Beziehung zueinander stehen ...

Bevor meine Hände unter ihr Oberteil wandern können, stoppt sie mich und beendet den Kuss rigoros.

»Wir sollten ins Haus gehen. Meine Mom hat das Abendessen sicher längst fertig. Es wäre unschön, wenn uns meine Eltern hier erwischen«, meint sie in amüsiertem Ton und erhebt sich, um sich das Stroh von der Hose zu klopfen. Ohne meine Reaktion abzuwarten, wendet sie sich zum Gehen. Ein wenig enttäuscht über ihre Abwehrhaltung folge ich ihr. Als ich sie erreicht habe, halte ich sie am Handgelenk zurück. Joanna wirbelt herum, ihre Augenbrauen schnellen fragend in die Höhe.

»Warte, du hast da Stroh im Haar«, sage ich, weil sie sich bereits von mir losmachen will. Vorsichtig streiche ich mit den Fingern durch ihre blonden Strähnen, die sich aus ihrem Pferdeschwanz gelöst haben und nun wirr ihr Gesicht umrahmen. Ihr Haar ist unglaublich weich, es gefällt mir sehr, es zu berühren. Kurz wird Joannas Gesichtsausdruck sanft, bevor sich ihre Augen verengen. Sie will etwas sagen, doch da ziehe ich den winzigen Strohhalm heraus. »Ah, da ist ja der Übeltäter.«

Sie schmunzelt leicht. »Na komm, lass uns Abendessen. Ich für meinen Teil habe Bärenhunger«, fordert sie mich dann auf und geht voraus zum Wohnhaus.

***

Es ist spät am Abend, als wir von der Ranch ihrer Eltern aufbrechen, um zurück nach L.A. zu fahren. Joannas Familie ist sehr herzlich, im Gegenteil zu meiner eigenen. Ihr Dad ist zwar ein wenig wortkarg und hat diesen grimmigen Blick, den ich nur schwer deuten konnte, doch er war mir nicht feindlich gesinnt, was ich gleich gespürt habe. Er hat mir über seine Arbeit mit den Pferden erzählt. Dabei wirkte er ganz stolz und zufrieden mit sich selbst. Joannas Mom hat mir immer wieder von dem Schweinebraten aufgetan, bis ich beinahe geplatzt bin. Ihre Kochkünste übertreffen die meiner Mom bei weitem.

»Iss noch etwas, mein Lieber. Du brauchst Energie, wenn du es mit meiner Kleinen aufnehmen willst«, hatte sie mir mit einem Zwinkern gesagt, was Joanna einen roten Kopf beschert hat. Die Zwillinge haben sogleich neugierige Fragen gestellt und ihr Dad bloß lauthals über diesen Kommentar gelacht. Am Ende wollten ihre Eltern uns gar nicht gehen lassen. Während der Autofahrt von Santa Monica nach L.A. City zieht die Umgebung an uns vorbei. Die Lichter der Stadt kommen in Sichtweite, ich wechsele die Spur und nehme die nächste Abfahrt über den Highway.

»Wieso hast du mich heute mitgenommen?«, stelle ich endlich die Frage, die mir den ganzen Abend auf der Zunge brennt. Joanna sieht mich nicht an, starrt unentwegt aus dem Fenster.

»Du wolltest nicht allein sein, und ich hatte Lust, meine Familie zu sehen«, entgegnet sie leise. *Das* wird nicht der einzige Grund sein, denn sie hat mit ihrer Antwort gezögert, das habe ich gemerkt. Joanna hat mich von meinen trüben Gedanken abgelenkt. Den ganzen Abend habe ich nicht mehr an den Vorfall mit Peter im Stadion gedacht.

»Danke«, erwidere ich schmunzelnd. Sie schweigt, doch auch ich erkenne ein zaghaftes Lächeln, das sie zu verbergen versucht.

»Ich werde mich dafür revanchieren. Möchtest du noch mit zu mir kommen?«, frage ich aus einem spontanen Impuls heraus. Sogleich wirbelt ihr Kopf zu mir herum. Obwohl es im Innenraum des Autos dämmrig ist, sehe ich die Röte im Schein der vorbeiziehenden Straßenlaternen. Ich muss grinsen. Was sie wohl denkt, was ich mit ihr vorhabe? Natürlich hätte ich nichts gegen ein wenig Intimität einzuwenden, doch vielleicht ist es besser, wenn wir unsere Beziehung auf eine rein professionelle Ebene stellen, solange sie über mich schreibt. Man soll ihr nicht nachsagen, ihr Artikel wäre durch persönliche Gefühle beeinflusst worden. Außerdem fühle ich schon jetzt mehr für Joanna, als gut für mich ist. »Ich könnte dir ein bisschen Stoff für deinen Artikel liefern, wenn du daran Interesse hast«, erkläre ich ihr meine Idee, damit sie sich keine falschen Hoffnungen macht. »Sicher finden sich auf meinem Laptop alte Fotos aus meiner Zeit bei den Rams, die du verwenden kannst.«

Ist es Enttäuschung, die ich für einen Moment in ihren Augen aufblitzen sehe? Möglicherweise irre ich mich ja, denn sogleich ist ihr Gesicht wieder das einer professionellen Journalistin.

»Dazu sage ich nicht nein. Es wird meinem Chef bestimmt gefallen, wenn wir den Artikel über dich mit alten Fotos schmücken, die nicht schon jeder gesehen hat«, stimmt sie mir zu. Also fahre ich in Richtung East Hollywood. Nachdem ich das Auto in der Tiefgarage geparkt habe, nehmen wir den Fahrstuhl nach oben.

Joanna ist die ganze Zeit so nachdenklich, dass mir die Stille beinahe unangenehm ist. Was hat sich nach dem Besuch bei ihren Eltern zwischen uns verändert? Lag es am Kuss im Stall? Doch sie hatte ihn gewollt, sonst hätte sie mich ganz sicher abgewiesen ...

»Möchtest du etwas trinken? Wasser oder ein Bier?«, frage ich Joanna, bereits auf dem Weg zum Kühlschrank, nachdem wir meine Wohnung betreten haben.

»Nein, ich bin nicht durstig«, entgegnet sie, setzt sich aufs Sofa und wartet, bis ich mit einem Bier für mich und meinem Laptop zu ihr zurückkomme. Ich setze mich auf den Sessel ihr gegenüber und scrolle mich durch die Bildergalerie. Es ist ewig her, dass ich mir diese Fotos angeschaut habe. Sie wecken Erinnerungen, die ich zu gern verdrängen würde. »Hast du etwas gefunden?«, will sie neugierig von mir wissen. Sie erhebt sich und kommt um den Sessel herum, um mir über die Schulter zu schauen. Sogleich steigt mir ihr unwiderstehliches Parfüm in die Nase. Ihre Nähe wirkt berauschend auf all meine Sinne, weswegen ich die Fotos auf dem Bildschirm kaum wahrnehme.

»Oh, das ist süß«, meint sie und tippt mit dem Zeigefinger auf ein Bild, auf dem ich ungefähr vierzehn und noch in der High-School bin. Nach einem Sieg habe ich den Arm um Peter gelegt, wir beide grinsen breit in die Kamera. Damals waren wir beste Freunde – heute hassen wir uns!

Entschieden klicke ich auf den Pfeil am rechten Fensterrand, sogleich erscheint ein anderes Bild.

»Es wäre ein gefundenes Fressen für alle, solltest du dieses Foto irgendwo abdrucken lassen. Ich sehe die Überschrift schon deutlich vor mir: *Bester Freund stiehlt Platz in der NFL.* Oder: *Rivalität bis aufs Blut. Wie eine Freundschaft zerbricht*«, brumme ich mit Bitterkeit in der Stimme. Joanna legt sich den Daumen ans Kinn, als würde sie angestrengt über meine Worte nachdenken.

»Wow, gar nicht übel. Vielleicht solltest du bei der LA Times anfangen, um dir die Headlines für unsere Artikel auszudenken«, neckt sie mit einem Lachen, bevor sie sich wieder auf ihren Platz mir gegenübersetzt. »Such du einfach aus, womit du dich wohlfühlst. Dann kannst du mir die Datei ja per Mail zuschicken.«

Ich nicke schweigend, während ich noch ein wenig weitersuche. Joanna sieht auf das Display ihres Handys. »Ich sollte jetzt nach Hause. Es wird spät, und ich muss morgen früh zur Arbeit.«

Die Stimmung zwischen uns ist eigenartig drückend, deshalb halte ich sie nicht auf, als sie sich zum Gehen wendet. Etwas unschlüssig steht sie einen Moment vor mir, doch weil ich nicht aufsehe, verlässt sie ohne ein weiteres Wort meine Wohnung. Nachdem ich die Wohnungstür ins Schloss fallen höre, atme ich aus. Die Anspannung fällt von mir ab. Hätte ich sie aufgehalten, wären wir dann erneut miteinander im Bett gelandet? Keine Ahnung! Ich weiß mittlerweile wirklich nicht, was ich in Joannas Gegenwart denken oder fühlen soll. Ob ich mich in Joanna verliebt habe? Keine Ahnung ... und eigentlich will ich auch nicht darüber nachdenken.

Seufzend streiche ich mir einige Strähnen meines Ponys aus dem Gesicht und stelle den Laptop zur Seite, erhebe mich schwerfällig aus dem Sessel. Ich sollte die Gedanken an Joanna vertreiben und mich nicht zu sehr von meinen Gefühlen beeinflussen lassen, wenn ich nicht erneut enttäuscht werden möchte. Denn wer weiß, ob sie nach Beendigung ihres Jobs immer noch an meiner Seite bleibt.

Ich will gerade in die Küche gehen und mir ein weiteres Bier aus dem Kühlschrank holen, als mein Handy klingelt. Dieses Geräusch lässt mich erschrocken zusammenfahren, denn in meiner Wohnung war es so still, dass das Klingeln nun unnatürlich in meinen Ohren klingt. Also kehre ich ins Wohnzimmer zurück und nehme das Smartphone vom Couchtisch.

»Hey, Mann, was gibt's?«, grüße ich meinen Bruder, weil ich seinen Namen auf dem Handydisplay erkenne. »Hast du in deinen Flitterwochen etwa solche Sehnsucht nach mir, dass du mich zu dieser Stunde noch anrufst, statt dich mit Ella in den Laken zu wälzen?« Ich schlage absichtlich einen heiteren Ton an und mache einen Witz, damit Kevin nichts von meiner trüben Stimmung mitbekommt. Mein Bruder räuspert sich am anderen Ende der Leitung.

»Lass die blöden Scherze. Ich sorge mich ernsthaft um dich«, brummt er. Verwirrt runzle ich die Stirn.

»Du weißt schon wieder nicht, was los ist, oder?«

»Klär mich auf, Bruderherz«, entgegne ich nun in ernstem Ton und lasse mich auf die Couch sinken. Sogleich umweht mich Joannas Parfüm, das noch an einem der Sofakissen haftet.

Kevin seufzt. »Du solltest wirklich öfter deinen Namen googlen. Oder wenigsten die sozialen Netzwerke checken –«

»Du weißt, dass ich nichts von der Klatschpresse halte«, falle ich ihm ins Wort.

»Dann, verdammt noch mal, beschwör nicht jedes Mal einen Skandal herauf, wenn du vor die Haustür gehst. Dad ist rasend und unsere Mom macht sich große Sorgen. Wozu zahlt er einen ganzen Sportteil bei der LA Times, wenn du draußen herumstolzierst und jede Mühe zunichtemachst, die wir uns geben, um dich aus dem Dreck zu ziehen?« Nun klingt er richtig verärgert, weshalb ich hellhörig werde.

»Okay, was ist los?«

»Es sind wieder Artikel über dich im Netz. Nicht gerade ruhmreich, wie du dich verhältst. Du warst mit dieser Journalistin dort, habe ich Recht? Langsam frage ich mich, ob dir diese Frau guttut. Erst hatte ich gedacht, dass sie gewissenhaft ihren Job macht, aber jetzt ... Scheinbar tut sie nichts, um dein Image aufzupolieren. Schau dich mal im Internet um. Die Schlagzeilen sind erdrückend, Chris.«

Bevor ich protestieren und Joanna verteidigen kann, legt Kevin auf. Alarmiert öffne ich den Internetbrowser meines Handys und gebe meinen Namen in die Suchleiste ein. Sofort blinken mir mehrere Artikel und Bilder entgegen. Das erste Bild, das ich vergrößere, zeigt mich mit Joanna in inniger Umarmung im Foyer des SoFi-Stadiums. Es ist vor nur wenigen Stunden entstanden. Der Anblick des Fotos treibt mir den Schweiß auf die Stirn, und sobald ich die Headline lese, wird mir eiskalt.

Christopher Bennett – hat er eine neue Flamme? Wer ist die unbekannte Frau an seiner Seite?

Darunter etliche Kommentare von Fans, die mich nicht wirklich interessieren. Also schließe ich das Bild und scrolle zu den neusten Artikeln runter.

Der Absturz eines Stars. Wie Christopher Bennett sein Leben versaut hat.

Der aufstrebende Footballstar Bennett galt lange als Geheimtipp der Los Angeles Rams. Als gefeierter Quarterback hatte der junge Mann eine steile Karriere vor sich, die durch einen Unfall vor knapp zwei Jahren ein jähes Ende gefunden hat. Nach mehrfachen Operationen und Therapien gelang es dem Ex-Spieler nicht, zu seiner Bestform zurückzukehren. Stattdessen flüchtete sich Bennett in Alkohol und wilde Partyexzesse, die nicht selten zu Ausschweifungen führten. Erst kürzlich schlug sich Bennett mit dem neuen Quarterback der Seattle Seahawks Peter Griffin auf einer Party. Der Ex-Footballer zeigt nach seinem Ausscheiden aus dem Verein sein wahres Gesicht, indem er randaliert und seine Wut öffentlich zur Schau stellt. Beim heutigen Spiel der Seahawks gegen die LA Chargers gerieten die beiden Männer erneut aneinander. Seine Verletzung hat Bennett gebrochen, doch der Alkohol hat ihn zerstört ...

Mir gefriert das Blut in den Adern, ich starre auf den Artikel und kann nicht fassen, was über mich geschrieben wird. Tatsächlich habe ich mir nie viel über meine Präsenz in Internet gemacht, denn mir war mein Ruf schlichtweg egal. Wenn Joanna mit in den Presserummel gezogen wird, dann hört der Spaß für mich auf. Leider hat der anonyme Verfasser recht: Seine Aussage ist die bittere Wahrheit – sie schwarz auf weiß zu lesen, gibt mir das Gefühl, auf ganzer Linie versagt zu haben. Die Worte sind schonungslos, peitschen auf mich ein

und lassen mein Herz zu einem harten Klumpen werden. Wut kriecht durch meine Adern.

Ach, fuck, mein Leben ist so was von im Arsch.

Kapitel 15

— Joanna —

»Ich habe wirklich mehr Professionalität von dir erwartet!«, donnert mein Chef am nächsten Morgen, kaum dass ich das Gebäude betreten habe. Seine laute Stimme ist bestimmt über den ganzen Flur zu hören. Ich kann mir beinahe bildlich vorstellen, wie meine Kollegen an der Tür lauschen und sich dabei ins Fäustchen lachen, weil ich erneut eine Standpauke bekomme wie ein ungezogenes Kind.

Irritiert runzele ich die Stirn. »Was ist denn passiert?«

»Jetzt tue doch nicht so unwissend« Seine Stimme überschlägt sich vor Wut, rote Flecken bilden sich auf seinen Wangen. Sofort mache ich mich noch kleiner. So zornig habe ich ihn bisher nicht erlebt.

Mein Chef knallt einige Papiere vor mich auf die Tischplatte. Jetzt erst erkenne ich, dass es sich um Fotos handelt. Meine Augen weiten sich. Ach du Scheiße! Das sind Bilder von Chris und mir!

Kalter Schweiß rinnt mir über den Rücken, während ich die Bilder anstarre, als würde mein Leben von ihnen abhängen. Gut, vielleicht nicht mein Leben, aber meine Karriere ist dadurch so was vom im Arsch!

»Ist das deine Art, an einen Artikel ranzukommen? Hast du dich ihm absichtlich an den Hals geworfen, um mehr Informationen aus Bennett herauszukitzeln?«, kommt es von meinem Chef. Sogleich schüttele ich heftig den Kopf.

»Nein, so war das nicht.«

»Du enttäuschst mich, Joanna. Ich habe dich für diese Aufgabe ausgesucht, weil ich davon überzeugt gewesen bin, dass du Berufliches und Privates trennen kannst - «

»Das kann ich«, werfe ich sogleich ein. Mein Chef soll nicht glauben, dass ich unprofessionell bin. Der Artikel und mein Job haben nichts mit meinen Gefühlen für Chris zu tun.

Doch mein Chef schüttelt nur den Kopf. »Tut mir leid. Ich denke, es ist besser, wenn Mike deine Aufgabe übernimmt. Bitte gib ihm dein Recherchematerial, damit er den Artikel bis zum Termin fertigstellen kann.«

»Nein!« Ich springe von meinem Stuhl auf und knalle die Handflächen auf die Tischplatte. Mein Chef betrachtet mich mit verkniffener Miene, geht jedoch nicht auf meine Forderung ein. »Gib deine Unterlagen Mike. Das ist mein letztes Wort.«

Enttäuscht lasse ich den Kopf hängen. Na großartig, das habe ich nun davon, mich in meinen *Job* zu verlieben. Auf kurz oder lang hätte ich selbst draufkommen können, dass die Sache mit uns nicht gut ausgehen wird. Nun habe ich meine Karriere verspielt. Traurig brumme ich eine Entschuldigung und wende mich zum Gehen.

»Joanna, warte noch einen Moment«, kommt es von meinem Chef, als ich bereits die Türklinke in der Hand habe. Irritiert drehe ich mich zu ihm um. »Ich habe eine neue Aufgabe für dich – und ich hoffe wirklich, dass du es nicht vermasselst.«

Neugierig gehe ich zurück zu seinem Schreibtisch, als er mir einige Papiere entgegenhält.

»Peter Griffin«, erklärt er knapp. »Er ist der neue Star-Quarterback der Seattle Seahawks. Bestimmt hast du schon von ihm gehört. Es wäre äußerst spannend, ein Interview mit ihm zu bekommen.«

Peter Griffin? Fuck! Die Beziehung zu Chris – falls wir denn eine hatten – würde ich damit für immer zerstören. Chris hasst Peter. Andererseits – plötzlich kommt mir ein Gedanke, der sich langsam, aber sicher zu einer handfesten Idee spinnt. Wäre es nicht interessant, Peters Sicht der Dinge zu hören? Bisher habe ich nichts dazu im Internet gefunden. Könnte es sein, dass die beiden Footballer sich wieder versöhnen, wenn sie ihre jeweilige Sichtweisen schwarz auf weiß zu Gesicht bekommen?

Resigniert schüttele ich den Kopf. »Das kann ich nicht«, murmele ich mit den Unterlagen in der Hand. »Ich kann Peter Griffin nicht interviewen ...«

»Dabei dachte ich, du wärst professionell und unvoreingenommen?« Mein Chef beäugt mich misstrauisch. Unter seinem prüfenden Blick wird mir ganz mulmig zumute.

»Ich ... also ...«

»Deine letzte Chance. Du hast die Wahl, Joanna.« Ein triumphierendes Grinsen huscht über sein Gesicht, weil er glaubt, mich mit diesen Worten gewonnen zu haben. Und das hat er tatsächlich beinahe. Dennoch habe ich Angst, Christopher dadurch zu hintergehen.

***

Die nächsten Tage verbringe ich damit, mir den Kopf über Chris' Artikel zu zerbrechen, obwohl ich nicht mehr zuständig bin. Wie angeordnet, habe ich Mike all meine Unterlagen zur Verfügung gestellt, auch die Fotos, die Chris mir zugemailt hat. Trotzdem fühlt es sich nicht gut. Vielleicht hatte mein Chef recht, und ich kann keinen objektiven Artikel schreiben, weil Gefühle im Spiel sind?

Total genervt raufe ich mir die Haare. Was zur Hölle ist nur los mit mir? Seitdem er sich nicht mehr bei mir meldet, denke ich ununterbrochen an ihn. Aus Gewohnheit tippe ich die Headline, um mich wenigstens irgendwie zu beschäftigen.

Christopher Bennett – Wer ist er wirklich? Von zerplatzten Träumen und neuen Hoffnungen.

Tja und jetzt? Nun weiß ich nicht weiter, weil mir so viel im Kopf herumgeht. Sogleich muss ich an unseren letzten Abend miteinander denken. Wie er Samstagnachmittag bei meinen Eltern gewesen ist. Wie er pikiert darauf geachtet hat, sich die Schuhe nicht im Stall bei den Pferden zu ruinieren. Und an unseren Kuss ...

Und plötzlich ist da wieder dieses mir wohlbekannte Herzklopfen, das mich immer überkommt, sobald ich an ihn denke. Himmel, das ist wirklich nicht normal!

Mein Chef hat recht, ich kann nicht mehr objektiv sein, weil mir Chris zu viel bedeutet.

Verzweifelt lasse ich den Kopf auf die Tischplatte meines Schreibtisches sinken und seufze tief. Seit dem Abend bei meinen Eltern hatte ich keinen Kontakt mehr zu ihm. Einerseits wegen der Bilder im Internet und andererseits wegen meines neuen Auftrags bezüglich Peter Griffin. Auch hier habe ich absolut keine Ahnung, wie ich es ihm schonend beibringen könnte, dass ich seinen Rivalen interviewen soll, während seinen Artikel nun ein Kollege aus der Sportredaktion schreiben wird. Ich kenne Chris mittlerweile gut genug – er wird enttäuscht sein, wenn nicht sogar wütend und den Kontakt sofort zu mir abbrechen. Sollte ich es ihm nicht erzählen, und er erfährt es aus den Medien oder von jemand anderem wird es in derselben Katastrophe enden. Egal, wie ich es drehe und wende, es gibt keinen guten Ausgang aus der Sache. Außer, ich sage den Job ab! Dann verletze ich Chris nicht, kann allerdings meine Karriere auch abschreiben.

Immer noch starre ich auf das offene Dokument auf meinem Laptop. Es hat keinen Sinn, einen neuen Artikel über ihn zu schreiben. Mike wird seine Sache gut machen und ich sollte endlich damit abschließen und mich auf etwas Anderes konzentrieren.

Als mein Handy neben mir vibriert, schrecke ich zusammen. Ist er das? Bisher war mir nicht einmal bewusst, dass ich insgeheim gehofft habe, dass er sich wieder bei mir meldet. Aber als ich auf das Display schaue, leuchtet mir Amys Name entgegen. Ich kämpfe die Enttäuschung in mir nieder und nehme das Gespräch an.

»Süße, ich muss dir unbedingt etwas erzählen!«, sprudelt es aus ihr heraus, ehe ich sie ordentlich begrüßen kann.

»Na, dann spuck's aus, bevor du platzt«, entgegne ich lachend und bin froh, dass meine Freundin mich von den Gedanken an Chris ablenkt.

»Ich habe jemanden kennengelernt!«, erzählt sie aufgeregt. Ich hab's mir fast gedacht, dass es um einen Mann geht. »Und bevor du mir eine Moralpredigt hältst: Er ist ganz anders als die Typen, die ich sonst immer date! Ein anständiger Kerl mit einem guten Job und Zukunftsperspektive.«

»Na, dann bin ich gespannt«, sage ich zu meiner Freundin. »Erzähl mir von deinem Traummann.«

»Ich habe ihn auf einer Online Dating Plattform kennengelernt.«

»Oje, das kann ja was werden ...«, murmele ich.

»Jedenfalls«, beginnt sie erneut, »wir wollten uns am Wochenende treffen. Aber ich bin so schrecklich nervös, deshalb habe ich ihm gesagt, ich würde eine Freundin mitbringen. So als Wingman, weißt du?«

»Wingman?«, wiederhole ich verwirrt. »Was soll das denn sein?«

»Das ist jemand, der einen vor einem katastrophalen Date bewahrt. Also, du kommst mit, und wenn es brenzlig wird oder der Typ sich als Reinfall herausstellt, holst du mich raus.«

»Okay«, entgegne ich skeptisch. Vielleicht ist ein Abend mit meiner Freundin genau das Richtige, um mich von meinem chaotischen Liebesleben abzulenken. »Ich komme mit. Aber nur, wenn du mich einlädst.«

Kapitel 16

– Chris –

»Du bist wirklich ein Hornochse!«, schimpft Kevin, nachdem ich ihm die Wohnungstür geöffnet habe. Ratlos sehe ich ihn an. Wovon zur Hölle redet er? Und müsste er nicht längst auf Hawaii sein? Kurz mache ich mir Sorgen, doch dann huscht ein verliebtes Lächeln über sein Gesicht. »Die Flitterwochen sind leider vorbei, weil Ella wieder zur Arbeit muss ... Warte, jetzt lenk nicht vom Thema ab!«

Abwehrend hebe ich die Hände in die Höhe. Eigentlich habe ich wirklich keinen Nerv für eine Standpauke. Mir brummt der Schädel, weil ich mir gestern ein paar Drinks genehmigt habe, um endlich einschlafen zu können.

»Okay, klär mich auf, Kev. Was habe ich schon wieder verbrochen?« Ich mache im Platz, sodass er an mir vorbei in die Wohnung treten kann. Sofort steuert er meine Küche an, in der er sich einen Becher aus dem oberen Küchenregal nimmt und die Kaffeemaschine anstellt. Schön, dass sich wenigstens einer hier zu Hause fühlt. In den letzten Wochen fühle ich mich in meiner eigenen Wohnung fehl am Platz und irgendwie rastlos, als würden mich die Wände einengen. Keine Ahnung, was mit mir nicht stimmt. Aber seit ich Joanna kenne, ist alles um mich herum anders geworden. Als hätte sich mein gewohntes Umfeld verändert. Oder bin ich es, der sich entwickelt?

Mit dem Kaffeebecher in der Hand dreht er sich zu mir um.

»Hast du schon wieder getrunken?«, fragt er mit einem missbilligenden Blick auf die Küchenzeile, wo einige Bierflaschen neben einer ebenfalls leeren Weinflasche stehen.

»Nur ein wenig«, brumme ich und reibe mir instinktiv mit dem Zeigefinger über die Schläfe. Mein Bruder schüttelt den Kopf, geht jedoch nicht weiter auf das Thema ein.

»Mom hat mir erzählt, dass du dir Geld von ihr geliehen hast«, meint Kevin nun etwas leiser und setzt sich an die Frühstückstheke. Seine Augen durchbohren mich regelrecht, sodass ich meinen Blick abwenden muss. Peinlich berührt stehe ich in meiner eigenen Küche und weiß nicht, wohin mit mir.

»Ich werd's ihr zurückgeben«, brumme ich mit gesenktem Kopf. »Es waren nicht einmal fünfhundert Doller, okay? Ich hatte es eilig und kein Geld dabei ...«

Kevin seufzt und schieb den leeren Kaffeebecher von sich.

»Es geht nicht ums Geld, Chris. Ich mache mir Sorgen. Du hast so viele Möglichkeiten. Du könntest aufs College gehen, deine Begeisterung für Football im Verein an jüngere Kinder weitergeben, eine Stiftung gründen, um Menschen zu helfen, die nach einem Sportunfall tatsächlich vor dem Nichts stehen. Bist du die Partys nicht langsam leid? Und willst du wirklich eines Tages aufwachen und eine fremde Frau neben dir liegen haben, mit der du eine unbedeutende Nacht verbracht hast?«

»Deine Moralpredigten gehen mir auf die Nerven, Kev«, brumme ich beleidigt. Kevin kommt auf mich zu und schnippt mir gegen die Stirn. »Autsch!«

»Wenn du nicht bald zu dir kommst, ist es vielleicht zu spät, Bruderherz.«

Genervt rolle ich mit den Augen und verschränke die Arme vor der Brust.

»Krieg dein Leben einfach auf die Reihe, okay?« Mein Bruder legt mir die Hand auf die Schulter. Wenn es so leicht wäre, hätte ich es nicht längst getan? Egal, was ich tue, meine Verletzung holt mich immer wieder ein. Es ist nicht nur der sportliche Aspekt, der mir fehlt. Es ist das Gefühl, auf dem Platz zu stehen, umringt von der Mannschaft und den jubelnden Zuschauern. Das Gefühl der Freiheit, wenn man weiß, dass einen niemand stoppen kann. Und sobald ein Touch Down erzielt wird, ist es beinahe so, als könnte man fliegen vor Glück.

»Chris? Versprich mir, dass du endlich aufhörst mit dem ganzen Scheiß«, beschwört mich Kevin. Abermals wende ich den Blick ab, damit mein Bruder nicht bemerkt, wie schlecht es mir geht. Seine Worte treffen mich, denn er hat recht – genauso wie Joanna.

»Was soll ich denn deiner Meinung nach tun? Wie soll ich wieder auf die Beine kommen, wenn die Welt um mich herum in Trümmern liegt?«, presse ich hervor, mühsam darauf bedacht, meine Stimme fest klingen zu lassen. Wenn mir einer helfen kann, dann ist es

Kevin. Dieser schenkt mir jetzt ein aufmunterndes Lächeln und holt er einen Zettel aus seiner Hosentasche, den er mir in die Hand drückt. Irritiert sehe auf die Handynummer.

»Das hier ist die Nummer eines ehemaligen Kommilitonen von mir. Er ist nach seinem Studium in die Schweiz gegangen, um dort an einigen Sportstudien teilzunehmen und sich weiterzubilden. Heute arbeitet er an einer Klinik, die sich auf Profisportler spezialisiert hat. Vielleicht kann er und sein Team dir helfen.«

Ich starre auf den Zettel in meiner Hand. Die Zahlen tanzen vor meinen Augen und plötzlich beginnt mein Herz einen schneller zu schlagen. Soll ich ins Ausland gehen, um mein Knie nochmals operieren zu lassen? Wäre das überhaupt möglich? Ein winziger Hoffnungsschimmer breitet sich in mir aus. Wenn mir dieser Freund meines Bruders wirklich helfen könnte ... dann hätte ich wieder eine Zukunft auf dem Spielfeld! Ich könnte erneut trainieren und vielleicht sogar irgendwann erneut bei den Playoffs dabei sein!

Beinahe schon euphorisch schließe ich die Faust um den Zettel. Diese Neuigkeit würde ich jetzt am liebsten mit Joanna teilen. Was sie wohl dazu sagen würde?

»Es war wirklich ein Zufall. Ich habe Charlie am Flughafen getroffen, als ich auf Ella gewartet habe. Sein Flug kam gerade an, und er musste auf seinen Koffer warten. Keine Ahnung, jedenfalls nutzten wir die Zeit und tranken zusammen ein Bier, bis Ella endlich zurück war«, berichtet Kevin mir ohne Umschweife. »Und dann habe ich ihm von dir erzählt ... Er hat mir seine Nummer aufgeschrieben. Die nächsten zwei Wochen besucht er seine Eltern hier in L.A., weshalb du dich problemlos bei ihm melden kannst, falls du weitere Informationen haben willst. Es wäre zumindest einen Versuch wert, oder?«

Das Blut rauscht in meinen Ohren, meine Kehle ist trocken. Das erste Mal seit Monaten ist da so etwas wie ein Lichtblick am Horizont. Ich weiß gar nicht, wie ich auf diese Nachricht reagieren soll. Wie ich Kevin für diese großartige Chance danken kann.

Mein großer Bruder drückt aufmunternd meine Schulter, während ich schweigend neben ihm hocke. Ich muss nichts sagen, ich weiß, dass Kevin mich auch ohne Worte versteht. Er hat schon immer hinter meine Fassade geblickt, wenn jeder andere mich bereits aufgegeben hat. Sollten mich die Ärzte in der Schweiz operieren, würde mich dann noch ein Verein wollen? Gäbe es überhaupt eine Möglichkeit, nach fast zwei Jahren Pause, einen Fuß zurück in die Profiliga zu setzen?

Trotzdem beflügelt mich der Gedanke, eine Chance zu haben. Eine Chance, meinen Traum erneut zu verwirklichen!

»Es ist zumindest einen Versuch wert«, meinte Kevin schulterzuckend, weil ich immer noch kein Ton herausbringe. »Wenn du dich ein bisschen zusammenreißt und dein Geld nicht mehr aus dem Fenster wirfst, wirst du dir die Behandlung ohne weiteres leisten können. Außerdem hält dich hier nichts, oder? Ein kleiner Tapetenwechsel wird dir guttun. Die Schweiz ist schön.«

Sogleich taucht Joannas Bild vor meinem inneren Auge auf. Ihr Lächeln, die unwiderstehlichen Lippen, die zum Küssen einladen. Ich müsste sie für diese Reise für eine ganze Weile hier zurücklassen ... Aber was macht es schon, wenn wir nicht zusammen sind? Diese Operation könnte meine letzte Chance sein.

»Danke, Kev.« Mit diesem Wort drücke ich alles aus, was ich nicht aussprechen kann.

***

Nachdem Kevin gegangen ist und ich meine neuen Chancen realisiert habe, atme ich tief durch und wähle Joannas Nummer. Ich vermisse ihre Stimme, die Art, wie sie mich ansieht und mit mir spricht, einfach ihre Nähe und die Tatsache, dass sie sich nie von meinem Ruhm hat blenden lassen. Irgendwie fühlte sich diese künstliche Funkstille falsch an. Keine Ahnung, warum ich so lange gezögert habe, mich nach dem Auftauchen unserer Fotos im Internet mich bei ihr zu melden.

Mit einem Anflug von Nervosität warte ich das Freizeichen ab. Es klingelt einige Male, doch zu meiner Enttäuschung springt die Mailbox an. Ob sie noch auf der Arbeit ist? Ich werfe einen Blick auf mein Handydisplay. Es ist nach sieben, eigentlich müsste sie längst zu Hause sein. Auch beim zweiten und dritten Versuch geht sie nicht ans Handy.

Mit dem Smartphone tigere ich durchs Wohnzimmer, streiche mir die Haare aus dem Gesicht, komme jedoch nicht zur Ruhe. Kurzerhand beschließe ich, meine Wohnung zu verlassen, um zum Grand Park zu fahren. Es ist noch nicht sonderlich spät, weshalb ich spontan joggen will, um meinen Kopf freizubekommen. Es schadet mir nicht, wenn ich langsam wieder an meiner Ausdauer arbeite. Und wer weiß, vielleicht treffe ich in der Nähe vom Starbucks auf Joanna. Zu gern möchte ich ihr von den neuen Möglichkeiten erzählen und außerdem sollte ich endlich mal über meinen eigenen Schatten springen und über die Bilder sprechen. Zu lange habe ich mich davor gedrückt, mich bei ihr zu entschuldigen, weil sie wegen mir in den Mittelpunkt der Klatschpresse geraten ist.

Eilig schlüpfe ich in meine Sneakers und schnappe den Autoschlüssel, ehe ich mit dem Fahrstuhl in die Tiefgarage meines Wohnhauses fahre.

Die zehnminütige Fahrt zum Grad Park zieht sich, weil ich plötzlich nervös werde. Die Aussicht, Joanna zu treffen, beflügelt und ängstigt mich zugleich. Theoretisch könnte ich bei ihrer Wohnung vorbeischauen, um mit ihr zu reden ...

Das Auto parke ich in der Nähe eines Spielplatzes, schiebe mir die Stecker meiner Kopfhörer in die Ohren und rücke die Kapuze meines Hoodies zurecht, bevor ich loslaufe. Die Musik dröhnt bei jedem Schritt und gibt den Takt an.

Ich laufe immer weiter und bleibe erst stehen, als ich so sehr aus der Puste bin, dass ich kaum noch geradeaus sehen kann. Der Himmel über mir wird trüb und zieht sich zusammen. Als ich die ersten Regentropfen auf meiner Haut spüre, werden meine Schritte langsamer. Nicht weit von mir entdecke ich den Starbucks, in den ich vor dem Regen flüchte, bevor ich klatschnass bin.

Ich betrete das Café und setze die Kapuze ab, dann sehe ich mich nach einem freien Tisch um. Anscheinend hatte nicht nur ich diese glorreiche Idee, mich hier vor dem Unwetter zu verstecken, denn beinahe jeder Tisch ist besetzt. Am anderen Ende des Raumes entdecke ich noch einen Platz und gehe auf ihn zu, als mein Blick auf ein Paar unweit von mir fällt. Der Mann sitzt mit dem Rücken zu mir, doch die blonde Frau erkenne ich auf Anhieb. Es ist Joanna.

Fuck! Insgeheim habe ich auf ein Treffen gehofft, um mit ihr zu reden – aber ganz bestimmt nicht auf diese Art! Mein Magen krampft sich zusammen. Die Funkstille zwischen uns hatte scheinbar einen anderen Grund, als ich vermutet habe. Jetzt weiß ich, warum sie sich nicht erneut bei mir gemeldet hat.

Entsetzen zeichnet sich auf ihrem Gesicht ab, als sie mich zwischen den besetzten Tischen stehen sieht. Auch ich erstarre für den Bruchteil einer Sekunde.

Ihr Gegenüber scheint ihre Bestürzung zu bemerken, denn er dreht sich nun ebenfalls zu mir um. Meine Augen weiten sich noch mehr, weil es kein anderer als Peter ist, mit dem sie sich trifft. Mir wird eiskalt, mein Körper rührt sich nicht, doch meine Gedanken wirbeln wie wild durcheinander. Woher kennt sie ihn? Treffen sich die beiden schon länger? Dieser Anblick trifft mich bis ins Mark, sodass ich mich zusammenreißen muss, um nicht ins Wanken zu geraten. Bevor Joanna auf mich aufmerksam geworden ist, sahen sie sehr vertraut miteinander aus. Verdammt, was läuft hier eigentlich? Nicht nur mein Karriereende verdanke ich Peter, auch die Trennung zu Mia …

Auf Peters Gesicht zeigt sich ein Grinsen. »Wie klein die Welt doch ist.«

Seine Worte reißen mich aus meiner Stockstarre. Den Impuls, zu ihm zu gehen und ihm eine reinzuhauen, kann ich gerade noch unterdrücken. Also mache ich auf dem Absatz kehrt und stürme aus dem Starbucks ins Freie.

Prasselnder Regen empfängt mich. Ich begrüße die Kälte und das angenehme Nass auf meiner Haut, bleibe stehen und hebe das Gesicht gen Himmel. Mit geschlossenen Augen lasse ich zu, wie die Tropfen über meine Wangen rinnen. Ich atme tief ein und aus, versuche dadurch meine Gedanken zu ordnen und die Wut in meinem Inneren zu unterdrücken. Tiefe Enttäuschung macht sich in mir breit, gemischt mit Ärger und einer Traurigkeit, die ich bisher nur bei Mias Verrat gespürt habe. Verdammt, habe ich mich etwa in Joanna verliebt?

»Chris!« Ihre Stimme dringt zu mir durch. Ich drehe mich nicht um, renne über die Straße und versuche, sie auszublenden, doch es gelingt mir nicht.

»Chris!«, ruft Joanna noch einmal, dieses Mal höre ich sie über den Straßenlärm hinweg. Langsam drehe ich mich zu ihr, erkenne sie dort auf dem Gehweg vor dem Starbucks stehen. Regen durchnässt ihre helle Bluse, tropft ihr von den Haaren, die offen über ihre schmalen Schultern fallen. »Bitte warte.«

Ich kann mich nicht vom Fleck rühren, denn ihr Anblick brennt sich in mein Herz.

Sie sieht sich nach rechts und links um, dann überquert sie schnellen Schrittes die Straße. Ich erkenne die Träger ihres BHs durch den dünnen Stoff der Bluse, schaue in ihr Gesicht und sehe den gequälten Ausdruck in den blauen Augen, die mich sonst immer angestrahlt haben. Joanna bleibt in einigem Abstand zu mir stehen.

»Ich ...« Sie stockt, als wüsste sie nicht, was sie sagen sollte. Dass sie sich ausgerechnet mit meinem Rivalen treffen muss, schmerzt allerdings mehr, als ich zugeben will.

Ich presse die Lippen fest zusammen und warte ihre Erklärung ab, denn obwohl es wehtut, interessiert es mich brennend, was sie mir zu sagen hat.

»Er ist nur ein Job«, erklärt sie schließlich leise, nachdem sie ihre Stimme wiedergefunden hat. Zischend lasse ich die Luft aus meinen Lungen entweichen.

»Ein Job?«, fahre ich sie an und wieder nimmt die Wut Oberhand. »Genau, wie ich nur ein Job gewesen bin? Gehst du mit ihm auch ins Bett, um die perfekte Story zu bekommen?« Sobald die Worte meinen Mund verlassen, bereue ich sie, denn Joannas Augen füllen sich mit Tränen. Bisher habe ich sie noch nie weinen gesehen, sodass mich der Anblick zutiefst berührt. Ich will mich schon entschuldigen, meine groben Worte zurücknehmen, doch dann flackert Zorn in ihren Augen. Energisch wischt sie sich mit der Hand über die Augen und macht einen Schritt auf mich zu, bis wir uns dicht gegenüberstehen. Sie stemmt die Hände in die Hüften und funkelt mich wütend an.

»Wenn du so über mich denkst, dann habe ich jetzt die perfekte Schlagzeile für dich: Alte Footballrivalen streiten sich um eine Frau, die mit ihnen spielt. Wie klingt das?«, braust sie auf. »Du weißt, dass das nicht stimmt. Ich habe nie wegen der Arbeit mit dir geschlafen, das würde ich nie tun. Wenn du mich kennen würdest, dann wüsstest du das. Ich habe deine Launen satt, Christopher!«

»Du kannst mir nicht helfen, das kann niemand. Vor allem nicht mit einem Artikel in der LA Times. Wann wolltest du mir sagen, was du spielst?« Ich versuche, ruhig zu bleiben, doch meine Enttäuschung schlägt in Wut um, sodass ich ihr kaum zuhöre. Das Herz pocht schmerzhaft in meiner Brust. Die Tatsache, dass mich Joanna so eiskalt ausgenutzt hat, um sich dann ausgerechnet auf Peter einzulassen, tut fast körperlich weh.

Sie greift nach meinem Arm. Der Schreck in ihrem Gesicht weicht blanker Wut.

»Sag mal, hörst du dich eigentlich selbst reden?«, fährt sie mich an. Der scharfe Ton ihrer Stimme lässt mich tatsächlich zusammenzucken. »Wie arrogant kann man sein, Christopher Bennett! Doch du Idiot hast es seit Jahren geschafft, sich in mein Herz zu schleichen. Nun werde ich dich nicht los. Du bist ein überheblicher und grimmiger Kerl, der sich nur selbst bemitleidet, statt den Hintern hochzubekommen, um sein Leben in den Griff zu bekommen!« Ihr Gesicht ist rot vor Wut und ihre blauen Augen blitzen angriffslustig. Von den Tränen ist nichts mehr zu sehen. Ich balle die Fäuste so fest zusammen, dass sich meine Fingernägel in die Handinnenflächen bohren. Der Regen kühlt meine erhitzte Haut. Hatte ich tatsächlich geglaubt, in Joanna eine Frau gefunden zu haben, die mich versteht? Endlich zeigt sie, was sie wirklich über mich denkt. Meine Eifersucht macht mich blind für ihre Erklärungen.

»Ist es das, was du von mir denkst? Du weißt nix über mich. Hast du eine Ahnung, was ich in den letzten Monaten durchgemacht habe? Wie sehr ich darum gekämpft habe, wieder spielen zu können? Alles vergebens! Sieh dir mein Bein an. Ich bin ein Wrack.« Ich hole tief Luft, meine Schultern beben vor angestauter Wut, die sich nach außen entlädt. »Schreib mir nicht vor, wie ich mich verhalten soll. Du hast keine Ahnung ...«

Auf einmal ändert sich ihr Geschichtsausdruck und sie sieht verletzt aus. Ihr Blick trübt sich, dennoch sieht sie mir weiterhin fest in die Augen.

»Doch«, fällt sie mir ins Wort. »Ich weiß genau, wie es ist, wenn einem plötzlich der Boden unter den Füßen weggezogen wird. Wenn alles nur noch der reinste Trümmerhaufen ist und man glaubt, nie mehr auf die Beine zu kommen.«

Skeptisch ziehe ich die Augenbrauen zusammen. »Ich wurde von meinem Verlobten am Altar sitzen gelassen.«

Überrascht reiße ich die Augen auf. Natürlich schockt mich diese Tatsache, aber verstehe den Vergleich nicht ganz. Man kann sich immer neu verlieben, doch ich hingegen kann nie mehr in meinen Sport zurück.

»Das ist ja wohl nicht dasselbe!«, entgegne ich zornig.

»Stimmt. Dein Karriereende als Profispieler rechtfertigt nicht, wie du dich gerade aufführst. Ich habe versucht, dich kennenzulernen. Aber vielleicht haben die Leute im Internet ja recht. Du bist ein arroganter, selbstverliebter Mistkerl, der sich um die Gefühle anderer einen Dreck schert.«

»Danke, das hast du wirklich wunderbar formuliert«, zische ich verärgert. In den letzten Jahren bin ich so verbittert geworden, sodass ich die Menschen immer nur vor den Kopf gestoßen habe, die mir wichtig sind.

»Du bist wirklich ein Arsch, Christopher Bennett!« Sie wendet sich von mir ab und eilt in die entgegengesetzte Richtung durch den Grand Park davon. Das Klackern ihrer Absätze klingt unglaublich laut in meinen Ohren.

Völlig neben mir sehe ich ihr hinterher. Meine Wut verpufft so schnell, wie sie gekommen ist. Was zur Hölle ist hier gerade passiert? Kraftlos lasse ich die Schultern hängen und fahre mir mit den Händen übers Gesicht. Sie hat recht, ich bin wirklich ein Arsch! Aber ich weiß auch, dass ich ihr Treffen mit Peter nicht einfach so verdrängen kann. Egal ob wegen der Arbeit oder nicht. Und ich brauche Zeit, um gründlich über meine Gefühle nachzudenken, die seit einigen Tagen in meinem Inneren toben. Endlich kehrt wieder Leben in mich. Meine Schritte werden immer schneller, beinahe renne ich schon zurück zu meinem Auto, um den Park und die vergangenen Minuten hinter mir zu lassen. Noch im Laufen hole ich mein Smartphone hervor und wähle die Nummer von Kevins altem Freund. Hier hält mich nichts mehr. Vielleicht wird mir ein Neuanfang wirklich guttun und meine Wunden heilen, die in L.A. immer wieder aufreißen ...

Kapitel 17

– Joanna –

In meiner Wohnung angekommen, schließe ich mit bebenden Händen die Tür auf und gehe hinein, lehne mich mit dem Rücken gegen das kühle Holz. Mir schlägt das Herz bis zum Hals und meine Gedanken überschlagen sich. Scheiße, Chris ist so ein Idiot!

Seine harten Worte kreisen immer noch in meinem Kopf. Wie kann er nur glauben, ich würde ihn betrügen, wenn wir nicht einmal zusammen sind? Seine Unterstellung schmerzt, denn ich habe mich tatsächlich in diesen Mistkerl verliebt. Nun fühle ich mich komplett leer, weil ich jetzt weiß, dass ich ihm egal bin.

Erneut treten Tränen in meine Augen. Dieses Mal verdränge ich sie jedoch nicht, sondern lasse ihnen im Schutz meiner Wohnung freien Lauf. Von Schluchzern geschüttelt sinke ich an der Tür zu Boden, ziehe meine Knie fest an den Oberkörper und umschlinge sie mit den Armen. Die Kälte, die wegen meiner durchnässten Kleidung durch meine Glieder kriecht, bemerke ich in meiner Traurigkeit kaum.

Wie konnte ich mich nur so in ihm täuschen? All die Berührungen und Küsse, unsere gemeinsame Zeit, die mir so wichtig geworden ist – habe ich mir wirklich nur eingebildet, er würde mich mögen? Wie konnte ich nur so naiv sein und mein Herz an ihn verlieren? Er ist keinen Deut besser als Sebastian. Dabei hat er mir nicht einmal die Möglichkeit gegeben, ihm die Sache mit Peter vernünftig zu erklären. Dabei war dieses Treffen nicht meine Idee. Mein Chef bestand darauf, mich persönlich bei Peter für die Absage des Artikels zu entschuldigen.

Frustriert wische ich mir die Tränen aus dem Gesicht und rappele mich wieder auf. Langsam fühlt sich meine nasse Kleidung unangenehm an, weshalb ich ins Bad gehe, um eine heiße Dusche zu nehmen. Das Wasser kann zwar nicht den Schmerz aus meinem Herzen verbannen, vertreibt aber zumindest die Kälte aus meinen Gliedern.

In ein flauschiges Badetuch gewickelt gehe ich in mein Schlafzimmer und werfe mich auf mein Bett. Christophers Worte gehen mir immer noch nicht aus dem Kopf. Ich weiß einfach nicht, was ich tun soll, um diesen lähmenden Schmerz aus meinem Herzen zu jagen. Also schnappe ich mir mein Smartphone und wähle Lisas Nummer.

Lisa lässt nicht lange auf sich warten, denn sie nimmt bereits beim zweiten Klingeln ab.

»Hey Süße, schön von dir zu hören. Ich hatte mir Sorgen gemacht, weil du die letzten beiden Tage nicht hier warst, nachdem der Chef dich von der Story abgezogen hatte, und –«, sprudelt es auch schon aus ihr heraus.

»Bitte, können wir nicht über den Artikel reden?«, falle ich ihr ins Wort.

»Warum? Bist du immer noch frustriert, weil Mike nun die Lorbeeren bekommt, die dir wegen deiner ausgezeichneten Recherche gebühren? Ich an deiner Stelle wäre echt sauer ...« Ich verdrehe genervt die Augen. Den Wink mit dem Zaunpfahl will sie heute anscheinend nicht verstehen.

»Wie auch immer ... ich beneide dich schon ein wenig um die neue Story. Ein aktiver Spieler der NFL. Da kommt man eigentlich nicht so einfach dran. Und ich meine, die Sportler sehen ja alle heiß aus. Irgendwie beneide ich dich darum.«

»Du kannst die Story gern haben«, brumme ich schlecht gelaunt. »Ich werde nicht über Peter Griffin schreiben. Lieber bleibe ich mein Leben lang Sekretärin ...«

»Was? Warum? Das ist die Chance, auf die du immer schon gewartet hast«, meint meine Freundin erstaunt. Mit dem Smartphone am Ohr drehe ich mich auf den Rücken und starre betrübt an die weiße Zimmerdecke.

»Ich kann nicht über Peter schreiben. Nicht nach allem, was zwischen ihm und Chris vorgefallen ist. Du kennst die Geschichte ...«

»Ja, schon. Aber es ist bloß ein Job«, wirft sie nachdenklich ein. Nur ein Job! Genau das habe ich versucht Chris zu erklären, doch er hat es sofort persönlich genommen und mich beleidigt.

»Weißt du ... ich kann Christopher Bennett nicht mehr nur als einen *Job* betrachten«, gebe ich kleinlaut zu. »Für mich ist er mittlerweile viel mehr als das –«

»Sag bloß, du hast Gefühle für diesen Kerl?«, entfährt es Lisa.

»Egal, was ich für ihn empfinde ... die Sache hat sich sowieso erledigt«, entgegne ich leise und spüre abermals einen Kloß im Hals. Lisa schnappt nach Luft.

»Warte mal – heißt das, es lief was zwischen euch, und du hast mir nichts davon erzählt?«, entfährt es ihr. Erneut seufze ich, kämpfe meine Tränen nieder und versuche, meine Stimme fest klingen zu lassen.

»Nein, da war nichts. Denn bevor sich überhaupt etwas entwickeln konnte, haben wir uns gestritten. Der Artikel über Peter Griffin ...« Noch einmal hole ich tief Luft, und Lisa hält gespannt den Atem an. »Chris hat mich heute zusammen mit Peter gesehen und die Situation in den falschen Hals bekommen.«

Wieder steigt Enttäuschung und Verärgerung in meinem Inneren auf. Ich kann nicht verstehen, warum er sich so aufgeregt hat. Außer ... Ruckartig fahre ich im Bett hoch. Sogleich beschleunigt sich mein Puls, ich reiße die Augen auf und presse mir die freie Hand gegen die Brust, als mein Herz einen schnelleren Rhythmus annimmt. Kann es sein, dass Chris deshalb so wütend war, weil er ... weil er ebenfalls etwas für mich empfindet? Diese Möglichkeit habe ich bisher nie in Betracht gezogen. Auf einmal prasseln die Erinnerungen auf mich ein. Jeder Moment mit ihm zieht an meinem inneren Auge vorbei, und ich versuche mich auf die Kleinigkeiten zu konzentrieren. Unsere Treffen, die ganzen Dates, die ich nie als solche betrachtet habe. Die Hochzeit seines Bruders, das Footballspiel, der Besuch bei meinen Eltern – all das hatte rein gar nichts mit der Arbeit zu tun! Und vor allem der leidenschaftliche Sex.

Hatte Chris in der Zwischenzeit noch andere Frauen gedatet, oder war ich die einzige?

Mein Herz pocht immer heftiger gegen meinen Brustkorb. Und während diese Erkenntnis in mein Hirn sickert, krampft sich etwas in mir zusammen. Erneut habe ich mich in einen Mann verliebt, mit dem ich keine Zukunft haben werde.

***

Pünktlich nach Feierabend nehme ich die Metro in einen der äußeren Bezirke L.A.s, wo sich Amy mit ihrem mysteriösen Unbekannten in einer kleinen Pizzeria trifft. Seit ein paar Tagen stürze ich mich in meine Arbeit, um meine Gedanken von Chris abzulenken. Die Funkstille zwischen uns tut weh, aber vielleicht ist es besser so.

Die Metro hält, und ich durchquere den langen Tunnel, gehe über die Straße und bleibe vor dem Lokal stehen. Von außen sieht es nicht besonders einladend aus, sodass ich mir schon Sorgen mache, meine Freundin könnte einem Betrüger zum Opfer gefallen sein. Doch nachdem ich das Restaurant betreten habe, staune ich nicht schlecht. Es ist urig, beinahe rustikal eingerichtet. Die Wände sind von innen mit Stuck verziert, an der Decke hängen riesige Kronleuchter, die den Raum in warmes Licht tauchen. Die Tische sind aus massivem, dunklem Holz. Weiße Tischdecken mit wunderschöner Blumendekoration runden das romantische Erscheinungsbild ab.

Staunend gehe ich über den roten Teppichboden auf Amy zu, die bereits von einem der Tische zu mir herüberwinkt. Sie sieht heute besonders hübsch aus. Ihre dunkelblonden Haare sind leicht gelockt und das geblümte Sommerkleid umspielt ihre schlanke Figur, wirkt dabei jedoch nicht zu aufreißend, um deutliche Signale zu senden. Ihr Make-up ist ebenfalls perfekt, dezent, aber sehr weiblich.

»Na endlich!«, ruft sie und erhebt sich von ihrem Platz, um mich mit einer kurzen Umarmung zu begrüßen. Ich schiebe den Stuhl neben ihr zur Seite und setze mich, nachdem ich meine Handtasche über die Stuhllehne gehängt habe. Meine Freundin sitzt wie auf heißen Kohlen, versucht ihre Nervosität hinter einem strahlenden Lächeln zu verstecken. Wir kennen uns schon viel zu lange, als dass sie mir etwas vormachen könnte.

»Und? Wo steckt dein Prinz Charming?«, frage ich geradeheraus. Abwartend schlage ich die Beine übereinander und wippe mit dem Fuß. Meine blauen High Heels drücken am großen Zeh, weil ich heute zu oft zwischen meinem Büro und der Marketingabteilung hin und her gelaufen bin.

»Er hat mir vorhin geschrieben, dass er sich ein wenig verspätet. Er steckt im Stau fest«, erklärt meine Freundin mit dem Blick auf ihr Handy. Ich nicke wissend. In einer Stadt wie Los Angeles ist es sowieso reine Glückssache, mit dem Auto zu fahren. Der Verkehr ist die reinste Katastrophe.

Ein junger Kellner kommt an unseren Tisch, um uns die Speisekarte zu reichen. Wir bestellen etwas zu trinken und versinken in der Auswahl an Gerichten. Lustlos blättere ich in der Karte, denn habe ich keinen richtigen Appetit.

»Hast du dir schon was ausgesucht?«, fragt Amy leise. Ungeduldig nippt sie an ihrem Weißwein, dann zupft sie plötzlich am Ärmel meiner Bluse.

»Ich glaube, da ist er«, flüstert sie aufgeregt. Ich hebe den Kopf und sehe zum Eingang, in dem ein braunhaariger Mann steht, der gerade mit dem Kellner spricht. Dieser wirft uns einen Blick zu und nun wendet sich auch der Neuankömmling in unsere Richtung. Vor Überraschung fällt mir beinahe die Karte aus der Hand. Der Mann grinst breit, dann kommt er an unseren Tisch heran.

»O mein Gott, er sieht genauso gut aus wie auf den Fotos«, murmelt Amy.

»Hey«, grüßt der Mann fröhlich, fixiert dabei jedoch mich statt meiner Freundin. »Ich fasse es nicht, dass wir uns hier über den Weg laufen. Du hättest mir ruhig sagen können, dass du Amy kennst.«

»Ich bin auch überrascht, dich zu treffen, Eric«, entgegne ich und erwidere sein charmantes Lächeln. Amy sieht verdutzt zwischen uns hin und her. Eric setzt sich auf den freien Platz ihr gegenüber und winkt den Kellner heran, bei dem er ein Bier bestellt.

»Wie jetzt ... Ihr kennt euch?«, fragt sie erstaunt.

Ich nicke. »So siehst aus. Die Welt ist wirklich ein Dorf.«

»Aber ...« Amy beäugt mich misstrauisch. »Sag mir bitte nicht, dass er einer deiner One-Night-Stands ist!« Die Panik steht ihr deutlich ins Gesicht geschrieben.

»Kein Grund zur Sorge, dazu ist es nicht gekommen«, erzählt Eric. »Joanna ist nicht mein Typ.«

Amy atmet erleichtert aus. Lächelnd erhebe ich mich von meinem Platz.

»Hey, wo willst du denn hin?«, fragt meine Freundin sogleich alarmiert.

»Na, wohin wohl? Nach Hause.«

»Aber du kannst doch nicht …«

»Bei Eric bist du in guten Händen, vertrau mir. Ich kenne ihn schon eine ganze Weile«, erkläre ich mit einem Zwinkern. »Außerdem kann er wirklich gut küssen. Also vermassele es nicht.« Mit diesen Worten winke ich nochmals und wende mich zum Gehen.

Kapitel 18

– Chris –

Ich parke meinen Wagen an einer Seitenstraße und steige aus. Mit der Hand bedecke ich meine Augen, bevor ich mich vom Auto entferne. Einige Strandbesucher drehen sich verstohlen nach mir um. Die neugierigen Blicke und das Getuschel ignorierend halte ich nach meinen Kumpels Ausschau. Es ist beinahe Ironie, dass sich die beiden ausgerechnet am Strand von Santa Monica mit mir treffen wollten, statt das viel beliebtere Venice Beach zu besuchen. Dieser Ort erinnert mich unweigerlich an Joanna, zu der ich nun fast zwei Wochen keinen Kontakt mehr habe. Das Bild von ihr und Peter geht mir einfach nicht aus dem Kopf und raubt mir den Schlaf.

Als ich Tylers blonden Hinterkopf erkenne und mir Kyle fröhlich zuwinkt, steuere ich auf die beiden zu.

»Hey Mann, du hast ja ewig gebraucht«, meint er, nachdem ich mich zu ihnen auf die Decke plumpsen lasse.

»Viel Verkehr«, brumme ich als Erklärung. Mein Kumpel klopft mir auf die Schulter, ohne weiter darauf einzugehen.

»Auch ein Bier?«, fragt er fröhlich. Ich nicke und Kyle reicht mir eine Dose.

»Ich find's gut, dass du endlich wieder mit uns abhängst«, wirft er ein. »Irgendwie habe ich diese Zeit vermisst.«

»Sorry«, murmele ich betreten, drehe dabei die Bierdose zwischen den Händen, statt direkt daraus zu trinken. »War nicht leicht für mich ...«

Kyle nickt, doch Tyler verschränkt abwehrend die Arme vor der Brust.

»Das mag sein. Trotzdem war es unklug von dir, dich von allen und jedem abzukapseln. Du hättest mit uns reden sollen.« Er legt die Stirn in Falten, dann grinst er schief. »Okay, nichts gegen Spaß und Partys, dafür bin ich ja auch oft genug zu haben. Aber verstehst du, was ich dir sagen will? Wozu hundert wildfremder Leute, denen du egal bist, wenn du ein paar richtige Freunde um dich haben kannst, die dir wirklich helfen wollen, aus deiner Depression herauszukommen?«

»Ich habe keine Depression«, entgegne ich harsch, weil es mir nicht gefällt, welche Richtung unser Gespräch einschlägt. Mein Kumpel seufzt.

»Na, Gott sei Dank. Es reicht, wenn du mit deinen Aggressionen nicht zurechtkommst ...«

Ich schnaube, dann nehme ich einen tiefen Zug von dem Bier. Haben die beiden mich etwa hierhergelockt, um mir Moralpredigten zu halten? Darauf habe ich wirklich keine Lust! Kyle streckt sich auf der Decke aus und blinzelt gähnend gegen die Mittagssonne.

»Wir sollten nicht streiten«, meint er dann, als er sich umdreht und sich mit dem Ellenbogen seitlich abstützt. »Jetzt ist Chris ja hier. Noch mal wirst du uns nicht los, Mann.«

Ich schenke ihm ein kleines Lächeln. »Danke.«

Auch Tylers Züge entspannen sich wieder. Er leert sein Bier und legt die Dose neben sich in den Sand. Dann hockt er sich im Schneidersitz etwas dichter zu mir, weil Kyle den meisten Platz auf der Decke für sich beansprucht.

»Der Coach hat übrigens erzählt, was beim Spiel zwischen den Seahawks und den Chargers vorgefallen ist«, erklärt er dann mit eindringlicher Stimme. »Außerdem habe ich die Bilder im Internet gesehen …«

Ich zucke bei der Erinnerung innerlich zusammen, lasse mir mein Unbehagen jedoch nicht anmerken. Hinter der Sonnenbrille versteckt, können meine ehemaligen Teamkameraden nicht erkennen, wie es in mir vorgeht. Ich hätte mich nicht provozieren lassen sollen, aber Peter macht es mir nicht leicht …

»Hey, Mann, wir verstehen dich. Ich an deiner Stelle würde ihm dafür auch gern die Nase brechen.« Er grinst schief und irgendwie entspanne ich mich bei seinem Anblick. Ich habe es wirklich vermisst, so ungezwungen mit den Jungs zu reden. Jetzt merke ich erst, wie gut es sich anfühlt, wieder unter Freunden zu sein.

Das Bier in meiner Hand ist bereits warm, trotzdem trinke ich die Dose nur zur Hälfte aus, ehe ich sie neben mir im Sand abstelle. Dann lasse ich den Blick schweifen. Der Strand ist bei diesem Wetter gut besucht, viele Kinder spielen im Wasser, und ich sehe einige ältere Menschen, die mit ihren Hunden entlang der Promenade spazieren gehen. Von Kyle ist ein leises Schnarchen zu hören.

»Ich habe den Artikel gelesen«, erzählt Tyler unvermittelt weiter, während er sich noch ein Bier nimmt. »Es ist erfrischend, mal nicht nur von deinen schlechten Seiten zu hören. Sei froh, dass der Coach die LA Times für einen Exklusivteil über dich gewinnen konnte. Peter hat da nicht so viel Glück wie du.«

Überrascht sehe ich meinen Kumpel an. »Was meinst du?« Seit meinem Streit mit Joanna habe ich die sozialen Netzwerke gemieden und keinen Gedanken mehr an den Artikel verschwendet, den sie schreiben sollte.

»Peter hat auch wegen eines Interviews bei der LA Times angefragt, aber keiner der Journalisten schien Zeit für ihn gehabt zu haben. Das wurmt ihn ziemlich«, erklärt Tyler mit einem triumphierenden Blick. »Da hast du echt Glück, Mann.«

Ich horche auf. Meinte Joanna nicht, das Treffen mit Peter sei wegen ihres Jobs gewesen? Die vergangenen Tage habe ich jede Erinnerung an diese Begegnung, so gut es geht, verdrängt, um mein Herz zu schützen. Nach meiner Trennung von Mia habe ich dicke Mauern um mein Herz aufgerichtet und stets getan, als wäre mir die Liebe egal. Joanna hatte begonnen, diese Mauern einzureißen – bis sie mich durch das Treffen mit meinem Rivalen bitterenttäuscht hat. Doch was, wenn ich alles in den falschen Hals bekommen habe? Weil ich zu viel Angst davor habe, mein Herz an eine andere Frau zu verlieren, die mich genauso wie Mia für einen erfolgreicheren Mann sitzen lässt? Genau das habe ich in dem Moment im Café gedacht: Joanna trifft sich mit Peter, weil er der neue Star bei den Seattle Seahawks ist, während ich ein Niemand bin. Diese innerliche Angst hat mich für ihre Worte und Erklärungen blind und taub gemacht. Fuck! Habe ich ihr Unrecht getan? Fieberhaft krame ich in meinem Gedächtnis nach unserem Gespräch und muss beschämt feststellen, dass ich ihr bloß Gemeinheiten an den Kopf geworfen habe, statt ihr richtig zuzuhören.

Wenn Tyler sagt, Peter wollte an ein Interview herankommen – hat sich Joanna vermutlich genau deswegen mit ihm getroffen? Aber mein Kumpel hat auch gesagt, dass keiner den Artikel schreiben wollte. Würde sie tatsächlich wegen mir ihre Karriere riskieren?

Sogleich beschleunigt sich mein Herzschlag. Ich hätte ihr besser zuhören sollen, statt sie haltlos zu beschuldigen, mich zu hintergehen. Kein Wunder, dass sie mich für einen arroganten Mistkerl hält.

Wieder zucke ich innerlich zusammen. Meine Handflächen beginnen zu schwitzen. Das Gefühl, sie wiedersehen zu wollen, nimmt plötzlich überhand. Ich bereue unseren Streit und fühle mich wirklich mies, weil ich ihr so schlimme Dinge an den Kopf geworfen habe. Ich sollte mich bei ihr entschuldigen, auch wenn ich wenig Hoffnung habe, dass sie mir mein Verhalten verzeiht.

»Chris, ist alles okay bei dir?«, fragt Tyler mit verwirrtem Ausdruck im Gesicht. Seine Hand auf meiner Schulter reißt mich aus meinen Gedanken.

»Äh ... ja, sicher«, gebe ich sogleich zurück, um einen ruhigen Ton bemüht. Kyle wacht auf und setzt sich auf.

»Hey, schau mal die da drüben«, raunt er mir zu und deutet mit der Hand in die Richtung, in der eine schlanke Blondine gerade aus ihrem Sommerkleid schlüpft. Ich schlucke hart, denn ich glaube, Joanna zu erkennen, die dort im roten Bikini ins Wasser geht. Mein Herzschlag beschleunigt sich, meine Kehle wird trocken. »Sie ist echt heiß, oder?«

Langsam nicke ich. Ist es tatsächlich Joanna? Schon schlägt mein Herz schneller und mir wird noch wärmer. Doch als die Frau auftaucht und sich die nassen Haare aus dem Gesicht streicht, werde ich enttäuscht. Es ist bloß jemand, der Joanna auf den ersten Blick ähnlichsah. Kyle springt von der Decke auf, während ich reglos sitzen bleibe.

»Die werde ich mir gleich klarmachen«, ruft er uns grinsend zu und rennt ebenfalls ins Wasser.

Lachend wirft Tyler den Kopf zurück. »O Mann, dieser Kerl ist wirklich unverbesserlich. Selbst dir macht er Konkurrenz.«

Seine Worte sollten ein Scherz sein, treffen mich jedoch härter als ich gedacht.

»Mh«, brumme ich und wende meinen Blick von Kyle ab, der die Frau erreicht hat und mit ihr zu flirten beginnt. Um meine Gedanken in eine andere Richtung zu lenken, ziehe ich mein Smartphone aus der Hosentasche und checke den Zeitungsartikel über mich, den Tyler zu Beginn unseres Gesprächs angedeutet hat. Online blättere ich durch die Seiten zum Sportteil, um mir den ganzen Bericht anzuschauen. Und je länger ich lese, desto heftiger schlägt mein Herz.

Unter dem Artikel steht nicht Joannas Name, dennoch spüre ich ihre Worte tief in mir. Es ist ein ausführlicher Bericht über meine steile Karriere, Einblicke in meine Person und auch einiges zu meiner Familie. Mein Unfall und die Verletzung werden ebenfalls sehr mitfühlend thematisiert.

Während ich die Zeilen überfliege, kommt es mir vor, als würde ich einen ganz neuen Christopher Bennett kennenlernen. Einen Mann, der ich vielleicht vor langer Zeit einmal gewesen bin, der mir jedoch irgendwie abhandengekommen ist. Dieser Bericht ist die nackte Wahrheit, wird dem Leser mitfühlend dargestellt, sodass ich sogar selbst Mitleid mit dem armen Kerl bekomme, dessen Leben von einem Tag auf den anderen aus den Fugen geraten ist. Ein Kloß bildet sich in meinem Hals. Sogleich springe ich auf die Beine und stecke das Handy weg.

»Hey, was ist denn mit dir los? Wo willst du hin?«, ruft Tyler mir verwirrt hinterher.

»Ich muss etwas Dringendes erledigen«, antworte ich und renne bereits über den Sand zum Parkplatz, wo ich meinen Wagen abgestellt habe.

***

Nervös trete ich von einem Fuß auf den anderen, während ich darauf warte, dass die Türen des Fahrstuhles sich vor mir öffnen. Was ich gleich vorhabe, ist für mich eine absolute Premiere. Ich bin fast so nervös wie vor meinem ersten Footballspiel. Adrenalin schießt durch meine Adern und ich starre wie gebannt auf die Aufzugtüren. Auf dem Weg von Santa Monica zurück in die Stadt habe ich einen großen Strauß roter Rosen für Joanna gekauft. Natürlich hätte ich auch bis heute Abend warten können, um sie in ihrer Wohnung zu besuchen, statt auf ihrem Arbeitsplatz aufzutauchen. Doch irgendwie fürchte ich, meine Entschlossenheit könnte schwinden, sollte sie mir die Tür vor der Nase zuschlagen. Zumindest hat sie hier keine Möglichkeit zur Flucht.

Schon als ich mit den Blumen in der Hand das Foyer des Verlagsgebäudes betreten habe, reckten einige der Anwesenden neugierig ihre Köpfe in meine Richtung. Männer im Anzug drängen sich an mir vorbei hinaus. Ich werde an der Schulter angerempelt und strauchele gegen die Wand, sodass die Blumen ein wenig in Mitleidenschaft gezogen werden.

»Hey Mann, pass gefälligst auf!«, rufe ich dem Kerl hinterher und rücke meine Sonnenbrille zurecht. Ein paar der Rosen haben bei dem leichten Zusammenstoß ihre Blätter verloren. Seufzend lehne ich mich gegen die Wand. Je schneller sich der Fahrstuhl der fünften Etage nähert, in der die Redaktion der LA Times sitzt, desto heftiger schlägt mein Herz. Dass ich gerade tatsächlich im Begriff bin, mich vor ihren Kollegen zum Idioten zu machen, macht deutlich, was sie mir bedeutet. Aber Joanna ist diese Aktion wert, denn ich muss mich für mein Verhalten ihr gegenüber entschuldigen. Sie beeinflusst nicht nur meine Gedanken, sondern hat sich mit ihrem Charme und ihrer Schlagfertigkeit auch in meinem Herzen eingenistet. Auf dem Weg hierher ist mir klar geworden, wie stark ich mich zu ihr hingezogen fühle und dass ich nicht mehr so leben will wie zuvor. Ich habe keine Lust auf belanglose Affären und irgendwelche One-Night-Stands, die man nach dem Orgasmus direkt vergisst. Ich möchte eine Frau bei mir haben, mit der ich die Tage und Nächte verbringen kann. Mit der ich reden und lachen kann, die mich versteht und nicht nur das Geld und den Ruhm will, den ich ihr nicht mehr bieten kann. Hoffentlich ist Joanna diese Frau für mich.

Die Fahrstuhltüren öffnen sich viel zu schnell, und ich muss kurz innehalten, ehe ich aussteige. Vor mir liegt ein langer Korridor, an dessen Ende sich eine große Glastür mit dem Logo der Zeitung befindet. Gerade öffnet sich die Tür und zwei Frauen treten heraus. Eine von ihnen trägt einen Stapel Papier unterm Arm, die andere redet aufgeregt auf sie ein. Als mich die beiden auf sie zukommen sehen, starren sie überrascht auf die Rosen in meiner Hand. Ich nicke ihnen zu und betrete das Büro. Äußerlich gebe ich mich gelassen, während ich zu der Dame am Empfangstresen gehe, die mich mit weit aufgerissenen Augen anstarrt. Den Hörer, den sie eben noch in der Hand gehalten hat, lässt sie vor Überraschung wieder auf die Gabel sinken.

Innerlich tobt in mir ein Sturm und meine Gedanken rasen wie wild durcheinander. Was soll ich Joanna sagen? Wird sie mir zuhören? Und ist sie überhaupt im Büro? Keine Ahnung, was ich mir bei dieser Aktion gedacht habe! Ich mache mich hier wirklich zum Deppen.

Um meine Nervosität zu verbergen, lehne ich mich lässig gegen den Tresen, stütze einen Ellenbogen darauf ab, den Blumenstrauß lege ich neben mich auf die Ablage. Die Frau starrt erst mich, dann die Blumen an, dann wandert ihr Blick wieder zu mir.

»Ich möchte zu Joanna Miller. Ist sie im Haus?«, frage ich ganz unverbindlich und schenke ihr ein charmantes Lächeln, dem bisher kaum jemand widerstehen konnte.

»Ähm ... Joanna ist gerade in einem Meeting«, entgegnet sie irritiert.

»Okay, dann warte ich hier?« Ich versuche, mir meine Nervosität nicht anmerken zu lassen, denn es haben bereits einige der Verlagsmitarbeiter die Köpfe aus ihren Büros gesteckt, da sie auf mich aufmerksam geworden sind. Eine junge Frau huscht an mir vorbei, die Kaffeetasse in den Händen. Ihre neugierigen Blicke bleiben mir nicht verborgen. Ungeduldig trommele ich mit den Fingern auf den Tresen.

»Ich kann fragen, ob Joanna kurz zu sprechen ist. Dann müssen Sie nicht so lange warten«, schlägt die Empfangsdame mit dünner Stimme vor und wählt eine Nummer. Ich nicke bloß, während das Gespräch entgegengenommen wird und eine genervte Männerstimme am anderen Ende zu hören ist.

»Ähm ... ich wollte nicht stören, aber hier ist ein ...« Sie sieht mich ratlos an, also nenne ich ihr meinen Namen, was sie mit einem überraschten Gesichtsausdruck quittiert. »Hier ist Christopher Bennett. Er möchte zu Joanna. Vermutlich geht es um den Artikel in der aktuellen Ausgabe und –«

Anscheinend hat ihr Gesprächspartner das Telefonat abrupt beendet, denn die Dame vor mir legt verwirrt auf. Keinen Augenblick später höre ich schnelle Schritte auf dem Flur.

»Chris?!«

Mein Herz macht einen Satz, ehe ich mich langsam umdrehe. Joanna steht in einigem Abstand vor mir. Ihre Wangen sind gerötet und die Augen geweitet. Ihr kluges Köpfchen scheint die Szenerie noch verarbeiten zu müssen.

»Hallo Joanna«, grüße ich mit einem Lächeln und setze nun endlich meine Sonnenbrille ab. Sie sieht von mir zu den Blumen, genau wie ihre Kollegin nur wenige Minuten zuvor, als könne sie nicht einordnen, was zur Hölle das Ganze zu bedeuten hat. Hinter Joanna taucht ein breitschultriger Mann mit Halbglatze auf, der mich nun ebenfalls verwirrt mustert. Ehe er jedoch das Wort an mich oder Joanna richten kann, macht sie einen blitzschnellen Satz nach vorn und greift nach meiner Hand.

»Komm mit in mein Büro«, raunt sie mir zu und zerrt mich unsanft hinter sich her. Erst nachdem sie die Milchglastür zugeschlagen hat, atmet sie aus. Ihre Geschichtsfarbe ist nun deutlich dunkler als zuvor, ihr ist mein Auftauchen sichtlich unangenehm. Vor allem, weil ihr Chef und ihre Kollegen mich ebenfalls mit den Blumen gesehen haben. Dabei habe ich noch nicht einmal den Mund aufgemacht.

»Was zur Hölle tust du hier?!«, zischt sie aufgebracht, fährt sich mit der Hand durch ihr offenes Haar. Ich lächle sie an, in der Hoffnung, sie dadurch besänftigen zu können.

»Ich wollte mit dir reden. Und mich bei dir entschuldigen«, beginne ich das Gespräch, um nicht länger tatenlos herumzustehen und sie anzustarren. Joanna durchquert den kleinen Raum mit wenigen Schritten und lehnt sich gegen ihren Schreibtisch. Ich folge jeder ihrer Regungen mit Blicken, erkenne ein nervöses Zucken ihrer Mundwinkel, als wolle sie sich einen bissigen Kommentar verkneifen.

»Und deswegen tauchst du an meinem Arbeitsplatz auf? Spinnst du? Was soll denn mein Chef von mir denken?«, presst sie gereizt hervor, ihre rot geschminkten Lippen zu einem dünnen Strich verzogen. »Er hat die

Bilder im Internet gesehen, jeder hier hat sie gesehen. Meine Kollegen tuscheln hinter meinem Rücken über mich ...« Sie holt tief Luft und fixiert mich mit zornigem Blick. »Verschwinde von hier.«

Ihre Worte versetzen mir einen Stich. Ich balle die Hand fest um den Blumenstrauß, meine Gesichtszüge verhärten sich.

Joanna verschränkt demonstrativ die Arme vor der Brust.

»Zwischen uns ist nichts, was rechtfertigt, einfach auf meiner Arbeit aufzutauchen. Mein Chef wird Fragen stellen ... Wenn rauskommt, dass wir tatsächlich zusammen im Bett waren, nimmt mich niemand mehr ernst! Meine Karriere hängt jetzt schon an einem seidenen Faden, nachdem ich dir zuliebe die Story über Peter Griffin abgelehnt habe. Selbst das war dir egal, du Arsch.«

Sie ist viel zu aufgebracht, als dass sie mir auch nur einen Moment zuhören könnte. Genau wie ich bei unserem Streit. Trotzdem mache ich einen Schritt auf sie zu, bis uns nur noch wenige Zentimeter trennen. Der Drang, sie jetzt küssen zu wollen, überkommet mich, doch ich bleibe standhaft.

Joanna holt zischend Luft, ihr Körper ist immer noch in Abwehrbereitschaft. Waren die Blumen eine blöde Idee? Vielleicht hätte ich tatsächlich bis heute Abend warten sollen, statt sie auf ihrem Arbeitsplatz zu überfallen. Als ich ihr die Hand auf die Schulter lege, zuckt sie sofort zurück. Augenblicklich versteife ich mich.

»Was ich zu dir gesagt habe, tut mir leid«, beteuere ich mit fester Stimme. »Ich hätte dir glauben sollen, statt dich nur anzuschreien. Außerdem will ich nicht, dass du wegen mir deinen Job aufs Spiel setzt.«

Sie rümpft die Nase. »Warum? Schließlich bin ich ja nur heiß auf eine gute Story, um meine Karriere zu puschen.«

»Das ist nicht wahr ... Das habe ich nie gesagt.«

»Nein? Aber gedacht! Außerdem hast du mir unterstellt, mit Peter ins Bett zu gehen«, fährt sie mich an und macht einen Schritt zur Seite, um wieder Abstand zwischen uns zu bringen.

Ihre kühle Art trifft mich hart. In ihren blauen Augen kann ich den Schmerz erkennen, den sie hinter der abweisenden Maske zu verstecken versucht. Auch ich fühle mich elend, weil wir uns erneut streiten. Scheinbar sind meine Gefühle fehl am Platz. Ich bin zu weit gegangen. Um mir die Enttäuschung nicht anmerken zu lassen, setze ich ein Pokerface auf.

»Vielleicht ist es wirklich besser, wenn wir uns nicht wiedersehen. Ich habe gesagt, was ich sagen wollte.« *Nicht mal annähernd, aber das ist nun egal.* Mit einem Ruck drehe ich mich zur Tür und verlasse schnellen Schrittes ihr Büro.

Mit wildklopfenden Herzen starre ich ihm nach. Chris wirft die Tür hinter sich zu. Sie rastet mit einem dumpfen Knall ins Schloss ein. Ich hole tief Luft, meine Hände zittern. Es war richtig, ihn wegzuschicken. Zum Glück konnte ich meinen ersten impulsiven Gedanken, ihm bei seinem Erscheinen im Empfangsbereich unseres Büros um den Hals zu fallen, unterdrücken.

Die Spannung zwischen uns ignorierend habe ich jedes seiner Worte abgeblockt. Meine Atmung beschleunigt sich, und ein Kloß bildet sich in meinem Hals, doch ich schlucke ihn hinunter. Jetzt bloß nicht heulen!

Leider bleibt mir kaum Zeit, mich zu beruhigen, weil meine Tür abermals schwungvoll aufgerissen wird und Lisa stürmt herein.

»Was ist gerade passiert?«, fragt mich meine beste Freundin völlig perplex. Ich zucke die Schultern, denn ich habe wirklich keine Ahnung. Die letzten Minuten sind an mir vorbeigezogen, als wäre ich eine teilnahmslose Zuschauerin dieser Szene. Chris wollte sich tatsächlich bei mir entschuldigen! Und er hatte Blumen dabei!

Lisa kommt langsam auf mich zu.

»Hey, was ist mit dir?«, fragt sie nun in besorgtem Ton und umfasst meine Schultern. »Du zitterst ja … Ich habe euch streiten hören. Nein, wir alle haben es gehört. Die Wände hier sind nicht besonders dick. Und ihr wart verdammt laut. So kenne ich dich überhaupt nicht ...«

Ich kämpfe immer noch mit den Tränen. Chris hat seine Komfortzone verlassen, ist hierhergekommen und mir fiel nichts Besseres ein, als ihn anzuschreien, sodass es das ganze Büro mitbekommen hat. Lisa sieht mich ratlos an.

»Ich verstehe dich nicht, Jo. Der Kerl kommt zu deiner Arbeit. Mit einem Blumenstrauß. Einen Mann wie ihn kannst du doch nicht so vor den Kopf stoßen, wenn er dir vor aller Welt eine Liebeserklärung macht!« Meine Freundin schüttelt mich an den Schultern. Sogleich beschleunigt sich mein Puls. Meine Kehle wird plötzlich staubtrocken, vergessen sind die Tränen, die eben noch an die Oberfläche wollten.

»Was?«, krächze ich völlig von der Rolle.

»Er hatte rote Rosen dabei. Also, ich an deiner Stelle, würde ihm sofort hinter rennen.«

Ihre Worte treffen mich wie eine kalte Dusche. War es das, was er von mir wollte? Weshalb er wirklich hergekommen ist?

Endlich erwache ich aus meiner Starre. Blitzschnell verlasse ich mein Büro, renne durch den Flur zum Ausgang und stolpere beinahe über meine eigenen Füße. Die irritierten Rufe meiner Kollegen ignorierend, betätige ich hastig den Fahrstuhlknopf, nur um festzustellen, dass dieser noch im Erdgeschoss feststeckt. Wenn man es eilig hat, braucht dieses Ding eine halbe Ewigkeit! Ungeduldig trippele ich in meinen High Heels von einem Fuß auf den anderen, bis sich die Fahrstuhltüren endlich vor mir öffnen.

Unten im großen Foyer angekommen, entdecke ich den Blumenstrauß im Mülleimer neben dem Haupteingang. Ich hole den Strauß heraus und verlasse das Gebäude, dann sehe ich mich nach allen Seiten auf der Straße um. Wo ist er hin?

Panik steigt in mir auf. Mit den Blumen in der Hand drehe ich mich um die eigene Achse, kann ihn jedoch nirgends entdecken. Enttäuscht will ich die Suche schon aufgeben, als ich ihn hinter der nächsten Straßenkreuzung abbiegen sehe.

»Chris!«, rufe ich, so laut ich kann, und renne los. Vorbei an Passanten, die mir fluchend ausweichen. Die Rosen verlieren auf dem Weg einige Blätter, doch das ist mir egal. Ich muss ihn einholen.

»Chris, warte!« In meinen Schuhen gerate ich ins Straucheln und kann mich gerade noch fangen, ohne zu stürzen. Trotzdem knicke ich mit dem rechen Fuß um. »Ah, scheiße!«

Bevor ich weiterlaufe, bücke ich mich und streife mir die High Heels von den Füßen. Dann biege ich um die Ecke. Tatsächlich sehe ich ihn, wie er gerade in seinen Wagen einsteigen will.

»Chris!«, wiederhole ich und dieses Mal hört er mich. Erstaunt ruckt sein Kopf zu mir herum. Seine Augen weiten sich perplex, als er mich auf sich zu rennen sieht. Wenige Meter vor ihm bleibe ich stehen, lasse meine Schuhe fallen und stütze meine Hände auf den

Knien ab, weil ich total aus der Puste bin. Meine Seite sticht und der rechte Knöchel, mit dem ich vor wenigen Minuten umgeknickt bin, pocht unangenehm. Trotzdem bin ich froh, ihn eingeholt zu haben.

»Joanna?« Er sieht mich mit einer Mischung aus Sorge und Unsicherheit an. »Alles okay bei dir?«

Mit wild klopfendem Herzen sehe ich in seine tiefblauen Augen. Ich weiß nicht, was ich sagen soll. So viele Worte schwirren in meinem Kopf, doch keins davon scheint mir passend zu sein, um mich bei ihm für unseren Streit und all das zu entschuldigen, was bis jetzt zwischen uns steht. Ich möchte ihm so gern meine Gefühle offenbaren, aber es sitzt immer noch ein Funke Angst tief in meinem Herzen, den ich nicht loswerde.

»Chris ... ich ...« Erneut verstumme ich, suche weiter nach einer Antwort in seinen Augen und nach der Bestätigung, dass alles zwischen uns wieder gut wird. Leider lässt er mich nicht hinter seine Fassade blicken, denn sein Gesichtsausdruck bleibt unverändert. Nur ein schwaches Glitzern kann ich in seinen Augen erkennen. Langsam hebt Chris die Hand und streicht mir eine Haarsträhne hinters Ohr, die sich beim Laufen aus meinem Haarknoten gelöst hat. Sanft streifen seine Finger mein Ohr, was eine Gänsehaut bei mir auslöst. Ich halte den Atem an, mein Nacken kribbelt und in meinem Inneren rumort es. Gott, dieser Moment hier mitten auf der Straße ist so viel intensiver als alles andere, was wir bisher miteinander geteilt haben.

Vermutlich hat Lisa recht. Ich bin Hals über Kopf in ihn verknallt, obwohl wir uns gegenseitig immer wieder abstoßen wie zwei unterschiedliche Pole eines Magneten! Dabei habe ich es all die Jahre vermieden, einen Mann so tief in mein Herz zu lassen, um nicht erneut enttäuscht zu werden. Vergebens, denn die Liebe lässt sich wohl nicht betrügen.

Chris kommt noch ein Stück näher, sein warmer Atem streift meine Wange und beschleunigt sogleich meinen Puls. Ich werde höllisch nervös, denn seitdem ich mir meine Gefühle zu ihm eingestanden habe, fühlt sich alles so neu und aufredend an.

»Joanna ...«, flüstert er meinen Namen. Seine Stimme ist leise, doch ich höre das Beben trotzdem heraus. Nun werden seine Gesichtszüge ganz weich und die starre Maske fällt von ihm ab. Endlich erkenne ich den *wahren* Chris. »Ich ... es tut mir leid, dass ...«

Nein. Ich will seine Worte nicht hören, aus Angst, er könnte jetzt alles beenden, ehe das mit uns überhaupt angefangen hat. Schnell schiebe ich meine Hand mit dem Blumenstrauß zwischen uns, sodass er unweigerlich einen Schritt zurücktreten muss.

»Hab deine Blumen bekommen.«

»Oh ...« Chris kratzt sich verlegen am Kinn. »Und nun willst du sie zurückbringen?« Er strafft die Schultern, ehe er sich erneut zum Wagen umdreht.

Verwirrt sehe ich erst ihn, dann die Rosen in meinen Händen an. Von meinem Sprint lassen die Blumen traurig ihre Köpfe hängen.

»Nein. Ich wollte mich bei dir bedanken – und entschuldigen – schätze ich«, entgegne ich leise. »Es tut mir leid, dass ich dich angeschrien habe.«

Es ist seltsam, denn irgendwie drehen wir uns im Kreis. Wieso sagt er nicht das, was er mir eben im Büro sagen wollte? Gut, ich habe selbst nicht geahnt, dass zwischen uns irgendwelche romantischen Gefühle entstehen könnten, die über den Sex hinaus gehen ... aber es ist doch passiert. Zumindest bei mir. Früher habe ich geglaubt, Liebe würde einfach so passieren, ohne dass man dafür kämpfen muss. Da habe ich mich geirrt. Man muss für seine Liebe kämpfen, ansonsten verliert man.

Chris nimmt den Blumenstrauß aus meiner Hand. »Irgendwie ist alles nicht so gelaufen, wie ich es mir vorgestellt habe ...«

»Wie meinst du das?«

»Ich sollte dir wohl neue besorgen«, stellt er mit einem Blick auf die traurigen Rosen, ohne auf meine Frage einzugehen. Ich schüttele den Kopf.

»Ich brauche keine anderen. Diese sind gut genug.« Ich versuche, gelassen rüberzukommen, obwohl ich innerlich vor Nervosität tausend Tode sterbe. Soll ich ihm geradeheraus sagen, was ich für ihn empfinde? Nach allem, was ich ihm eben noch an den Kopf geworfen habe? Ich schäme mich für mein impulsives Verhalten. Aber in diesem Punkt sind wir uns wirklich ähnlich. Auch er reagiert oft viel zu emotional, was nicht selten zu Missverständnissen zwischen uns geführt hat.

»Gib sie mir zurück«, fordere ich Chris auf, weil dieses Schweigen für mich unerträglich ist. Endlich erwacht er aus seiner Starre, sieht mich an und jetzt erkenne ich ein kleines Lächeln in seinem Gesicht. Ein Ruck geht durch seinen Körper. Ehe ich mich versehe, finde ich mich in seinen Armen wieder. Der Blumenstrauß fällt zu unseren Füßen auf den Gehweg.

Christopher drückt seinen warmen Mund auf meinen. Die Anspannung der letzten Minuten weicht aus meinem Körper, und ich seufze leise, als ich seine Zunge spüre, die sich zwischen meine Lippen schiebt. Instinktiv kralle ich meine Hände in sein Shirt, und er zieht mich noch enger an sich. Gott, bin ich froh, dass er mich nicht erneut von sich stößt, denn davor hatte ich am meisten Angst.

»Wir sollten von hier verschwinden«, raunt er mir zu, doch ich verschließe seinen Mund abermals mit einem leidenschaftlichen Kuss. Ich möchte diesen Moment noch ein wenig auskosten, ehe er vorbei ist. Meine Hände wandern über seinen Rücken hinauf, bis ich den Haaransatz in seinem Nacken spüren kann. Sanft streiche ich über die stoppeligen Haare, die er noch vor wenigen Tagen raspelkurz geschnitten hat. »Lass uns zu mir fahren, okay? Dir müssen die Füße wehtun.«

Erst bin ich über seine Aussage verwirrt, doch dann realisiere ich, was er meint. Ich stehe immer noch barfuß vor ihm, meine High Heels liegen neben mir am Boden. Er hat recht, mein rechter Knöchel pocht schmerzhaft und auf die Fersen brennen. Langsam nicke ich und lasse mich von Chris zu seinem Auto führen.

»Warte, die Blumen«, fällt mir plötzlich ein, und ich eile zurück, um den Strauß zu holen.

***

Das Erste, was Chris tut, als wir seine Wohnungstür hinter uns geschlossen haben, ist, mich abermals zu küssen. Hungrig, leidenschaftlich. Seine heißen Küsse bringen mich um den Verstand. So lange haben wir uns zurückgehalten, uns etwas vorgemacht, aber nun sind alle Dämme gebrochen. Ich liebe ihn – und er fühlt dasselbe, da bin ich mir sicher.

Knutschend taumeln wir durch den Flur. Immer wieder trennen sich unsere Lippen für wenige Sekunden, um dann nur noch stürmischer aufeinanderzutreffen. Zwar haben wir nicht viel miteinander gesprochen, doch Worte sind gerade fehl am Platz.

Chris schiebt sein Knie zwischen meine Beine und presst mich gegen die Wand, um mich abermals heiß zu küssen. Seine Zunge in meinem Mund vertreibt jeden weiteren Gedanken aus meinem Kopf. Ich beiße mir auf die Unterlippe, als seine Lippen sanft über meinen Hals wandern. Sein Knie reibt leicht gegen die Innenseite meines Oberschenkels und steigert die Lust in meinem Inneren. Für meinen Geschmack haben wir beide noch viel zu viel Stoff am Leib.

Er spürt meine wachsende Ungeduld, denn seine Lippen formen sich zu einem Lächeln. Wieder drückt er mir einen Kuss auf den Hals, dann bringt er Abstand zwischen uns. Verwirrt sehe ich in seine blauen Augen, verliere mich in seinem durchdringenden Blick. In all den Jahren als Single habe ich jeden One-Night-Stand immer wie durch eine Art Schleier wahrgenommen. Der Sex war mir nie wirklich wichtig, er diente nur zum Spaß und hatte keine große Bedeutung. Doch jetzt, nachdem ich mir meiner Gefühle für Chris sicher bin, nehme ich jede Berührung und jeden Blick viel intensiver wahr. Selbst in Sebastians Armen habe ich mich nie so schwerelos gefühlt.

»Komm. Ich möchte sehen, wie gut du auf meinem Bett aussiehst«, raunt er mir heiser ins Ohr, und seine vor Lust raue Stimme jagt mir einen wohligen Schauer über den Rücken. Er ergreift meine Hand und führt mich in einen angrenzenden Raum, der von einem großen Bett dominiert wird.

Ich schenke ihm ein freches Grinsen, bevor ich nach dem Saum seines Shirts greife, um es ihm über den Kopf ziehe. Chris hebt die Arme und hilft mir dabei. Obwohl er schon lange nicht mehr aktiv Football spielt, hat er immer noch den Körper eines Sportlers. Sein Sixpack und die gut definierten Muskeln sind deutlich zu sehen.

»Gefällt dir, was du siehst?«, fragt er schmunzelnd und greift wieder nach meiner Hand. Mit einem Ruck schubst er mich sanft auf sein Bett. Lachend lande ich auf der weichen Matratze und rutsche rückwärts bis zum Kopfende.

»Du hast rote Bettwäsche? Ernsthaft?«, necke ich ihn, statt auf seine Frage zu antworten. Grinsend steigt er über mich. Unsere Gesichter sind nur noch wenige Zentimeter voneinander getrennt.

»Rot ist meine Lieblingsfarbe, das hättest du vielleicht in dem Artikel erwähnen sollen«, raunt er heiser.

Ich schnappe nach Luft und winde mich unter ihm, während er mich langsam auszieht.

»Du weißt, dass ich ihn am Ende nicht schreiben durfte«, entgegne ich, um mich von dem wilden Herzklopfen abzulenken.

»Es tut mir leid. Ich wollte deiner Karriere nicht im Weg stehen. Auch wegen der Sache mit Peter ...«, murmelt er, ohne jedoch von seinem Tun abzulassen. Weil ich es vor Verlangen kaum noch aushalte, greife ich mit den Händen hinter mich und öffne den Verschluss meines BHs. Dann ziehe ich ihn aus und werfe ihn über die

Bettkante. Ein Glänzen tritt in Christophers Augen, als er die Chance ergreift und seine Lippen um meine rechte Brustwarze schließt. Keuchend drücke ich meinen Kopf tiefer ins Kissen.

»Meinst du wirklich, das hier ist der *richtige* Moment für so ein Gespräch?«, keuche ich atemlos. Ich spüre sein Grinsen mehr, als dass ich es sehen kann. Immer noch liebkost er meine Brüste, während seine Finger sich am Verschluss meiner Hose zu schaffen machen. Ich helfe ihm dabei, sie mir über die Hüfte zu ziehen und sie von den Beinen zu streifen. Chris hockt sich vor mich und umfasst meinen Knöchel mit einer Hand.

»Tut es immer noch weh?«, fragt er leise, während sein Mund sacht meine Haut streift. Eine Gänsehaut breitet sich auf meinem ganzen Körper aus. Ich schüttele den Kopf.

»Es geht schon«, murmele ich. Seine Lippen wandern über die Innenseite meiner Wade, sein leichter Dreitagebart kratzt über die empfindliche Haut in meiner Kniekehle und bringt mich dadurch zum Beben. Ich will mein Bein aus seinem Griff befreien, doch er hält mich fest. Seine Augen heften sich auf mein Gesicht, er beobachtet meine Reaktion, während er eine Hand in meinen Slip schiebt.

Mit einem Stöhnen komme ich ihm entgegen und bewege mich gegen seine Finger, die das Verlangen in mir nur noch mehr schüren. Heiß brennt es in meinen Adern und sorgt dafür, dass ich innerlich glühe. Nach wenigen Augenblicken zieht er mir den Slip aus. Dann spreizt er meine Schenkel und rutscht dazwischen. Seine Zunge lässt mich kaum noch klar denken. Ich winde mich unter ihm, versuche, ihm zu entkommen, aber er hält meine Hüfte fest umklammert. Schweratmend lasse ich es geschehen, dem Höhepunkt viel zu nah, als dass ich mich ernsthaft gegen ihn wehren könnte.

»Schluss mit den Spielchen«, presse ich atemlos hervor.

»Schade, ich spiele gern«, neckt er mich, lässt jedoch von mir ab. Ich schlucke hart, in freudiger Erwartung darüber, dass wir gleich endlich miteinander schlafen werden. Trotzdem zwinge ich mich zur Ruhe und ignoriere meinen wilden Herzschlag. Ich schiebe meine rechte Hand in seine bereits offene Hose. Chris kneift die Augen zusammen, ein leises Stöhnen kommt über seine Lippen. Mit einem zufriedenen Lächeln betrachte ich sein Gesicht, auf dem sich die Lust spiegelt, die ich ihm bereite. Einen Augenblick lässt er mich gewähren, dann packt er meine Schultern und drückt mich wieder zurück in die Kissen.

»Ich dachte, du willst nicht mehr spielen«, raunt er mir zu, seine tiefe Stimme bebt vor zurückgehaltenem Verlangen.

»Dann zieh dich endlich aus und komm her«, erwidere ich, breite dabei meine Arme aus, um ihn an mich zu ziehen und zu küssen. Unsere Lippen verschmelzen miteinander. Ich schmiege mich fest an ihn, will ihn am liebsten gar nicht mehr loslassen, weil seine Wärme mir unendlich guttut. Leider beendet Chris unseren Kuss viel zu schnell.

»Hast du Kondome hier?«, frage ich außer Atem. Nickend deutet er mit einer leichten Kopfbewegung zum Nachttisch und greift in die Schublade zu meiner Rechten, um ein Kondomtütchen herauszuholen, und zerrt sich mit der anderen Hand Hose und Boxershorts bis in die Kniekehlen herunter. Ohne seine Position zwischen meinen Beinen zu verlassen, streift er das Kondom über.

Wir stöhnen fast gleichzeitig, als er sich mit einem Ruck in mich schiebt. Den Kopf in den Nacken gelegt, bewege ich mich gegen ihn, passe mich seinem festen Rhythmus an. Ich ziehe ihn erneut zu mir, um seine Lippen mit einem leidenschaftlichen Kuss zu verschließen, weil ich nicht genug von ihm bekomme. Kein Mann hatte bisher mein Herz in dieser Weise berührt wie Christopher.

Während er immer wieder in mich stößt, fühle ich mich unglaublich gut, als wäre ich nur mit ihm vollständig.

***

»O mein Gott«, seufze ich, nachdem er schweratmend neben mir liegt. Immer noch außer Puste ziehe ich mir die Bettdecke bis zum Kinn hoch und starre an die Zimmerdecke. Chris seufzt tief, vermutlich denkt er dasselbe wie ich. Sollte ich etwas sagen? Ihm meine Gefühle gestehen? Oder einen Witz machen? Wie verhält man sich in so einer Situation? Wir haben gerade ganz bewusst miteinander geschlafen. Die anderen Male konnte ich auf unseren Alkoholkonsum zurückführen, doch jetzt? Keine Ahnung, was jetzt in ihm vorgeht, ich jedoch schwanke zwischen Euphorie und Panik. Was, wenn ihm die Sache mit mir nicht ernst ist und alles bloß ein Spaß für ihn gewesen ist?

Peinliches Schweigen entsteht, während wir nebeneinander im Bett liegen. Christopher hat die Arme hinterm Kopf verschränkt und scheint seinen eigenen Gedanken nachzuhängen. Ob diese Situation für ihn genauso neu ist wie für mich? Im Grunde muss ich gestehen, dass ich diesen Mann immer noch kaum kenne, um ihn richtig einschätzen zu können.

Also was soll ich nun tun?

Ich streiche mir die Haare aus der Stirn, versuche meine Nervosität hinter einem Lächeln zu verstecken. Bevor ich etwas sagen kann, setzt er sich neben mir auf.

»Alles okay bei dir?«, fragt er mich mit unglaublicher Sanftheit in der Stimme, die mir bisher neu ist. Sacht streicht er mir einige Strähnen aus der Stirn und lächelt mich an. Mit so einer zärtlichen Geste habe ich nicht gerechnet, weshalb sich plötzlich ein Kloß in meinem Hals bildet. Das alles ist ein bisschen viel für meine Nerven. Erst unser Streit, dann der leidenschaftliche Sex.

»Joanna?«

»Ja. Alles okay«, krächze ich und schlucke den Kloß hinunter, um nicht in Tränen auszubrechen.

»Du wirkst durcheinander«, meint er, und eine Falte bildet sich zwischen seinen Augenbrauen.

»Ich ... ein bisschen. Es ist lange her, dass ich ... Also«, ich stocke, denn ich weiß nicht recht, was ich sagen soll. Doch der warme Blick aus seinen Augen ermutigt mich, ihm mein Herz auszuschütten.

»Sebastian war meine erste große Liebe. Ich habe wirklich geglaubt, dass wir zusammen alt werden. Vielleicht wäre die Trennung für mich weniger schmerzhaft gewesen, hätte er mich nicht ohne Erklärung an unserem Hochzeitstag stehengelassen. Wenn wir wie zivilisierte Erwachsene miteinander gesprochen hätten, wären wir bestimmt im Guten auseinandergegangen. So ist die Wunde in meinem Herzen immer noch da.«

Chris zieht mich in seine Arme und gibt mir einen Kuss auf den Scheitel, den ich mehr erahne statt spüre. Sogleich breitet sich ein wohlig warmes Gefühl in mir aus.

»Das habe ich nicht gewusst«, murmelt er in mein Haar. Mitgefühl schwingt in seiner Stimme mit. Ich lächle matt. Zwar habe ich ihm bei unserem Streit versucht zu erklären, dass ich ebenfalls verletzt wurde, damals konnte er mir in seiner Enttäuschung allerdings nicht richtig zuhören.

Eine Weile sitzen wir schweigend und eng aneinander gekuschelt, bis mir beinahe die Augen zufallen.

»Möchtest du Kaffee?«, fragt er mich plötzlich, womit ich nicht gerechnet hätte. Ich nicke ihm zu, und er steigt aus dem Bett. Ohne sich etwas anzuziehen, verlässt er das Zimmer. Kurz darauf höre ich die Kaffeemaschine in der Küche brummen. Ich sinke wieder tiefer in die Kissen, ein Lächeln breitet sich auf meinem Gesicht aus. Wow ... irgendwie fühlt es sich gut an, noch ein wenig länger in diesem großen Luxusbett liegen zu bleiben.

Chris kommt mit zwei Kaffeetassen zurück. Mit Bedauern stelle ich fest, dass er sich Boxershorts und ein Shirt übergezogen hat. Seine Haare sind immer noch zerzaust und das freche Grinsen auf seinen Lippen lässt ihn jünger aussehen als seine achtundzwanzig Jahre.

Es ist eigenartig, so viel über diesen Mann aus den Medien zu wissen – und ihn doch nicht richtig zu kennen.

»Danke«, murmele ich verlegen und ziehe die Decke zurecht, die mir beim Aufrichten vom Körper gerutscht ist. Eigentlich dürfte es mir nicht peinlich sein, immerhin haben wir noch vor wenigen Minuten miteinander geschlafen. Chris bemerkt es sogleich, denn er erhebt sich wortlos und sammelt meine Kleidung vom Boden auf.

»Ich würde gern duschen.«

»Sicher, das Bad ist die Tür direkt gegenüber. Handtücher findest du in dem großen Regal neben der Tür. Lass dir Zeit. Soll ich uns etwas zum Essen bestellen?« Er wirkt ein bisschen nervös, so wie er vor dem Bett steht, den Kaffee in der einen Hand, mit der anderen streicht er sich einige Strähnen aus der Stirn. Sein Anblick sorgt für neuerliches Herzklopfen. Ich habe mich tatsächlich in diesen Mann verliebt. Ob er ebenfalls von seinen Gefühlen überrascht worden ist? Ich nehme einen Schluck von dem Kaffee, dann stelle ich den Becher neben mich auf den Nachttisch und stehe auf.

»Schon okay, Kaffee reicht mir«, erkläre ich, greife meine Sachen und verschwinde im Bad.

***

Als ich frisch geduscht zu ihm gehe, finde ich Chris sein Smartphone vertieft in der Küche vor. Mit einem Handtuch trockne ich mir noch die Haare, weil ich in dem geräumigen Bad keinen Föhn gefunden habe. Mit der freien Hand ziehe ich den Stuhl ihm gegenüber zurück und setze mich zu ihm an den Küchentisch. Die beiden Kaffeebecher stehen auf dem Tisch vor uns. Er hat noch eine Dose mit Keksen bereitgestellt.

»Sorry, mehr habe ich leider nicht im Haus«, entschuldigt er sich und schaut von seinem Smartphone auf.

»Schon okay, ich bin nicht wirklich hungrig«, entgegne ich, denn vor lauter Aufregung verspüre ich keinen Drang, etwas essen zu wollen. Ich greife nach meinem Kaffeebecher, an dessen Rand man noch den leichten Lippenstiftabdruck erkennen kann, und trinke von dem bereits kalten Getränk. Christopher legt sein Handy zur Seite, dann sieht er mich an.

»Ich muss mich bei dir entschuldigen und mich bedanken«, beginnt er. Verdutzt erwidere ich seinen Blick.

»Wofür? Ich dachte, wir hätten die Sache zwischen uns ... ähm ... geklärt.« Ich wackele mit den Augenbrauen, weil ich auf den Sex anspielen will. Er versteht und grinst, bevor sein Gesicht wieder ernst wird.

»Das meine ich nicht. Also auch, aber nicht nur. Ich war die ganze Zeit über nicht nett zu dir – und wenn, dann habe ich es nur getan, damit du deinen Artikel schreiben kannst und mich endlich in Ruhe lässt ...«

Mein Puls beschleunigt sich, mir wird plötzlich flau im Magen. Er bemerkt meine Reaktion und streckt die Hand aus, um meine zu ergreifen, die ich um den Kaffeebecher gekrallt habe. Sacht drückt er meine Finger und sorgt dafür, dass sich der Anflug von Panik sogleich wieder verflüchtigt.

»Versteh mich bitte nicht falsch. Ich bin bloß überrascht darüber, weil ich so starke Gefühle für dich entwickeln habe.«

Er wird rot, denn vermutlich hat er ebenso wenig mit diesen Worten gerechnet wie ich. Mir bleibt der Mund offenstehen. Macht mir Chris etwa gerade eine Liebeserklärung? Ich kann es kaum fassen.

»Jedenfalls …« Er räuspert sich und umfasst meine Hand fester, bevor er mir wieder in die Augen sieht. »Durch deinen Artikel bin ich erneut im Rennen. Ich habe eben eine Anfrage für eine Werbekampagne bekommen. Es geht um Sportschuhe. Vielleicht nicht das, was ich mir von einem Karriereaufschwung erhofft habe, aber immerhin ist es ein Job. Das habe ich allein dir zu verdanken. Dank dir bin ich zuversichtlich, mein Leben in die Hand zu nehmen und etwas daraus machen.«

»Das ist doch großartig!«, entgegne ich erfreut. »Der Artikel war ja nicht meine Idee, dein Vater hat darauf bestanden und im Endeffekt habe ich ihn nicht einmal selbst geschrieben. Ich habe nur meinen Job gemacht. Du musst deinem Dad danken. Vielleicht wäre ein Blumenstrauß für *ihn* angemessener als für mich.«

Jetzt muss er lachen. »Mein Dad mag keine Blumen.«

Lächelnd trinke ich meinen Kaffee aus und erhebe mich von meinem Platz. Ich will den benutzten Becher in die Spüle stellen, da greift Chris abermals nach meiner Hand, sodass ich mitten in der Bewegung verharre.

»Bleib«, fordert er mich auf, als ich mich zu ihm umdrehe. »Lass mich dich einladen. In welches Lokal würdest du gern gehen?«

Meine Augen weiten sich überrascht, und mein Herz macht sofort einen freudigen Satz. »Ein Date? Wir sollten es vielleicht etwas langsamer angehen lassen …«

Er lächelt verschmitzt. »Ich glaube, dafür ist es zu spät.« Chris zieht mich zu sich heran, um mich zu küssen. Und dann werde ich zum zweiten Mal an diesem Tag meine Klamotten los.

Kapitel 20

– Chris –

Direkt nach Eingang der Mail habe ich einen Termin mit dem Verantwortlichen für die Werbekampagne vereinbart. Es wurden ein paar Details besprochen und schon finden sich auf meinem Social Media Profil einige Beiträge zu den neusten Schuhen der Sportmarke.

Kommende Woche gibt es dann ein offizielles Shooting für vereinzelte Mode- und Sportmagazine und heute sogar eine kleine Signieraktion im Shoppingzentrum in West Hollywood. Es ist zwar nicht das, was ich mir von meinem Karriereaufschwung erhofft habe, weil ich nicht aktiv Football spiele, doch zumindest ein Anfang, weshalb ich sofort zugesagt habe.

»Ich bin wirklich so froh, dass es bei dir wieder bergauf geht, Darling«, hatte sie am Telefon zu mir gesagt, als ich ihr von den kommenden Werbekampagnen erzählte. Selbst mein Dad war zufrieden mit diesem Verlauf der Geschichte. Ich werde mich wohl oder übel damit abfinden müssen, dass meine aktive Karriere als Spieler für immer vorbei ist. Joanna wird mir dabei helfen. Mit ihr bin ich zum ersten Mal zuversichtlich, dass ich nach vorn sehen kann.

Erneut stiehlt sich ein Lächeln auf mein Gesicht, als ich an sie denke. Die letzten Tage mit ihr waren wie ein Traum. Nachdem wir miteinander gesprochen haben – es zumindest ansatzweise versucht – ging alles von selbst. Ich habe mich von meinen Gefühlen treiben lassen, was sonst nicht meine Art ist. Mit Joanna an meiner Seite fühle ich mich frei, nicht mehr der Gefangene meiner Gedanken und Ängste. Sie macht aus mir einen neuen und viel besseren Mann.

Mit der Schulter stoße ich die Glastür zum Verkaufsraum des Sportgeschäfts auf und trete ein. Ich bin zu spät dran zu meinem Termin. Obwohl ich ein gutes Stück des Weges zu Fuß gegangen bin, war am Walk of Fame viel los. Überall Touristen und Jugendliche, die ein Tanzevent veranstalteten.

Ein Klingeln kündigt mich an und sogleich drehen sich einige der Ladenbesucher neugierig nach mir um. Ich setze meine Sonnenbrille ab und rücke die Cap auf meinem Kopf zurecht, kann mir dabei das Grinsen gerade noch verkneifen, als ich durch den Raum bis zur Kasse gehe. Ich bilde mir ein, sie würden mich anstarren, weil ich Christopher Bennett bin, ehemaliger Quarterback der Los Angeles Rams.

Die junge Frau an der Kasse sieht mich fragend an, weshalb sich meine Euphorie sogleich verflüchtigt. Seufzend ziehe ich die Cap vom Kopf und fahre ich mir mit der Hand durchs Haar. Die Verkäuferin sieht mich fragend an.

»Kann ich Ihnen helfen?«

Zu früh gefreut, nicht jeder kennt mich. Ich setze ein strahlendes Lächeln auf und verdränge damit das ungute Gefühl in meiner Magengegend.

»Hallo. Ich bin Christopher Bennett. Ich sollte heute herkommen, um ein paar Autogramme zu verteilen. Ich weiß, ich bin viel zu spät dran, aber Sie kennen ja den Verkehr hier in der Stadt. Können Sie Ihrem Chef Bescheid geben, dass ich endlich hier bin?«

Die Augen der jungen Frau weiten sich, als bei ihr der Groschen fällt. »Natürlich, warten Sie einen Moment hier, Mr Bennett«, stammelt sie verlegen und eilt davon. Einige Jugendliche sehen verstohlen zu mir rüber, die anderen Leute interessieren sich nicht für meine Anwesenheit.

»Verzeihen Sie, dass Sie warten mussten. Ich habe nicht mehr mit Ihnen gerechnet, Mr Bennett«, höre ich eine freundliche Männerstimme neben mir und drehe mich um. Der Besitzer des Sportgeschäfts reicht mir die Hand, und ich erwidere seinen Gruß.

»Meine Schuld, ich bin viel zu spät dran«, entschuldige ich mich erneut, während der Mann mich zu einem kleinen Tisch im hinteren Teil des Verkaufsraums bringt. Es sieht ein bisschen traurig aus, und ich fürchte schon, dass mich kaum jemand hier bemerken wird, dennoch setze ich mich auf den Stuhl und warte. Die junge Verkäuferin drückt sich in meiner Nähe herum, räumt Footballschuhe, Trikots und andere Sportartikel von einem Regal ins nächste, um mich aus dem Augenwinkel beobachten zu können. Ihr Interesse ist unverkennbar, nachdem sie weiß, wer ich bin. Doch ich beachte sie nicht wirklich und konzentriere mich lieber auf die anwesenden Besucher des Sportgeschäfts.

Genau in diesem Moment kommt ein Junge mit seiner Mutter zu mir an den Tisch. Ich schätze ihn auf ungefähr zehn. Schüchtern sieht er zu mir auf, und als seine Mom ihm aufmunternd die Hand auf die Schulter legt, streckt er mir den Football entgegen, den er unterm Arm hält.

»Kannst du auf meinem Ball unterschreiben?«, fragt er zögernd. Das Leder ist an einigen Stellen bereits abgewetzt und etwas schmutzig. Ein Football, der sehr oft genutzt wird. Sofort spüre ich die Sehnsucht in meinem Inneren. Mit einem wehmütigen Lächeln zücke ich meinen Stift.

»Wie heißt du denn?«

»Ben«, antwortet der Junge jetzt etwas mutiger. Ich signiere den Ball.

»*Für Ben. Übe fleißig, dann wirst du irgendwann ein Profi. Christopher Bennett*«, liest er seiner Mutter laut vor und seine Augen beginnen zu leuchten. »Danke! Das werde ich!«

Freudestrahlend verlässt er mit seiner Mom das Geschäft. Langsam drängen sich immer mehr Kinder und Jugendliche an meinen Tisch, die sich Bälle, Trikots und sogar Schuhe von mir signieren lassen wollen. Mit jedem rede ich ein paar Worte, beantworte ihre Fragen, mache Selfies. Die Kids interessieren sich für den kommenden Superbowl und meiner Einschätzung, wer gewinnen wird. Einige erzählen stolz, dass sie ebenfalls hart trainieren, um irgendwann genauso gut spielen zu können wie ich. Die Fragen sind ganz andere, als ich sie von der Presse gewohnt bin, und es macht erstaunlicherweise extrem viel Spaß. Irgendwie fühle ich mich wieder in die Zeit zurückversetzt, die ich in meinem

Schmerz beinahe vergessen hatte. Eine Zeit, in der Kinder wie Ben zu mir aufgesehen habe, während ich mit der Mannschaft auf dem Feld stand. Irgendwann bin ich selbst so ein Junge gewesen, der sich nichts sehnlicher wünschte, als einmal ein erfolgreicher Quarterback zu sein.

»Chris? Was für eine Überraschung, dich hier zu treffen«, höre ich plötzlich eine mir bekannte Frauenstimme. Ein Schauder läuft mir über den Rücken. Meine Nackenhärchen richten sich auf, und mein Innerstes verkrampft sich augenblicklich. Ich sehe von dem Trikot auf, das ich eben noch signiert habe, und erkenne Mia, die mit zwei Freundinnen neben meinem Tisch auftaucht. Meine Kehle wird trocken und für einen Moment entgleiten mir meine Gesichtszüge, bevor ich mich wieder beherrsche. Schnell gebe das Trikot dem Jungen zurück, der dankend davongeht. Was zur Hölle macht sie hier? Ein wenig steif erhebe ich mich von meinem Platz. Mia strahlt mich an und fällt mir sogleich um den Hals, was mich vor Schreck und Überraschung einen Schritt zurücktaumeln lässt. Ihre Umklammerung fühlt sich falsch an, und alles in mir verkrampft sich bei dieser Geste, sodass ich mich kaum rühren kann.

»Wir haben uns ja ewig nicht mehr gesehen«, sagt sie freudestrahlend und dreht sie den Kopf zu einer ihrer Freundinnen, die ihr Smartphone in der Hand hält. »Machst du eben ein Bild?« Die Kamera blitzt kurz, dann steckt die Frau das Handy wieder in die Handtasche. Endlich erwache ich aus meiner Starre und befreie mich auf Mias Umarmung.

»Was soll das?«, brumme ich verärgert und gehe einen Schritt zurück, verschränke dabei meine Arme vor der Brust.

»Nur ein Bild für meine Follower«, fordert sie mich in beiläufigem Ton auf und zückt im selben Moment ihr eigenes Smartphone. »Wir können gern noch ein richtiges Selfie machen.«

»Lass das.« In Mias Nähe fühle ich mich unwohl. Immerhin sind wir nicht gerade im Guten auseinandergegangen. Mia ist jedoch schneller und drückt bereits auf den Auslöser ihrer Handykamera. Ich will nach vorn greifen und ihr das Smartphone aus der Hand nehmen, um das Bild zu löschen, aber sie duckt sich lachend unter meinem Arm hinweg und versteckt sich bei ihren Freundinnen, die ebenfalls kichern. Wütend baue ich mich vor den drei Frauen auf.

»Lösch dieses Foto«, fordere ich meine Ex-Freundin auf, diese schüttelt nur den Kopf. Ihre blauen Augen funkeln amüsiert. Früher habe ich diesen Blick geliebt, jetzt hingegen bereitet er mir Übelkeit, weil ich bereits ahne, was Mia vorhat.

»Sorry, das Bild ist längst in meiner Story online. Keine Angst, Chris, du siehst so sexy aus wie immer. Hast dich kaum verändert«, meint sie und klimpert mit ihren künstlichen Wimpern.

»Du hingegen schon«, entgegne ich und schaue mich kurz um. Unsere kleine Auseinandersetzung scheint zum Glück niemandem im Sportgeschäft aufgefallen zu sein, weil wir uns etwas abseits befinden.

»Ich hoffe zum Guten.«
Diesen Kommentar lasse ich in der Luft stehen. In meinem Inneren brodelt es, trotzdem versuche ich

mich, so gut es geht, zu beherrschen, um nicht wiederholt negativ aufzufallen.

Mia lächelt zuckersüß, wodurch sich meine Nackenhaare erneut aufrichten. Ihre blonden Haare sind länger als damals, das Make-up viel auffälliger und die Klamotten umso teurer. Sie hat sich wirklich verändert. Die natürliche Schönheit, die mir so sehr an ihr gefallen hat, ist komplett verschwunden. Nun wirkt sie ein bisschen wie eine Puppe, an der nicht einmal das Lächeln echt ist.

Meine Ex kommt wieder auf mich zu und legt mir ihre Hand auf den Unterarm. Ihre roten Fingernägel krallen sich in meinen Sweatshirtärmel.

»Was schaust du denn so grimmig? Freust du dich gar nicht, mich zu sehen?«

»Ist das dein Ernst?«, entgegne ich verblüfft. Ihre Worte schocken mich zutiefst, dass ich nicht einmal mehr wütend über ihr dreistes Auftreten sein kann. Mia lächelt unschuldig.

»Wir haben uns so lange nicht gesehen, Chris. Ich dachte, es wäre längst Gras über die Sache von damals gewachsen. Sorry, wenn ich dich gekränkt habe.«

»Gekränkt? Sag mal, willst du mich verarschen?!«, fahre ich sie an und umfasse nun meinerseits ihr Handgelenk, jedoch viel fester, als sie gedacht hat. Ihre Augen weiten sich überrascht, trotzdem hält sie meinem zornigen Blick stand. Aus dem Augenwinkel erkenne ich, wie eine ihrer Freundinnen erneut ihr Handy auf mich richtet. Außerdem recken nun einige der umstehenden Leute ihre Köpfe in unsere Richtung. Bevor ich vollends die Beherrschung verliere, lasse ich Mia los und dränge mich an ihr vorbei. Dann stürme ich –

gefolgt von den neugierigen Blicken der Anwesenden –
aus dem Geschäft.

***

Nachdem ich mich durch einen kurzen Sprint zurück
zu meinem Auto abreagiert habe, mache ich mich auf
den Weg zu Joannas Arbeitsplatz. Dieses Mal werde ich
sie nicht in Verlegenheit bringen, unangekündigt mit
Blumen im Büro aufzutauchen, sondern vor dem Verlagsgebäude warten, um sie zum Abendessen abzuholen. Natürlich habe ich ihr bereits heute Vormittag eine
Nachricht mit der Einladung geschickt, die sie mir bestätigt hat. Seitdem wir zusammen sind, hatten wir
noch kein richtiges Date.

Nachdem ich den Wagen auf einem der freien Besucherparkplätze abgestellt habe, ziehe ich mein Smartphone aus der Bauchtasche meines Sweatshirts und
checke Social Media. Natürlich hat Mia Bilder von mir
auf ihrem Instagramprofil hochgeladen, die keine
zwanzig Minuten her sind. Wieder brodelt die Wut in
mir, als ich die zahlreichen Kommentare unter den Beiträgen überfliege. Verdammt, viele ihrer Follower glauben, wir wären ein Paar und beglückwünschen sie
dazu. Es wird nicht lange dauern, bis die Fotos im Internet viral gehen. Ich kämpfe meinen Ärger über Mia
runter, um mir nicht den Rest des Abends zu vermiesen, dann steige ich aus und lehne mich gegen die Beifahrertür, um auf meine neue Freundin zu warten. Es
dauert einen Moment, bis ich Joanna von weitem auf
mich zukommen sehe. Sogleich spüre ich dieses wohlig

warme Gefühl in meinem Inneren, das mich immer wieder überkommt, sobald sie auftaucht.

Heute trägt sie ein dunkelrotes Kleid, das locker ihren Körper umspielt und an der Taille mit einem modischen Gürtel zusammengefasst ist. Auf die üblichen High Heels hat sie verzichtet, denn ihre Füße stecken in schwarzen Ballerinas.

Sie erreicht mich und sieht zum mir auf.

»Was ist?«, fragt sie, weil ich mich nicht von der Stelle rühre und sie bloß angrinse. Ich beuge mich zu ihr runter und gebe ihr einen kurzen Kuss auf den Mund.

»Du wirkst plötzlich so klein neben mir«, necke ich sie. Joanna gibt mir einen Klaps gegen den Oberarm, lächelt dabei jedoch breit.

»Ich hatte Sorge, mir wieder mit dem Fuß umzuknicken, falls ich dir noch mal hinterherrennen muss«, entgegnet und zwinkert mir zu. Ganz der Gentleman öffne ich die Beifahrertür meines Wagens, damit sie einsteigen kann.

»Und wohin entführst du mich?«, will sie neugierig wissen, nachdem wir den Parkplatz verlassen und ich den Weg über die Hauptstraße einschlage. Heute habe ich etwas ganz Besonderes geplant. Der Gedanke an unser Date hebt meine Laune, die mir Mia mit ihrem Auftauchen gehörig vermiest hat.

»Lass dich überraschen«, erwidere ich mit einem geheimnisvollen Lächeln und gebe Gas. Tatsächlich habe ich ein nettes Restaurant entdeckt, als ich mit Tyler und Kyle in Venice Beach gewesen bin. Es liegt abseits des Wassers, und wenn man ein Stück zu Fuß um das Lokal herumgeht, kommt man zu einer Terrasse. Von hier hat man einen wirklich tollen Ausblick auf den

Strand, ohne von Badegästen gestört zu werden. Ein Geheimtipp, der nicht von Touristen überlaufen ist.

In der halbstündigen Fahrt erzähle ich Joanna von der Signierstunde, erwähne das Zusammentreffen mit Mia jedoch nicht, weil ich es nicht für wichtig erachte und die Sache bereits für mich abgehakt habe.

Als wir Venice Beach erreichen, biege ich von der Straße ab und parke außerhalb am Wegesrand.

»Bist du sicher, dass du dein Auto nicht lieber auf einen Parkplatz abstellen willst?«, fragt Joanna ein wenig skeptisch, nachdem sie ausgestiegen ist. Ich winke ab.

»Ach was. Ich bin gut versichert, falls mit dem Wagen etwas passiert. Außerdem wollte ich mit dir ein bisschen spazieren. Das Lokal erreichen wir nur fußläufig.«

Ich gehe voraus über den Boardwalk, vorbei an den zahlreichen Cafés und kleinen Geschäften, die zu der Abendstunde sehr gut besucht sind. Schweigend schlendern wir am Strand entlang. Ihre Hand streift kurz meinen Arm und aus einem Impuls heraus verflechte ich meine Finger mit ihren. Diese Berührung tut gut, zeigt mir, dass wir zusammen sind.

»Sicher, dass es okay ist?«, fragt sie zögernd und drückt meine Hand. »Was, wenn Leute Fotos von uns machen?«

Ich nicke ihr zu. »Dann schreibt die Klatsch-Presse endlich mal über sinnvolle Dinge«, entgegne ich lächelnd. Der Sand raschelt leise unter unseren Schuhen, während wir Hand in Hand am Wasser entlanggehen. Obwohl wir erneut schweigen, ist diese Stille nicht unangenehm, sondern wirklich entspannend. Die Wärme ihrer Hand sorgt für eine Leichtigkeit in mir, die sich beinahe, wie Schweben anfühlt. So fühlte ich mich immer nach einem gewonnenen Footballspiel: völlig zufrieden mit mir selbst.

»Oh, ich glaube, es beginnt zu regnen«, meint Joanna neben mir, bleibt abrupt stehen und reißt mich damit aus meinen Gedanken. Mit gerunzelter Stirn hält sie die Handfläche gen Himmel und fängt einige Regentropfen auf. Jetzt merke auch ich etwas Nasses an meiner Wange und in nur wenigen Sekunden öffnet der bis eben noch strahlendblaue Himmel seine Schleusen. Ein richtiger Regenschauer ergießt sich über uns. Wie erstarrt bleibe ich in der Bewegung stehen und starre hinauf. Die warmen Tropfen benetzen mein Gesicht, die Haare, die Kleidung. Tatsächlich fühlt sich der Regen gut an.

»Chris, lass uns schnell verschwinden«, fordert mich Joanna lachend auf, die Hände schützend über dem Kopf gefaltet. Sie dreht sich ruckartig um und läuft in die Richtung, in der wir bereits das Restaurant ausmachen können. Sogleich folge ich ihr.

»Pass auf«, mahne ich sie zur Vorsicht, weil sie nicht auf ihre Füße achtet. Bevor sie straucheln kann, ziehe ich sie am Handgelenk zurück zu mir. »Schon seltsam, dass du immer wieder in meinen Armen landest.«

Schmunzelnd senke ich meinen Kopf und küsse Joanna. Der überraschte Gesichtsausdruck weicht, und sie schließt genießerisch die Augen. Meine Zunge tastet über ihre Lippen, fährt die Konturen entlang und erbittet neckend um Einlass, den sie nur zu gern gewährt. Ich vertiefe unseren Kuss, schließe sie noch fester in meine Arme. In diesem Moment schlagen unsere Herzen im selben Takt, schnell und wild und voller Leben. Ich genieße ihre Nähe und ihre Finger, die mich im

Nacken streicheln, während sie sich eng an mich schmiegt. Der warme Sommerregen umhüllt unsere Körper wie eine Blase.

»Lass uns gehen, ehe wir klitschnass werden«, murmele ich nah an ihren Lippen.

»Irgendwie erinnert mich diese Situation an etwas. Fast wie ein Déjà-vu«, meint sie, nachdem ich sie wieder freigegeben habe. Fragend hebe ich eine Augenbraue. »Es gab ebenfalls einen plötzlichen Schauer, als mich so ein ungehobelter Kerl angerempelt hat. Da wurde ich trotz Schirm nass.«

Meine Lippen verziehen sich zu einem geheimnisvollen Lächeln.

Joanna streckt ihre Hand, und ich ergreife sie. »Komm, ich vermute, da vorn ist das Restaurant.«

Lachend laufen wir gemeinsam durch den nassen Sand und erklimmen die wenigen Stufen zu der Außenterrasse des Lokals. Ein Kellner winkt uns eilig hinein, doch Joanna bleibt stehen.

»Hast du reserviert? Lass uns lieber hier draußen sitzen, statt reinzugehen. Hier unter dem Pavillon werden wir nicht so nass, und es ist ja nicht kalt. Dann können wir noch ein wenig auf das Wasser schauen, bevor die Sonne untergeht.«

Ein romantischer Gedanke, der mir sofort gefällt. Nickend führt uns der Kellner zu einem freien Tisch. Draußen sind wir die einzigen Gäste, denn alle anderen sind wegen des plötzlichen Regenschauers nach drinnen geflüchtet.

Joanna streicht sich einige der nassen Strähnen aus dem Gesicht. Ihr Mascara ist etwas verlaufen, aber das kümmert sie scheinbar nicht.

»Mir gefällt es hier«, teilt sie mir fröhlich mit und beginnt damit, die Karte zu studieren. Ich muss ihr zustimmen, denn obwohl wir vom Regen überrascht wurden, hatte dieser Moment am Strand etwas Magisches an sich. Der Kellner kommt wieder zu uns, um unsere Bestellung aufzunehmen. Ich lehne mich im Stuhl zurück und schaue in die Ferne. Das Meer wirkt durch das aufgewühlte Wasser viel dunkler als noch vor wenigen Minuten, der Regen wird schwächer, und ein paar Sonnenstrahlen kommen hinter den Wolken hervor.

»Wie läuft die Arbeit?«, frage ich sie, um eine Konversation zu beginnen. »Ich hoffe, dass du wieder einen interessanten Artikel am Start hast?«

Sie seufzt leise, dann sieht sie an mir vorbei, ebenfalls zum Wasser.

»Dein Auftritt letzte Woche ist leider nicht spurlos an den Kollegen vorbeigegangen, auch wenn mein Chef mir zugesichert hat, es wäre alles okay. Besser noch: Ich bin neben meinem Kollegen Mike nun offiziell für den Sportteil zuständig. Durch meine Qualifikation – oder nennen wir es Vitamin B, wie manche Kollegen hinter meinem Rücken tuscheln – komme ich an exklusive Berichte aus der Sportwelt ran, weil ich jetzt mit dem berühmten Christopher Bennett zusammen bin.« Sie schenkt mir ein kleines Lächeln, doch ich spüre, dass Joanna mit diesem Verlauf ihrer Karriere alles andere als zufrieden ist. Betreten senke ich den Kopf und starre auf meine Finger, die ich ineinander verschränke, um nicht nervös auf die Tischplatte vor mir zu trommeln.

»Das habe ich nicht gewollt ...«

»Eigentlich finde ich es nicht schlimm, denn endlich darf ich als Journalistin zeigen, was ich draufhabe. Schließlich war ich vor diesem Artikel nur so etwas wie die Vorzimmerdame, die gelegentlich mal einen kleinen Job bekommen hat. Trotzdem werde ich von einigen Kollegen schief angeschaut, weil sie der Meinung sind, ich hätte mir einen Platz im Team nur durch meine *Beziehung* zu dir erkauft.«

»O scheiße!«, entfährt es mir.

Sie lächelt schwach. »Ich kümmere mich nicht darum, was die Leute sagen. Hauptsache ist doch, dass wir die Wahrheit kennen.«

Sie lässt meine Hand los und nimmt einen Schluck von ihrem Getränk, das der Kellner wortlos vor uns abgestellt hat. Das Handy in meiner Hosentasche vibriert. Mit der freien Hand ziehe ich es heraus. Meine Mom hat mir eine Nachricht geschickt.

Mom: Es ist so schön, dass du dich mit Mia wieder vertragen hast. Ich habe schon immer gesagt, was für ein perfektes Paar ihr beide seid.

Mein Gesicht verdüstert sich. Mist, hat sie etwa die Bilder auf Instagram gesehen? Ich sollte, so schnell es geht, dieses Missverständnis aus der Welt schaffen, ehe Joanna Wind davon bekommt. Unsere Beziehung ist viel zu frisch, als dass sie Gerüchte um meine Ex verkraften könnte. Vor allem, weil ich wieder Fuß in der Öffentlichkeit fassen will ...

Wie kommt meine Mom bloß darauf, dass ich erneut Interesse an Mia hätte? Sie hat mich mit meinem ehemaligen besten Freund betrogen und war nur mit mir zusammen, weil sie sich durch meine Beliebtheit bei den Fans eigene Vorteile versprochen hat. Mia interessiert mich nicht. Ich habe mit ihr abgeschlossen, denn mein Herz gehört Joanna.

Ihr scheint mein Stimmungsumschwung aufgefallen zu sein. Auf ihrem Gesicht bilden sich Sorgenfalten.

»Was ist los? Gibt es schlechte Nachrichten wegen deines Jobs?«

»Ach, bloß eine Nachricht von meiner Mom. Es ist nichts Wichtiges«, beschwichtige ich sie und stecke mein Handy wieder weg. Ich werde Mia dazu bringen müssen, die Fotos zu löschen. Und das möglichst noch bevor Joanna die Bilder sieht. Ich möchte auf keinen Fall, dass sie auf falsche Gedanken kommt. Und auch ich sollte meinen Instagram-Feed bereinigen.

»Willst du ihr gar nicht antworten?«, fragt Joanna mit hochgezogenen Augenbrauen.

»Wem?«

»Na, deine Mom. Sie hat dir doch geschrieben ...«

»Ach, ich melde mich später bei ihr«, sage ich schnell und lächele sie an. Bevor Joanna noch etwas zu diesem Thema sagen kann, kommt der Kellner mit unseren Getränken.

Kapitel 21

»Hast du bemerkt, wie sie dich wieder angucken?« Lisa folgt mir in den Aufenthaltsraum der Redaktion. Sobald wir den Raum betreten, verstummen alle Gespräche und einige Kollegen sehen verstohlen zu mir rüber. Sie glauben, mir würden ihre neidischen Blicke nicht auffallen, aber das tun sie. Vor allem, seitdem ich von unserem Chef in die Sportredaktion versetzt wurde.

»Lass sie doch gucken«, entgegne ich mit einer wegwerfenden Handbewegung, gehe schnurstracks zur Kaffeemaschine, die auf der winzigen Küchenzeile im Aufenthaltsraum steht, und betätige den Knopf. Dann hole ich mir einen Becher aus dem Schrank.

Meine Freundin seufzt und setzt sich an einen der kleinen runden Tische.

»Chris ist ein verdammt attraktiver Mann. Dass ihr beide nun zusammen seid, sorgt natürlich für Gesprächsstoff.«

»Unsere Beziehung hat nichts mit der Arbeit zu tun. Ich hätte ihm genauso gut auf der Straße über den Weg laufen können ...«, verdeutliche ich Lisa gegenüber.

Zwar weiß ich, dass sie sich sehr für mich freut, doch ich rede absichtlich etwas lauter, damit mich die Kollegen an den anderen Tischen ebenfalls hören können.

»Bist du ja auch irgendwie«, greift Lisa das Gespräch kichernd auf. Natürlich spielt sie auf den One-Night-Stand am Abend meines fünfundzwanzigsten Geburtstags an. Ich nicke und nehme einen Schluck Kaffee.

»Eben. Deshalb verstehe ich auch nicht, was so schlimm daran ist. Außerdem geht es eigentlich niemanden etwas an, mit wem ich mich zusammen bin.«

»Und es ist deinem journalistischen Talent zuzuschreiben, dass der Chef dich befördert hat«, bestätigt meine Freundin lauter. Ich schaue über meine Schulter und sogleich rucken die Köpfe meiner neugierigen Kollegen in eine andere Richtung. Im Grunde stimmt es mich traurig, dass meine Beziehung zu Chris solche Neider auf der Arbeit hervorbringt, weil ich mich eigentlich immer sehr gut mit allen verstanden habe. Mein Magen knurrt, weshalb ich noch einen großen Schluck Kaffee nehme und in den Apfel beiße, den ich heute Morgen eingepackt habe. Der gestrige Abend mit Chris endete in den frühen Morgenstunden, in denen er sich aus meiner Wohnung geschlichen hatte, während ich noch schlief. Eigentlich hätte ich gern mit ihm zusammen gefrühstückt, doch er hat heute einen Termin in Pasadena, weshalb er schon früh aufbrechen musste. Nach und nach will er sich wieder in die Sportbranche heranwagen, was mich wirklich sehr für ihn freut.

»Willst du nicht mehr essen? Ein Apfel ist doch viel zu wenig«, fragt Lisa mit vollem Mund, ehe sie den letzten

Bissen ihres Brötchens hinuntergeschluckt. Ich schüttele den Kopf.

»Das ist schon okay. Ich bin eh nachher mit Eric zum Essen verabredet.«

Meine Kollegin legt ihre Stirn in Falten. »Das ist Amys neuer Freund, oder?«

»Genau!« Ich gönne Amy diese Beziehung wirklich, denn sie ist es gewesen, die mich nach meiner Trennung von Sebastian wieder aufgebaut hat. Außerdem ist Eric ein toller Mann, und obwohl es zwischen uns nicht geklappt hat, verstehen wir uns großartig.

»Eric hat mich gebeten, ihm bei der Suche nach einem Geburtstagsgeschenk für sie zu helfen«, erkläre ich Lisa, trinke meinen Kaffee aus und erhebe mich wieder. Lisa springt von ihrem Platz auf.

»O verdammt! Ich habe ihren Geburtstag völlig vergessen«, ruft sie erschrocken. »Vielleicht sollte ich mich euch anschließen, um ein Geschenk zu besorgen.«

»Keine Sorge, du hast noch Zeit. Eric wollte nur sichergehen, rechtzeitig etwas zu finden«, entgegne ich schmunzelnd. Es ist irgendwie total süß, wie er sich um Amy bemüht. Beinahe könnte ich eifersüchtig werden, weil meine Beziehung zu Chris eher stürmisch begonnen hat und wir diese ganze Annäherungs- und Kennenlernphase übersprungen haben. Doch wenn ich ehrlich bin, passt diese kitschige Romantik nicht wirklich zu uns, also ist es eigentlich auch okay.

Gemeinsam mit Lisa verlasse ich den Aufenthaltsraum und stoße beinahe mit Mike zusammen, der uns in der Tür begegnet.

»Ach, hier steckst du«, meint er und hält mich kurz am Arm zurück, als ich an ihm vorbeigehen will. »Der Chef sucht dich. Er hat eine neue Story für dich.«

***

Später als ursprünglich geplant, verlasse ich das Verlagsgebäude. Zum Glück hat der Regen aufgehört, sodass ich nicht schon wieder klatschnass werde. Das Gespräch mit meinem Chef und Mike hat leider viel länger gedauert, als ich erwartet habe.

Schnellen Schrittes überquere ich die Straße und mache mich auf den Weg zur nächsten Metro, um das Shoppingcenter *The Bloc* zu erreichen. Dort gibt es einen ganz tollen Juwelier, den ich Eric empfohlen habe. Falls er nicht fündig wird, können wir immer noch durch die zahlreichen kleinen Geschäfte bummeln, um das passende Geschenk für Amy zu finden.

Gerade als ich das Einkaufszentrum erreiche, piept mein Handy und kündigt eine eingehende Nachricht von Eric an. Er verspätet sich ebenfalls.

Um meine Wartezeit ein bisschen zu verkürzen, surfe ich mit dem Handy durchs Internet. Ich schaue auf der Verlagshomepage vorbei und überfliege nochmals den Artikel über Chris aus der letzten Ausgabe. Der Chef hat recht, er ist verdammt gut geworden. Ich hätte nicht gedacht, dass ich so ein gutes Händchen für Sportberichte habe. Obwohl den finalen Artikel Mike geschrieben hat, war ich es doch, die alle Informationen und das Bildmaterial zusammengetragen habt.

Um zu sehen, ob unsere Arbeit einen positiven Effekt hatte, tippe ich den Namen meines Freundes in der

281

Suchleiste des Internetbrowsers ein und nehme noch einen Schluck von meinem Getränk. Es ist eine ganze Weile her, seitdem ich nach Christopher gegoogelt habe. Eigentlich wollte ich es nicht mehr tun, denn die Dinge, die man über ihn im Netz findet, sind wenig positiv. Dennoch hoffe ich sehr, dass sich das Blatt jetzt zu seinen Gunsten ändern wird.

Unser Artikel erscheint als Erstes in den Suchergebnissen, danach folgen ein paar Beiträge auf Twitter und Instagram. Ich wechsele in die Instagram-App und scrolle durch die Beiträge mit seinem Namen im Hashtag. Plötzlich springt mir ein Foto ins Auge, das kaum wenige Tage alt ist. Irritiert klicke ich auf das Bild und lande auf dem öffentlichen Profil einer beliebten Influencerin. Das allererste Foto in ihrem Feed zeigt Chris in einer innigen Umarmung mit dieser blonden Frau. Mit pochendem Herzen erkenne ich, dass es am Nachmittag seiner Signierstunde im Sportgeschäft geschossen wurde, denn im Hintergrund ist ein Regal mit Sportschuhen zu sehen. Ist sie vielleicht ein Fan von ihm?

Entgeistert starre ich das Bild auf meinem Handy an. Natürlich hatte Chris schon viele Frauen vor mir, das wusste ich längst, als ich mich auf ihn eingelassen habe, aber ich habe geglaubt, er würde aufhören, sich mit anderen zu treffen, sobald wir zusammen sind.

Mit gemischten Gefühlen scrolle ich durch die Bildergalerie der Influencerin, und langsam wird mir immer mulmiger zumute. Auch ältere Bilder zeigen die beiden zusammen. Waren sie mal ein Paar? Zumindest die Kommentare sprechen deutlich dafür.

Kann ich damit umgehen, dass andere Frauen erneut auf ihn aufmerksam werden, wenn ich nicht einmal weiß, wie tief seine Gefühle für mich sind und ob er es ernst mit mir meint?

Bevor sich die Eifersucht noch stärker in meinem Herzen festsetzen kann, schließe ich die App. Nur wenige Augenblicke danach kommt bereits Eric auf mich zu.

»Hey, verzeih mir die Verspätung«, entschuldigt er sich zerknirscht, als er zu meinem Tisch tritt.

»Schon okay. Wollen wir los?« Gerade bin wirklich froh über die Ablenkung, um nicht länger über Chris und diese Influencerin nachdenken zu müssen. Während Eric mich in ein lockeres Gespräch verwickelt, antworte ich ihm nur einsilbig und höre kaum zu, bis wir den Juwelier erreichen. Die Verkäuferin grüßt uns freundlich, und ich führe Eric direkt zu der ersten Vitrine mit Armbändern und Ketten.

»Joanna? Hörst du mir zu?«, fragt Eric und holt mich endlich zurück aus meinen Gedanken. Ich lächle entschuldigend.

»Sorry, was wolltest du wissen?«

»Ob Amy wohl ein Armband gefallen würde? Oder sind Ohrringe besser?«

»Amy mag jeglichen Schmuck. Mit einem Armband machst du also mit Sicherheit nichts falsch«, antworte ich ihm.

Grübelnd beugt sich Eric über die Glasvitrine und begutachtet diverse Armbänder, während ich ein paar Schritte von ihm zurücktrete und mich im Verkaufsraum umsehe. Vielleicht sollte ich mir eine neue Armbanduhr kaufen, wenn ich schon mal hier bin?

Zielstrebig gehe ich zu den Uhren, als mir zwei Frauen auffallen, die sich Ringe ansehen und sich dabei unterhalten.

»Ach, ist der nicht hinreißend?«, meint die ältere der beiden laut, sodass die Gesprächsfetzen zu mir herüberwehen. »Er sieht beinahe aus wie mein Ehering. Solides Gold war damals in Mode, musst du wissen. Heutzutage nehmt ihr jungen Leute ja lieber andere Materialien. Kevin hat den Ehering für Ella extra aus Platin anfertigen lassen.«

»Ich mag traditionellen Schmuck, Mary. Gold ist zeitlos. Welchen Ring Chris wohl aussuchen würde?«, kommt es von der jungen Frau, die sich tief über die Vitrine beugt. Ihre langen, blonden Haare verdecken ihr Gesicht, weshalb ich sie nicht genauer betrachten kann. Das eng anliegende Top in knalligem Pink sticht unter ihrer Jeansjacke hervor und die modische Hose betont ihre schlanken Beine. Die ältere Dame kommt mir mit der strengen Hochsteckfrisur und dem dunkelblauen Kostüm vage bekannt vor. Weil ich ihr Gesicht nur von der Seite sehen kann, komme ich nicht drauf, wo ich sie bereits getroffen habe.

»Sollte mein Chris einmal heiraten, wird er den Ring seiner Grandma nehmen. Es ist ein altes Familienerbstück.«

Nun richtet sich die junge Frau wieder auf und wendet sich ihrer Gesprächspartnerin zu, sodass ich sie nun im Profil betrachten kann. Augenblicklich werde ich blass und mein Magen verkrampft sich. Dieses Gesicht habe ich noch vor weniger als einer halben Stunde auf meinem Smartphone gesehen. Das kann doch nicht wahr sein!

Die Influencerin streicht sich in einer lässigen Bewegung die blonden Haare aus dem Gesicht und lächelt charmant.

»Ich bin schon so gespannt auf den Ring. Meinst du, ich könnte ihn bald anprobieren, Mary?«, fragt sie aufgeregt. Jetzt dreht sich auch die andere um und nimmt ihre Begleiterin am Arm. Es ist keine geringere als Christophers Mutter. Wie erstarrt bleibe ich neben dem Ständer mit Armbanduhren stehen.

Mein Hirn rattert, die Teile in meinem Kopf fügen sich zusammen. Wenn sich die Influencerin mit seiner Mutter trifft, dann muss sie entweder Christophers Verwandte sein, oder …

Den letzten Gedanken verscheuche ich sofort, denn eigentlich habe ich geglaubt, dass ich damit umgehen kann, wie viele Frauen Chris vor mir hatte. Doch was war ein Irrtum. Seine Ex so vertraut mit seiner Mutter zu sehen, versetzt mir einen Stich ins Herz.

Als die beiden in meiner Richtung gehen, drehe ich mich schnell weg und betrachte interessiert die Armbanduhren, doch Mrs Bennett hat mich bereits erkannt.

»Oh, Joanna! Das ist ja eine Überraschung. Ich hätte nicht vermutet, Sie hier zu treffen«, plaudert sie in freundlichem Ton und bleibt direkt vor mir stehen. Ich zwinge mich zu einem Lächeln.

»Hallo Mrs Bennett. Schön, Sie zu sehen.«

Mrs Bennet wendet sich ihrer jungen Begleiterin zu. »Mia, diese Journalistin hat einen ganz wunderbaren Artikel über Chris geschrieben.« Dann lächelt sie mich erneut an und ergreift meine Hände. »Ich freue mich immer noch über die liebevollen Worte, die Sie für

Christopher gefunden haben, obwohl er es Ihnen nicht ganz leicht gemacht hat, wie ich vermute.«

»Eigentlich war es mein Kollege Mike, ich habe lediglich das Material zusammengetragen«, korrigiere ich sie mit einem Anflug von Verlegenheit. Ich versuche, mir meine innere Unruhe nicht anmerken zu lassen, die Mias Auftauchen in mir auslöst. Ihr musternder Blick macht mich nervös. Sie ist wirklich attraktiv, obwohl ihr Make-up für meinen Geschmack etwas zu stark aufgetragen ist. Sofort spüre ich den Stachel der Eifersucht tief in meinem Herzen. Es würde mich nicht wundern, wenn Chris sich erneut auf diese schöne Frau einlassen sollte ...

»Stellen Sie Ihr Licht nicht unter den Scheffel, meine Liebe. Trotzdem hat der Artikel dafür gesorgt, dass er wieder positiv von der Öffentlichkeit gesehen wird«, meint seine Mutter und schüttelt leicht ihren Kopf. Will Chris wirklich im Mittelpunkt der Presse stehen? Ich hatte eher das Gefühl, dass mein Freund sich lieber aus den Medien heraushalten möchte, um nicht abermals negative Publicity zu bekommen. Sein Ruf ist immer noch nicht wiederhergestellt.

»Außerdem ist Mia nun ebenfalls wieder aus Australien zurück, um meinen Chris kräftig zu unterstützen. Nicht wahr?« Sie achtet nicht mehr auf mich, sondern ergreift Mias Arm, um sie in Richtung Ausgang zu führen.

»Joanna hat ihn damals zu Kevins Hochzeit begleitet, um einen Artikel über seine vergangene Karriere als Quarterback zu schreiben. Wirklich schade, dass du nicht kommen konntest. Trennung hin oder her, ich bin mir sicher, dass er noch sehr an dir hängt«, höre ich

Christophers Mutter zu Mia sagen, während diese mir einen fragenden Blick über die Schulter zuwirft, bevor sich die Tür hinter den beiden Frauen schließt. Bei diesen Worten läuft es mir eiskalt den Rücken runter. Wir sind erst seit Kurzem zusammen, und ich kann verstehen, dass Chris mich noch nicht zum sonntäglichen Mittagessen zu seiner Familie mitnehmen möchte, doch dass er unsere Beziehung nicht einmal erwähnt hat, kränkt mich. Wieso hat er mir nie von Mia erzählt?

Erschrocken zucke ich zusammen, als mich jemand an der Schulter berührt. Als ich mich herumdrehe, ist es Eric, der neben mich getreten ist. Er hält mir ein silbernes Armband entgegen.

»Was meinst du, würde dieses hier Amy gefallen?«

Ich nicke, ohne das Schmuckstück überhaupt richtig angesehen zu haben. Glücklicherweise fällt Eric meine abwesende Reaktion nicht auf, denn er geht mit einem zufriedenen Lächeln an die Kasse, um es zu bezahlen.

***

Nachdem wir das Geschenk für Amy besorgt haben, mache ich mich sofort auf den Weg nach Hause, statt wie geplant mit Eric etwas zu essen. Die Begegnung mit Christophers Mutter hat mich gehörig durcheinandergebracht. Vor allem die Blicke, die mir Mia zugeworfen hat, gehen mir nicht aus dem Kopf. Wieso hat mir Chris nicht von ihr erzählt? Wenn sie seine Ex-Freundin ist, warum trifft er sich noch mit ihr? Oder steckt mehr dahinter? Diese Begegnung, die Worte seiner Mutter und die Bilder im Internet lassen mich an seinen Gefühlen für mich zweifeln ... kann ich ihm vertrauen, dass er es mit mir ernst meint? Oder bin ich für ihn auch nur eine von vielen, ein Zeitvertreib zwischendurch?

Dieser Gedanke lässt mich nicht los, bis ich nicht meine Wohnung betrete. Müde streife ich mir die Stiefeletten von den Füßen und massiere mir kurz die Knöchel, ehe ich mir ein Glas Wasser aus der Küche hole. Im Wohnzimmer setze ich mich auf die Couch und zappe ein wenig durchs Fernsehprogramm, schaffe es jedoch nicht, mich auf eine der Sendungen zu konzentrieren. Meine Gedanken schweifen immer wieder zu Mia zurück. Mit Mrs Bennett hat sie sich über Eheringe unterhalten ...

Ich kann mich noch zu gut an den Tag erinnern, an dem ich mit Sebastian beim Juwelier gewesen bin, um die Ringe für unsere Hochzeit auszusuchen. Er hat darauf bestanden, einen sehr teuren und aufwendigen mit einem Diamanten zu kaufen, während ich lieber etwas Schlichteres haben wollte. Nach unserer Trennung habe ich die Ringe direkt zurückgegeben.

Die Unruhe in meinem Inneren wächst, als eine Mitteilung von Chris auf meinem Handy eintrudelt. Er lädt mich heute Abend in seine Wohnung. Ich antworte nicht sofort, sondern lege das Smartphone neben mich auf das Sofa. Plötzlich bin ich unsicher. Nichts an der Nachricht verrät, dass er mit mir spielt. Seine Worte lassen keine Interpretation zu, dennoch fühle ich eine Unruhe in mir.

Chris: Komm zu mir, wir müssen reden.

Worüber will er reden? Wächst ihm unsere Beziehung über den Kopf, und er macht Schluss, weil seine Ex aus Australien zurück ist? Mein Vertrauen in den Mann, den ich vor wenigen Wochen kennengelernt habe, bröckelt. Was, wenn Chris nur mit meinen Gefühlen spielt? Wenn ich gut genug fürs Bett bin, aber nicht darüber hinaus? Warum erzählt er seiner Familie nicht, dass er sich gerade in einer Beziehung befindet? Wenigstens das habe ich von ihm erwartet. Er muss ja nicht gleich um meine Hand anhalten ... aber ein paar Worte zu seinen Eltern hätten mir genügt. Dann wäre das heutige Zusammentreffen mit seiner Mom nicht so peinlich verlaufen.

Gott, mir schwirrt der Kopf! Weil ich einfach nicht von dem Gedanken loskomme, etwas würde mit meiner Beziehung nicht stimmen, öffne ich erneut Instagram und suche das Profil von Mia heraus. Sofort springt mir das Bild von Chris ins Auge. Sie hat ein neues gepostet, das Chris auf seinem Sofa zeigt, während er in sein Smartphone vertieft ist. Den Beitrag dazu lese ich mir nicht durch, denn allein dieses Foto in Mias Feed zu sehen, verletzt mich. Verdammt, war sie etwa in seiner Wohnung? Oder ist sie gerade jetzt dort? Will er deshalb mit mir reden?

Scheiße, wie kommt sie so schnell an diese aktuellen Bilder? Ich weiß, dass Chris dieses Shirt heute Morgen anhatte, nachdem wir in der Mittagspause kurz einen Videochat gemacht haben ...

Meine Hände zittern, und mein Herz schlägt mir bis zum Hals, als ich erneut auf Instagram Mias öffentliche Story öffne. Eigentlich sollte ich das nicht tun; ich sollte mit Chris sprechen, statt irgendwas auf eigene Faust herausfinden zu wollen. Doch die Erinnerung an den Schmerz, den Sebastian in meinem Herzen hinterlassen hat, bricht plötzlich über mir zusammen. Zwar ist Chris nicht Sebastian, dennoch fühle ich die Panik in mir aufsteigen. Erneut über Social-Media zu erfahren, dass mein Freund mich mit einer anderen Frau be-trügen könnte, reißt die alte Wunde schmerzhaft wieder auf. Mir bricht der Schweiß aus. Ich hole tief Luft, während mein Handy die Story lädt, und starre dann mit angehaltenem Atem auf das kurze Video.

»Hallo ihr Lieben. Ich kann nicht lange warten und muss euch dieses Schmuckstück hier zeigen. Ist der Ring nicht wunderschön? Es ist ein altes Familienerbstück und total wertvoll. Dieser Ring gehört einem ganz besonderen Menschen, und ich will meine Freude darüber unbedingt mit euch teilen.«

Entsetzt starre ich auf den Ring, den Mia direkt in die Kamera hält, damit ihn ihre Follower erkennen können. Im Hintergrund sehe ich die schwarze Couch und das Sideboard, auf dem Christophers Fernseher und ein gerahmtes Foto stehen, das ihn und seinen Bruder bei dessen Hochzeit zeigt. Ein kalter Schauer läuft über meinen Rücken. Augenblicklich beginne ich zu frösteln. In meinem Magen rumort es und mir wird übel. Sie ist tatsächlich bei ihm! Und dieser Ring an ihrem Finger muss Christophers Grandma gehören, da bin ich mir sicher, denn darüber haben Mia und seine Mom beim Juwelier gesprochen. Wenn sie ihn trägt, heißt es, dass Mia Christophers Verlobte ist? Wieso zur Hölle hat Chris mir nichts erzählt? Und warum ist er überhaupt mit mir zusammen, wenn er eine andere Frau in seinem Leben gibt? War ich bloß ein billiger Ersatz, solange Mia in Australien gewesen ist? Das würde zumindest ansatzweise erklären, warum er sie mir gegenüber mit keiner Silbe erwähnt hat. Nachdem Mia wieder da ist, bin ich wohl abgeschrieben.

Zu meiner tiefen Enttäuschung mischt sich die Wut darüber, dass ich mich in einen Typen verliebt habe, der mich ausgenutzt hat! Nach dem Desaster mit Sebastian hätte ich es wirklich besser wissen müssen, statt mich so leicht um den Finger wickeln zu lassen. Ein Mann wie Chris hat nicht nur ein Eisen im Feuer. Wie konnte ich nur so naiv sein und auf mein Herz hören?! Dabei weiß ich doch nur zu gut, wie trügerisch es ist. Mir hätte meine letzte Beziehung eine Lehre sein sollen. Stattdessen habe ich gehofft, es mir regelrecht gewünscht, mit Chris könnte es besser laufen ...

Ich hätte es bei dem einen One-Night-Stand am Abend meines Geburtstages belassen sollen, hätte mich nicht verlieben dürfen, hätte ... Ach, es hat jetzt keinen Sinn mehr, darüber nachzudenken. Ich bin wirklich selbst schuld an dem Schmerz, der sich gerade in meiner Brust ausbreitet. In meiner blinden Wut erhebe ich mich vom Sofa, schnappe mir meine Handtasche und verlasse die Wohnung, um ihn zur Rede zu stellen.

Kapitel 22

- Chris -

Weil von Joanna keine Nachricht mehr kommt, gehe ich davon aus, dass sie es ist, die an meiner Wohnungstür klingelt. Also springe ich von der Couch und eile zur Tür. Es ist eine ganze Weile her, seitdem ich sie zu mir eingeladen habe. Die letzten Treffen fanden entweder in Restaurants oder in ihrer Wohnung statt.

Ich habe ihr meine Pläne für heute Abend nicht mitgeteilt, weil ich sie mit einem Abendessen überraschen wollte. Außerdem will ich unbedingt mit ihr sprechen. Der Gedanke daran macht mich nervös, denn es ist verdammt lange her, seitdem ich eine Frau ganz offiziell meine Liebe gestanden habe. Die Letzte war meine Ex, was etliche Jahre zurückliegt. Zu diesem besonderen Anlass habe ich selbst gekocht, was mich den ganzen Nachmittag gekostet hat. Das Rezept für das Roastbeef habe ich von meiner Mom, aber weil ich nicht wusste, ob sie es mag, habe ich noch Fisch und Pasta zubereitet. Es sind alles keine aufwendigen Gerichte, aber hoffentlich wird davon genießbar sein, denn es ist mein erster Kochversuch seit Ewigkeiten.

Doch als ich mit wildklopfendem Herzen die Wohnungstür öffne, ist es nicht Joanna, die vor mir steht, sondern Mia. Breit grinsend schwenkt sie eine Weinflasche vor meinem Gesicht hin und her, ehe sie sich grußlos an mir vorbei in die Wohnung drängte.

»Hey, was willst du denn hier?«, frage ich irritiert, während ich die Wohnungstür wieder schließe und zu Mia ins Wohnzimmer gehe. Staunend begutachtet sie den gedeckten Esstisch.

»Ich wollte mit dir reden«, antwortet sie mir. »Als hättest du es geahnt, hast du für uns gekocht. Wow. Ist das Roastbeef nach dem Rezept deiner Mom? Es riecht köstlich.« Mia hebt den Deckel des Bräters an und späht hinein. Sofort trete ich zu meiner Ex an den Tisch und nehme ihr den Deckel aus der Hand, um das Fleisch wieder abzudecken.

Mia öffnet die mitgebrachte Weinflasche und schenkt zwei Gläser ein, die auf dem Tisch stehen. Eins davon reicht sie mir. Immer noch verwirrt nehme ich es entgegen, stelle es jedoch nach wenigen Sekunden zurück, ohne von dem Wein zu trinken.

»Moment mal. Ich habe nicht gesagt, dass du bleiben darfst. Ich erwarte noch jemanden«, brumme ich verstimmt. »Habe ich dir nicht deutlich zu verstehen gegeben, dass ich dich nicht wiedersehen will?«

Statt mir direkt zu antworten, nimmt Mia einen Schluck vom Wein, dann setzt sie sich auf die Couch.

»Keine Sorge, ich will dich nicht bei deinem Date stören. Eigentlich wollte ich mich nur bei dir entschuldigen.«

Mit verschränkten Armen bleibe ich an den Tisch gelehnt stehen und mustere meine Ex mit grimmiger Miene.

»Du hast dich entschuldigt, geh jetzt bitte«, entgegne ich barsch und sehe noch einmal auf mein Handy. Immer noch keine Nachricht von Joanna. Ob ich sie anrufen sollte? Dass meine Ex hier ist, macht mich zunehmend nervös. »Und ehe du gehst, nimm bitte die Bilder von uns beiden aus deinen Social-Media-Profilen. Ich habe keine Lust, erneut mit dir in Verbindung gebracht zu werden.«

Ich bin mit Joanna zusammen; für sie schlägt mein Herz, sodass Mia keine Chance mehr bei mir hat.

Mia zieht beleidigt die Unterlippe zwischen die Zähne. »Lass mich doch erst mal ausreden, bevor du mich aus der Wohnung schmeißt. Nach unserem Treffen neulich habe ich mit deiner Mutter gesprochen, und –« Sie hebt den Zeigefinger, dann deutet sie in meine Richtung. Ihr Blick wird ernst. »Und mit deinem Bruder. Kevin hat mir einige Dinge über dich erzählt ...«

Ich lege meine Stirn in Falten, schweige jedoch.

Mia setzt sich auf dem Sofa auf und stellt ihr Weinglas auf dem Couchtisch ab, dann zieht sie ihr Smartphone aus der Hosentasche ihrer hautengen Jeans.

»Hast du die Bilder gelöscht?«, frage ich geradeheraus.

»Noch nicht, aber wenn du dich wohler fühlst, lösche ich die Beiträge. Wirklich schade, denn das Bild von uns beiden hat verdammt viele Likes. Du bist eben immer noch ziemlich beliebt bei den Frauen«, gibt sie kichernd zurück und tippt auf dem Handy herum. Mein Blick fällt auf den Ring an ihrer linken Hand, und ich erstarre für einen Moment.

»Woher hast du denn?«, will ich aufgeregt wissen und mache gleich einen Schritt auf sie zu, verharre jedoch mitten in der Bewegung, als ich merke, wie Mia ein Selfie von sich und dem Ring meiner Grandma macht. Oder ist es ein Video? Ist sie vielleicht sogar gerade live und ich mache mich vor ihren Followern zum Deppen, wenn ich ins Bild springe? Warum hat Mia dieses alte Familienerbstück? Meine Mom hütet ihn wie einen Schatz. Diesen Ring wollte ich vor Jahren Mia schenken, um mich mit ihr zu verloben. Damals hat mich die Vorstellung berauscht, sie würde ihn tragen. Jetzt hingegen ist der Schmuck an ihrem Finger fehl am Platz. Er sollte nur einer Frau gehören, für die mein Herz schlägt. Und das ist Joanna!

Endlich erwache ich aus meiner Starre, gehe zu ihr und ergreife etwas grob ihre Hand, um den Ring an mich zu nehmen.

»Gib ihn mir zurück!«, fahre ich sie an.

Mia schüttelt meine Hand ab und erhebt sich blitzschnell vom Sofa. Langsam fällt es mir immer schwerer, ruhig zu bleiben. Joanna wird sicher jeden Moment hier sein – und Mia sollte bis dahin verschwinden!

»Jetzt reg dich nicht so auf«, brummt meine Ex und nimmt den Ring ab, den sie mir in die ausgestreckte Hand legt. »Du hast dich wirklich verändert, Chris. Früher warst du viel sanfter und nicht so ein arroganter Arsch.« Bitterkeit schwingt in ihrer Stimme mit.

Eine spannungsgeladene Pause entsteht zwischen uns, in der wir uns bloß anstarren. Ich weiß nicht, was ich ihr auf diesen Vorwurf antworten soll. Die ganze Zeit habe ich geglaubt, Mia hätte mich nicht geliebt … Ihre Worte lösen etwas in mir aus, das mir auf einmal einen Stich versetzt. Habe ich sie vielleicht immer weiter von mir gedrängt, während ich die Karriereleiter beim Football emporgestiegen bin? Darüber habe ich mir noch nie Gedanken gemacht ...

Ein Grinsen erscheint auf Mias Gesicht. »Scheint, als würdest du langsam begreifen, dass du dich damals nicht gerade mit Ruhm bekleckert hast, was? Ich nehme es dir nicht übel.« Sie verschränkt die Arme vor der Brust. »Aber deshalb bin ich nicht hier, Chris. Wie gesagt, ich habe mit Kevin über dich gesprochen. Er meinte, du hättest endlich eine Frau gefunden, mit der du es ernst meinst. Das freut mich wirklich für dich.«

Überrascht hebe ich die Augenbrauen, umschließe den Ring fest mit der Hand. Mia weiß von Joanna? Keine Ahnung, warum sie sich jetzt in meine Beziehung einmischen will. Denn sie hat recht; ich meine es verdammt ernst mit Joanna. Auch wenn wir noch nicht so lange zusammen sind, spüre ich in ihrer Nähe wieder eine Ruhe in mir, die mir nach meinem Karriereende abhandengekommen ist.

»Danke«, murmele ich und entspanne mich ein wenig. Irgendwie hatte ich gedacht, Mia würde sich nochmals an mich heranmachen wollen. Zumindest kam es mir nach unserem Treffen im Sportgeschäft so vor.

Sie lächelt – und dieses Mal ist es ein offenes und warmes Lächeln, das ich lange nicht mehr bei Mia gesehen habe. Meine Ex macht einen Schritt auf mich zu und legt mir die Hand auf den Unterarm.

»Wir haben beide Fehler gemacht, Chris. Und es tut mir wirklich leid, dass ich keinen anderen Ausweg gesehen habe, als dich zu hintergehen. Damals fühlte ich mich von dir vernachlässigt, und Peter gab mir dir

Bestätigung, als Frau geliebt zu werden. Nur wenige Minuten nach unserem One-Night-Stand habe ich meinen Seitensprung bereut, glaub mir. Auch Peter fühlte sich ziemlich schlecht dabei, seinen besten Freund betrogen zu haben. Ich wollte mich schon viel früher bei dir entschuldigen.«

Die Wärme ihrer Finger auf meiner Haut hinterlässt ein unangenehmes Prickeln. In meinem Hirn rasen die Gedanken. Lag ich so falsch? Hätte ich all den Schmerz besser ertragen können, wenn ich nicht so stur gewesen wäre? Sowohl Mia als auch Peter hatten mit mir reden wollen. Doch ich habe sie in blinder Wut einfach weggeschickt.

Mias Hand wandert über meinen Arm und schließt sich um meine Faust, in der ich den Ring umklammert halte.

»Ich habe deine Freundin vor wenigen Stunden getroffen.«

»Was?!« Entgeistert starre ich sie an.

»Jetzt schau nicht so, als würde gleich die Welt untergehen«, meint sie grinsend, drückt dabei kurz meine Hand, ehe sie wieder einen Schritt zurückmacht. »Es war eine zufällige Begegnung, als ich deine Mutter zum Juwelier begleitet habe. Zu dem Zeitpunkt wusste ich nicht, wer diese Frau ist. Findest du es nicht merkwürdig, dass deine Mom nichts von ihr weiß? Mir an ihrer Stelle wäre es ganz schön peinlich, von der Mutter des Freundes als Journalistin vorgestellt zu werden.« Mia zwinkert mir zu, während sich meine Wangen rot färben. Tatsächlich hatte ich es versäumt, meine Eltern über den Stand meiner Beziehung zu informieren, weil es sie schlichtweg nichts angeht, mit wem ich zusammen bin. Lediglich Kevin habe ich beiläufig von Joanna erzählt, da er sie auf der Hochzeit näher kennengelernt hatte ...

»Ich hatte vor, es meinen Eltern zu sagen ...«

»Schon gut, vor mir musst du dich nicht rechtfertigen«, meint sich schulterzuckend, dann deutet sie mit einer leichten Kopfbewegung auf meine Faust. »Ich habe deine Mutter gefragt, ob ich dir den Ring geben soll. Sie war von meinem Vorhaben zuerst überrascht, weil sie immer noch glaubt, wir beide würden erneut zueinanderfinden. Aber diese Hoffnung habe ich ihr gleich genommen. Der Ring ist für jemand anderen bestimmt, und ich glaube, du wirst dich leichter entscheiden können, wenn du ihn bei dir hast.« Sie zwinkert mir zu, dann wendet sie sich zum Gehen. Zögernd folge ich ihr in den Flur. Diese Begegnung ist so völlig anders verlaufen, als ich es mir noch vor wenigen Minuten hätte ausmalen können ... Mias Worte lassen mir zu denken übrig. Deshalb weiß ich nicht recht, was ich zu ihr sagen soll, als sie sich von mir verabschieden will.

Durch das Klingeln der Wohnungstür bleibe ich Mia jedoch eine Antwort schuldig.

Meine Ex zieht bereits die Wohnungstür auf, als ich es gerade noch schaffe, sie an der Schulter zu packen und zur Seite zu ziehen, um mich vor sie in den Türrahmen zu stellen.

Es ist Joanna, die vor mir steht. Ihr Auftauchen überrascht mich, obwohl ich sie selbst zu mir eingeladen habe. Doch wegen Mias Anwesenheit weiß ich gerade nicht, ob ich mich über Joannas Anwesenheit freuen oder entsetzt sein soll.

»Hey«, grüße ich Joanna mit einem Anflug von Nervosität. Sie presst die Lippen zu einem Strich zusammen und späht an mir vorbei in die Wohnung. Ihre Haltung ist angespannt und sofort merke ich, dass etwas nicht stimmt. Was ist denn mit ihr los?

Joanna macht einen Schritt vorwärts in den Flur, und ich dränge Mia instinktiv mit der Hand weiter hinter mich, obwohl ich genau weiß, dass es nichts bringt und ich die Situation dadurch nicht retten kann.

»Ist sie das?«, kommt es neugierig von meiner Ex, obwohl sie genau wissen müsste, wer vor ihr steht. Joannas Kopf ruckt zur Seite, sodass ihre blonden Haare herumwirbeln. Mit schreckgeweiteten Augen starrt sie Mia an, die hinter meinem Rücken hervortritt und grinst.

»Du ... ihr habt ... verdammt, wie konnte ich so naiv sein?!«, presst Joanna hervor. Ihre Wangen röten sich, als ein wütender Ausdruck auf ihr Gesicht tritt. Tränen glitzern in ihren Augen, doch sie blinzelt sie weg. Sofort mache ich einen Satz nach vor und ergreife ihr Handgelenk, aber sie zieht ihre Hand energisch weg.

»Fass mich nicht an!«, zischt sie und macht kehrt. Weil ich immer noch im Türrahmen stehe und den Weg versperre, bleibt ihr nur die Flucht nach vorn. Sofort eile ich ihr nach und umfasse ihr Handgelenk abermals, als sie gerade das Wohnzimmer erreicht. Auch Mia folgt uns, hält sich aber im Hintergrund.

Joannas Blick huscht unruhig durch den Raum und die Zornesröte breitet sich weiter auf ihrer blassen Haut aus. Als sie den gedeckten Tisch sieht, holt sie zischend Luft und reißt sich abermals mit einem festen Ruck von mir los, wirbelt dabei zu mir herum und funkelt mich an. Ein ungutes Gefühl beschleicht mich, dennoch fällt mir in diesem Moment nichts ein, um meine Freundin zu beschwichtigen.

»Was tut sie hier?«, kommt es nun endlich von Joanna. Obwohl sie wütend ist, klingt ihre Stimme sehr leise, kaum ein Flüstern, dennoch hallt jedes ihrer Worte laut in meinen Ohren wider. Statt Joanna zu antworten, drehe ich mich zu Mia um.

»Bitte geh«, beschwöre ich Mia in eindringlichem Ton.

»Sollte ich nicht lieber bleiben, um die Sache ein für alle Mal richtigzustellen?«, entgegnet sie skeptisch, während sie Joanna mustert.

»Also habe ich mich nicht geirrt, als ich die Bilder im Internet gesehen habe: Ihr seid wieder zusammen!«, schleudert mir nun Joanna entgegen. Schmerz und Enttäuschung zeichnen sich auf ihrem Gesicht ab.

»Also eigentlich bin ich nur hier, um mit Chris zu sprechen«, mischt sich Mia ein und kommt auf mich zu, um mir die Hand auf die Schulter zu legen.

Langsam werde ich wütend auf meine Ex, weil sie gerade alles durcheinanderbringt. Sie ist einfach so in mein Leben geplatzt, obwohl sie sich zwei Jahre nicht bei mir gemeldet hat. Diese Situation überfordert mich. Ihre Absichten mögen harmlos sein, doch jetzt gerade kann ich ihre Anwesenheit in meiner Wohnung nicht länger dulden.

»Mia! Es reicht, geh!« Ich werde lauter, balle die Hände zu Fäusten und starre sie wütend an. Joanna neben mir sagt kein Wort, steht nur reglos mitten im Raum und betrachtet den gedeckten Tisch, auf dem das

Abendessen bereits kalt wird. Mia verzieht beleidigt den Mund.

»Ich lasse mich nicht von dir rausschmeißen!«, braust sie nun ebenfalls auf. »Ich wollte bloß nett sein und dir helfen!« Dann stampft sie aufgebracht davon. Wenige Sekunden später fällt die Wohnungstür krachend ins Schloss. Erleichtert atme ich auf. Eigentlich sollte ich jetzt froh sein, dass sie gegangen ist, weil ich mich nun voll und ganz auf meine Freundin konzentrieren kann. Bevor ich mir jedoch eine Begründung zurechtlegen kann, macht nun auch Joanna Anstalten, meine Wohnung zu verlassen.

»Warte, lass es mich erklären«, beschwöre ich sie. Grandmas Ring drückt sich schmerzhaft in meine Handfläche. Wenn ich ihn ihr jetzt gebe, wird es die Situation verschlimmern, fürchte ich. Joanna könnte einen überstürzten Antrag missverstehen, und auch ich bin nicht bereit für diesen Schritt.

»Erklären? Ich habe schon verstanden, was hier läuft ...«

Kapitel 23

– Joanna –

Ich sehe die gefüllten Weingläser, den gedeckten Tisch und das Essen – und in meinem Kopf fügen sich die Teile zu einem Bild: Mia und Chris bei einem romantischen Candle-Light-Dinner der Versöhnung. Was zur Hölle mache ich hier? Wieso hat er mich hierherbestellt, wenn er mit seiner Ex fröhliches Wiedersehen feiert? Oder war genau das seine Absicht? Ist er so durchtrieben, dass er nur diesen Weg gesehen hat, mit mir Schluss zu machen?

Mia knallt die Tür hinter sich zu und am liebsten würde ich es ihr gleichtun. Schnellstmöglich von hier verschwinden, um Chris nicht ansehen zu müssen. Und um ihm meine Tränen nicht zu zeigen, die sich an die Oberfläche drängen. Wie konnte ich mich nur erneut so in einem Menschen täuschen? Dieser Gedanke reißt ein Loch in mein Herz.

»Hör mal, Mia war bloß kurz hier um –«, versucht er mich zu beschwichtigen, ringt mit den Händen und verstummt. Ich sehe die Verzweiflung in seinen Augen, doch lasse sie nicht an mich heran. Noch einmal wird er mich nicht um den Finger wickeln.

»Ich habe schon verstanden, warum sie hier gewesen ist«, entgegne ich gepresst.

»Okay.« Chris fährt sich mit der Hand durchs Haar. Sein Blick wirkt verloren, er sieht plötzlich alles andere als selbstsicher aus. Aber ich will nichts hören, was mein Herz weiter brechen lässt.

»Setzen wir uns, dann können wir vielleicht in Ruhe reden. Das alles war nicht so geplant. Das Abendessen hier war für dich. Mia ist einfach spontan aufgetaucht, das musst du mir glauben.«

Plötzlich wächst die Unsicherheit in mir. Habe ich die Dinge etwa völlig falsch verstanden? Mich von den Ereignissen aus der Vergangenheit mitreißen lassen? Habe ich damit alles ruiniert? Nicht nur zwischen uns, sondern auch zwischen Chris und Mia. Doch die Wut in meinem Bauch schlägt in Enttäuschung um. Chris hat seine Verlobung vor mir geheim gehalten.

Christopher ergreift meine Hand und ein Stromschlag durchzuckt mich. Diese Berührung ist sanft, womit ich nicht gerechnet habe. Und sie sorgt dafür, dass mein Herz wieder wie wild schlägt, obwohl in meinem Kopf die Alarmglocken schrillen. Ich darf mich auf keinen Fall von ihm erweichen lassen. Ich denke an Mias Instagram-Video zurück, an ihre freudige Ankündigung und mein Magen verkrampft sich.

»Schon eigenartig, dass ich nun diejenige bin, die eine Verlobung ruiniert ...«, murmele ich mit erstickter Stimme.

»Verlobung? Wovon sprichst du?«

»Mias Video, die Bilder auf Instagram. Ich habe alles gesehen. Wieso konntest du mir nicht ehrlich sagen, dass die Sache mit uns für dich nur ein Zeitvertreib gewesen ist?«, spreche ich die Worte aus, die wie Feuer in meinem Inneren brennen.

Hinter seiner Stirn arbeitet es, bis er endlich versteht. Verwirrt schüttelt er den Kopf.

»Wie zur Hölle kommst du darauf, dass ich mit Mia verlobt sei?«, fährt er mich plötzlich so heftig an, dass ich erschrocken zusammenzucke. Seine Reaktion sorgt dafür, dass auch ich erneut wütend werde.

»Ich habe sie heute mit deiner Mom in der Stadt getroffen. Beim Juwelier. Und weißt du, was sie dort gemacht haben? Sie haben sich Eheringe angeschaut! Und was noch schlimmer war: Deine Mom hat mich angesprochen und dann gesagt, es wäre viel besser gewesen, hättest du Mia als deine Begleitung zu Kevins Hochzeit mitgebracht!«, schleudere ich ihm gekränkt entgegen. Der Schmerz über die Worte von heute Nachmittag kehrt zurück. »Hast du auch nur einer Menschenseele von mir erzählt? Oder ging es dir nur um Sex?«

»Denkst du das ernsthaft?«, fragt er fassungslos. »Dass ich dich für Sex benutze? Nur, weil ich dich nicht meiner Mom vorgestellt habe?«

Christophers Miene verhärtet sich, seine Augen funkeln zornig.

»Sorry, aber ich bin nicht der Typ Mann, der jede Beziehung gleich an die große Glocke hängt und gleich auf die Knie fällt und einen Antrag macht, sobald er Sex hatte.«

»Und was ist dann mit Mia? Warum hast du mir nie von ihr erzählt? Ich habe die Bilder auf Instagram gesehen. Sie hat den Ring in ihrer Story gezeigt. Und die Worte deiner Mom machten ganz deutlich, dass Mia zu eurer Familie gehört.«

»Ich bin nicht verlobt und war es auch nicht«, beteuert er nachdrücklich, versucht dabei jedoch nicht, seinen Ärger über meine Unterstellung zu verbergen. »Wem glaubst du eigentlich, Joanna? Mir oder irgendwelchen Leuten aus dem Internet?«

»Ich weiß es nicht«, presse ich hervor und halte mir die Hände gegen die Augen. »Ich weiß es nicht!« Ich weiß wirklich nicht mehr, wo oben und unten ist. Alles um mich herum droht zu zerbrechen, und ich spüre diesen bodenlosen Abgrund in meinem Inneren wieder aufreißen, wie damals bei Sebastian. Ich bin so wütend, traurig und enttäuscht, dass ich nicht klar denken kann. Ergeben seine Worte Sinn? Oder meine? Keine Ahnung! Wieso müssen Chris und ich uns immer streiten?

Tränen bahnen sich einen Weg über meine Wangen, und ich wische sie weg, sehe Chris trotzig an wie ein Kind. Er funkelt wütend zurück, rote Flecken zeichnen sich auf seinem Gesicht ab.

»Ach, weißt du was? Vergiss es! Diese Sache zwischen uns hatte von Anfang an keinen Sinn. Wir hätten es nach dem ersten One-Night-Stand sein lassen sollen.«

»Du bist so ein Arsch!«

»Es war nur Sex, also worüber regst du dich auf? Genau das hast du doch sagen wollen, oder.« Er deutet mit der Hand auf die Tür. »Geh, wenn du wirklich glaubst, ich hätte dich angelogen.«

Einen Augenblick schwanke ich, dann drehe ich mich
ohne ein weiteres Wort um und verlasse seine Wohnung.

Kapitel 24

- Chris -

Noch lange, nachdem Joanna gegangen ist, starre ich die geschlossene Wohnungstür an. Die letzten Minuten laufen wie ein Film in Dauerschleife in meinem Kopf ab. Verdammt! Wie konnte mir die Situation so entgleiten? Wieso habe ich nicht einfach gesagt, warum Mia hier gewesen ist, statt nach irgendwelchen Ausflüchten zu suchen und nicht auf den Punkt zu kommen? Dass ich sie hierher eingeladen habe, um sie zu fragen, ob sie meine Familie kennenlernen will? Ihr dadurch meine Liebe gestehen ... Denn seit meiner Trennung habe ich keine Frau mehr nach Hause gebracht.

Schlecht gelaunt stapfe ich ins Wohnzimmer und zum gedeckten Esstisch. Hunger habe ich nun wirklich nicht mehr, also stelle ich das Essen in den Kühlschrank. Nachdem ich das Geschirr in die Spülmaschine geräumt habe, gehe ich ins Schlafzimmer und werfe mich aufs Bett. In meinem Inneren brodelt es immer noch. Zu meiner Wut mischt sich bodenlose Enttäuschung, weil Joanna mir so wenig vertraut.

Enttäuscht scrolle ich durch Instagram und lande irgendwann auf Mias Account. Sofort springen mir die Bilder von uns ins Auge, und mein Magen verkrampft sich. Sie hat es nicht gelöscht, obwohl ich sie mehrmals darum gebeten habe. Dann klicke ich auf ihre Story und sehe mir mit wachsendem Entsetzen ihr Video an. Ach du Scheiße! Kein Wunder, dass Joanna glaubt, Mia wäre meine Verlobte. Sie zeigt ganz offensichtlich den Ring meiner Grandma in die Kamera und spricht von einem wertvollen Familienerbstück. Und ich hatte solch ein Brett vorm Kopf, sodass ich kaum ein vernünftiges Wort herausgebracht habe!

Verzweifelt stoße ich die Luft aus. Na, großartig ...

Fest entschlossen, erneut mit ihr zu reden, wähle ich Joannas Nummer, um mich zu entschuldigen. Nach nur wenigen Sekunden springt am anderen Ende die Mailbox ran. Verärgert werfe ich mein Smartphone neben mich und vergrabe mein Gesicht in den Händen. Ich benehme mich wirklich wie ein Esel. Mia hatte recht ... Wenn ich an unsere Zeit zurückdenke, habe ich mich nur um meine Karriere als Footballer gekümmert. Vielleicht hätte ein klärendes Gespräch zu diesem Zeitpunkt geholfen ... aber die Vergangenheit kann ich nicht mehr ändern. Ich sollte es jetzt besser machen, statt die Fehler zu wiederholen.

Nach einer Weile, in der ich mich bloß auf meine Atmung konzentriert habe, um den Kopf freizubekommen, nehme ich das Smartphone erneut in die Hand. Was soll ich jetzt tun? Zu Joanna fahren, um mich dort zu erklären? Sie in Ruhe lassen? Ich bin wirklich ratlos. Bei Mia muss ich mich wohl ebenfalls entschuldigen.

Unschlüssig drehe ich das Handy zwischen den Fingern, als es plötzlich klingelt. Mit einem Anruf meiner Mutter habe ich am wenigsten gerechnet.

»Hey«, grüße ich sie und räuspere mich kurz, um meine Stimme wieder wie gewohnt klingeln zu lassen. Meine Mom soll mir meine Unruhe nicht anmerken.

»Hallo mein Junge. Wie geht's dir? Störe ich?«

»Nein«, erwidere ich sogleich. »Es ist alles okay. Was gibt's denn?«

»Sehr gut. Eigentlich wollte ich nur wissen, ob Mia bei dir war. Ich erreiche sie nicht auf dem Handy. Sie wollte dir Grandmas Ring geben, weil du dich neulich darüber erkundigt hast. Tatsächlich musste ich ihn erst suchen und Mia hat sich ganz zufällig angeboten, deswegen bei dir vorbeizuschauen. Ist es nicht toll, dass sie wieder aus Australien da ist«, erkundigt sich meine Mutter neugierig.

»Ja, Mia war da, ich habe den Ring«, erkläre ich knapp und unterbreche ihren Redeschwall für wenige Sekunden. Sie hofft anscheinend immer noch, Mia als ihre Schwiegertochter in die Arme schließen zu können. Ich sollte endlich zu Joanna stehen und meinen Eltern von ihr erzählen. Das wäre wenigstens ein Anfang ...

»Mom, ich muss dir was sagen«, beginne ich. »Und es tut mir leid, wenn ich dich an der Stelle enttäuschen muss. Mia und ich werden sicher kein Paar mehr, denn ich bin bereits mit einer Frau zusammen.«

»Oh!«, entfährt es ihr überrascht. »Wer ist sie?«

»Joanna«, gebe ich zu und bekomme beim Klang ihres Namens Herzklopfen.

»Joanna?«, echot sie und Verwirrung schwingt in ihrer Stimme mit.

»Joanna Miller, die Journalistin der LA Times. Ich war mit ihr auf Kevins Hochzeit«, helfe ich ihr auf die Sprünge, obwohl ich mir sicher bin, dass sie genau weiß, wen ich meine. Immerhin hat sie erst heute Nachmittag mit ihr gesprochen.

»Ah! Joanna!«, kommt es nun von ihr, dann verstummt sie plötzlich. Der Groschen ist gefallen. »O Gott, wie peinlich, ich habe sie heute zufällig getroffen …«

»Ich wollte sie euch offiziell vorstellen«, entgegne ich mit einem Seufzen und lehne meinen Kopf gegen die Sofalehne.

»Warum sprichst du in der Vergangenheit, Schatz? Gibt es Probleme?«

»Es wird sich schon einrenken«, murmele ich und wechsele ich das Thema. Wir reden noch eine ganze Weile über belangloses Zeug, dann verabschiedet sie sich, als mein Dad sie im Hintergrund zu sich ruft.

***

Wie ich schon vermutet habe, reagiert Joanna nicht auf meine Anrufe und Nachrichten, so oft ich auch versuche, sie anzurufen.

»Du solltest dich vielleicht noch mal persönlich bei ihr entschuldigen?«, hatte Kevin vorgeschlagen, nachdem ich ihm die ganze Geschichte erzählt hatte. Mein älterer Bruder hatte sich natürlich ebenfalls mit Mia unterhalten, die immer noch sauer auf mich ist. Um meine Ex-Freundin kümmere ich mich später, sobald ich das Missverständnis mit Joanna geklärt habe. Wenigstens hat sie endlich die Bilder von mir aus ihrem Instagram-Feed gelöscht.

»Ich glaube, sie würde mir wieder die Tür vor der Nase zuschlagen«, hatte ich auf Kevins Vorschlag erwidert. Joanna war so verdammt sauer. Irgendwie hatte ich gehofft, ihre Wut würde sich nach zwei Tagen zumindest etwas legen, sodass sie auf meine Nachrichten antworten könnte. Doch sie hat diese nicht einmal gelesen ...

»Wenn sie dir wichtig ist, solltest du alles daransetzen, dass sie dir wenigstens zuhört, Chris.«

Also nahm ich mir die Worte meines Bruders zu Herzen und kaufte einen riesigen Strauß roter Rosen, mit dem ich mich jetzt eine geraume Weile wie ein Stalker vor ihrem Wohnhaus herumdrücke. Trotzdem bringe ich nicht den Mut auf das Gebäude zu betreten. Es ist nicht so, dass ich mich vor ihrer Reaktion fürchte, dennoch bin ich unsicher. Was, wenn sie nur nach Ausflüchten gesucht hat, um mich zu verlassen? Warum sonst blockt sie jeden Erklärungsversuch ab? Gott, ich mache mir schon wieder zu viele Gedanken.

Ich fasse mir ein Herz und straffe die Schultern, dann betrete ich endlich das Wohnhaus und steige die Treppenstufen hinauf bis zu ihrer Wohnung. Vor ihrer Tür bleibe ich erneut stehen und warte, bis sich die Aufregung in meinem Inneren legt. Bevor ich klingeln kann, öffnet sich eine der anderen Türen im langen Korridor und ein junger Mann kommt heraus. Irritiert schaut er zu mir rüber, dann zeichnet sich Überraschung auf seinem Gesicht ab, als er an mir vorbeigeht. Sogleich bleibt er vor mir stehen.

»Hey, ich kenne Sie aus dem Internet«, meint er und deutet mit einer Handbewegung auf meine Brust. »Waren Sie es nicht, der sich mit Peter Griffin von den

Seahawks geprügelt hat? Ja, ich glaube, daran kann ich mich erinnern. Mann, das waren vielleicht Schlagzeilen!« Er lacht und zückt sein Smartphone, um etwas nachzuschauen.

Na großartig. Irgendwie hatte ich gehofft, er würde mir erzählen, er sei ein Fan der Rams und würde mich aus meiner aktiven Zeit als Quarterback kennen ... Stattdessen erinnert er sich an meine Aussetzer! Zerknirscht presse ich meine Lippen zu einem Strich zusammen und mache einen Schritt zur Seite, weg von Joannas Wohnungstür, damit der junge Mann sie nicht mit mir in Verbindung bringt.

Dieser scheint endlich gefunden, wonach er gesucht hat. Abermals sieht er mich an, dann zeigt er mir einen Artikel auf seinem Smartphone.

»Ich fasse es nicht, aber du bist Christopher Bennett! Können wir ein Selfie machen? Meine Kumpel werden mir nicht glauben, dass ich dich beim Müll rausbringen getroffen habe! Du hast bei den Rams gespielt, oder?«

Innerlich schwanke ich zwischen Belustigung und Entsetzen über dieses Treffen, zeige jedoch ein Lächeln, als der Typ sich neben mich stellt und mit der Handykamera abdrückt.

»Hör mal, ähm ...«

»Miles«, stellt er sich vor, wirkt nun ein bisschen verlegen, weil er realisiert, wer ich bin. Die Großspurigkeit ist aus seiner Stimme verschwunden. Jetzt sieht er beinahe ehrfürchtig zu mir auf.

»Hör mal, Miles«, beginne ich und überlege, wie ich dieser Situation entkommen kann, weil Miles keine Anstalten macht, weiterzugehen. »Ich bin hier, um etwas zu überbringen.«

Ich deute auf die Rosen in meinen Händen, die meinem Gegenüber scheinbar noch nicht aufgefallen sind.

»Das ist ein Geschenk an ... Joanna Miller. Kennst du sie? Ein Kumpel von mir hat Mist gebaut und wollte sich entschuldigen, deshalb hat er mich geschickt, weil ich zufällig in der Nähe einen Job habe und –«

»Krass. Ein Kumpel von dir kennt Joanna? Und dann bemühst du dich hierher?« Seine Augen weiten sich vor Erstaunen.

»Ja ... Also, was ich sagen will: Eigentlich habe ich es eilig, könntest du mir eventuell einen Gefallen tun?«

»Klar!«, antwortet er begeistert. Erleichtert atme ich aus und drücke ihm den Blumenstrauß in die Hände.

»Kannst du die Blumen Joanna geben? Ich muss nämlich wirklich los.« Ich eile bereits um die Ecke und die Treppe hinab. Nach einigen Schritten bleibe ich jedoch stehen und wende mich um. Von hier kann ich Miles aus der Ferne beobachten, wie er etwas überrumpelt mit dem Blumenstrauß in der einen und mit seinem Mülleimer in der anderen Hand steht und den Flur entlang sieht, wo ich gerade verschwunden bin. Eine ganze Weile regt er sich nicht, und ich fürchte schon, mein spontaner Einfall geht nach hinten los, aber dann stellt er den Mülleimer ab und macht einige Schritte auf Joannas Wohnungstür zu. Einen Herzschlag lang halte ich den Atem an – denn sie öffnet tatsächlich die Tür und tritt auf die Schwelle. Miles sagt etwas, doch seine Worte kann ich von meiner Position nicht verstehen. Joanna sieht sich um, schaut sogar in meine Richtung, und ich ducke mich instinktiv, damit sie mich nicht entdeckt. Diese Situation ist mir unsagbar peinlich, aber mir ist in der Not nichts Besseres eingefallen als zu verschwinden, weil ich Miles vorhin nicht abwimmeln konnte.

Nun sagt Joanna ebenfalls etwas zu ihrem Nachbarn. Dabei klingt ihre Stimme scharf. Erneut schaue ich um die Ecke, höre aber nur noch das laute Knallen ihrer Tür. Miles hat sich wieder in die andere Richtung verzogen, doch der Blumenstrauß liegt traurig auf ihrer Fußmatte. Na toll, jetzt habe ich bei ihr wohl endgültig verspielt.

Schweren Herzens steige ich die Treppe hinab und verlasse das Wohnhaus.

Kapitel 25

— Joanna —

Die Musik dröhnt viel zu laut in meinen Ohren. Lisa hat mich doch noch überredet, sie zu Amys Geburtstagsparty zu begleiten, die im Club des Hollywood-Roosevelt Hotels steigt.

»Schließlich wird sie nur einmal fünfundzwanzig. Und du kannst ein bisschen Ablenkung vertragen«, sagte sie zu mir, als sie mich vorhin von zu Hause abgeholt hatte. Dabei hatte ich weiß Gott genug um die Ohren mit der Arbeit, in die ich mich nach meiner Trennung von Chris gestürzt habe. Doch Lisa hatte recht, ich konnte es Amy nicht antun, nicht zu kommen. Immerhin ist sie neben Lisa eine meiner engsten Freundinnen …

Mit einem aufgesetzten Lächeln lasse ich mich von meiner Kollegin an den feiernden Menschen im Club vorbei zur Bar ziehen, an der Amy und Eric mit einigen anderen Freunden bereits auf uns warten.

»Hey, Süße! Es ist so schön, dich zu sehen!«, schreit sie mir ins Ohr und übertönt dabei sogar die laute Musik, während sie mich zur Begrüßung stürmisch umarmt.

»Ich hatte wirklich gehofft, dass du kommst. Die Sache mit Chris tut mir leid.«

»Wie könnte ich denn deinen Geburtstag verpassen?«, erwidere ich mit einem aufgesetzten Lächeln, da mir eigentlich nicht nach Feiern zumute ist. Am liebsten würde ich mich wieder unter meiner Bettdecke verkriechen und darauf hoffen, irgendwann einzuschlafen.

Amy löst sich von mir, dann sieht sie mich mitleidig an.

»Na ja, ich hätte es schon verstanden, wenn du nicht gekommen wärst«, meint sie und legt mir mitfühlend die Hand auf den Arm. An ihrem Handgelenk baumelt das Armband, das ich gemeinsam mit Eric ausgesucht habe. Über Amys Kopf hinweg nicke ich Eric zu, der mir ebenfalls ein leichtes Lächeln schenkt. Dann legt er seine Freundin den Arm um die Taille, die sich wieder zu ihm umdreht und ihm etwas ins Ohr flüstert. Es ist schön, ihn hier mit Amy in inniger Umarmung zu sehen, denn beide haben das Glück mehr als verdient.

»Hey, ich besorge uns etwas zu trinken«, meint Lisa dicht an meinem Ohr und deutet mit der Hand zur Bar. Ich nicke. Die vergangenen Wochen waren alles andere als leicht. Obwohl Christopher sich etliche Male bei mir gemeldet hatte, habe ich seine Kontaktversuche ignoriert. Selbst die Blumen, die er durch einen Boten in meine Wohnung hat bringen lassen, sind direkt im Müll gelandet. Wäre er persönlich bei mir aufgetaucht, dann hätten wir vielleicht miteinander geredet. Aber dafür meinen Nachbarn Miles mit irgendeiner billigen Lüge vorbeizuschicken, war wirklich enttäuschend. Doch diese Aktion hat mir gezeigt, dass er nur halbherzig um mich kämpfen wollte ... Zu tief sitzt der Schmerz über seine Lügen in meinem Herzen.

Ich setze mich auf einen der Hocker etwas abseits vom Geburtstagskind, das gerade wild mit ihrem Freund rumknutscht. Ein bisschen beneide ich Amy um ihre frische Beziehung, auch wenn ich es ihr gönne. Denn ich vermisse Chris! Ich vermisse ihn schrecklich. Sobald mir auf der Straße ein glückliches Pärchen begegnet, muss ich unweigerlich daran denken, was ich nicht mehr habe. Langsam frage ich mich, ob ich nicht einfach überreagiert habe, weil ich mir seine Erklärung nicht angehört habe. Doch zu dem Zeitpunkt war ich zu verletzt. Mia in Christophers Wohnung zu sehen hat die alte Wunde, die Sebastian vor Jahren durch seinen Verrat hinterlassen hat, erneut schmerzhaft aufgerissen. Danach habe ich es verbockt und die Gelegenheit verpasst, Chris' Entschuldigung anzunehmen ... Nun kann ich nichts mehr daran ändern.

Ich fühle mich wie die Zuschauerin meines eigenen Films. Als wäre ich nicht richtig anwesend, würde die Szenen nur beobachten.

Der Barkeeper stellt zwei Shots vor Lisa und mir ab, der Alkohol findet ganz von selbst den Weg meine Kehle hinab. Es schmeckt furchtbar, doch das Brennen sorgt dafür, dass meine Gefühle zumindest für einen Moment betäubt werden.

»Lass uns tanzen gehen«, schlägt Lisa nach einer Weile vor.

Sie zieht mich von meinem Hocken und gemeinsam drängen wir uns zwischen die tanzende Menge. Der Beat ist hart und laut und dringt durch meinen Körper. Mit geschlossenen Augen lasse ich mich von der Musik mitreißen. Morgen früh kann ich mich immer noch schlecht fühlen, mich in meinem Zimmer verkriechen und meiner gescheiterten Beziehung hinterhertrauern. Heute will ich nicht mehr daran denken und Spaß haben.

Lisa hält meine Hand umklammert und hüpft vor mir zur Musik auf und ab. Sie wirft den Kopf herum, sodass ihre dunklen Haare wie wild herumwirbeln. Lachend drehe ich mich zu ihr, dann wieder zurück, als würden wir einen misslungenen Discofox tanzen. Ich lache, und es macht für einen Moment Spaß mit Freunden zusammen zu feiern. Eine ganze Weile hüpfen wir unbeschwert zu der lauten Musik, als ich plötzlich von der Seite angerempelt werde. Ich gerate ins Straucheln und werde sogleich von zwei starken Armen aufgefangen, bevor ich das Gleichgewicht verliere. Irritiert drehe ich mich zu meinem Retter um und sehe in Peters ebenso verdutztes Gesicht.

»Das ging ja noch mal gut«, raunt er dicht an meinem Ohr und zieht mich kurz an sich. Ich schnappe überrascht nach Luft. Ihm gerade jetzt über den Weg zu laufen und auf einmal so nah zu sein, sorgt für ein mulmiges Gefühl in meinem Bauch. Deshalb versuche ich auf der überfüllten Tanzfläche so viel Abstand wie möglich zu ihm zu bekommen. Ich schaue mich nach Lisa um, doch sie tanzt einige Meter entfernt von mir mit Amy. Peter bemerkt meine abwehrende Haltung und schenkt mir ein entschuldigendes Lächeln.

»Wir hatten keinen guten Start, Joanna. Ich hätte neulich wegen des Interviews nicht so hartnäckig sein sollen. Lass es mich wieder gutmachen, okay?«

»Was denn?«, erwidere ich, die Musik lässt meine Stimme untergehen, doch Peter schüttelt nur leicht den Kopf, ehe er sich mir erneut nähert. Sein warmer Atem kitzelt meine Wange, während er mit mir spricht. Vor Anspannung versteife ich mich.

»Sicher hattest du wegen mir Ärger im Job, oder? Ich hab' gehört, dass du mit Chris zusammen bist. Leider hatte ich nie die Gelegenheit, neutral mit ihm zu sprechen und mich zu entschuldigen.« Peter hört nicht auf zu reden, was mich zunehmend verwirrt. Wir kennen uns kaum, haben nur einmal miteinander gesprochen. Doch er benimmt sich mir gegenüber, als seien wir alte Freunde. Ob es der Alkohol ist, der ihn so redselig macht? Zumindest die Fahne zeigt, dass er nicht mehr allzu nüchtern ist.

»Entschuldigen?« Mein Hirn will nicht ganz begreifen, was hier los ist und wieso Peter plötzlich vor mir aufgetaucht ist. Außerdem ist mir ein wenig schwindelig von der Hitze und der stickigen Luft im Club, sodass es mir schwerfällt, klar zu denken. Aber dass ich mich mit ihm nicht unterhalten will, steht fest. Hilfesuchend sehe ich mich nach meiner Freundin um, die jetzt erneut neben mir auftaucht.

»Puh, ich bin völlig verschwitzt.« Sie grinst mich an und fächelt sich mit einer Hand Luft zu. »Wollen wir zurück an die Bar?«

Nickend schnappe ich mir meine Freundin und dränge mich an Peter vorbei zur Bar, denn das ist die perfekte Gelegenheit, um vor ihm zu flüchten. Doch nachdem ich mich auf einen der freien Barhocker neben Lisa fallen lasse, kommt er mir wieder näher.

»Joanna, ich meine es ernst. Ich muss dringend mit dir reden. Gib mir bitte eine Minute«, wiederholt er und setzt sich einfach zu mir, ohne dass ich auch nur die Möglichkeit habe, ihm zu antworten. An meiner Stelle beugt sich Lisa zu Peter vor.

»Hey, dich habe ich eben gar nicht bemerkt. Ich bin Lisa«, stellt sie sich vor. Dabei hat sie wirklich Mühe, einen geraden Satz herauszubringen und auch ich merke den Alkohol mittlerweile sehr. Von ihr kann ich also keine Hilfe erwarten.

»Freut mich. Ich bin Peter.«

»Ich weiß, wer du bist«, entgegnet meine Freundin lachend. »Du hast für ziemliches Chaos gesorgt. Beruflich sowie privat, stimmt's, Süße?«

Beleidigt verziehe ich den Mund und winke stattdessen den Barkeeper zu uns, um Getränke zu bestellen. Bevor ich etwas sagen kann, ordert Peter Champagner.

»Als kleine Wiedergutmachung«, erklärt er mit einnehmendem Lächeln, als er meinen verärgerten Blick bemerkt. Dann rückt er etwas näher zu mir heran und reicht mir eins der Gläser, das der Barkeeper bereits mit prickelndem Champagner gefüllt hat. Auch Lisa greift nach ihrem Glas, Peter hebt seins zum Toast an.

»Also, jetzt noch einmal offiziell: Es tut mir wirklich leid, dass ich so viel Chaos verursacht habe«, entschuldigt er beinahe schon feierlich, und Lisa lacht laut auf, während ich bloß auf meiner Unterlippe herumkaue und in mein Champagnerglas starre. Warum ist Peter mir auf einmal so sympathisch. In Christophers Gegenwart habe ich ihn arroganter in Erinnerung, oder lag es nur an Chris?

Verwirrt über meine eigenen Gedanken atme ich noch mal tief aus, schenke Peter ein kleines Lächeln und nehme einen großen Schluck Champagner.

»Es ist schade, dass die LA Times keinen Artikel über mich und meine Karriere veröffentlichen will, aber ich verstehe, warum du abgelehnt hast. Dein Blick, als Chris plötzlich in unser Treffen geplatzt ist. Du liebst ihn wirklich. Trotz seiner Macken«, stellt Peter mit ernster Stimme fest und sieht mich dabei eindringlich an. Unter seinem intensiven Blick werde ich nervös, sodass ich, statt zu antworten, mein Glas in einem Zug leere. Peter schenkt mir nach.

»Es ist genau das, was Chris jetzt braucht: einen Menschen, dem er wichtig ist«, redet Peter weiter, statt auf eine Reaktion meinerseits zu warten. Scheinbar sucht er jemanden zum Reden. »In seiner Vergangenheit habe ich so ziemlich alles kaputtgemacht, was er geliebt hat. Und darauf bin ich alles andere als stolz, das musst du mir glauben. Leider gibt er mir keine Gelegenheit, mich bei ihm zu erklären.«

Obwohl ich bereits ziemlich betrunken bin, wundere ich mich über Peters Redseligkeit. Er muss bereits ebenfalls genug Alkohol intus haben, wenn er mit seinen Gedanken wie selbstverständlich hausieren geht. Immerhin kennen wir uns kaum ... Ich bin nun wirklich nicht die Richtige, um mir sein Herz auszuschütten.

Lisa zupft an meinem Arm. »Ich gehe eben zur Toilette, ja?«, meldet sie sich bei mir ab. Ich nicke ihr zu und schau meiner Freundin kurz nach, ehe ich mich Peter zuwende, um ihm endlich zu antworten.

»Ja, ich liebe ihn. Christopher ist kein schlechter Mensch, das habe ich schnell erkannt. Er tut sich lediglich schwer damit, anderen zu vertrauen und ihnen sein wahres Ich zu zeigen«, sage ich zu ihm. Leider habe ich mich getäuscht, was Christophers Ehrlichkeit angeht.

»Warum ist er heute nicht bei dir?« Peter sieht sich kurz um, dann kratzt er sich verlegen am Hinterkopf. »Tja, wäre er hier, könnten wir uns wohl kaum ungestört unterhalten.« Seine Augen verengen sich. »Und so, wie ich ihn kenne, hat er vermutlich gedacht, ich würde mich an dich ranmachen, habe ich recht? Scheiße, ist er wegen der Sache neulich immer noch sauer?«

Mein Gesichtsausdruck muss für sich sprechen, denn er seufzt tief.

»Puh, wir sollten uns endlich mal aussprechen. Ich verstehe, dass er sauer auf mich ist. Auf ihn wirkt es so, als hätte ich alles zerstört – seine Karriere bei den Seattle Seahawks und seine Beziehung mit Mia«, meint er bedrückt. »Aber der Unfall damals war genau das – ein Sportunfall. Und die Sache mit Mia war eine einmalige Sache, die ich sehr bereue ...« Solch eine ehrliche Aussage habe ich von ihm nicht erwartet. Vielleicht müssen sich die beiden Männer wirklich endlich einmal gegenseitig zuhören. Auch wenn Chris mich schon abgeschrieben hat, schlägt mein Herz immer noch für ihn. Deshalb wünsche ich mir, dass er glücklich sein kann.

Weil Lisa schon eine ganze Weile weg ist, will ich mich auf die Suche nach ihr machen. Ich rutsche vom Hocker und taumle sogleich bedrohlich, weshalb ich mich an der Theke festhalten muss. Was ist plötzlich los mit mir? Es fühlt sich so an, als gehorchen mir meine Beine nicht mehr. Alles um mich herum dreht sich, als befände ich mich auf einem Karussell und nicht im Club.

Bevor ich beim Versuch, den nächsten Schritt zu machen, stürze, greift Peter mir sofort unter die Arme.

»Joanna, alles okay mit dir?«, fragt er mich mit echter Sorge in der Stimme. Ich nicke, doch dann spüre ich ein Rumoren in meinem Bauch und schüttele den Kopf. Auf einmal ist mir richtig übel. Ich habe Angst, ich könnte mich an Ort und Stelle übergeben.

»Mir ist schlecht«, presse ich mühsam hervor. Ich schlucke schwer, denn mein Magen dreht sich wieder, und ich spüre schon die Galle im Hals. Peter reagiert schneller als ich. Er legt mir seinen Arm fest um die Schulter und dirigiert mich aus dem Club, vorbei an den tanzenden Partybesuchern und hinaus ins Freie. Die kalte Nachtluft schlägt mir entgegen und sorgt dafür, dass ich meinen Mageninhalt nicht länger bei mir behalten kann. Ich mache mich von Peter los und schaffe es gerade noch, mich über einen der Büsche neben dem Eingang zu beugen, ehe ich mich würgend übergebe. Peter sagt keinen Ton, und ich bin nur froh, dass er mich in diesem Moment in Ruhe lässt. Aus dem Augenwinkel erkenne ich, wie einige der neuen Clubbesucher, die am Eingang auf den Einlass warten, angewidert die Gesichter verziehen und miteinander tuscheln.

Beschämt richte ich mich wieder auf und wische mir mit dem Handrücken über den Mund. Was ist denn auf einmal los? Vorhin ging es mir doch noch gut und jetzt?

»Geht's?«, kommt es leise von Peter. Ich nicke, traue mich jedoch kaum, ihn anzusehen. Diese Situation ist mir schrecklich peinlich. Sofort muss ich an meine erste Begegnung mit Chris denken, an unseren One-Night-Stand und wie ich ihn in demselben Club getroffen habe.

Mir geht es schlecht, nicht nur, weil mein Magen rebelliert, denn plötzlich bricht der ganze Kummer über mir herein. Ich vermisse Chris, ich fühle mich so elend wegen des Streits, dass mir die Tränen in die Augen steigen. Das Schluchzen kann ich kaum noch zurückhalten, meine Schultern beben, je länger ich versuche, stark zu bleiben. Warum gerade meine Dämme in Peters Gegenwart brechen, kann ich nicht sagen, doch ich wehre mich nicht, als er schützend die Arme um mich legt. Schniefend presse ich mein Gesicht in seine Halsbeuge und weine, lasse den Schmerz raus. Peter streicht mir tröstend über den Rücken und es fühlt sich tatsächlich gut an, von ihm gehalten zu werden. Das Gefühl ist anders als bei Chris und ein bisschen mit dem vergleichbar, was ich in Erics Nähe empfinde.

»Soll ich dich nach Hause bringen? Ich könnte uns ein Taxi rufen«, schlägt er nach einer Weile vor, als ich mich halbwegs wieder gefangen habe. Betrübt schüttele ich den Kopf. Mir ist immer noch furchtbar schlecht, und ich fühle mich wie erschlagen. Peter überlegt kurz, während ich schlapp in seinen Armen liege. Wenn ich noch einen Schritt allein mache, fürchte ich, umzukippen.

»Amy hat uns vorsorglich Zimmer im Hotel reserviert, damit wir nach der Party nicht nach Hause fahren müssen. Außerdem gibt es morgen einen gemeinsamen Bruch im Hotelrestaurant«, murmele ich matt.

»Okay, dann bringe dich dorthin«, schlägt er vor. »Dann versuche ich, deine Freundinnen zu finden, damit sie nach dir sehen.«

Ich nicke. Vorsichtig führt er mich zum Eingang des Hotels, das genau neben dem Club liegt.

Wie er mich in das Zimmer bringt, bekomme ich kaum mit. Auch nicht, wie er mir die Schuhe von den Füßen zieht. Ich spüre nur die weiche Bettwäsche, bevor tiefe Dunkelheit mich umgibt.

Kapitel 26

– Chris –

Es ist weit nach Mitternacht, als ich das letzte Kleidungsstück in meinem Koffer verstaut habe. Zwar geht mein Flug erst am Nachmittag, doch weil ich nicht schlafen konnte, habe ich beschlossen, jetzt schon meine Sachen zusammenzupacken, statt mich unruhig in meinem Bett herumzuwälzen. Nach längeren Überlegungen habe ich mich dazu durchgerungen, das Angebot von Kevins altem Studienfreund anzunehmen und mich bei ihm in der Klinik durchchecken zu lassen. Denn Kevin hatte Recht, ich habe nichts zu verlieren. Vielleicht gefällt es mir in den Bergen und ich bleibe einfach dort. Eigentlich habe ich diese Entscheidung schon vor einer ganzen Weile getroffen, weil ich mit dem Football immer noch nicht richtig abschließen kann. Lediglich die kurze Beziehung zu Joanna hat meinen Entschluss hinausgezögert. Doch die Sache ist nun eh gelaufen und ich kann genauso gut in die Schweiz fliegen. Die Bergluft wird mir bestimmt guttun und mir dabei helfen, Joanna zu vergessen.

Seufzend lasse ich mich erneut aufs Bett sinken, stütze mein Gesicht in die Hände und starre auf den offenen Koffer, in den ich die Klamotten unordentlich hineingeworfen habe. Auch wenn mein Herz immer noch schmerzt, ist es die richtige Entscheidung zu gehen. Ich habe eine Aussicht auf Heilung, die ich mir wegen der Liebe zu einer Frau nicht entgehen lassen kann. Joanna will nichts von mir wissen, will meine Entschuldigung und Erklärung nicht hören, warum also noch länger hierbleiben? Vielleicht kann mir Kevins Kumpel tatsächlich helfen, damit ich wieder spielen kann? Denn Football ist mein Leben, meine erste große Liebe. Ohne diesen Sport fühle ich mich nicht vollständig. Und diese Leere in meinem Herzen kann keine Frau der Welt füllen.

Wenn ich diesen Gedanken festhalte, dann kann ich meine Gefühle für Joanna wenigstens für einen Augenblick verdrängen.

Ich will mich gerade wieder hinlegen, um doch noch ein paar Stunden Schlaf vor dem langen Flug zu bekommen, als das Handy auf meinem Nachttisch klingelt. Irritiert sehe ich aufs Display und sogleich beschleunigt sich mein Puls, denn Joannas Name erscheint.

Mit zitternden Fingern nehme ich das Gespräch entgegen.

»Joanna?«, frage ich atemlos, kann dabei nicht verhindern, dass mein Herz wie verrückt schlägt.

»Nein, hier ist Lisa«, sagt eine mir unbekannte Frauenstimme am anderen Ende der Leitung. Verwirrt ziehe ich die Augenbrauen zusammen. Von Joanna weiß ich, dass Lisa ihre beste Freundin und Kollegin von der Zeitung ist, ich selbst habe sie ein paar Mal flüchtig gesehen. Aber warum geht sie an Joannas Handy? Ist etwas passiert?

»Ist alles okay mit Joanna?«, frage ich sofort, denn ein ungutes Gefühl beschleicht mich. »Warum rufst *du* mich an?«

»Ich weiß es nicht«, stammelt Lisa ängstlich, Panik schwingt in ihrer Stimme mit und überträgt sich auf mich. »Sie war hier, aber nun habe ich sie aus den Augen verloren.« Im Hintergrund höre ich Musik, Lisa muss wohl in einem Club sein. »Wir feiern Amys Geburtstag, und ich habe sie nur kurz allein gelassen ...«

»Vielleicht ist sie bloß zur Toilette gegangen?«, mutmaße ich, versuche dabei ruhig zu bleiben und meine Gedanken zu ordnen. Lisa würde mich nicht anrufen, wenn es nicht wichtig wäre. Ganz bestimmt weiß sie über unsere Trennung Bescheid.

»Nein. Peter Griffin war bei ihr und der Barkeeper meinte, ihr wäre es plötzlich nicht gut gegangen ... Joanna ist seit eurer Trennung wirklich neben der Spur.«

Noch während sie spricht, schrillen die Alarmglocken in meinem Kopf. Peter ist bei ihr?! Das Smartphone immer noch am Ohr, zerre ich einen Hoodie aus dem Koffer und ziehe ihn mir mühsam über den Kopf, dann schlüpfe ich in eine Hose.

»Lisa, wo genau bist du?«, frage ich hastig und verlasse bereits mein Schlafzimmer. »Ich komme sofort zu dir.«

Ein Schluchzen ist zu hören. »Im Club des Hollywood-Roosevelt Hotels. Bitte beeil dich ...«

Ich lege auf und werfe mir die Jacke über die Schulter, schlüpfe in meine Sneakers und renne die Stufen runter durchs Treppenhaus, statt wie gewohnt den Aufzug zu nehmen. Noch im Laufen entriegele ich mein Auto.

Zum Glück ist auf den Straßen zu dieser späten Stunde nichts los, denn ich fahre viel zu schnell. Vor dem Club halte ich den Wagen und springe raus.

Den Club kenne ich noch sehr gut aus meiner Zeit als aktiver Spieler. Hier bin ich mit den Jungs oft feiern gewesen. Ich weiß, dass Peter hier ein und ausgeht, um Frauen aufzureißen. Wer die Nacht zum Tag macht, kann sich für ein paar Stunden eins der Zimmer buchen, um seinen Rausch auszuschlafen.

Ich muss nicht einmal nach Joannas Freundin suchen, denn Lisa fängt mich bereits am Eingang ab.

»Da bist du ja!« Sie ergreift meinen Arm. »Der Typ hat sie ganz offensichtlich angebaggert. Obwohl Jo sich erst sehr zurückhaltend – fast schon abweisend – ihm gegenüber verhalten hat, ließ er nicht locker. Ihr Gespräch habe ich nicht richtig mitbekommen. Keine Ahnung, was er zu ihr gesagt hat. Aber am Ende sah sie ziemlich blass und betrunken aus. Wenn er sie nicht nach Hause gebracht hat, dann müssen sie im Hotel sein ... Amy hat uns dort ein Zimmer reserviert.« Ihr Redeschwall endet in einem tiefen Seufzer. Lisa schwankt leicht, als sie mich in Richtung des Hoteleingangs dirigiert. Auch sie hat viel getrunken, wobei die Sorge um ihre Freundin sie relativ nüchtern werden ließ.

Mein Gesicht verfinstert sich. Hat Peter Joannas Trunkenheit ausgenutzt, um sie abzuschleppen und mir damit eins auszuwischen? Genau wie er mir damals absichtlich gegen das Knie gegrätscht hat, um meinen Platz bei den Seattle Seahawks einzunehmen?

Jetzt macht er sich schamlos an meine Freundin ran ... *Ex-Freundin*, rufe ich mir in Erinnerung, aber das spielt keine Rolle. Ich liebe Joanna und werde nicht zulassen, dass Peter sie anfasst! Meine Kiefer mahlen, ich presse die Lippen zu einem dünnen Strich zusammen, weil mir dieser Gedanke wirklich sauer aufstößt. Hoffentlich finden wir die beiden noch rechtzeitig.

In der Hotellobby befinden sich kaum Gäste, denn es ist mitten in der Nacht. Eine junge Frau sitzt an der Rezeption und blättert in einem Magazin, als wir zu ihr treten.

»Hallo, können Sie mir bitte sagen, ob hier eben ein großer, dunkelhaariger Mann mit einer blonden Frau eingecheckt haben?«, frage ich sie mit ruhiger Stimme. Lisa bleibt hinter mir, beobachtet mich jedoch mit bangem Blick, statt einzugreifen. In meinem Inneren tobt die Wut und will an die Oberfläche, doch ich unterdrücke sie, so gut es geht. Die Frau hebt ihren Kopf und sieht mich irritiert an.

»Tut mir leid, darüber kann ich ihnen keine Auskunft geben, Mr –«

»Bennett. Christopher Bennett«, nenne ich ihr meinen Namen und hoffe, dass sie bereits von mir gehört hat. Doch das scheint nicht der Fall zu sein, denn ich kann keine Erkenntnis in ihrem Gesicht sehen.

»Hören Sie, es ist wirklich dringend.«

»Wir haben eine Reservierung auf Amy Clark«, kommt mir Lisa endlich zur Hilfe. Die Frau schaut zu ihr, dann wendet sie sich ihrem Monitor zu.

»Ja, ich habe hier eine Reservierung für drei Personen. Mrs. Miller hat vor einer halben Stunde eingecheckt.«

»Ein Glück!«, entfährt es Lisa, die ihre Finger noch tiefer in meinen Unterarm krallt. Den Schmerz ignorierend, beuge ich mich ein wenig über den Rezeptionstresen vor, um die Frau dahinter eindringlich anzusehen.

»Wie lautet die Zimmernummer?« Uns läuft wirklich die Zeit davon, denn ich mache mir ernsthaft Sorgen um Joanna.

Nun schiebt mich Lisa ungeschickt zur Seite, um ihrerseits mit der Frau zu sprechen.

»Es ist nämlich so, dass wir uns dieses Zimmer teilen«, beginnt sie zu erzählen, woraufhin die Frau irritiert zwischen Lisa und mir hin und her schaut. Sie muss sich bestimmt ihren Teil denken, denn ihre Augenbrauen fliegen in die Höhe und eine Röte zeichnet sich auf ihren Wangen ab.

»Bitte, die Zimmernummer«, beharre ich und lächle, so charmant es mir in meinem Zustand möglich ist.

»Und wir brauchen eine zweite Zimmerkarte«, kommt es von Lisa. Die Frau tippt etwas in ihren Computer ein.

»Tut mir leid, ich kann keine vier Personen ... Sie müssen sich ein anderes Zimmer buchen, Mr Bennett«, entgegnet sie beharrlich.

»Meinetwegen«, sage ich gepresst und schiebe ihr meine Kreditkarte über den Tresen. Abermals tippt sie etwas ein, dann bekomme ich eine weiße Schlüsselkarte. Unruhig trommelt Lisa mit den Fingernägeln neben mir auf das Holz.

»Aber die Zimmernummer von Mrs. Miller ...«, wiederholt sie, als die Rezeptionistin sich bereits an die nächsten Gäste wenden möchte. Jede Minute, die verstreicht, werde ich ungeduldiger. Ich will endlich zu

Peter und ihm eine verpassen, weil er sich erneut an *meine* Freundin ranmacht. Die Wut in mir steigt immer weiter, lässt mich kaum noch klar denken.

»Wissen Sie, meine Freundin hat –« Sie beugt sich über den Tresen und hält sich die Hand vor den Mund, als würde sie ein Geheimnis verraten wollen. »Sie hat die Kondome eingesteckt. Ich bräuchte welche ... Oder haben Sie gerade eins zur Hand?«

Die Frau errötet noch eine Spur mehr, worüber ich in jeder anderen Situation gelacht hätte. Jetzt hingegen bin ich über jede Ausrede froh, die mich Joanna näherbringt.

»Oh! Hm ... also schön. Die beiden sind in Zimmer 511 untergekommen. Es ist auf der fünften Etage und ...«

Den Rest höre ich nicht mehr, denn ich mache sogleich kehrt und eile zu den Fahrstühlen. Lisa folgt mir, doch in ihren High Heels kann sie kaum mit mir mithalten. Es dauert viel zu lange, bis die Fahrstuhltüren mit einem *Ping* aufspringen und ich eintreten kann. Lisa schlüpft gerade noch rechtzeitig ins Innere, bevor sich die Türen wieder schließen und wir bereits in die fünfte Etage hinauffahren. Oben angekommen, sehe ich mich nach den Zimmernummern an den Türen um. Gemeinsam mit Lisa rennen wir durch den Flur, bis ich endlich die letzte Tür am Ende des Ganges erreicht habe. Stark klopfe ich gegen das Holz. Wenn Peter nicht öffnet, dann werde ich mir etwas anderes überlegen. Doch ich muss nicht mal lange warten, denn sogleich wird die Tür einen Spalt aufgezogen und Peter erscheint im Türrahmen. Seine Augen weiten sich erstaunt, aber ehe er reagieren kann, packe ich ihn mit einer harschen Geste am Kragen seines Shirts, sodass ihm jedes Wort im Hals stecken bleiben.

»Du mieses Arschloch!«, schreie ich ihn an und hole mit der Faust aus, erwische jedoch nicht sein Gesicht, weil er sich im letzten Moment zur Seite dreht. Meine Faust fliegt ins Leere, und ich strauchle für wenige Sekunden. »Was hast du mit Joanna gemacht?«

Wütend dränge ich ihn rückwärts in den Raum, sodass auch Lisa an mir vorbei ins Zimmer huschen kann. Sie stürzt zu Joanna zum Bett. Meine Ex-Freundin liegt auf dem Bauch, das Gesicht ins Kissen gedrückt. Ihr Kleid ist bis zur Hüfte hochgerutscht, ich kann ihren schwarzen Slip deutlich sehen. In nur wenigen Sekunden erfasse ich die Situation und schubse Peter hart von mir, bis er rückwärts gegen die Wand knallt. Der Stoß war zwar nicht fest, dennoch kann sich mein Rivale nur mühsam auf den Beinen halten. Er keucht erschrocken auf. Dass Peter betrunken ist, erkenne ich sofort, denn im Zimmer liegt ein schwerer Alkoholgeruch.

»Bist du nicht mehr ganz dicht?! Was hast du mit ihr gemacht?«, brülle ich und baue mich bedrohlich vor Peter auf. »Wenn du sie angerührt hast, dann kannst du was erleben!«

»Nichts! Sie ist freiwillig mitgegangen«, zischt Peter, lallt dabei jedoch deutlich. Ich höre die Trunkenheit aus seiner Stimme heraus. Erneut will ich nach ihm greifen, aber dieses Mal weicht Peter mir aus.

»Halt die Klappe, oder ich breche dir dieses Mal wirklich die Nase!« Die Angst um Joanna und der Hass auf Peter, diese ganze absurde Situation in diesem Hotelzimmer, lassen mich rot sehen. Mir rauscht das Blut in den Adern, weshalb ich kaum noch klar denken kann und seine Worte nicht zu mir durchdringen.

Abermals hole ich mit der Rechten aus, aber er duckt sich unter mir hinweg, weshalb ich gegen den kleinen Dekotisch stolpere. In meiner Wut fühle ich mich wie berauscht, weshalb ich meine Bewegungen nicht richtig kontrollieren kann.

»Gott, hört auf damit!«, ruft Lisa panisch, die sich neben Joanna vors Bett gekniet hat und diese an der Schulter rüttelt. Joanna regt sich, wacht jedoch nicht auf. Umso besser, denn ich möchte nicht, dass sie mich so sieht.

Schnell rappele ich mich auf und drehe mich zu Peter um. Fest packe ich ihn an den Schultern und drücke ihn mit aller Kraft zu Boden, während er sich gegen mich zu stemmen versucht. Ich war schon immer stärker als er, auch wenn ich längst nicht mehr regelmäßig trainiere.

»Scheiße, Chris, komm zu dir! Du benimmst dich wie ein wildgewordener Berserker«, keucht er und strampelt mit den Beinen. »Hör mir endlich zu. Du hast dich nicht mehr unter Kontrolle.«

Blitzschnell versetze ich ihm einen Fausthieb ins Gesicht. Peter jault auf. Jammernd bleibt er am Boden hocken, die Zornesröte im Gesicht.

Weil ich zu sehr von meiner Wut gelenkt werde, achte ich nicht auf seine Arme. Peter versetzt mir einen Hieb in die Seite, was mich für einen Augenblick scharf Luft holen lässt. Diesen Moment nutzt er, um mich von sich zu stoßen und die Oberhand bei unserer Rangelei zu gewinnen. Dieses Mal lande ich unter ihm, er wirft sich regelrecht auf mich und presst mir durch den Zusammenstoß abermals die Luft aus den Lungen. Unter ihm gefangen, tauchen plötzlich Bilder aus der Vergangenheit vor meinem inneren Auge auf: jubelnde Zuschauer, Lichter der Tribünen über mir, ein wolkenloser Himmel. Peters Gewicht auf mir, ein stechender Schmerz in meinem Bein, der sich durch meinen ganzen Körper zieht und mich für einige Sekunden Sterne sehen lässt. Laute Stimmen, Rufe, meine eigenen Schreie, als ich realisiere, was geschehen ist. Hände, die nach mir greifen und an mir zerren, mir den Helm vom Kopf reißen, damit ich nach Luft schnappen kann. Dieses Szenario habe ich so lange verdrängt und aus meinem Hirn verbannt. Jetzt ist es so präsent wie am ersten Tag.

Meine Atmung beschleunigt sich, ich hole tief Luft. Panik kriecht durch meine Glieder, lässt mich vollends erstarren, bis ich schlaff wie eine Puppe unter Peter liege. Gefangen in meiner schlimmsten Erinnerung, merke ich zu spät, dass mein Rivale mich aus der Umklammerung entlässt. Peter hockt neben mir und schüttelt meine Schulter. Besorgnis liegt in seinen Zügen, die Wut ist vollends aus seinem Gesicht gewichen.

»Chris, alles okay? Sieh mich an.«

Mühsam versuche ich, ihn zu fokussieren und dem Blick seiner dunklen Augen standzuhalten, doch es gelingt mir nur schwer. Er hilft mir, mich aufzusetzen. Erst jetzt komme ich wieder zu mir, schüttele die Schatten der Vergangenheit ab und auch seine Hand, die auf meiner Schulter ruht. Abermals funkle ich ihn verärgert an, schweige aber aus Angst, meine Zunge wäre schon wieder schneller als mein Verstand.

Peter erhebt sich langsam und klopft sich in einer unbeholfenen Geste imaginären Staub von seiner Hose. Dann fährt er sich mit einer Hand durchs Haar, wirft einen kurzen Blick zu Lisa und Joanna, ehe er sich wieder mir zuwendet.

Wie ein Versager hocke ich auf dem Boden, unfähig, mich zu rühren. Meine Raserei war eine Kurzschlussreaktion, auch wenn meine Sorge wegen Joanna vielleicht berechtigt war. Dabei wollte ich mich ändern, hatte es längst getan, während ich mit ihr zusammen gewesen bin ...

»Du hast dich immer noch nicht verändert, Chris. Tatsächlich habe ich geglaubt – nein, gehofft – dass dich dein Unfall und die lange Spielpause endlich zur Vernunft bringen. Du glaubst, alles würde sich nur um dich drehen«, brummt Peter verärgert, doch in seinen Augen erkenne ich ein schmerzhaftes Funkeln. »Football, Frauen – alle liegen dem tollen Christopher Bennett zu Füßen! Dabei hast du schon damals kein einziges Mal richtig zugehört. Hast deine Freunde kaum noch *gesehen,* wenn sie dir helfen wollten. Ist es da ein Wunder, dass sich Mia von dir vernachlässigt gefühlt hat?«

Er fixiert mich mit eindringlichem Blick, unter dem ich innerlich schrumpfe. Verdammt, was ist auf einmal los mit mir? Noch vor wenigen Sekunden habe ich mich stark und überlegen gefühlt, jetzt hingegen komme ich mir wie ein gescholtenes Kleinkind vor.

»Was hast du mit Joanna gemacht?«, frage ich leise, jedoch mit Schärfe in der Stimme. Ich will mich aufs Wesentliche konzentrieren, um das Gefühl des Versagens, das mich seit meinem Unfall verfolgt, abzuschütteln. Peter erhebt sich schwungvoll aus seiner knienden Position, stemmt die Hände in die Seiten und schüttelt den Kopf.

»Gar nichts habe ich mit ihr gemacht«, entgegnet er ruhig und schaut zu den beiden Frauen. Auch ich sehe erneut rüber. Lisa sitzt neben ihrer Freundin auf der Bettkante und streicht ihr übers Haar. Sie scheint uns gar nicht mehr zu bemerken. Vielleicht wäre es besser, meinen Streit mit Peter nicht in ihrem Beisein auszutragen und das Hotelzimmer zu verlassen. Nachdem ich weiß, dass es Joanna gut geht ...

Ich räuspere mich und rappele mich mühsam auf. »Aber du hast Mia –«, beginne ich krächzend, aber Peter schneidet mir mit einer harschen Handbewegung das Wort ab. Wut kehrt in sein Gesicht zurück.

»Gott, Chris, wach endlich auf! Die Welt dreht sich nicht nur um dich und dein Leid. Wieso zur Hölle glaubst du, jeder Mensch würde dich aus reiner Bosheit hintergehen wollen? So besonders bist du nicht«, zischt mein Rivale und macht einen Schritt auf mich zu, um mir fest in die Augen zu sehen. »Du hast Mia überhaupt nicht mehr gesehen – eure Beziehung für selbstverständlich genommen. Wir haben den One-Night-Stand beide bereut, doch du wolltest weder meine noch ihre Entschuldigung hören. Und dein Unfall war genau das – ein Sportunfall.« Er schnaubt verärgert und dreht sich von mir weg. Mehrere Herzschläge lang passiert nichts. Ich starre lediglich auf Peters breite Schultern und seine angespannte Haltung. All die Gedanken, die ich in meinem Inneren eingesperrt hatte, kehren zurück. Und mit ihnen der Schmerz über den Verlust meiner großen Liebe, meines besten Freundes und des Ziels in meinem Leben.

Ich bin total entsetzt über seine Worte, denn tief im Inneren wird mir klar, was Peter mir sagen will. Was mir so viele Menschen versucht haben, deutlich zu machen. Ich hingegen habe nie auch nur auf einen von ihnen gehört und mich stur gestellt. Sogar Joanna konnte nicht zu mir durchdringen, obwohl ich sie liebe. Jeden in meinem Umfeld habe ich mit meiner arroganten Art verletzt und vor den Kopf gestoßen. Ich bin an meinem Versagen selbst schuld. Nicht Peter, nicht der Verein, nicht meine Eltern. Ich allein! Selbst mein Therapeut konnte mit all seinen Bemühungen nicht zu mir durchdringen, weil ich mich gegen alles und jeden gewehrt habe ...

Diese Erkenntnis reißt mir den Boden unter den Füßen weg, und würde ich nicht mit dem Rücken zur Wand stehen, würde ich vermutlich direkt in die Knie gehen. All die Jahre habe ich meinen Zorn und meine Wut auf mein Umfeld projiziert, statt den Fehler bei mir zu suchen.

»Ich war nicht immer so ...«, flüstere ich in die Stille hinein, die mich zu erdrücken droht. Dieses Gespräch mit Peter schmerzt mehr als unsere Rauferei. Mit gesenktem Kopf atme ich mehrmals ein und aus. »Wir hätten vermutlich früher miteinander reden sollen ...«

Peter dreht sich wieder zu mir um. Seine Züge werden weich. »Vermutlich« Müde reibe ich mir über die Augen, weil verräterische Tränen hinter meinen Lidern brennen, die ich hastig wegblinzle.

»Die Sache mit Mia tut mir leid. Allerdings gehören zu einem One-Night-Stand auch immer zwei Parteien.

Eure Beziehung war schon vor mir kaputt, du hast es bloß nicht wahrhaben wollen«, wiederholt Peter nachdrücklich. Er streckt die Hand nach mir aus, um mich an der Schulter zu berühren, doch ich stoße ihn aus einem Impuls heraus weg. Abermals kehrt die Wut zurück. Er wollte mir die Freundin zwar nicht nehmen – aber meinen Sport hat er mir genommen!

»Du hättest dich nicht einmischen sollen«, zische ich.

Erneut verzieht Peter das Gesicht zu einer finsteren Miene.

»Chris, du Idiot, ich habe dir damals vielleicht das Leben gerettet. Als ich den Ball auf dich zufliegen sah, wusste ich, dass ich handeln musste. Ansonsten wäre es noch schlimmer für dich ausgegangen als ein kaputtes Knie.«

»Ach ja? Woher wolltest du das denn wissen? Wegen dir kann ich nie wieder aufs Spielfeld«, entgegne ich barsch und verschränke die Arme vor der Brust. Ich habe Angst davor, dass er recht hat und ich die ganze Zeit aus reiner Sturheit gelitten habe. Jetzt schäme ich mich so sehr über meinen Egoismus, dass ich die Fakten nicht wahrhaben will.

»Wegen mir sitzt du nicht im Rollstuhl! Ich habe gesehen, wie die Jungs der gegnerischen Mannschaft auf dich zugestürmt sind. Ich habe aus einem Impuls heraus gehandelt. Du hättest eine Kopfverletzung bei der Kollision davongetragen, wenn nicht sogar Schlimmeres. Dass du so unglücklich auf deinem Knie gelandet bist, konnte ich nicht ahnen. Besinn dich, Mann! Dein Manöver war ein Selbstmordkommando.« Er schüttelt mich heftig an den Schultern. Starr vor Entsetzen kann ich mich nicht rühren. Habe ich wirklich die Gefahr nicht erkannt und meine Gesundheit selbst aufs Spiel gesetzt, nur, um mir und der Welt etwas zu beweisen? Fuck!

Vor meinem inneren Auge sehe ich erneut den Football auf mich zufliegen. Und die Gegner, die mit grimmigen Mienen auf mich zustürmen. Endlich erinnere ich mich wieder an jedes Detail. Damals hatte mir Peter etwas zugerufen, regelrecht geschrien, doch ich habe seine Worte kaum verstanden, weil ich mich nur auf den Football konzentriert hatte. Ich war bereits im Sprung, als mich sein Takel in der Seite traf und mich mit voller Wucht von den Füßen riss. Wollte er mich damals tatsächlich vor der Kollision warnen? Verdammt, keine Ahnung! Wenn er die Wahrheit sagt – wieso ist diese Tatsache niemanden von den Fans und nicht einmal unserem Coach aufgefallen? Waren alle so sehr auf den Ausgang des Spiels fokussiert, dass dieses Detail untergegangen ist?

Peter lässt mich wieder los und seufzt tief. »Mehr als mich bei dir entschuldigen, kann ich nicht. Du kannst mich für die Sache mit Mia hassen – aber nicht dafür, dass ich dir das Leben gerettet habe!« Er spuckte mir diese Worte regelrecht vor die Füße.

Ehe ich etwas erwidern kann, wendet er sich ab und verlässt schnellen Schrittes das Hotelzimmer. Erst als die Tür hinter ihm ins Schloss fällt, erwache ich aus meiner Starre. Ich will ihm schon hinterherstürzen, als ich ein leises Krächzen von Joanna höre. Sofort wende ich mich zum Bett.

»Hey, Süße, wie geht's dir?«, fragt Lisa besorgt und legt ihrer Freundin die Hand auf die Schulter, dann stützt sie sie dabei, sich im Bett aufzusetzen. Joanna ist sehr blass, ihre blonden Haare hängen ihr wirr ins Gesicht und ihr Blick huscht ziellos durch den Raum, doch wenigstens ist sie wieder bei Bewusstsein. Sie nickt leicht, dann schüttelt sie den Kopf und murmelt etwas, ehe sie sich vorbeugt und sich auf den Boden zu ihren Füßen übergibt. Lisa zuckt zurück, erhebt sich vom Bett und eilt ins Bad, um ein nasses Handtuch zu holen.

Unschlüssig bleibe ich in einiger Entfernung vor Joanna stehen. Sie in diesem Zustand zu sehen, macht mich fertig. Vielleicht hat Peter recht, und ich zerstöre wirklich alles um mich herum?

»Soll ich euch nach Hause fahren?«, frage ich mit möglichst ruhiger Stimme an Lisa gewandt, nachdem sie aus dem Bad zurückkommt und Joanna mit dem Handtuch übers Gesicht tupft. Sie schüttelt den Kopf.

»Ich denke, wir werden heute Nacht hierbleiben«, erwidert sie mit einem besorgten Blick auf ihre beste Freundin. »Keine Ahnung, ob wir sie in diesem Zustand ins Auto kriegen ...«

»In Ordnung. Dann ... ich werde dann gehen«, murmele ich und sehe betreten zu Boden. Die Scham über mein Verhalten ist erdrückend, sodass ich keinem der Anwesenden in die Augen sehen kann. Keine Ahnung, wie viel Joanna von meinem Streit mitbekommen hat, doch Lisa hat jedes Wort gehört, was peinlich genug ist.

»Danke.« Schweren Herzens und ohne Joanna noch einmal anzusehen, wende ich mich zum Gehen. Es ist besser, wenn sie nicht erfährt, was heute Nacht passiert ist. Und dass ich hier gewesen bin. Bestimmt wird sie sich bereits morgen früh nicht mehr erinnern können. Außerdem sitze ich in nur wenigen Stunden sowieso im Flieger Richtung Schweiz.

»Sag ihr nicht, dass ich hier war, okay?«, bitte ich Lisa.

»Warum?« Fragend hebt sie die Augenbrauen. »Weil du sie immer noch liebst? Willst du sie deshalb verlassen?« Sie entfernt sich von Joanna, die wieder schlapp in die Kissen gesunken ist.

»Was ...?« Ich kann mein Pokerface nicht länger aufrechterhalten und die Gefühle, die ich bei Joannas Anblick empfinde, in mir verschließen. Lisa steht mit einem traurigen Lächeln vor mir.

»Ich habe die ganze Zeit gewusst, dass ihr beide zusammengehört. Jeder von euch hat einen schweren Schicksalsschlag erlitten, der euch aus der Bahn gebracht hat. Aber gemeinsam habt ihr die Wunden in euren Herzen langsam heilen lassen. Und nur zusammen könnt ihr dafür sorgen, dass diese Narben nicht erneut aufreißen. Ich kann mir vorstellen, dass es mit einer Frau wie Joanna nicht leicht ist, denn sie ist ebenso leidenschaftlich und temperamentvoll wie du. Vermutlich ist es genau das, was euch verbindet. Eure Gefühle sind impulsiv und stark. Deshalb – geh nicht.«

Mir wird das Herz schwer. Ihre Worte rühren mich, doch die Erkenntnis nach Peters Standpauke geht mir nicht mehr aus dem Kopf. Ich bin es, der alles um mich herum zerstört. Zuerst muss ich mit mir selbst ins Reine kommen – und das kann ich nur Meilen von ihr entfernt in den Schweizer Bergen.

»Es tut mir leid«, murmele ich mit gesenktem Kopf, dann verlasse ich das Hotelzimmer.

Kapitel 27

– Joanna –

Mein Kopf scheint zu explodieren. Ich kann kaum die Augen öffnen, so schwindelig wird mir bei dem Versuch. Die letzte Erinnerung, die ich an den vergangenen Abend habe, ist mein Gespräch mit Peter. Und an den Alkohol, den ich mit ihm getrunken habe.

Stöhnend richte ich mich im Bett auf und sehe mich verwirrt um. Wo bin ich? Das ist eindeutig nicht mein Schlafzimmer, auch nicht das von Christopher oder von einer meiner Freundinnen. Was zur Hölle ist gestern Abend passiert?

Mein Kopf dröhnt bei jedem weiteren Versuch, mich zu erinnern, mir ist übel und schwindelig, und der Trennungsschmerz ist auch nicht verschwunden. Ich liebe Chris immer noch.

Die Tür öffnet sich mit einem leisen Klicken, und ich erkenne Lisa, wie sie den Raum betritt. In den Händen balanciert sie zwei Kaffeebecher.

»Endlich bist du wach«, meint sie mit einem erleichterten Gesichtsausdruck. Sie setzt sich zu mir ans Bett und reicht mir das Getränk. Der Kaffeegeruch verursacht erneut Übelkeit in mir und nachdem ich einen kleinen Schluck genommen habe, dreht sich mir der Magen um. Sofort springe ich aus dem Bett, die Hand fest auf meinen Mund gepresst. Gerade noch rechtzeitig kann ich den Klodeckel hochreißen, ehe ich mich übergebe. Keuchend bleibe ich einen Moment auf den Fliesen sitzen, bis sich mein Kreislauf beruhigt hat. Erst dann erhebe ich mich vorsichtig, um mir das Gesicht zu waschen. Der Blick in den Spiegel schockt mich, denn ich sehe wirklich krank aus. Dunkle Augenringe zeichnen sich auf meiner blassen Haut ab und die Haare sind wirr und ein wenig verklebt.

Schnell spritze ich mir kaltes Wasser ins Gesicht und warte einen Augenblick, um meine Gedanken zu ordnen, ehe ich schwankend zurück zu Lisa gehe.

»Wo sind wir?«, frage ich sie. Mein Magen knurrt, doch ich fürchte, ich könnte jetzt nichts bei mir behalten, weshalb ich den Kaffee nicht noch mal anrühre.

»Im Hollywood-Roosevelt Hotel«, antwortet Lisa knapp und deutet auf die Tüte, die sie mir entgegenhält. »Ich habe dir ein paar Sachen zum Wechseln mitgebracht. Während du geschlafen hast, war ich schnell in meiner Wohnung, um mich frisch zu machen. Ich hab' den Alkoholgestank nicht mehr ausgehalten.«

Verwirrt sehe ich an mir herunter, dann wieder zu Lisa. Sie sieht ausgeruht aus, während ich immer noch das enge Kleid von gestern Abend trage, das unangenehm an meinem Körper klebt. Langsam gehe ich zum Bett und setze mich neben sie.

»Was ist passiert?«, will ich mit leiser Stimme wissen. Ein mulmiges Gefühl breitet sich in mir aus, das nicht vom Alkohol herrührt. Es ist eher eine Ahnung, dass etwas geschehen ist, an das ich mich unbedingt erinnern *muss*, es aber nicht kann.

»Du hast absolut nichts mitbekommen, oder?« Es ist mehr eine Feststellung als eine Frage. Sie mustert mich mitleidig, dann zieht sie ihre Unterlippe zwischen die Zähne und kaut nervös drauf herum. Ging es mir gestern so schlecht, dass Lisa mich in dem reservierten Hotelzimmer einquartiert hat, statt mit einem Taxi zurück zu meiner Wohnung zu fahren?

»Eigentlich habe ich ihm versprochen, dir nichts zu erzählen ...«

»Ihm?« Mein Herzschlag beschleunigt sich, und die Übelkeit in mir wird stärker, was meiner Aufregung zuzuschreiben ist. Weil sie meinen hoffnungsvollen und zugleich ängstlichen Gesichtsausdruck bemerkt, seufzt Lisa tief, ehe sie mir ein Lächeln schenkt.

»Christopher«, spricht sie seinen Namen aus, der mein Herz zum Stolpern bringt. Hoffnung keimt in mir auf. Chris war hier? O Gott! Ich lasse mich nach hinten auf die weiche Matratze sinken und schlage mir die Hände vors Gesicht.

»Er war *hier*?« Eigentlich will ich das gar nicht so genau wissen. Hat er mich aufs Zimmer gebracht, weil ich zu betrunken gewesen bin? Und wieso war er überhaupt im Club? Wollte er etwa mit mir über die Trennung reden?

»Er bringt mich um, wenn ich es dir erzähle ...«, kommt es von Lisa. Nervös krallt sie die Hände in den Saum ihres weiten Shirts und knetet es. Sofort richte ich mich auf, bereue diese ruckartige Bewegung jedoch im selben Moment, weil sich ein stechender Schmerz durch meinen Kopf zieht. Stöhnend presse ich mir eine

Hand gegen die Stirn und atme tief ein, ehe ich Lisa ansehe.

»Bitte! Ich muss es wissen!«, flehe ich und schüttele meine Freundin am Arm. Jede Wut auf Christopher, die ich bis gestern verspürt hatte, ist verraucht. Jetzt spüre ich nur noch die Sehnsucht nach seinen starken Armen, in die ich sinken kann, um alles um mich herum zu vergessen. Vielleicht sollten wir wirklich noch einmal über Mia und diesen furchtbaren Abend sprechen, an dem wir uns gestritten haben ...

»Also schön ...« Lisa seufzt tief. »Du hast dich lange mit Peter unterhalten und ziemlich viel getrunken. Ich habe nicht genau gesehen, was passiert ist. Doch dann bist du mit Peter verschwunden, und ich habe mir Sorgen gemacht ...« Sie lässt die Worte in der Luft hängen, aber ich weiß auch so, was sie meint. One-Night-Stands waren nach Clubbesuchen nicht selten bei mir. Seitdem ich Chris kenne, war ich mit keinem anderen Mann mehr im Bett.

»Weil ich nicht wusste, wo du bist und weil du deine Handtasche an der Bar stehengelassen hast, habe ich mit deinem Handy Chris angerufen.«

»Du hast was?«, entfährt es mir. Hat er mitbekommen, wie betrunken ich gewesen bin? Gott, wie peinlich. Lisa nickt bestätigend.

»Wie gesagt: Ich hatte Angst um dich und er anscheinend auch, denn er ist sofort hergekommen. Du hättest ihn sehen sollen ... Er hat sich wie ein wildgewordener Stier auf Peter geworfen, als er euch beide in diesem Hotelzimmer gesehen hat.«

»Habe ich ... mit Peter ...?« Jetzt bin ich es, die kaum die Worte aussprechen kann, die mir auf der Zunge brennen. Mein Gesicht glüht, am liebsten würde ich vor Scham auf der Stelle im Boden versinken. Bestimmt habe ich mich in meiner Trunkenheit unmöglich aufgeführt. Nach dieser peinlichen Geschichte kann ich es mir endgültig abschminken, Chris jemals wieder unter die Augen zu treten. Tränen sammeln sich in meinem Augenwinkel, und ich mache mir nicht einmal die Mühe, sie vor Lisa zu verbergen. Als sie mich so sieht, legt sie mir mitfühlend den Arm um die Schulter. Schluchzend vergrabe ich mein Gesicht an ihrem Hals.

»Nein, hast du nicht, keine Sorge. Es ist alles in Ordnung«, bestätigt Lisa und tätschelt mir den Rücken. Ich schlucke die Tränen runter.

»Chris muss mich wirklich für eine ...« Ich kann den Satz nicht beenden, weil mir mein Schluchzen erneut die Stimme nimmt. Wer will schon mit einer Frau zusammen sein, die sich betrinkt, statt sich ihren Emotionen zu stellen? Lisa schüttelt den Kopf. »Du bist verwirrt und immer noch betrunken, Jo. Das, was dir gerade im Kopf herumgeht, ist völliger Blödsinn. Du hast zu viel getrunken und dir ist schlecht geworden. Peter hat dich nicht angerührt, sondern dir geholfen. Tatsächlich war meine Sorge unbegründet, denn er hat sich wie ein echter Gentleman verhalten.«

Keine Ahnung, warum mir plötzlich so schlecht geworden ist. Dabei habe ich meiner Meinung nach nicht mal so viel getrunken.

Meine Freundin atmet auf und tätschelt meinen Arm. »Zerbrich dir nicht den Kopf darüber und rede lieber mal in Ruhe mit Chris. Ihr beide steht euch selbst im Weg, Süße. Vertrau ihm – dann wird alles gut!«

Lisa glaubt nicht, wie schwer es mir fällt, mich in eine neue Liebe zu stürzen ... Obwohl ich es bei Chris versucht habe, ist zwischen uns alles schiefgelaufen. Oder sollte ich in diesem einen Fall doch auf mein Herz hören? Denn das sehnt sich nach Chris, das steht hundertprozentig fest!

Ich löse mich aus Lisas lockerer Umarmung und wische mir mit der Hand über die Augen. Mein Magen verkrampft sich immer noch und meine Brust schmerzt bei jedem Atemzug, aber ich recke das Kinn vor und schenke Lisa ein schwaches Lächeln.

»Du hast recht ...«

»Am besten springst du unter die Dusche, machst dich frisch und fährst direkt zu ihm. Zeig ihm, dass du immer noch an ihn denkst. Er tut es, denn sonst wäre er gestern Abend nicht hierhergekommen.«

Mein Puls beschleunigt sich und mir wird heiß. »Wenn's nicht schon zu spät ist ...«

»Vertrau auf meinen guten Instinkt, Süße. Für die Liebe ist es nie zu spät.«

Ihre Worte lassen mich leise kichern, denn ich fühle mich nach unserem Gespräch tatsächlich zuversichtlich. Außerdem ist die Übelkeit größtenteils abgeklungen. Also schnappe ich mir die Klamotten, die Lisa mir mitgebracht hat, und gehe ins Badezimmer, um ausgiebig zu duschen. Danach ziehe ich mich um und lege ich etwas Make-up auf, um die Ringe unter meinen Augen notdürftig zu kaschieren.

Lisa verabschiedet sich von mir, als ich fertig bin. Mit wachsender Nervosität krame ich in meiner Tasche nach dem Handy. Es zeigt einige ungelesene Nachrichten von Amy und einen verpassten Anruf meiner

Schwester. Ein bisschen enttäuscht es mich, dass Chris nicht geschrieben hat, um sich nach meinem Zustand zu erkundigen. Gleichzeitig erinnere ich mich auch daran, dass ich es gewesen bin, die seine Kontaktversuche ignoriert hat.

Ich straffe die Schultern und wähle seine Nummer. Je länger das Telefon schweigt, desto stärker werden meine Zweifel, dass ich meine Chance, mich bei ihm zu entschuldigen, verspielt habe. Ich habe ihm Unrecht getan, und dennoch wollte er mir gestern Abend helfen …

Nach einer Weile springt die Mailbox an. Traurig lasse ich das Handy sinken. Was habe ich auch erwartet? Dass er beim ersten Klingeln abnimmt und mit mir spricht, als wäre zwischen uns nichts vorgefallen? Wieder drängen sich Tränen an die Oberfläche, doch ich schlucke sie runter. Nun gut, wenn Chris nicht ans Telefon geht, dann werde ich ihm wohl einen Besuch abstatten müssen. Hoffentlich treffe ich ihn in seiner Wohnung an. Jetzt sollte ich nicht die Flinte ins Korn werfen, denn ich habe schon viel zu lange gezögert.

Entschlossen verlasse ich das Hotel und rufe mir ein Taxi, auf das ich nervös warte. Nachdem der Taxifahrer vor dem Wohnhaus hält, nähere ich mich auf wackeligen Beinen dem Eingang zum Wohnkomplex. Noch mal versuche ich, Chris anzurufen, erreiche ihn jedoch nicht. Also betätige ich die Klingel und warte, aber es tut sich nichts und die Tür bleibt verschlossen.

Fieberhaft überlege ich, wie ich ihn erreichen kann. Das Gespräch will ich nicht länger aufschieben, denn ich muss mich bei ihm entschuldigen und ihm meine Gefühle gestehen.

An die Hauswand gelehnt scrolle ich durch die Kontaktliste meines Smartphones. Mein Blick bleibt an Kevins Nummer hängen. Das ist es! Ich werde seinen Bruder fragen, wo Christopher steckt! Seine habe ich seit der Hochzeit – und da ging es um den Artikel in der Zeitung. Deshalb entscheide ich mich dazu, die Nachricht so neutral wie möglich zu halten, weil ich mir nicht sicher bin, wie viel er über meine Beziehung zu Chris weiß.

Joanna: Hallo Kevin, hier ist Joanna Miller von der L.A. Times. Wir haben uns auf deiner Hochzeit kennengelernt. Ich versuche schon eine Weile deinen Bruder zu erreichen. Es geht noch mal um den Artikel, den ich über ihn geschrieben habe. Weißt du, wie und wo ich Christopher am schnellsten sprechen kann? Mein Chef meinte, es wäre dringend.

Kurz überlege ich, ob es nicht seltsam ist, weil ich an einem Sonntagmittag wegen des Jobs frage. Das Handy in den Händen entferne ich mich einige Schritte von dem Wohnhaus und setze mich auf eine Bank im Innenhof. Je länger ich auf eine Antwort warten muss, desto weniger habe ich die Hoffnung, heute noch mit Chris sprechen zu können. Als ich mein Smartphone schon wegstecken und nach Hause fahren will, piept es in meiner Hand. Mein Puls beschleunigt sich, als ich Kevins Nachricht öffne.

Kevin: Hallo Joanna, natürlich erinnere ich mich an dich. Das ist schade, denn vermutlich kommst du für ein weiteres Interview zu spät. Chris hat sich entschlossen, in die Schweiz zu gehen. Eventuell hat er deshalb sein Handy abgeschaltet. Wenn du dich von ihm verabschieden willst, solltest du dich beeilen. Sein Flug geht in einer Stunde vom Los Angeles International Airport.

Wie vom Donner gerührt lese ich seine Nachricht immer und immer wieder und kann nicht begreifen, was er mir damit zu sagen versucht. Chris will in die Schweiz? Warum? Wieso hat er dieses Vorhaben mir gegenüber mit keiner Silbe erwähnt? So einen Entschluss trifft man doch nicht über Nacht!

Ich springe von der Bank auf und rufe mir erneut ein Taxi. Kaum ist vor mir zum Stehen gekommen, reiße ich die Hintertür auf.

»Zum Flughafen!«

Ohne Fragen zu stellen, fährt der Taxifahrer los. Ich kneife die Augen zusammen und atme ein paar Mal tief ein und aus. Die Gedanken in meinem Kopf kreisen wie wild durcheinander. In einer Stunde schaffe ich es niemals zum Flughafen, außer der Taxifahrer kann fliegen! Doch ich muss es versuchen, darf Chris nicht ohne ein Gespräch gehen lassen. Nicht, bevor ich ihm nicht gesagt habe, wie sehr ich ihn liebe und dass es mir egal ist, was zwischen Mia und ihm vorgefallen ist. Dass ich ihm vertraue und mit ihm zusammen sein will.

Jetzt verfluche ich, weil ich in der Hektik auf ein Frühstück verzichtet habe. Mir wird abermals schlecht und sogar ein wenig schwindelig. Ich konzentriere mich auf meine Atmung und versuche, die Übelkeit, so gut es geht, zu ignorieren. Das Adrenalin in meinem Körper, die Angst, Chris nicht mehr wiederzusehen, lässt alles andere unwichtig erscheinen, woran ich noch vor wenigen Stunden eisern festgehalten habe.

Das Taxi hält vor dem Eingang und der Fahrer nennt mir den Preis. Mein Rückgeld warte ich nicht ab, sondern verlasse in Windeseile das Auto. Laut Kevins Nachricht habe ich nur noch wenige Minuten. Doch wie soll ich ihn hier jemals finden?

In der großen Empfangshalle drehe ich mich um meine Achse. Hier ist so viel los, Fluggäste drängen sich an mir vorbei zu den Gates und durch die langen Gänge. Verdammt, ich kenne nicht einmal seine Flugnummer oder wohin er genau will. Gott, Joanna, denk nach!

Wieder krame ich mein Handy heraus und lese Kevins Nachricht. Der Flug geht in einer Stunde, hatte er mir mitgeteilt. Das war vor fünfundvierzig Minuten. Suchend sehe ich mich nach der Anzeigetafel um, auf der alle Flüge angeschlagen sind, die in Kürze den Flughafen verlassen werden. Immer wieder überfliege ich die Zeilen, suche nach Flugzielen und gehe die Zeiten durch.

Atlanta um 13:37.

San Francisco um 13:50.

Chicago um 14:15.

Gott, verdammt, gibt es einen Direktflug in die Schweiz? Vermutlich nicht! Mir bricht der Schweiß aus, und ich sehe mich suchend nach dem Flughafenpersonal um, kann in dem Durcheinander jedoch niemanden ausmachen, den ich nach Hilfe fragen kann. Vielleicht sollte ich ihn ausrufen lassen? Aber würde er dann mit mir sprechen? Vor Verzweiflung gerate ich ins Schwitzen.

Ich trete näher an die Anzeigetafel, meine Augen fliegen immer wieder über die Zeilen. Ein junger Mann mit Kopfhörern rempelt mich von der Seite an. Ich ignoriere ihn und suche weiter nach dem Flug, der in knapp fünfzehn Minuten starten soll.

Philadelphia um 14:32.

Dieser muss es sein! Alle anderen fliegen viel später. Das Boarding läuft bereits. Ich merke mir das Gate und mache auf dem Absatz kehrt. Dränge mich dabei an Menschen vorbei, die sich neben und hinter mir vor der Anzeigetafel aufgestellt habe, und renne Hals über Kopf durch die langen Gänge des Flughafengeländes. Fieberhaft überlege ich, wie ich in weniger als fünfzehn Minuten am richtigen Gate sein soll. Dieses Vorhaben ist utopisch, trotzdem klammere ich mich an die Hoffnung, es trotzdem zu schaffen. Aber ohne ein Flugticket komme ich niemals auch nur in die Nähe der Sicherheitskontrolle.

In meiner Panik zu spät zu sein, höre ich die Durchsagen am Flughafen kaum, weil in meinem Kopf alle Gedanken durcheinanderwirbeln. Doch plötzlich dringt ein Name durch den ganzen Nebel in mein Hirn.

»Letzter Aufruf für Flug 2731 nach Philadelphia. Wir bitten die Passagiere Bennett, Scott und Gonzales zu Gate 5 B. Ich wiederhole: Die Passagiere Bennett ...«

Philadelphia! Ich hatte recht! Hastig wende ich mich an den Last-Minute-Ticketschalter rechts von mir.

»Bitte, ich brauche dringend ein Flugticket nach Philadelphia. Jetzt gleich!«, fordere ich und beuge mich zu der Frau vor. Sie sieht mich irritiert an.

»Ich kann mal schauen, wann der nächste –«

»Nein, sie verstehen nicht! Ich brauche das Ticket für den Flug 2731!«

Stirnrunzelnd tippt die Dame auf die Tastatur vor sich, dann fliegen ihre Augenbrauen in die Höhe.

»Das Boarding ist beinahe abgeschlossen. Dafür kann ich Ihnen leider kein Ticket mehr verkaufen. Bis Sie durch die Sicherheitskontrollen durch sind, ist das Flugzeug in der Luft ... außer Sie buchen ein Ticket der First Class –«

»Bitte. Es ist wirklich wichtig«, flehe ich, und Tränen treten erneut in meine Augen. Die Frau am Schalter sieht mich mitleidig an.

»Wie gesagt, ich kann Ihnen höchstens ein Ticket in der First-Class –«

»Ja! Ich nehme es!« Blitzschnell zücke ich meine Kreditkarte, denn der Preis ist mir gerade egal. Ich *muss* Chris sehen, bevor er fliegt.

Seufzend nimmt sie meine Karte entgegen und druckt ein Ticket aus. Ungeduldig trippele ich mit den Füßen, sodass die Absätze meiner High Heels auf den Boden klackern. Nachdem der Bezahlvorgang abgeschlossen ist, reiße ich der Frau das Ticket buchstäblich aus den Händen und sprinte los zum Gate.

Das Flugticket fest an die Brust gedrückt, renne ich durch die Gänge. Meine Seiten schmerzen, und meine Kehle ist trocken, die Luft brennt in meinen Lungen.

Ich muss einigen Passagieren ausweichen, die große Wagen mit Gepäckstücken vor sich herschiebend. In meiner Eile stolpere ich gegen eine Anzeigetafel für einen Duty-Free-Shop. Fluchend bleibe ich stehen und reibe mir den schmerzenden Knöchel. Kurzerhand ziehe ich mir die Schuhe von den Füßen und laufe weiter, sehe bereits die Sicherheitskontrolle vor mir und atme erleichtert aus. Vor mir steht niemand mehr, sodass ich die High Heels und meine Handtasche auf das Band für das Gepäck werfe und so schnell wie möglich durch das Tor gehe. Die verwirrten Blicke der Umstehenden auf meine nackten Füße ignorierend, schnappe ich mir meine Habseligkeiten und eile auf Gate zu, um den Flug nach Philadelphia zu ergattern.

Bereits von weitem erkenne ich Christopher. Er steht mit dem Rücken zu mir, eine Reisetasche über der Schulter und den Rollkoffer in der Hand. Neben ihm verwickelt ihn eine ältere Dame in ein Gespräch. Bis das Boarding abgeschlossen ist, habe ich nur noch wenige Minuten!

»Chris! Christopher!«, rufe ich, so laut ich kann, meine Schritte werden immer langsamer, da ich völlig aus der Puste und einfach nur erleichtert bin, ihn abgepasst zu haben. Als er seinen Namen hört, dreht er sich um. Seine Augen weiten sich erstaunt, als ich wenige Meter vor ihm stehen bleibe und nach Luft schnappe. Meine Wangen glühen, meine Seite sticht, doch ich bin unsagbar froh, es geschafft zu haben.

»Sie sollten weitergehen«, mahnt ihn die Mitarbeiterin des Bodenpersonals, die gerade sein Ticket scannt. Chris schüttelt den Kopf und tritt aus der Schlange, damit die Dame hinter ihm einchecken kann.

»Was machst du hier?«, entfährt es ihm perplex. Mir schlägt das Herz bis zum Hals, denn plötzlich traue ich mich nicht, näher zu kommen.

Er lässt seinen Koffer stehen und ist mit einem Satz bei mir. Nur noch wenige Zentimeter trennen mich von dem Mann, für den mein Herz schlägt. Endlich habe ich es begriffen.

Nach einer kleinen Verschnaufpause, in der niemand von uns etwas sagt, krame ich mein Flugticket aus der Hosentasche.

»Ein One-Way-Ticket«, erkläre ich ihm leise und halte es hoch. »Zwar nur bis Philadelphia, aber dort kann ich mir immer noch ein anderes besorgen. Chris, ich wollte mit dir reden.« Hinter seiner Stirn arbeitet es, bis er begreift, was ich ihm dadurch zu sagen versuche.

»Du bist verrückt ...«, ist alles, was er hervorbringen kann. Die Verwirrung steht ihm immer noch ins Gesicht geschrieben.

»Ich weiß«, entgegne ich mit einem schüchternen Lächeln. *Verrückt nach dir!*

Ich will Chris so viel sagen, ihm alles erklären, mich für mein Verhalten entschuldigen. Ihm erzählen, dass mir unser Streit und die Trennung unglaublich leidtun. In meinem Kopf sind so viele Worte, so viele unterschiedliche Gedanken und Gefühle, die ich bei seinem Anblick jedoch alle verdränge. Nichts scheint plötzlich wichtig, nichts auch nur ansatzweise logisch von dem, was ich immer wieder in Bezug auf die Liebe geglaubt habe. Allein Christophers leichtes Lächeln, das seine Lippen umspielt, reicht aus, um mir all meine Zweifel zu nehmen. Alles, wovor ich immer Angst hatte, ist wie weggeblasen.

»Es war nie bloß Sex, Chris ... Ich bin in dich verliebt«, gestehe ich endlich und bin erleichtert, als diese Worte meinen Mund verlassen. Überraschung zeigt sich auf seinem Gesicht, dann Unglauben und zu guter Letzt Freude.

»Gott ... Joanna«, presst er atemlos hervor, und ehe ich weitersprechen kann, lande ich in seinen starken Armen. Schluchzend presse ich mein Gesicht an seine Halsbeuge, schmiege mich eng an ihn, und er hält mich, ohne mir irgendwelche Fragen zu stellen. Chris lässt mich an seiner Brust weinen, während sein Flug immer wieder aufgerufen wird und sich die letzten Passagiere mit ihrem Gepäck an uns vorbei zum Check-in drängen.

»Ich liebe dich auch«, flüstert er in mein Haar. Kaum hörbar, dennoch klingen seine Worte so laut in meinen Ohren. Die ganze Geschichte mit Mia scheint plötzlich völlig sinnlos. Wieso zur Hölle habe ich nicht viel früher auf mein Herz gehört?

»Wo ist denn dein Gepäck?«, fragt Chris und schiebt mich ein Stück von sich, ohne mich jedoch ganz loszulassen. Die schlichte Frage lässt mein Herz aufgeregt hüpfen. Meine Sorge, er könnte mir die kalte Schulter zeigen und mich einfach stehen lassen, verblasst immer mehr, bis sie ganz verschwindet. Lisa hatte recht. Ich habe noch eine Chance bei ihm – und diese werde ich mir nicht noch einmal entgehen lassen!

»Das brauche ich nicht. Du bist alles, was ich brauche. Und die paar Klamotten kann ich mir auch in der Schweiz kaufen«, antworte ich mit einem strahlenden Lächeln. Während ich in seine blauen Augen sehe, wird mir eins klar: Es war nie die Hochzeit in Weiß, von der ich bereits als kleines Mädchen geträumt und auf die ich in meiner Jugend hin gefiebert habe. Es war der Traum von dem richtigen Mann an meiner Seite. Den habe ich in Christopher Bennett gefunden. Und dieses Mal werde ich ihn nicht mehr gehen lassen!

Epilog

- Chris -

Drei Jahre später

»Komm, mein Junge. Wirf den Ball zu mir«, rufe ich Tommy zu. Lachend geht er in die Hocke und umfasst den viel zu großen Football mit seinen Ärmchen, um ihn dann auf wackeligen Beinen zu mir zu tragen. Ich hebe meinen Sohn hoch und gebe ihm einen kurzen Kuss auf die Stirn, was den Kleinen erneut kichern lässt. Der Football fällt zu Boden, als Tommy mich fest umarmt.

»Das mit dem Football werden wir noch ein bisschen üben müssen«, erkläre ich mit sanfter Stimme und umarme den Jungen fest. »Dein Grandpa ist ein super Coach, er wird dir bestimmt noch das ein oder andere beibringen, was ich nicht mehr kann. Aber das hat Zeit.«

Tommy strampelt auf meinem Arm, sodass ich ihn wieder absetze. Es war eine ziemliche Überraschung, als sich während unseres Aufenthalts in der Schweiz herausstellte, dass Joanna schwanger war. Tatsächlich hatten wir den Flug nach Philadelphia geredet, wo wir einen kurzen Stopp einlegen mussten, um in die Maschine in die Schweiz zu wechseln. Und ich war heilfroh, diese eine Chance bekommen zu haben, um Joanna mein Herz auszuschütten. Die Situation war zwar nicht perfekt, aber zumindest konnte ich endlich alles loswerden, was sich in den Jahren nach meinem Unfall in meinem Herzen angestaut hatte.

Wir redeten über unsere Gefühle, unsere Familien, all die Themen, die ich bisher niemanden gegenüber angesprochen hatte. Und es fühlte sich so unglaublich gut an, loszulassen. An diesem Tag erzählte ich ihr auch von meinem Gespräch mit Peter in ihrem Hotelzimmer. Natürlich ersparte ich ihr alle peinlichen Details, doch sie nahm mir das Versprechen ab, mich erneut bei Peter zu melden und mich bei ihm – sowie bei Mia – zu entschuldigen. Ich habe mich mit Peter versöhnt. Wir werden zwar keine besten Freunde mehr, aber daran arbeiten wir.

Nachdem ich von ihrer Schwangerschaft erfuhr, machte ich ihr einen Antrag, den sie, ohne zu zögern angenommen hatte. Den Ring meiner Gandma hatte ich ihr zwar erst später geschenkt, doch sie trägt ihn mit Stolz. Die Hochzeit in Weiß hat sie leider nicht bekommen, aber immerhin trug sie ein weißes Kleid, als wir spontan in Zürich geheiratet haben. Es war eine sehr kleine Feier, nur wir zwei und ein Pastor sowie Kevins Studienfreund und seine Familie, bei der wir für die erste Zeit in der Schweiz untergekommen waren.

»Ich brauche keine Hochzeit in Weiß und hunderte Hochzeitsgäste, solange der richtige Mann mir einen

Ring an den Finger steckt«, hatte sie mir damals zugeflüstert, nachdem ich um ihre Hand angehalten habe.

»Willst du aus ihm jetzt schon einen Profifootballer machen?«, höre ich Joanna von der Veranda sagen. Sie sitzt auf einem der Gartenstühle mit einem Buch in der Hand. Unter ihrem geblümten Sommerkleid zeichnet sich bereits der leichte Babybauch ab. Unser zweites Kind soll zu Weihnachten kommen und dieses Mal wird es vermutlich ein Mädchen. Nachdem meine Therapie abgeschlossen war, kehrten wir beide nach Los Angeles zurück, und ich kaufte uns ein Haus in der Nähe ihrer Eltern. Früher konnte ich mir ein Leben abseits der Stadt nicht vorstellen, jetzt liebe ich es umso mehr.

»Man kann mit dem Training nicht früh genug beginnen«, entgegne ich lachend, schaue Tommy dabei zu, wie er durch das Gras zu seiner Mom läuft, die ihn sofort in die Arme schließt. Mit seinen knapp drei Jahren ist er bereits richtig flink.

Ich streiche mir mit der Hand durchs Haar und betrachte meine Familie für einen Moment. Joanna ist glücklich, das kann ich jeden Tags aufs Neue in ihren Augen sehen. Dieses Leben hat sie sich immer gewünscht, und ich bin der Mann, der ihr diesen Wunsch erfüllt hat.

»Sobald er alt genug ist und ein Interesse an Football hat, wird dein Dad ihn sicher gern unter seine Fittiche nehmen«, meint Joanna mit einem milden Lächeln und streichelt Tommy durch seine blonden Locken. Ich nicke ihr zustimmend zu. Denn obwohl ich nach der speziellen Therapie, die ich in der Schweiz bekommen habe, mein Knie wieder voll belasten kann, bin ich nicht mehr aufs Spielfeld zurückgekehrt. Peters Worte von damals haben mich wachgerüttelt, haben mir die Augen geöffnet: Ich wollte bei meiner Familie sein, statt einem unerreichbaren Traum hinterherzujagen. Vielleicht wird mein Sohn eines Tages in meine Fußstapfen treten und den Sieg beim Superbowl holen. Und wenn nicht, dann ist es auch nicht schlimm.

Statt wieder mit dem Football anzufangen, habe ich eine Stelle als Sportkommentator bei einem renommierten Fernsehsender bekommen. Die Arbeit gefällt mir, denn dadurch bin ich hautnah am Geschehen, ohne meine Leidenschaft für diesen Sport komplett an den Nagel hängen zu müssen. Ich bereue nichts, und das ist gut so.

»Was hältst du von Lisa?«, fragt Joanna und reißt mich damit aus meinen Gedanken.

»Was?«

»Der Name fürs Baby.«

»So wie deine beste Freundin?«

Sie nickt. »Schließlich hat sie uns zusammengebracht. Indirekt.« Meine Frau grinst, und ich grinse zurück.

»Ein guter Name«, bestätige ich.

»Dann ist es abgemacht.« Sie legt ihr Buch beiseite und erhebt sich mit unserem Sohn auf dem Arm. »Lass uns reingehen, ich habe Hunger.«

Nickend folge ich den beiden. Früher war Football meine einzige Liebe, nun sieht es anders aus. Und was soll ich sagen? Ich bin verdammt froh, dass ich Joanna an ihrem fünfundzwanzigsten Geburtstag in diesem Club angesprochen habe.

Perfekter hätte mein Leben nicht werden können.

ENDE